J. KENNER
Nikki und Damien forever

J. Kenner im Diana Verlag

Stark
Dir verfallen (Stark 1)
Dir ergeben (Stark 2)
Dich erfüllen (Stark 3)
Dich lieben (Stark 4)

Stark Novellas
Dich befreien (Stark Novella 1)
Dir gehören (Stark Novella 2)
Dir vertrauen (Stark Novella 3)
Dich begehren (Stark Novella 4)
Dich beschenken (Stark Novella 5)
Dich besitzen (Stark Novella 6)
Dich berühren (Stark Novella 7)
Dich fühlen (Stark Novella 8)

Wanted
Wanted. Lass dich verführen (Wanted 1)
Wanted. Lass dich fesseln (Wanted 2)
Wanted. Lass dich fallen (Wanted 3)

Closer to you
Closer to you. Folge mir (Closer to you 1)
Closer to you. Spüre mich (Closer to you 2)
Closer to you. Erkenne mich (Closer to you 3)

Secrets
Dirty Secrets (Secrets 1)
Sexy Secrets (Secrets 2)
Dangerous Secrets (Secrets 3)

Zur Autorin
Die *New-York-Times*- und SPIEGEL-Bestsellerautorin J. Kenner wurde in Kalifornien geboren und wuchs in Texas auf, wo sie heute mit ihrem Mann und ihren Töchtern lebt. Sie arbeitete viele Jahre als Anwältin, bevor sie sich ganz ihrer Leidenschaft, dem Schreiben, widmete.

J. KENNER

Nikki & Damien
forever

Dich begehren
Dich beschenken
Dich besitzen

Drei Erzählungen

Aus dem Amerikanischen von Janine Malz

DIANA

Verlagsgruppe Random House FSC®N001967

Taschenbucherstausgabe 07/2017
Copyright © 2015 und 2016 by Julie Kenner

Die Originalausgaben erschienen 2015 und 2016 unter den Titeln *Seduce Me*,
Unwrap Me und *Deepest Kiss* bei Bantam Books, an imprint of Random House,
a division of Penguin Random House LLC, New York
Copyright © 2016 und 2017 der deutschsprachigen Ausgaben sowie
© 2017 dieser Gesamtausgabe by Diana Verlag, München, in der Verlagsgruppe
Random House GmbH, Neumarkter Straße 28, 81673 München
Redaktion: Babette Mock
Umschlaggestaltung: t. mutzenbach design, München
Umschlagmotiv: © Morozova Oxana/Shutterstock
Satz: Christine Roithner Verlagsservice, Breitenaich
Druck und Bindung: GGP Media GmbH, Pößneck
Alle Rechte vorbehalten
Printed in Germany
ISBN 978-3-453-35952-9

www.diana-verlag.de
Besuchen Sie uns auch auf www.herzenszeilen.de
 Dieses Buch ist auch als E-Book lieferbar.

Inhalt

Nikki & Damien
forever

Dich begehren

Liebe Leserinnen und Leser,

im Jahr 2012 hatte ich das Vergnügen, den milliardenschweren Geschäftsmann und ehemaligen Tennisstar Damien Stark kennenzulernen, als dieser plötzlich in meiner Vorstellung Gestalt annahm. Nachdem der erste Roman um Damien Stark und Nikki Fairchild 2013 in die Läden kam, stellte ich erfreut fest, dass es unzählige Leser gab, die diese Charaktere genauso sehr liebten wie ich. So sehr, dass sowohl die Leser als auch ich gerne mehr über Nikki und Damien lesen wollten, selbst nachdem ihre Liebesgeschichte im dritten Roman der *Stark-Trilogie* (*Dir verfallen, Dir ergeben, Dich erfüllen*) ein glückliches Ende fand.

So entstanden die Erzählungen, die *Stark Novellas*, die mir nicht nur Gelegenheit gaben, noch mehr Zeit mit den Figuren zu verbringen, über die ich so gerne schreibe, sondern auch den Lesern weitere Einblicke in ihr Leben nach dem Happy End zu gewähren.

Dich begehren ist die vierte Erzählung und ursprünglich in einer Anthologie im Rahmen eines Benefizprojekts erschienen. Da einige Leser der Anthologie noch nie von Damien und Nikki gehört hatten, habe ich die Geschichte so verfasst, dass man auch dann in sie eintauchen kann, wenn man den beiden noch nie zuvor in einem meiner Bücher begegnet ist.

Für diejenigen unter euch, die bereits Fans der Serie sind: *Dich begehren* fügt sich chronologisch nach der Erzählung *Dir vertrauen* und vor dem Roman *Closer to you. Folge mir* (dem ersten Band der *Closer-to-you*-Serie, in der Damien und Nikki Nebenfiguren sind) ein.

An die Leser, die bereits mit Nikki und Damien vertraut sind: Ich hoffe, euch gefällt diese Geschichte, in der wir gemeinsam einen Blick in ihr Leben nach der Hochzeit werfen. An alle neuen Leser: Ich hoffe, dass euch die Figuren begeistern und neugierig auf die anderen Serien machen.

Alles Liebe
J. Kenner

1 Ich blicke finster auf meinen Terminkalender für heute und frage mich, wie zum Henker ich das alles an einem einzigen Arbeitstag schaffen soll. Ich habe drei Meetings, ein halbes Dutzend Anrufe sowie ein geschäftliches Mittagessen vor mir und bin für heute Abend um sieben mit meiner besten Freundin, Jamie, zum After-Work-Drink verabredet. Und irgendwo dazwischen muss ich noch Zeit finden, meine Arbeit zu erledigen.

Ehrlich gesagt habe ich keine Ahnung, wie ich dieses knackige Programm ohne eine Zeitmaschine oder zumindest eine Teilzeit-Assistentin bewältigen soll.

Ich klopfe gerade mit dem Ende meines Bleistifts auf meine endlose To-do-Liste – denn auch wenn ich mittlerweile mein eigenes Unternehmen für Web- und Mobil-App-Entwicklung besitze, drucke ich mir nach wie vor jeden Morgen meinen Tagesplan aus –, als Damien sich nähert.

Ich weiß, dass er da ist, obwohl er kein Wort gesagt hat. Vielleicht habe ich seine nackten Füße auf den Holzdielen gehört. Vielleicht habe ich den Lufthauch seiner Bewegungen gespürt. Aber vielleicht ist es auch einfach Damien Stark, dessen Präsenz mir ebenso wenig entgehen könnte wie ein Erdbeben.

Aber vielmehr glaube ich, dass es daran liegt, dass er mich so ganz und gar erfüllt, dass kein Augenblick vergeht, in dem ich mir seiner nicht mit jeder Faser meines Körpers bewusst bin.

Ich befinde mich in der Bibliothek auf dem Zwischengeschoss des traumhaften Malibu-Anwesens, das sich noch im

Bau befand, als ich Damien kennenlernte. Nun ist es unser gemeinsames Zuhause, und diese vier Wände bedeuten mir alles. Ich sitze an dem Schreibtisch neben der Ecke, in der Damien seine Science-Fiction/Fantasy-Sammlung aufbewahrt und in der zerfledderte Taschenbücher neben kostbaren signierten Erstausgaben stehen. Ein paar Meter entfernt liegt auf einem der bequemen Ledersessel unsere neue Mitbewohnerin, zu einem winzigen orangefarbenen Fellknäuel zusammengerollt.

Dies ist Damiens Lieblingsarbeitsplatz und einer der Gründe, weshalb ich fast jeden Morgen hierherkomme – um ihm nahe zu sein.

In diesem Moment bin ich ihm wirklich sehr nahe.

»Du bist einfach unglaublich«, sage ich, ohne mich umzudrehen, und lächle, als er hinter mir leise lacht.

»Weil ich so gut darin bin, mich von hinten anzuschleichen?« Diesmal vernehme ich seine Schritte, als er näher kommt.

»Ich wusste, dass du da bist. Insofern würde ich das nicht als Heranschleichen bezeichnen. Zumindest nicht als besonders erfolgreiches Heranschleichen.«

»Da haben Sie wohl recht, Mrs. Stark.« Seine Hände legen sich sanft auf meine Schultern, und ich schließe die Augen und genieße einfach seine Berührung. Sie ist stärker als jeder Kaffee, und ich schwöre, wenn ich dieses Gefühl in Flaschen abfüllen könnte, wäre ich reicher als mein Mann.

Ich habe mich noch nicht zu ihm umgedreht, aber das muss ich auch nicht. Ich habe mir bereits vor langer Zeit jedes noch so verführerische Detail von ihm eingeprägt. Sein dichtes rabenschwarzes Haar, mit dem meine Finger so vertraut sind. Sein ebenmäßiges Gesicht, mit dem sanften Schatten seiner Bartstoppeln. Sein schlanker, athletischer Körper, der in einer Jeans ebenso phänomenal aussieht wie in einem

Smoking. Und natürlich seine zweifarbigen Augen, die geradewegs in mein Innerstes blicken und jedes meiner Geheimnisse ergründen.

Es ist noch nicht einmal sieben an einem Freitagmorgen, und während ich mein übliches Morgenoutfit trage, ein T-Shirt und Baggy-Shorts, ist er bestimmt bereits angezogen. Ich atme ein, und meine Vermutung wird bestätigt. Ich rieche sein Duschgel. Den Hauch von Moschus des Eau de Cologne, das ich ihm vor ein paar Monaten während unserer Flitterwochen in Paris gekauft habe.

»Also nun raus damit, wieso bin ich denn unglaublich?«

»Um darauf eine angemessene Antwort zu geben, bräuchte ich eine Power-Point-Präsentation und mindestens zwei Tage Zeit.« Ich lege meinen Kopf in den Nacken, um ihn anzugrinsen, und mein Herz hüpft freudig, als ich sein Gesicht sehe, das noch viel perfekter ist als in meiner Vorstellung. »Aber in diesem konkreten Fall meinte ich dein Zeitmanagement.« Damien erledigt an einem Tag mehr als die meisten Menschen in einem ganzen Jahr. Ehrlich gesagt, bin ich davon überzeugt, dass er insgeheim Superkräfte besitzt.

»Stressiger Tag?«

»Für Normalsterbliche vielleicht. Für dich wäre es wahrscheinlich ein Spaziergang. Aber ich muss mich ranhalten, um alles unter einen Hut zu kriegen.«

Ich schiebe den Stuhl vom Schreibtisch weg, stehe auf und drehe mich um, sodass ich mit dem Hintern gegen die Tischkante lehne. Damien hat mein Gesicht fixiert, und in seinen Augen liegt eine solche Lüsternheit, dass ich grinsen muss. »Vorsicht, oder du kommst noch zu spät zur Arbeit.«

»Ich finde, das ist einer der Vorteile davon, mein eigener Chef zu sein. Mir haut niemand auf die Finger, wenn ich mich nicht an die Regeln halte.«

Mir ist der neckende Ton in seiner Stimme nicht entgangen, und so stimme ich darin ein. »Brechen Sie denn oft die Regeln, Mr. Stark?«

Er streicht mit der Hand die Haare an meinem Hals beiseite, sodass seine Fingerspitzen über meine empfindsame Haut nach unten fahren, die Konturen meines Schlüsselbeins entlang. »So oft ich kann«, sagt er.

Ich gebe mir größte Mühe, normal weiterzuatmen, während seine Finger tiefer gleiten, über die Wölbung meiner Brust zu meiner Brustwarze, die sich jetzt steinhart unter dem abgetragenen Baumwollstoff meines geliebten University-of-Texas-T-Shirts aufrichtet. Er schnippt leicht dagegen, sodass ich nach Luft ringe. Es scheint, als ob durch diese Berührung jeder Nerv meines Körpers plötzlich wie durch ein hochsensibles Netzwerk mit meiner Brust verbunden ist.

Ich sage nichts und beiße mir auf die Unterlippe, um nicht instinktiv seinen Namen voller Lust und Begierde herauszuschreien. Er begegnet meinem Blick und ich sehe, wie sich seine Augenwinkel kräuseln, als er langsam grinst. Er weiß genau, was in mir vorgeht, was er mit mir macht. Er hält meinen Blick, während seine findigen Finger tiefer und tiefer gleiten, bis seine Hand zwischen meinen Beinen liegt und sich über meine intimste Stelle wölbt, sodass ich aufstöhne. »Was meinst du?«, murmelt er. »Möchtest du gemeinsam mit mir ein paar Regeln brechen?«

»Unbedingt«, gestehe ich.

Er gibt einen leisen, zufriedenen Laut von sich, zieht seine Hand weg und kommt näher, sodass ich die ganze Länge seiner Erektion hart zwischen meinen Beinen spüre. Dann zieht er mich von der Tischkante hoch, sodass ich stehe, presst seine Hände auf meinen Hintern und beginnt sich langsam mit erotisch kreisenden Hüften an mir zu reiben wie bei einer verführerischen Tanzeinlage in einem spärlich beleuchteten Nachtclub.

Als ich meinen Kopf in den Nacken lege, haucht er mir einen Kuss auf den Mundwinkel, und diese simple Berührung fühlt sich so wild und verwegen an wie der innigste Kuss und der härteste Sex. Und obwohl seine Lippen nur federleicht meine Haut streifen, spüre ich das schwere, verlangende Gewicht zwischen meinen Beinen, und presse meine Hüften in einer stillen, verzweifelten Aufforderung noch fester gegen seine.

Seine Lippen streichen über meine Wange zu meinem Ohr und senden Schauer der Lust durch mich hindurch.

»Ich weiß Ihre Motivation zu schätzen, Mrs. Stark«, flüstert er. »Aber wir werden das mit dem Unanständigsein noch etwas vertagen müssen.«

Es dauert eine Sekunde, bis mein sexumnebeltes Hirn seine Worte verarbeitet hat, und als ich begreife und mich ihm zuwende, sehe ich Begierde und auch Belustigung in seinem Gesicht. Mit zusammengekniffenen Augen ziehe ich meinen Kopf zurück. »Ah ja, müssen wir das?«

»Der Hubschrauber ist jeden Moment hier. Ich habe um acht ein Meeting in San Diego.«

»Damien Stark, ist Ihnen eigentlich bewusst, wie überaus grausam Sie sind?«

»Manchmal bin ich das.« Er tritt zurück, sodass unser Körperkontakt vollkommen abreißt, und lässt mich verzweifelt und enorm erregt zurück. »Aber ist es nicht schön zu wissen, dass dein Terminplan flexibler ist als gedacht?«

Ich lege den Kopf schräg. »So leicht kommen Sie mir nicht davon, Mister. Das wird ein Nachspiel haben.«

»Gerne, solange es auch ein Vorspiel gibt. Ich bin schon gespannt, welche kreative Strafe du dir für mich überlegst. Vielleicht willst du mich ja heute Abend bestrafen?«, fragt er so voller Vorfreude, dass ich laut auflachen muss.

Ich will gerade entgegnen, dass er keine Ahnung hat, wie

kreativ ich sein kann, als mein Handy zeitgleich mit seinem piepst. Es ist das automatische Signal, das gesendet wird, wenn jemand mithilfe des Codes das Gelände betritt. Damien zieht sein Handy aus der Tasche und blickt auf das Display. »Jamie.«

»Echt?« Jamie Archer ist meine beste Freundin, insofern macht es mir nichts aus, wenn sie unangekündigt vorbeikommt. Ich wundere mich nur, weshalb, insbesondere so früh am Tag. Immerhin wohnt sie in Studio City und braucht eine knappe Stunde hierher. Und sogar noch länger im Berufsverkehr, der in Los Angeles bei Morgengrauen beginnt und erst zur Mittagszeit endet. Normalerweise kündigt sich Jamie vorher per SMS an, deshalb male ich mir schon die schlimmsten Horrorszenarien aus, als sie zur Vordertür hereinkommt und meinen Namen ruft.

»Was ist passiert?«, rufe ich zu ihr hinunter.

»Nichts. Ich habe Neuigkeiten.«

Erleichtert blicke ich zu Damien. »Okay, geh doch schon mal in die Küche. Ich bin gleich bei dir.«

Eigentlich hat unser Haus sogar zwei Küchen, aber die auf der ersten Etage benutze ich nie. Sie ist riesengroß und ausgestattet mit hochmodernen Küchengeräten, die Jamie Oliver vor Neid erblassen lassen würden, ganz zu schweigen davon, dass man darin problemlos eine Dinner-Party für zwei- bis dreihundert Gäste vorbereiten könnte.

Mir persönlich ist die normal dimensionierte Küche im dritten Stock lieber. Sie war ursprünglich als Raum für Caterer gedacht und geht in einen offenen Bereich zum Empfang von Gästen über. Damien und ich nutzen sie aber mittlerweile für unseren alltäglichen Gebrauch.

Vom Zwischengeschoss gehe ich die Treppe hinauf, die zu einer Nische neben der Küche führt. Damien und ich erreichen die Frühstücksecke, als Jamie sich gerade Kaffee einschenkt.

»Okay«, sagt sie, »das ist echt der Oberhammer.«

»Der Kaffee?«, frage ich, und sie verdreht die Augen.

»Gloria Myers. Ich hatte sie mal erwähnt – erinnerst du dich?«

Ich denke angestrengt nach, aber der Name sagt mir nichts.

»Sie ist die Programmleiterin für den lokalen Fernsehsender in Dallas, der mir einen Job angeboten hatte. Ihr beide wart zu dem Zeitpunkt in den Flitterwochen.«

»Stimmt, ich erinnere mich.« Jamie und ich stammen beide aus Dallas. Ich kam nach L. A., um mich selbst neu zu erfinden. Jamie, um Hollywood im Sturm zu erobern. Leider ging ihr Plan nicht so recht auf, und irgendwann hatte Jamie ernsthaft erwogen, nach Texas zurückzugehen, als Live-Reporterin zu arbeiten und ihr Leben wieder in den Griff zu kriegen. Letztlich blieb sie jedoch, was nicht zuletzt daran lag, dass ihr neuer Freund, Ryan Hunter, ihr enorm dabei half, wieder Boden unter die Füße zu bekommen.

»Was ist mit ihr?«, erkundigt sich Damien.

»Gloria will, dass ich von einer Technologiemesse in Vegas berichte.« Jamie macht einen kleinen Freudensprung. »Na ja, eigentlich nur ein paar Interviews. Aber es ist mal etwas anderes, und ich bekomme dadurch einen Fuß in die Tür. Ich hatte ihnen vor Monaten gesagt, dass ich gerne für sie als Westküsten-Korrespondentin arbeiten würde, und offenbar haben sie mein Angebot jetzt ernsthaft in Erwägung gezogen.«

»Das sind ja fabelhafte Neuigkeiten!« Ich eile zu ihr und umarme sie. »Ich bin so stolz auf dich!«

»Ja, echt cool, was? Aber das Beste ist, dass ich nur morgen Vormittag ein paar Stunden arbeiten muss. Das heißt, wenn wir uns beeilen, haben wir zwei Nächte und fast zwei volle Tage vor uns.«

»Wir?«

Damien hat schneller geschaltet als ich. »Du bist also hergekommen, um meine Frau hinter meinem Rücken nach Las Vegas zu entführen? Ich weiß nicht, Jamie. Nicht, dass sich andere daran ein Vorbild nehmen.« Seine Stimme klingt geschäftsmäßig, aber ich höre den neckenden Unterton.

»Im Gegenteil«, sage ich, »ich finde, das ist ein hervorragender Plan.« Ich lächle ihm liebevoll zu. »Wir könnten das als deine Strafe betrachten.«

»O Gott, bitte«, sagt Jamie. »Strafe? Wie bitte? Habt ihr beide noch nie von Sexting gehört?« Sie klimpert unschuldig mit den Wimpern. »Das habe ich mit Ryan vor. Da ist die Vorfreude auf die Rückkehr umso größer.«

Damien setzt eine gespielt empörte Miene auf. »Ach, deshalb sind die SMS-Kosten unserer Firma in letzter Zeit so in die Höhe geschossen?« Ryan ist nämlich nicht nur Jamies Freund, sondern auch der Sicherheitschef von Stark International.

Jamie fegt seine Einwände mit einer Handbewegung beiseite. »Also? Bist du dabei? Wenn wir jetzt losfahren, kommen wir am frühen Nachmittag in Vegas an und haben noch genug Zeit zum Zocken. Übrigens solltest du dir die Tagung unbedingt anschauen, Nik. Das meiste richtet sich zwar an Gamer, aber es fällt trotzdem genau in dein Gebiet. Und sie findet im Starfire Resort und Casino statt«, fügt sie mit bedeutungsvollem Blick zu Damien hinzu, denn das Starfire ist ein Hotel im Besitz von Stark International. »Was bedeutet, dass wir beiden Hübschen bestimmt ein nettes Upgrade herausschlagen können. Also, was sagst du? Du kannst dir doch bestimmt ausnahmsweise einmal freinehmen, oder?«

Ich blicke mit einem schelmischen Grinsen zu Damien hinüber. »Wie sich herausgestellt hat, lässt sich das auf jeden Fall machen.«

2 Obwohl Jamie sich sofort auf den Weg machen wollte, dauerte es letztlich einige Stunden, bis wir tatsächlich loskamen. Zum einen musste ich zunächst duschen und mich anziehen, nachdem ich meinen Mann ausgiebig unter vielen Küssen verabschiedet und dabei zugesehen hatte, wie der Hubschrauber ihn in Richtung San Diego davontrug.

Danach musste ich packen, was jedoch nicht allzu lange dauerte, da wir ja nur zwei Nächte bleiben. Aber all die Anrufe, um sämtliche Termine für den heutigen Freitag zu verlegen, waren noch mal eine ganz eigene Nummer. Und während ich mit Handy und Laptop an einem schattigen Tisch neben dem Pool saß und eifrig bemüht war, meine Termine mit allen Beteiligten abzustimmen, zog sich Jamie bis auf BH und Slip aus und streckte sich auf einer der Liegen aus, um an ihrer Sommerbräune zu arbeiten.

Ganz ehrlich, das Leben war nicht fair.

Es war bereits Mittag, als ich alles erledigt hatte und wir endlich in die bereitstehende Limousine hüpfen konnten. Damien hatte darauf bestanden, dass Edward uns fuhr, und da die Fahrt von Los Angeles nach Las Vegas auf der Rückbank einer Limousine mit alkoholischer Minibar bedeutend attraktiver war, musste er uns nicht lange überzeugen.

Bevor wir jedoch die Stadt verließen, baten wir Edward, noch kurz beim *Upper Crust* zu halten, einem charmanten lokalen Backwaren- und Sandwich-Shop, wo wir für Jamie, Edward und mich *panini* besorgten, um es uns anschließend mit unseren Sandwiches, Chips und der gut sortierten Minibar von Stark International auf der Rückbank gemütlich zu machen.

Insofern erklärt sich wohl von selbst, weshalb wir, als wir kurz vor sechs nach Las Vegas hineinfahren, ein wenig angeheitert und bester Laune sind.

Und es erklärt auch, weshalb ich lospruste vor Lachen, als Jamie ihr Handy herausholt, auf den Bildschirm starrt und mich in kläglichem Ton fragt, wieso in ihrem Postfach keine einzige schmutzige SMS zu finden ist.

»So wie ich dich kenne«, entgegne ich, »kann ich mir das kaum vorstellen.«

»Okay, na gut. Ich gebe zu, wenn ich in den älteren Nachrichten suchen würde, würde ich bestimmt ein paar sexy-hexy SMS finden. Aber Ryan hat mir versprochen, er würde mir etwas schicken, damit ich ihn nicht vergesse, und bislang *pffft.* Nichts.«

Sie lässt sich zurück in den Sitz plumpsen und zieht einen Schmollmund – oder tut zumindest so. Mir ist auch nach Schmollen zumute, denn ich war mir sicher, dass Jamie mit ihrem Gerede von Sexting Damien auf die Idee bringen würde, es Ryan gleichzutun, aber bislang ist mein Postfach ebenfalls vollkommen jugendfrei. Natürlich ist Sexting nur zweite Wahl im Vergleich zu Damiens wahrlich großartigen Telefonsexqualitäten. Aber das ist nichts, was ich erleben möchte, wenn Jamie mit mir in der Limo sitzt. Wir sind zwar enge Freundinnen. Aber so eng nun auch wieder nicht.

Doch wenn ich ehrlich bin, überrascht es mich nicht, dass Damien sich noch nicht gemeldet hat. Sein Terminkalender für heute war vollgepackt, kein Wunder, wo er die Westküste rauf und runter muss. Um diese Zeit müsste er gerade in einem Meeting mit seiner Assistentin Sylvia sein. Für heute ist eine Telefonkonferenz mit einem Freund von Damien aus dem Pentagon angesetzt, um den Kauf von Santa Cortez zu besprechen, einer ehemals militärisch genutzten Insel vor der kalifornischen Küste.

Wahrscheinlich ist er gerade in der Konferenz und in all die Vertragsdetails und Verhandlungen vertieft. Mit anderen Worten: nicht der beste Zeitpunkt, um ihn zu stören.

Was mich natürlich nicht davon abhält, es trotzdem zu tun.

Sind gerade in der Stadt der Sünde angekommen. Habe bereits ganz sündige Gedanken. Wer weiß, wohin das noch führt ...

Ich zögere nur eine Sekunde und drücke dann auf »Senden«. Einen Augenblick später zeigt das Vibrieren meines Handys an, dass ich eine Antwort erhalten habe.

Ich bin gespannt. Mach Fotos.

Ich simse zurück: ??? Lange muss ich nicht auf seine Erklärung warten.

Falls du ohne mich unanständig bist, will ich genau wissen, wofür ich dich später bestrafen muss.

Oh.

Ich denke an einige äußerst verführerische Möglichkeiten, wie Damien mich bestrafen könnte, und beschließe, dass sich ein paar Selfies übers Wochenende durchaus bezahlt machen könnten.

Und denk dran: keine Unterwäsche. Wenn ich an dich denke, möchte ich dich nackt vor mir sehen.

Ich lecke mir über die Lippen, mein Mund ist mit einem Mal trocken. Mein bald-schon-überflüssiger-Slip hingegen ist feucht. Ich tippe ein schnelles *Ja, Sir. Was immer Sie wünschen, Sir* ein.

Braves Mädchen. Das Meeting geht los. Bald schon, Mrs. Stark. Stell dir bis dahin vor, ich würde dich berühren.

Ich lächle und gebe meine Antwort ein. *Immer doch.*

Als ich hochsehe, sitzt mir Jamie gegenüber, das Kinn in die Hände gestützt, und beobachtet mich.

»Was?«, frage ich.

Sie schüttelt nur den Kopf. »Ihr beide seid einfach ein tolles Paar.«

»Ja, und du und Ryan etwa nicht?«

Ein breites Grinsen erhellt ihr Gesicht. Ich bin mit meinen blonden Haaren und meinen Kurven der Typ Hübsches-Mädchen-von-nebenan, aber Jamie ist eine echte Filmschönheit. Und wenn sie lächelt, frage ich mich ernsthaft, wie es sein kann, dass die Hollywood-Regisseure nicht Schlange stehen, um sie für ihre Filme zu verpflichten.

Das Lächeln, das sie jetzt bei dem Gedanken an Ryan zeigt, ist das strahlendste Lächeln, das ich je gesehen habe.

»Doch, das sind wir. Ist das nicht abgefahren?«

Angesichts von Jamies wenig glücklicher Vorgeschichte mit Männern muss ich ihr zustimmen. Und ich freue mich von ganzem Herzen für die beiden.

»Hier sind wir erst so richtig zusammengekommen«, sagt Jamie und nickt durch das Fenster zum Starfire Resort and Casino, dem wir uns jetzt nähern. »Ich meine, wir haben nach eurer Hochzeit in Malibu schon ein wenig rumgemacht, aber erst Vegas hat das Ganze so richtig in Fahrt gebracht.« Ihr Grinsen ist breit und ein wenig rührselig. »Deshalb liebe ich dieses Hotel so sehr.«

»Freut mich zu hören.«

Obwohl das Starfire zu Stark International gehört, war ich selbst erst wenige Male hier, und auch immer nur ein paar Tage. Das Problem ist, Damien besitzt so viele Immobilien an so vielen Orten, dass ich den Rest meines Lebens damit zubringen könnte, jeden Tag eines zu besuchen, und es vermutlich trotzdem nicht schaffen würde, alle abzuklappern.

Das ist ein wenig beängstigend, weshalb ich normalerweise nicht darüber nachdenke.

Edward biegt vom Las Vegas Strip in die Zufahrt ein, die kreisförmig um einen riesigen Springbrunnen verläuft, der zum großen Vergnügen der umstehenden Menschenmenge bunte Wassersäulen in den Himmel schießt.

Wir kommen unter der Säulenhalle zum Stehen, und es ist sofort klar, dass das Personal weiß, wer wir sind, obwohl nichts an der Limousine darauf hinweist. Ich werde wie eine Königin und Jamie wie eine Prinzessin empfangen, und man geleitet uns durch die Lobby und einen langen, gefliesten Gang zu den Fahrstühlen, die die Penthouse-Suiten bedienen.

Während des Gehens plaudern wir und debattieren, ob wir zum Abendessen ausgehen oder uns einfach ein paar Drinks an der Bar genehmigen und danach wieder hochgehen und uns etwas beim Zimmerservice bestellen sollen. Da bleibe ich stehen und greife nach Jamies Ellenbogen.

»Hast du das auch gesehen? War das nicht …?«

»Was?«

Aber ich schüttele bloß den Kopf und fühle mich etwas albern. »Nichts. Ich dachte nur, ich hätte jemanden gesehen, den ich kenne.«

»Wen denn?«

Ich zucke mit der Schulter. »Ach, ich habe mich bestimmt vertan.« Ich hake mich bei Jamie unter. »Ich würde sagen, wir gehen erst shoppen, genehmigen uns dann ein paar Drinks und holen uns anschließend Sushi.« Ich deute auf ein Werbeplakat, das ein neues japanisches Restaurant anpreist, das gerade erst im Hotel eröffnet hat. »Danach können wir uns entweder ganz gemütlich einen Film auf dem Zimmer anschauen oder unser Glück an den Tischen versuchen.«

»Oder wir könnten einen Club suchen und tanzen gehen?«

»Du musst morgen arbeiten.«

Sie verzieht das Gesicht. »Stimmt. Na gut, dann vielleicht morgen Abend.«

Ich nicke, obwohl ich insgeheim plane, morgen Abend ein Veto einzulegen. Ich gehe wahnsinnig gerne tanzen. Aber am liebsten mit Damien.

Wir sind in der Inhaber-Suite auf der fünfunddreißigsten Etage eingebucht, und das Erste, was wir sehen, als der Hotelpage die Doppeltüren öffnet, ist der fantastische Ausblick durch die breite Fensterwand auf den Las Vegas Strip. Es ist Anfang März, sodass die Sonne bereits untergegangen ist, und die Lichter der Stadt scheinen den gesamten Raum auszufüllen.

Die Suite verfügt über eine riesige Küche, vier Badezimmer mit Whirlpool und Dampfdusche, ein Wohnzimmer, ein Heimkino, einen Trainingsraum und zwei große Schlafzimmer, von denen jedes einen eigenen Eingang besitzt.

Die gesamte Suite ist doppelt so groß wie Jamies Wohnung, und auch wenn ich bereits viele Male die Vorzüge von Damiens Vermögen erlebt habe, muss ich zugeben, dass ich mindestens genauso beeindruckt bin wie meine beste Freundin.

Ich gebe dem Pagen ein Trinkgeld, der noch einmal anbietet, dass wir nur anzurufen brauchen, falls wir etwas wünschen. Als er geht und ich mich umdrehe, sehe ich Jamie in der Mitte des riesigen Wohnzimmers stehen, die sich mit ausgebreiteten Armen langsam im Kreis dreht. Als sie zum Stehen kommt und meinem Blick begegnet, grinst sie. »Habe ich schon erwähnt, wie phänomenal es ist, eine beste Freundin zu haben, die mit einem Milliardär verheiratet ist?«

Ich erwidere ihr Grinsen. »Witzig, und ich wollte gerade sagen, wie phänomenal es ist, mit einem verheiratet zu sein.«

3 Die Bar, die unseren Aufzügen am nächsten liegt, heißt *Rain* und ist entsprechend rund um das Thema Wasser gestaltet, unter anderem mit Wänden, an denen in einem scheinbar endlosen Kreislauf Wasser in Strömen hinunterläuft.

Jamie und ich sitzen an der Bar, die aus einer ausgehöhlten Marmorplatte besteht, die mit Wasser gefüllt und einer Glasplatte bedeckt ist. Unter uns schwimmen Goldfische durch dieses ungewöhnliche Aquarium, was irgendwie skurril und witzig ist, auch wenn ich mich frage, was die Fische von der ganzen Sache halten.

»Die finden das super«, sagt Jamie. »Ich meine, hey, es sind Goldfische. Sonst müssen sie in irgendeinem Kinderzimmer im Goldfischglas ihr Dasein fristen. Dagegen ist das hier doch der reinste Luxus.«

Ich lache und muss zugeben, dass sie da nicht ganz unrecht hat, und wir stoßen feierlich auf die Fische an.

Wir sind mittlerweile seit einer Stunde hier unten und haben gequatscht, getrunken und versucht, unsere Pläne für morgen zu sortieren.

»Also shoppen morgen, steht, oder?«, fragt Jamie. »Ich habe große Lust, meine Kreditkarte ein wenig überzustrapazieren. Und du bekommst hier ohnehin Rabatt, richtig?«

»Nur in den Hotelgeschäften. Sobald wir ins Einkaufszentrum gehen, musst du für alles allein aufkommen.«

»Geht klar.« Sie nippt an ihrem Martini. »Also dann nach dem Mittagessen? Ich habe das erste Interview um zehn und das nächste um elf. Danach habe ich Feierabend.«

»Fühlst du dich bereit?«

»Auf jeden Fall.« Sie hatte ihre Unterlagen kurz in der Limousine durchgelesen und dann noch einmal bevor wir zur Bar hinuntergingen. »Außerdem werde ich morgen gegen sechs aufstehen, um noch mal alles durchzugehen. Keine Sorge. Das ist nicht das erste Mal, dass ich die Reporterin spiele.«

»Ich will nur, dass du zeigst, was du draufhast. Immerhin könnte sich daraus ein Vollzeitjob entwickeln, oder?«

»Eventuell. Gloria hat da so was angedeutet. Aber ich will mir keine allzu großen Hoffnungen machen. Ich mache einfach meinen Job, hol mir meinen Scheck und mache mich vom Acker. Und dann geht's direkt zu Michael Kors«, fügt sie lachend hinzu.

Ich verdrehe die Augen.

»Du könntest mich morgen früh begleiten. Beim Interview zusehen. Oder dir zumindest die Messe anschauen. Es geht vorrangig darum, wie Spiele für Smartphone-Nutzer bereitgestellt werden.«

»Klingt verlockend«, gebe ich zu. »Aber ich habe mir vorgenommen, dieses Wochenende so unproduktiv wie nur irgend möglich zu sein. Deshalb werde ich, während du dich abrackerst, schön am Pool liegen und Cocktails schlürfen.«

»Du Bitch.«

»Und stolz darauf.«

Jamie grinst und steckt ihre Hand in ihre Handtasche, nur um mitten in der Bewegung mit bedröppeltem Gesichtsausdruck innezuhalten, als sie meinen Blick erhascht.

Ich weiß genau, was sie vorhatte – sie wollte auf dem Handy nachsehen, ob Ryan sie angerufen oder ihr geschrieben hat.

Ich weiß es, weil ich genau dasselbe ungefähr ein halbes Dutzend Mal getan habe, seit wir im Hotel angekommen sind. Doch bislang kam von Damien kein einziges Lebenszeichen.

»Wir sind schon armselig«, sage ich. »Zwei kluge, schöne Frauen ziehen endlich mal allein los, und dann vergeht keine Stunde, in der wir nicht aufs Handy schielen, ob unsere bessere Hälfte uns geschrieben hat. Mal im Ernst, wie teeniehaft und abhängig sind wir eigentlich?«

»Ich bin weder teeniehaft noch abhängig«, sagt sie bestimmt. »Ich warte nur darauf, dass er mich fragt, was ich drunter trage.«

Ich hebe eine Augenbraue, als ich an meinem Drink nippe. »Wieso, was trägst du denn drunter?«

Ein träges, durchtriebenes Grinsen erscheint auf ihrem Gesicht. »Sag ich nicht.«

Ich lache, und wir stoßen erneut an. Aber ich verliere kein Wort darüber, dass ich selbst ebenfalls nur wenig Stoff trage. Und ja, ich fühle mich ein wenig verwegen dabei.

Was mich daran erinnert …

Ich greife nach meiner Handtasche und ziehe mein Handy hervor. »Nix von wegen teeniehaft und abhängig«, sage ich zu Jamie, die mir einen vielsagenden Blick zuwirft. »Ich wollte nur ein Selfie von uns machen.«

»O ja! Unbedingt! Mit unseren Drinks«, fügt sie hinzu, was leichter gesagt ist als getan. Und so stehe ich kurz darauf nach hinten gelehnt, den Drink in der linken und die Kamera in meiner rechten Hand. Ehrlich gesagt, wäre es einfacher gewesen, den Barkeeper zu bitten, das Foto zu schießen, aber Damien hatte sich explizit Selfies gewünscht, und bei diesem speziellen Spiel habe ich vor, mich an die Regeln zu halten.

»Sind wir beide drauf?«, fragt Jamie, als ich meine Fotos aufrufe.

»Warte.« Die Frage ist berechtigt. Fotografieren ist zwar mein Hobby, aber mit Selfies ist das so eine Sache. Leider tendiere ich dazu, in der letzten Sekunde zu wackeln, sodass sie meistens nichts werden. »Oh, schau mal. Gar nicht so übel.«

Ich reiche ihr mein Telefon, auf dem jetzt unser Foto geöffnet ist, auf dem wir beide lächelnd unsere Getränke in die Kamera halten. Diesmal habe ich in letzter Sekunde zwar nicht gewackelt, aber offenbar meinen Arm weiter hochgehoben, sodass der Bildrahmen verrutscht ist. Dadurch sind wir im unteren Drittel des Bildes zu sehen, mit den vollbesetzten Tischen der beliebten Bar im Hintergrund. Vielleicht sogar besser, überlege ich, weil man so einen besseren Eindruck von der Location bekommt.

»Nikki!«, sagt Jamie auf einmal in einem aufgeregten Flüsterton. »Hast du das gesehen?«

»Was?«

»Auf dem Bild. Hinter uns.«

»Ich … Nein.« Ich runzle die Stirn. »Was meinst du?«

Sie gibt mir das Telefon zurück. »Schau.«

Ich werfe einen Blick darauf und drehe mich grinsend zu ihr.

»Nicht umdrehen!«, sagt sie, als ob ich das vorgehabt hätte.

Nun, da sie mich darauf aufmerksam gemacht hat, ist der Drang, genau das zu tun, allerdings tatsächlich sehr groß. Denn nun weiß ich, wer hinter uns ist. Nun weiß ich, weshalb keine von uns beiden erotische Nachrichten bekommen hat.

Nun weiß ich, dass dieses Wochenende noch vielversprechender wird als gedacht.

»Ich muss einfach hinschauen«, gestehe ich.

»Ja, ich auch.«

Wir beide drehen uns auf unseren Barhockern um. Und tatsächlich, die beiden Männer, die da hinten sitzen und plaudern, als ob nichts wäre, sind Ryan und Damien.

Die beiden sehen gleichzeitig hoch, und Damiens Augen begegnen meinen. Zuerst ist sein Gesichtsausdruck neutral. Geschäftsmäßig. Doch dann ziehen sich seine Mundwinkel nach oben, und seine Augen verdunkeln sich, und in ihnen liegt ein solches Versprechen von Lust und Leidenschaft, dass ich Schmetterlinge im Bauch habe und mein Mund trocken ist.

Ich erwarte, dass er jeden Moment etwas sagt. Ich erwarte, dass er jeden Moment zu uns herüberkommt.

Ich hätte alles Mögliche erwartet, nur nicht diese Reaktion, als er seinen Blick jetzt abwendet und sich weiter mit Ryan unterhält, als ob ich völlig Luft für ihn sei.

Doch ich lächle, als es mir langsam dämmert.

Das hier, denke ich, ist sogar noch viel besser als Sexting.

Jamie neben mir steht immer noch auf der Leitung. »Sollen wir uns zu ihnen setzen?«

»Nein«, sage ich mit einem Grinsen. »So läuft das Spiel nicht.«

»Das … *ahhhh*!«

Just in dem Moment, als ihr ein Licht aufgeht, stellt der Barkeeper frische Drinks vor uns auf die Theke. »Von den beiden Gentlemen«, sagt er und deutet mit dem Kinn nach hinten, woraufhin wir beide uns umdrehen, um ihnen in stillem Dank zuzuprosten. Doch Damien sitzt allein am Tisch.

Ich nicke ihm zu und verkneife mir ein Grinsen, als ich ihm wieder den Rücken zudrehe.

Neben mir will sich Jamie gerade zu mir herüberbeugen, vermutlich um zu fragen, wo Ryan steckt. Doch in dem Augenblick sehe ich, wie er sich uns nähert und neben ihr auf einem freien Barhocker Platz nimmt. Betont unauffällig greife ich nach meinem Drink und nippe daran, während ich heimlich ihr Gespräch belausche.

»Kenne ich Sie nicht aus dem Fernsehen?«, fragt er.

Jamie dreht sich zu ihm, und ihre ganze Körpersprache verrät, dass sie diese Frage ständig hört und davon gelangweilt ist. »Schon möglich.«

»Ich bin Ryan.«

»Und ich nicht der Typ Frau, der sich von fremden Männern in einer Hotelbar aufreißen lässt.«

»Ach nein? Ich bin gar kein fremder Mann.«

»Schade.« Jamies Stimme klingt erregt. »Ich mag das Fremde.«

Sie rutscht von ihrem Hocker herunter. »Sie werden mich entschuldigen«, sagt sie höflich. »Ich muss zur Toilette.« Sie wirft mir einen verschwörerischen Blick zu. »Ich bin gleich zurück.«

Dann geht sie davon, und Ryan bleibt allein an der Bar zurück.

»Sie hat genaue Vorstellungen, was die Männer angeht, mit denen sie ausgeht«, sage ich. »Der Mann, dem sie ihr Herz schenkt, muss schon wirklich sensationell sein.«

Seine Augen blitzen amüsiert auf. »Das werde ich mir merken.« Er neigt den Kopf und geht davon. Ich nehme einen weiteren Schluck von meinem Drink und nehme mir fest vor, Jamie zu sagen, dass wir unbedingt etwas essen müssen. Die Kombination aus zu vielen Drinks und leerem Magen setzt mir langsam zu.

Während ich noch über meinen steigenden Alkoholpegel nachdenke, nähert sich mir jemand von hinten. Ohne mich umzudrehen, weiß ich, dass es Damien ist, und als er »Ist hier noch frei?« fragt, läuft mir beim Klang seiner tiefen, vertrauten Stimme ein Schauer über den Rücken.

»Ich schätze, jetzt schon«, sage ich, und er nimmt Platz.

Als ich mich zu ihm drehe, blicken mich seine Augen mit einer solchen Begierde an, dass es mich feuerheiß durchfährt. Ich nehme noch einen Schluck. Mal im Ernst, ich brauche dringend eine Abkühlung.

»Ich hatte gehofft, der Drink wäre meine Eintrittskarte, um Sie kennenzulernen.«

Ich strecke meine Hand aus. »Nikki Fairchild.«

Er ergreift sie, und trotz der unzähligen Male, die er mich bereits berührt hat, ist diese simple Berührung unserer Handflächen wie eine Schockwelle, die durch mich hindurchrollt.

»Freut mich, Miss Fairchild.«

Als ich meine Hand zurückziehe, bin ich etwas durch den Wind. Ich will bei diesem Spiel mitspielen. Und das heißt, ich muss cool bleiben.

»Warum wollten Sie mich denn kennenlernen?«

»Ich hatte gehofft, Sie würden mit mir zu Abend essen.«

»Hatten Sie das?« Ich streiche mit dem Finger über den Rand meines Glases, ohne ihn aus den Augen zu lassen. »Wieso?«

Er zögert keine Sekunde. »Weil ich gehofft hatte, nach dem Abendessen noch ein paar Stunden mit Ihnen zu verbringen.« Er greift nach dem Zahnstocher in seinem Glas und steckt sich wie beiläufig eine Olive in den Mund.

Währenddessen denke ich nur, wie perfekt sein Mund ist.

»Miss Fairchild?«

»Entschuldigen Sie, ich glaube, Sie hatten sich noch gar nicht vorgestellt, Mr. …?«

»Stark«, sagt er. »Damien Stark.« Ich mag, wie er seinen Namen ausspricht. Als ob er zu mir gehört.

Ich setze ein gekünsteltes Lächeln wie zu Zeiten meiner Schönheitswettbewerbe auf. »Ich habe schon viel von Ihnen gehört, Mr. Stark.«

»Sollte ich mich geschmeichelt fühlen?«

»Tennisspieler. Unternehmer. Schürzenjäger?«, zähle ich auf und formuliere Letzteres als Frage.

Sein Mundwinkel zuckt. »Mein Ruf eilt mir offenbar voraus.«

Er hat den Zahnstocher auf einer Serviette auf der Theke abgelegt. Nun greife ich danach, streiche mir damit leicht über die Unterlippe und genieße, wie sein Blick zu meinem Mund wandert. »Dann streiten Sie es ab?«, frage ich.

»Ganz und gar nicht. Ich habe in meinem Leben unzählige Frauen gevögelt, Miss Fairchild.«

»Oh.« Ich lecke mir über die Lippen. »Und würden Sie mit mir auch gerne vögeln?«

»Unbedingt. Und noch vieles mehr.«

Es kostet mich schier übermenschliche Kraft, doch ich schaffe es, nicht unruhig hin und her zu rutschen. Aber insgeheim bin ich unglaublich feucht. Und ich bin mir ziemlich sicher, dass Damien es weiß.

Ich hole Luft, sammle mich und blicke tief in seine zweifarbigen Augen. »Ich bin nicht daran interessiert, eine von vielen zu sein, Mr. Stark.«

»Jeder Mann, der über Sie derart denken würde, wäre ein Dummkopf. Und ich bin kein Dummkopf, Miss Fairchild.«

Er nimmt meine Hand und haucht Küsse auf meine Fingerkuppen, und es ist, als ob elektrische Impulse von meinen Fingern direkt bis hinunter zu meinem Kitzler gesendet würden.

Ich kann mir ein Stöhnen nicht verkneifen und sehe, wie Triumph in seinen Augen aufleuchtet.

Dieser Arsch.

»Was das Abendessen angeht«, sagt er und fährt mit seiner Fingerspitze träge über meine Handfläche und macht mich ein klein wenig heiß, »habe ich immer noch keine Antwort.«

Ich ziehe meine Hand zurück und bedauere insgeheim diesen Kontaktverlust.

»Tut mir leid«, sage ich, »aber meine Freundin und ich haben bereits andere Pläne.«

Seine Augen verengen sich. »Das glaube ich Ihnen nicht.« Er nickt über meine Schulter hinweg. Ich drehe mich um und sehe, wie Jamie und Ryan, der seinen Arm um ihre Taille geschlungen hat, die Bar verlassen. Ich verkneife mir ein Lachen. Selbst bei diesem Spiel, bei dem sich alles um die hohe

Kunst der Verführung dreht, fackelt Jamie nicht lange und springt mit einem Mann in die Kiste. Aber was soll's. Bei Ryan weiß ich sie zumindest in guten Händen.

Ich hingegen genieße dieses Katz-und-Maus-Spiel viel zu sehr, um jetzt schon nachzugeben.

Ich greife in meine Tasche, lege einen Fünfzig-Dollar-Schein auf den Tresen und rutsche vom Hocker herunter. »Ich kenne Sie kaum, Mr. Stark, und habe einen langen Tag hinter mir. Danke für den Drink, aber ich denke, ich esse lieber auf dem Zimmer.«

Ich sehe aufrichtiges Erstaunen in Damiens Gesicht, und als ich mich umdrehe und mich zum Gehen anschicke, mache ich mir nicht die Mühe, mir ein Grinsen zu verkneifen.

Ja, denke ich, das wird ein Heidenspaß.

4 Ich habe es nicht eilig, zum Fahrstuhl zu laufen. Stattdessen bummle ich an den Hotelläden entlang, betrachte die Auslagen in den Schmuckgeschäften, die Kleider, die Designer-Handtaschen. Ich drehe mich kein einziges Mal um, aber ein- oder zweimal sehe ich im Schaufenster die Spiegelung von Damien, der hinter mir läuft, und wiege absichtlich meine Hüften beim Gehen hin und her. Ich weiß zwar nicht, was er vorhat, aber es dürfte spannend werden.

Als ich endlich bei den Aufzügen angelangt bin, biege ich in die elegant dekorierte Fahrstuhlnische, wische mit meiner Zimmerkarte über das Lesegerät, um den Fahrstuhl für die oberen Stockwerke zu rufen, und sobald er eintrifft, betrete ich die Kabine. Ich drücke auf den Knopf für meine Etage und warte darauf, dass er hochfährt.

Die Türen sind kurz davor, sich zu schließen, als Damien plötzlich auftaucht, seinen Arm in den Spalt steckt und seinen ganzen Körper hinterherschiebt, sodass er mit mir in der Kabine steht.

Eine Kabine, die plötzlich viel kleiner als sonst erscheint.

»Miss Fairchild.« Er macht einen Schritt auf mich zu, sodass ich gezwungen bin, entweder einen Schritt zurück in die Ecke zu machen oder den Diskretionsabstand aufzugeben.

Damiens Ehefrau würde nicht zurückweichen.

Nikki Fairchild, die es noch zu erobern gilt, hingegen schon.

Sein Lächeln ist träge und signalisiert, dass er genau weiß, was ich denke. Er beugt sich zu mir und streckt den Arm aus, um sich mit der Hand an der glänzenden Metallplatte direkt über meiner Schulter abzustützen. »Ich bin mir nicht sicher, ob Sie verstehen, was für ein Typ Mann ich bin«, sagt er. »Ich kann ein Nein nur schlecht akzeptieren.«

Ich hebe eine Augenbraue. »Wenn dem so ist, hoffe ich, dass Sie der Typ Mann sind, der eine Enttäuschung verkraftet. Denn ich bin keine Frau, die schnell Ja sagt.« Der Fahrstuhl hält auf der fünfunddreißigsten Etage, und ich schlüpfe an ihm vorbei.

»Ich mag Herausforderungen«, sagt er, als ich aus der Kabine aussteige und in den Gang trete.

Ich drehe mich um, um ihn anzusehen, bevor sich die Türen schließen. Er sieht einfach umwerfend aus, wie er so dasteht in seinem maßgeschneiderten grauen Anzug und der eisblauen Krawatte. Er sieht aus wie ein Mann, der alles unter Kontrolle hat. Ein Mann, der sich nimmt, was er will. Und bei diesem Anblick verspüre ich eine solche Stärke in mir, dass es mein Verlangen nach diesem Mann – und diesem Spiel – gleichermaßen befeuert.

»Das freut mich«, sage ich, als sich die Türen zu schließen beginnen. »Denn Sie werden sich ins Zeug legen müssen.«

Ich bin mir nicht sicher, meine aber, ihn lächeln zu sehen, bevor die Türen mir den Blick versperren.

In der Suite angekommen, gehe ich zuerst zu Jamies Zimmer, aber sie hat eine rote Schleife um die Türklinke gebunden, worüber ich schmunzeln muss, denn das ist unser altes Geheimzeichen für »Männerbesuch«. Und auch wenn ich ein wenig neidisch bin, weil Jamie die Nacht mit ihrem Freund verbringt, bin ich nicht neidisch genug, um Damien anzurufen und aufzugeben.

Ich bin viel zu neugierig, wie sich das weiterentwickelt.

Da ich alleine bin, beschließe ich, mich zum Filmschauen ins Bett anstatt ins Wohnzimmer zurückzuziehen, und gehe gerade die unspektakuläre Auswahl durch, als mein Handy klingelt.

Ich blicke aufs Display, aber es ist eine unbekannte Nummer, und da ich wirklich keine Lust habe, mir von irgendeinem Werbefuzzi etwas aufschwatzen zu lassen, lasse ich die Mailbox rangehen.

Einen Augenblick später erscheint auf dem Bildschirm eine SMS von derselben Nummer.

Geh doch ran – D

Ich lecke mir über die Lippen und kuschle mich nach hinten in die Kissen. Na gut, also los.

Ich warte. Und warte noch etwas länger.

Und dann, als ich schon beschließe, dass er mich absichtlich auf die Folter spannt, klingelt mein Handy erneut.

»Mr. Stark«, sage ich, »woher haben Sie diese Nummer?«

»Ich habe ein Talent dafür, das zu kriegen, was ich will, Miss Fairchild.« Die Worte sind vollkommen unschuldig, doch mit einer solch tiefen, sinnlichen Stimme gesprochen, dass ihre Wirkung auf mich alles andere als unschuldig ist. Ganz im Gegenteil, ich schließe meine Augen und lasse die feurige Leidenschaft in seiner Stimme auf mich einprasseln.

»Ah ja?«, frage ich und lecke mir die Lippen. »Und was wollen Sie?«

»Ich dachte, das hätten wir bereits geklärt, Miss Fairchild. Was sagten Sie gleich noch mal, was ich wolle?«

Ich bin überrascht, als ich feststelle, dass ich mich ein klein wenig ziere. Immerhin handelt es sich um Damien.

Aber nicht jetzt. Nicht heute Abend.

Richtig. Ich atme ein. »Sie sagten, Sie wollten mich vögeln.«

»Sehr gut. Was noch?«

»Und noch vieles mehr«, sage ich pflichtbewusst.

Sein leises Lachen lässt mich erbeben. »Da hat jemand gut aufgepasst.«

»Es war auch eine überaus interessante Unterhaltung«, gebe ich zu. »Also, was verbirgt sich hinter ›noch vieles mehr‹?«

»Wo soll ich anfangen? Ich will Sie berühren«, sagt er. »Mit meinen Fingern jeden Zentimeter Ihrer Haut erkunden, und dann das Ganze mit meiner Zunge wiederholen. Ich will an Ihren Nippeln saugen, bis sie fast schon zu sensibel sind, um berührt zu werden, und dann will ich dasselbe mit Ihrem Kitzler machen und Sie dabei festhalten. Sie werden sich winden, sich bewegen wollen, aber Sie werden gefangen sein, jedem sinnlichen Vergnügen willenlos unterworfen, und das alles nur mit dem Ziel, Sie zum Höhepunkt zu bringen.«

Ich unterdrücke ein Stöhnen, während ich mich auf dem Bett räkele und jeder Zentimeter meiner Haut in Flammen steht.

Er setzt eine Pause, und diese Stille erzeugt ein so starkes Gefühl von Verlust, als ob er seine Hand von meinem Körper weggezogen hätte. Doch ich lasse mir nichts dergleichen anmerken. Stattdessen gebe ich mich gleichgültig. »Was, ist das schon alles?«

Er bricht in Lachen aus. »Oh nein, Miss Fairchild. Das kaufe ich Ihnen nicht ab.«

»Was kaufen Sie mir nicht ab?«

Aber alles, was er sagt, ist: »Mmh.«

Ich rutsche auf dem Bett hin und her. Ich will wieder seine Stimme hören. Ich will mehr. »Mr. Stark?«

»Ich bin immer noch hier. Was tragen Sie?«

»Dasselbe wie unten in der Bar. Einen Rock und eine Bluse.«

»Tragen Sie einen BH?«

»Ja.«

»Ein Unterhöschen?«

Ich lecke mir über die Lippen. »Nein.«

»Nein? Wie unanständig von Ihnen, Miss Fairchild.«

»Vielleicht bin ich ja gerne unanständig.«

Er gibt einen kehligen Laut von sich. »Ist dem so? Nun, das muss ich mir merken.«

Ich verstärke meinen Griff um das Handy und frage mich, was er damit wohl meint.

»Wie unanständig wären Sie denn heute Abend gern?«, fragt er.

»Ich weiß nicht.«

»Es gibt gewisse Regeln«, sagt er und erinnert mich an unsere erste Nacht, als er mich mit einer Limousine und einem Handy nach Hause schickte. »Und die erste Regel lautet, dass Sie mich nicht anlügen dürfen. Haben Sie verstanden?«

Ich zögere nur eine Sekunde. »Ja«, sage ich. Und weil ich zumindest einige Regeln des Spiels kenne, setze ich nach: »Ja, Sir.«

Ich kann das zufriedene Lächeln in seinen nächsten Worten beinahe heraushören. »Also, beantworten Sie mir meine Frage: Wie unanständig möchten Sie heute Abend sein?«

»Sehr«, antworte ich, und plötzlich falle ich aus meiner Rolle: »Ich will dich hart machen.«

»Baby, das bin ich bereits. Stell das Handy auf Lautsprecher. Ich will, dass du beide Hände frei hast. Bist du so weit?«

»Ja«, sage ich und blicke hinüber zu meinem Handy, das jetzt direkt unterhalb des Kissens liegt.

»Knöpf jetzt deine Bluse auf, und lasse sie offen auf deiner Haut liegen. Befolgst du meine Anweisung?«

»Ja.«

»Braves Mädchen. Jetzt will ich, dass du deine nackte Haut streichelst. Langsam. Hoch und runter. Angefangen bei deiner

Taille zu deinen Brüsten. Zärtlich«, präzisiert er. »Lass einfach deine Fingernägel über die Haut streichen.«

Das Gefühl ist unbeschreiblich, und ich genieße mit geschlossenen Augen diese liebevolle Streicheleinheit.

»Wie fühlt sich das an?«

»Wundervoll«, sage ich. »Als ob es kitzeln sollte, es aber nicht tut. Als ob es all meine Sinne zum Leben erweckt.«

»Sag mir, wo du es fühlst.« Seine Stimme ist heiser und belegt vor Wollust.

»Überall.«

»Sind deine Nippel hart? Drücken sie gegen den BH?«

»Ja.«

»Ist deine Muschi feucht? Pulsiert dein Unterleib? Sehnst du dich danach, berührt zu werden? Gefickt zu werden?«

Ich bringe nur ein Wimmern hervor.

»Sag es mir, Baby.«

»Ja. O Gott, ja.«

»Zieh die Körbchen deines BHs runter. Ich will, dass deine Nippel frei liegen. Streiche dir dann mit den Fingernägeln über die Haut. Genau wie vorhin, ganz leicht.«

Ich tue es, und spüre, wie sich die Pfade der Lust durch meinen ganzen Körper hindurchwinden.

»Jetzt härter. Kneif dir in die Brustwarze, und stell dir vor, das wäre mein Mund an deiner Brust. Meine Zunge, die dich liebkost. Meine Zähne, die an dir nagen, dich beißen.«

Ich kann mich nur mit Mühe und Not zurückhalten, um nicht vor Erregung aufzuschreien.

»Das gefällt dir.« Es ist eine Aussage, keine Frage, und dennoch gestehe ich ein, was er ohnehin schon weiß.

»Sehr.«

»Saug an deinen Fingern, Baby. Härter, Baby. Benutze deine Zunge. Stell dir vor, das sei mein Schwanz. O Gott, Baby. Ich bin so dermaßen hart.«

Ich stöhne, aber ich kann nicht aufhören zu saugen, und ich fühle, wie sich meine Muskeln zusammenziehen, vor Verlangen, endlich gefüllt, endlich gefickt zu werden.

Ich stelle mir vor, wie mich Damien berührt, mich streichelt. Ich stelle mir vor, wie er mich füllt, und als seine Stimme erneut in der Leitung erklingt, geht ein kleiner Lustschauer durch mich hindurch, als kleiner Vorgeschmack auf die Explosion, die mich erwartet.

»Fahr als Nächstes mit deinem Finger über deinen Nippel«, sagt er. »Damit er schön feucht ist. Hast du das?«

»Ja.« Das Gefühl ist wundervoll intensiv. Jeder Zentimeter meiner Haut steht unter Strom, aber meine Brustwarzen sind jetzt so sensibel, dass ich wahrscheinlich sofort kommen würde, wenn Damien nun an meiner Brust saugen würde.

»Braves Mädchen. Leg jetzt deinen Kopf zurück, und blas dir leicht über die Brust.«

Ich zögere, tue es dann aber. Und *oh-mein-Gott*.

Dieser zusätzliche unerwartete Reiz wirbelt meine ohnehin hochsensiblen Sinne so durcheinander, dass ich mich aufbäume und mein gesamter Körper wie elektrisiert ist und ich vor Lust und Verlangen keuche.

»Es scheint, das gefällt der Lady«, sagt er, als ich schließlich aufhöre, »O wow. O Gott« auszurufen.

»Ja«, pflichte ich bei, »das hat der Lady sehr gefallen.«

»Ich will dich sehen«, sagt er plötzlich. »Ich will sehen, wie feucht du bist. Wie gerötet deine Haut ist.«

»Willst du zu mir kommen?«

Er schweigt etwas zu lange und sagt dann: »Mehr, als ich mit Worten sagen könnte. Aber nicht heute Abend. Heute Abend will ich, dass du etwas für mich tust.«

»Was?«

»Steh auf«, weist er mich an, und da das simpel ist, komme ich seiner Aufforderung nach. »Jetzt zieh deinen Rock aus.«

Ich greife nach hinten und finde den Reißverschluss. Ich ziehe ihn hinunter und streife meinen Rock über die Hüften nach unten, bis er zu Boden fällt.

»Trägst du noch deine Bluse? Ist sie immer noch offen?«

»Ja.«

»Und dein BH? Hängt er immer noch unter deinen entblößten Brüsten?«

Ich nicke und finde dann die Sprache wieder. »Ja, Sir.«

»Geh zum Fenster. Nimm das Handy mit.«

Ich tue, wie er befohlen hat, und stehe dann da, halb nackt, und sehe wahrscheinlich aus wie eines der Mädchen, die im Rotlichtviertel im Schaufenster sitzen. Nur dass ich fünfunddreißig Stockwerke hoch über der Erde stehe und mich niemand sehen kann.

»Schick mir ein Foto«, sagt er. »So wie du jetzt dastehst. Mit bloßen Brüsten. Deine Hand an deiner Muschi.«

Ich gebe etwas wie ein wimmerndes Geräusch von mir.

»Ich will, dass du vor dem Fenster stehst. Ich will die Stadt unter dir ausgebreitet daliegen sehen.«

»Ich …«

Ich will es tun, aber gleichzeitig will ich Einspruch erheben. Ich weiß, das hier ist ein Spiel, aber …

»Kommen Sie schon, Miss Fairchild.« Seine Stimme ist tief, verführerisch, hüllt mich ein. »Ich dachte, Sie wollten unanständig sein?«

5

Will ich das? Will ich unanständig sein?

Ich lasse mir Damiens Frage durch den Kopf gehen und spüre, wie sich mein Körper anspannt bei dem Gedanken daran, was er von mir verlangt.

Und die Wahrheit ist, ja, ich will.

Ich liebe Damien, und ich liebe es, mit ihm verheiratet zu sein. Aber das hier, dieses Extra an Nervenkitzel, raubt mir den Atem, so aufregend und neu ist das Gefühl.

Von allein wäre ich nie auf die Idee gekommen, aber wenn er meine Hand hält und ich mich sicher fühle, nun ja …

»Nikki?«

Ich schließe meine Augen und lächle ein wenig. Ich weiß, wir spielen immer noch unser Spiel. Aber das ist das erste Mal, dass er mich bei meinem Vornamen genannt hat, und ich weiß, was das bedeutet. Dass ich mich in einem sicheren Rahmen bewege. Dass er mich nie zu irgendetwas drängen würde.

»Ja, Mr. Stark«, flüstere ich. »Ich will unanständig sein.«

Ich stelle mich in der gewünschten Pose vor das Fenster. Dann hole ich tief Luft und knipse mit der freien Hand ein überaus unanständiges Selfie, von dem ich in tausend Jahren nicht geglaubt hätte, dass ich dazu imstande wäre.

Ich suche es heraus, schicke es an Damien und vergewissere mich mehrfach, dass ich es an den richtigen Empfänger sende.

»Hast du es bekommen?«, frage ich und merke, dass ich den Atem angehalten habe und erst wieder einatme, als ich höre, wie er »Heilige Scheiße, ja« murmelt.

Ein Lächeln erhellt mein Gesicht. »Das bedeutet wohl, dass es dir gefällt.«

»Scheiße, ja.«

»Mr. Stark?«

»Ja, Baby?«

Ich lecke mir über die Lippen und kämpfe gegen meine eigene Schüchternheit. »Sehen Sie es sich gerade an?«

»Oh, ja.«

»Sind Sie hart?«

Ich kann in der Stille sein Lächeln beinahe hören.

»Was glaubst du denn?«, fragt er schließlich.

»Ich glaube, ja«, sage ich und fühle mich plötzlich mutig. »Holen Sie sich einen runter?«, dränge ich weiter. »Stellen Sie sich mich dabei vor? Sind Sie kurz davor zu kommen?«

»Gott, Baby, du führst mich definitiv in Versuchung. Aber nein. Ich werde nicht kommen, bis ich nicht tief in dir drin bin. Und du berührst dich auch nicht eher, bis ich es dir sage. Haben wir uns verstanden?«

Und mit einem Mal hat er den Spieß umgedreht. Das klein bisschen Macht, das ich über ihn hatte, wieder mit beiden Händen an sich gerissen.

Ehrlich gesagt stört mich das nicht.

»Miss Fairchild? Haben wir uns verstanden?«

»Ja.« Ich bringe die Worte vor lauter Erregung nur gepresst hervor: »Ja, Sir.«

»Sag mir, dass du gefickt werden willst.«

Meine Muschi beginnt wie zur Antwort darauf zu pulsieren, und ich gebe einen leisen, lustvollen Laut von mir.

»Bitte, Mr. Stark. Ich will gefickt werden.«

»Bald, Baby. Aber heute Nacht sorge ich dafür, dass du explodierst.«

»Ja, o ja, bitte«, stöhne ich, denn die Aussicht darauf klingt himmlisch.

»Zieh deine Bluse aus«, sagt er. »Und den BH. Ich will dich ganz nackt.«

Ich tue wie befohlen und stehe nun nackt in meinem Zimmer, während mein Körper von den Lichtern des Las Vegas Strip erhellt wird – und ich darauf warte, dass mein Ehemann – mein Liebhaber – mir sagt, was ich als Nächstes tun soll.

»Erzähl mir, was du alles eingepackt hast.«

Ich beiße mir auf die Unterlippe. »Eingepackt?«

Ich höre sein leises Lachen. »Ich frage mich, ob es in deinem Koffer etwas gibt, das uns gerade dienlich sein könnte.«

»Oh.« Ich spüre, wie meine Wangen erröten und ich etwas durcheinander bin. Was natürlich lächerlich ist. Unter den gegebenen Umständen wird die Tatsache, dass ich einen Vibrator eingepackt habe, Damien wohl kaum schockieren.

»Sag schon.« Obwohl seine Stimme fordernd ist, höre ich einen amüsierten Unterton heraus. »Ich mag es, wenn eine Frau selbst für ihr Vergnügen sorgt«, sagt er und bewahrt mich davor, vor Scham im Erdboden zu versinken.

»Einen Vibrator«, murmle ich. »In Form einer Patrone. Es war ein Geschenk.« Ich erwähne nicht, dass es ein Geschenk zum Junggesellinnenabschied war. Das weiß er nur allzu gut. Schließlich haben wir uns bereits mehrfach damit vergnügt.

»Interessant«, sagt er. »Hol ihn. Und leg dich dann aufs Bett.«

Ich gehorche, und als ich mich hinlege, merke ich, dass mein Herz vor Vorfreude heftig pocht.

»Spreiz deine Beine, Baby. Ich will dich schön weit offen. Ich bin direkt vor dir und will mich Kuss um Kuss nach oben zu deinen Schenkeln vorarbeiten. Ich will sehen, wie feucht du bist.«

Ich schließe meine Augen und stelle es mir vor. Seine Lippen auf meiner Haut, seinen Atem, der meine Klitoris kitzelt.

Ich erzittere und merke, dass ich verdammt nah dran bin.

»Jetzt schalte den Vibrator ein«, befiehlt er, und ich gehorche, auch wenn ich mich widersetzen möchte. Denn ich weiß, sobald ich mich damit auch nur meinem Kitzler nähern soll, werde ich mich völlig vergessen. Und ich bin noch nicht bereit dazu. Ich möchte es noch länger auskosten.

Aber das hier ist Damiens Show, also sage ich nichts.

Doch als er mich kurz darauf anweist, mit dem Vibrator leicht über meine Brustwarze zu streichen, merke ich, dass ich darauf hätte vertrauen müssen, dass er mich versteht. Dass er genau weiß, was ich brauche.

Ich tue, was er verlangt, und das Gefühl ist unglaublich.

»Und, wie fühlt es sich an?«, sagt er.

»Ich weiß auch nicht«, gestehe ich. »Ich … Ich habe das noch nie gemacht, aber es ist der Wahnsinn.« Meine Nippel sind so dermaßen sensibel, dass es sich anfühlt, als ob der Vibrator kleine Blitze durch mich hindurchsendete, die meinen Körper erzittern ließen und mich fast bis über den Punkt brächten, aber doch nicht ganz. »Es ist, als würde ich schwankend an einer Klippe stehen. Und nur auf einen Schubs warten.«

»Willst du denn über die Klippe gestoßen werden?«

»Ja … Nein. Ich weiß nicht.«

Er lacht. »Klingt so, als ob du alles gleichzeitig willst.«

»Ja«, murmle ich, während sich mein Körper in geschmolzene Lava verwandelt. »O ja, bitte.«

»Streich mit der Fingerspitze nach unten und reib deinen Kitzler, Baby. Ich will dich atmen hören. Ich will spüren, wie es immer näherkommt. Sag mir, dass du feucht bist«, sagt er, als meine Finger das erste Mal über meine glitschige Wölbung streichen.

»Ich bin feucht. Ich bin so was von feucht.«

Ich lasse den Vibrator fallen, der nutzlos neben mir auf der

Matratze weiterbrummt. Doch ich beachte ihn kaum. Meine gesamte Wahrnehmung beschränkt sich auf das, was sich zwischen meinen Beinen abspielt. Meine Finger. Damiens Stimme. Und diese ungezügelte, sich ins Unermessliche steigernde Lust, die mich beinahe aufzuzehren droht.

»Ich bin es, der dich berührt, Baby. Es sind meine Finger, die dich streicheln. Du schmeckst so gut. Kannst du meine Zunge über dich gleiten fühlen?«

Ich versuche zu bejahen, doch ich gebe nur einen unverständlichen Laut von mir.

»Komm schon«, sagt er. »Ich kann deinen Atem hören. Ich kann deine Erregung hören. Sag mir, dass du kommen willst.«

»Ich will kommen«, sage ich. »O Gott, und wie.«

»Nur noch ein bisschen mehr. Finde die richtige Stelle und spiel damit. Du hast es fast geschafft.«

Es ist überwältigend, diese Mischung aus Fantasie und Realität, einerseits den Mann bei mir zu wissen, der meinen Körper so gut kennt, während mir andererseits mein neuer Liebhaber all diese Worte ins Ohr flüstert. Diese Kombination lässt mich davonschweben. Trägt mich höher und höher. Bis zu jenem entscheidenden Punkt.

Und dann, als Damien »Komm jetzt für mich« flüstert, reißt es mich schier in Fetzen, und alles bricht aus mir heraus in die Weite der Nacht, bis ich vollkommen leer und erschöpft und unglaublich, unendlich befriedigt bin.

Eine Weile noch schwebe ich, schwebe einfach dahin, bis ich wieder sanft zur Erde zurücksinke.

»O Gott, Damien«, sage ich, als ich schließlich meine Sprache wiederfinde.

»Gute Nacht, Miss Fairchild«, sagt er sanft. Das ist alles, was er sagt, doch was ich heraushöre, ist: »Ich liebe dich.«

6 Da der Frühling in diesem Jahr früh Einzug gehalten hat und es für März ungewöhnlich warm ist, beschließe ich, am Pool zu frühstücken und nebenher Zeitung zu lesen. Zielstrebig laufe ich an der Cabana vorbei, die für unsere Suite reserviert ist, denn ich habe keine Lust, bei dem schönen Wetter drinnen zu hocken, und suche mir stattdessen einen der Liegestühle nahe dem Wasserfall aus.

Der Bereich um den Pool herum ist wunderschön gestaltet mit heimischen Pflanzen und farbenprächtigen tropischen Blumen. So früh am Tag sind nur wenige Gäste hier draußen unterwegs, und ich lachle, als ich an einem älteren Mann in einem Golfhemd vorübergehe, der einen Thriller von Harlan Coben liest und eine *Bloody Mary* trinkt.

Ich will mich gerade hinsetzen, als mir ein dunkler Haarschopf auffällt, der nahe einer Umkleide um die Ecke biegt. Eine Frau. Und obwohl ich sie nicht richtig erkennen kann, beschleicht mich erneut das Gefühl, dass sie mir irgendwie bekannt vorkommt.

Ich überlege aufzustehen und ihr nachzugehen, aber ich habe zu wenig gesehen, um sicher zu sein, und ehrlich gesagt denke ich mir, falls wir uns tatsächlich kennen, kann sie genauso gut auch auf mich zukommen.

Sobald ich sitze, ziehe ich mein T-Shirt aus, unter dem ich ein Bikini-Oberteil trage, das ich in der Hoffnung angezogen hatte, dass das Wetter schön werden würde.

Meinen Rock behalte ich jedoch an. Nicht nur, weil es noch nicht warm genug ist, um mich bis ganz auf meine Badesachen auszuziehen, sondern auch, weil ich grundsätzlich in der Öffentlichkeit nicht im Slip herumlaufe. Wenn ich mit Damien zusammen bin, denke ich gar nicht mehr über die Narben nach, die meine Hüften und Innenschenkel überziehen. Aber das heißt nicht, dass ich möchte, dass die halbe Welt sie sieht.

Ich ziehe die *Los Angeles Times* aus meiner Tote Bag, lege sie auf dem Tisch neben mir ab und winke mit der Hand einen Kellner in der Nähe heran, der herbeigeeilt kommt.

Er sieht ein paar Jahre jünger aus als ich, bestimmt ein Student, der sich etwas dazuverdient. Ich bestelle einen Bagel mit Frischkäse, Kaffee und Orangensaft, setze meine Sonnenbrille auf, lehne mich zurück und genieße das Gefühl der aufgehenden Sonne auf meiner Haut.

Ich hatte eigentlich gar nicht vor zu dösen, aber nachdem ich gestern Nacht nicht viel geschlafen habe, fühlen sich meine Augenlider schwer an, besonders hier in der Sonne. Also lasse ich mich davondriften, und plötzlich ist es nicht nur die Sonne, die meine Haut wärmt, sondern auch die Erinnerung an Damiens Worte gestern.

In diesem Moment bereue ich es fast, dass ich nicht einfach auf dem Balkon meines Zimmers frühstücke, denn die Versuchung, meine Hand zwischen meine Beine gleiten zu lassen, ist sehr, sehr groß. Aber ich möchte ja nicht riskieren, dass der alte Golfer nebenan einen Steifen bekommt. Oder, Gott behüte, einen Herzinfarkt.

Ich höre, wie der Kellner zurückkehrt, und frage ihn, ob er mir ein Glas Wasser mit Eiswürfeln bringen könnte.

»Ist Ihnen warm, Miss Fairchild? Wenn ich Sie mir so anschaue, hätte ich eher vermutet, Ihnen ist etwas kühl.«

Ich öffne die Augen und erblicke Damien, der auf mich herablächelt. Auf meine Brüste, um genau zu sein, und meine knüppelharten Nippel, die sich deutlich unter meinem Bikini-Oberteil abzeichnen.

»Könnten Sie bitte aufhören, mich so anzustarren?«

»Ich genieße nur die Aussicht.« Er nimmt auf dem Liegestuhl neben mir Platz. »Dachten Sie gerade an gestern Nacht?«

»An jeden einzelnen Moment davon«, gestehe ich und verkneife mir ein genüssliches Lächeln, als ich seine Augen bei dieser unerwartet ehrlichen Antwort aufflammen sehe.

»Und Sie?«, frage ich. »Was machen Sie an diesem schönen Vormittag so? Außer mich anzustarren, meine ich.«

»Anstarren, Miss Fairchild?« Sein Blick huscht zu meinem Gesicht und gleitet dann hinunter über meinen Körper, so langsam und so absichtlich, dass meine Haut kribbelt, als ob es seine Finger und nicht seine Blicke seien, die über mich hinweggleiten.

»Anstarren?«, wiederholt er. »Nein, ich studiere nur. Und schmiede Pläne.«

»Pläne?«, wiederhole ich. »Jetzt bin ich aber neugierig. Raus mit der Sprache.«

»Ach, ich erwäge nur verschiedene Strategien. Wie ich Sie berühren werde. Wie ich Sie dazu bringe, die höchsten Gipfel der Lust zu erklimmen. Wie ich Sie dahin bringe, dass Sie kurz davor sind, und Sie dann zappeln lasse, sodass Sie sich in meinen Armen winden und mich um Erbarmen anbetteln.« Er sieht mich ungerührt an. »Solche Dinge halt.«

Mein Mund ist vollkommen trocken, und ich spüre ein Kribbeln zwischen meinen Beinen. Dennoch habe ich einen wichtigen Aspekt bemerkt. »In Ihren Armen, Mr. Stark?«

»Das ist Ihnen nicht entgangen, was?«

»Ich höre eben genau hin.«

»Ich hatte gehofft, Sie würden mir die Ehre erweisen, mich zum Abendessen zu begleiten.«

Abwägend lege ich meinen Kopf schräg. Das ist unser letzter Abend hier. Wenn wir also diesen Flirt auf die nächste Stufe heben wollen, heißt es, jetzt oder nie. Und, na gut, außerdem bin ich gespannt, was er geplant hat.

»Werden Sie sich zu benehmen wissen?«

»Das ist höchst unwahrscheinlich.«

Ich lache, denn ich hätte mir keine bessere Antwort wünschen können. »Also in dem Fall, Mr. Stark, begleite ich Sie mit dem größten Vergnügen.«

»Und, wie lief's?«, frage ich Jamie, als wir durch das Casino zum zentralen Shoppingbereich des Hotels laufen.

»Ich glaube, es lief prima. Gloria meinte, sie würde mich wegen weiterer Interviews anrufen, also insofern …«

Sie belässt es bei der Andeutung, doch ich falle ihr begeistert in die Arme. »Jamie, das ist ja super!«

»Potenziell super«, korrigiert sie mich, grinst aber über beide Ohren.

Alle um uns herum, Männer wie Frauen, sitzen entweder an Blackjack- oder Roulette-Tischen, stehen um den Craps-Tisch herum oder vor den Glücksspielautomaten. Der Lärm im Casino ist unerträglich. Wie, nebenbei bemerkt, der Qualm, der in der Luft hängt.

Es ist noch nicht einmal Mittag, und trotzdem herrscht hier bereits ein Andrang, als sei es spätabends. Ich schätze, das ist der ganze Sinn und Zweck von Las Vegas, aber meine Vorstellung von Dekadenz geht eher in eine private Richtung, und ich lächle in mich hinein, als ich voller Vorfreude an mein Abendessen mit Damien denke und an all das, was darauf folgen wird.

Wir laufen ein Stück weiter, ehe ich anhalte und mich umblicke. Wir haben eine Abzweigung erreicht, und ich frage mich, welchen Weg wir nehmen sollen. Soweit ich weiß, ist praktisch jedes Casino so angelegt, dass man nicht so leicht den Ausgang findet. Wenn man einmal drin ist, wird man quasi gezwungen, zu bleiben und immer weiterzuspielen.

»Starfire Promenade?«, fragt Jamie und deutet auf ein Schild, das uns den Weg nach links weist.

»Das ist es«, sage ich. »Gehen wir.«

Nach fünf Minuten sind wir in Freiheit und treten aus dem schummrigen Licht des Casinos in den hell erleuchteten Bereich des Nobeleinkaufszentrums. Es erstreckt sich über insgesamt drei Etagen, und so ziemlich jeder namhafte Designer scheint mit einem eigenen Geschäft vertreten zu sein. Daneben gibt es diverse Boutiquen, Restaurants und sogar kleine Galerien.

»Wonach bist du denn auf der Suche?«, frage ich.

Sie wirft mir einen Blick von der Seite zu. »Du willst wohl selbst gar nicht shoppen?«

Ich denke an meinen Kleiderschrank zu Hause, der ungefähr so groß ist wie mein Apartment zu Unizeiten, und überquillt vor lauter Klamotten und Schmucksachen, die mir Damien ständig kauft. Manchmal glaube ich fast, er ist erst zufrieden, wenn ich von allem mindestens ein Teil besitze.

»Vielleicht schaue ich nach einem Geschenk für Damien«, sage ich. »Andererseits gibt es in der Fiktion dieses Wochenendes keinen Damien in meinem Leben.«

»Ihr spielt immer noch dieses Spiel?«

»Klar, es macht total Spaß. Das heißt dann wohl, dass Ryan und du nicht mehr mitspielt?«

Jamie hebt eine Schulter. »Doch, wir spielen schon noch. Wir tun zwar nicht mehr so, als ob wir uns in der Bar kennengelernt hätten, aber wir denken uns andere Spielchen aus …«, sagt sie unbestimmt mit leicht anzüglichem Unterton. »Aber eine echte Lady schweigt und genießt. Beziehungsweise fickt und genießt. Beziehungsweise fesselt und genießt …«

»Jamie!« Lachend halte ich mir mit beiden Händen die Ohren zu. »Nicht, hör auf, bitte!«

Sie zuckt unschuldig mit den Schultern. »Du hast gefragt.«

Ich bin mir zwar ziemlich sicher, dass das nicht stimmt, belasse es aber dabei.

»Da drüben«, sagt sie und deutet auf das Schaufenster einer edlen Boutique auf der anderen Seite des breiten Gangs, in der bestickte Jeans ausliegen. »Können wir da mal reingehen?«

»Klar«, sage ich und folge ihr. Als wir gerade das Geschäft betreten wollen, saust eine dunkelhaarige Frau an uns vorüber, um ihre Freunde einzuholen. Ihr Anblick erinnert mich an vorhin, und ich drehe mich zu Jamie um. »Ich hatte schon wieder dieses seltsame Gefühl. Heute Morgen am Pool.«

»Was? Hast du jemanden gesehen, der dir bekannt vorkam?«

»Ich weiß auch nicht, aber ja, es ist irgendwie merkwürdig.«

»Bestimmt täuschst du dich«, sagt Jamie. »Und falls es doch jemand ist, der dich kennt, will er wahrscheinlich nur ein paar Fotos von dir bei Twitter einstellen. Tja, das ist eben der Preis, den man zahlen muss, wenn man mit dem Herrscher des Universums verheiratet ist.«

Ich runzle die Stirn, muss aber zugeben, dass sie da gar nicht so unrecht hat. Seit ich mit Damien verheiratet bin, bin ich regelmäßig Thema in den sozialen Medien.

»Hör mal, geh du schon mal rein«, sage ich und deute auf den Laden. »Ich schaue mich nebenan um.« Im Schaufenster des Juweliers liegt Smaragd- und Diamantschmuck aus, und ich würde zu gerne passende Ohrringe zu dem wunderschönen Fußkettchen finden, das Damien mir geschenkt hat, als wir zusammenkamen.

»Ich kaufe Jeans und du Diamanten«, trällert sie. »Besser könnte man gar nicht zusammenfassen, in welch unterschiedlichen Sphären wir beide mittlerweile leben.«

Ich lache bloß. »Und das sind nicht einmal die einzigen Unterschiede.« Ich zähle an meinen Fingern ab. »Strandhaus.

Limousine. Privatjet. Und nicht zu vergessen, die Schokoladenfabrik in der Schweiz.«

»Also jetzt bist du echt fies.« Sie versetzt mir mit der Hüfte
einen freundschaftlichen Stupser. »Bis gleich.«

Ich grinse, während ich ihr nachsehe, und betrete dann das
Geschäft. Es ist größer, als man von außen vermuten würde,
und erstaunlich voll. An der Eingangstür starrt ein uniformier-
ter Wachmann gelangweilt Löcher in die Luft.

Die Wände sind gesäumt mit gläsernen Regalen, in denen
lauter kostspielige Dekorationsartikel wie mundgeblasene Vasen und Porzellanstatuen stehen. In der Mitte des Raums befinden sich Glasvitrinen, die in Hufeisenform angeordnet sind
und an denen die Kunden entlangschlendern, um sich die
ausgestellten Stücke in den Regalen und in den Vitrinen zu
besehen. In einigen liegen brandneue Stücke aus, in anderen
alte Erbstücke. Ich finde ein antikes, in Platin eingefasstes
Smaragd- und Diamant-Ohrgehänge und das dazugehörige
Armband; ziemlich genau das, was mir vorschwebte.

»Sie sind von erstklassiger Qualität«, sagt der Mann hinter
dem Tresen, dessen Namensschild ihn als Frederick Pyle aus-
weist.

»Ich suche passenden Schmuck zu dem hier«, erkläre ich
und beuge mich hinunter, um mein Fußkettchen abzuneh-
men. Und in diesem Moment sehe ich sie wieder. Meinen
dunkelhaarigen Schatten. Und diesmal bin ich hundertprozentig sicher, dass ich sie kenne. Sie hat welliges Haar, das ihr
bis zu den Schultern reicht, und ein rundes Gesicht mit her-
vorstechenden Wangenknochen. Sie ist zierlich und wirkt
umso kleiner, da sie vornübergebeugt läuft, als ob sie sich vor
der Welt verstecken würde.

Sie stöbert an den Glasregalen entlang, und ich drehe mich
wieder zu Mr. Pyle, zum einen, weil er den Schmuck heraus-
genommen hat, um ihn mir zu zeigen, und zum anderen, weil

ich nicht ihrem Blick begegnen will, während ich noch versuche, mich an ihren Namen zu erinnern.

Woher kenne ich sie bloß?

Ich versuche, nicht zu angestrengt darüber nachzudenken, denn dann komme ich garantiert nicht darauf. Stattdessen lege ich mein Fußkettchen neben das Armband. Sie passen nicht perfekt zueinander, aber die Fassungen ergänzen einander ganz wunderbar. Und, was noch wichtiger ist, der Schmuck gefällt mir. »Ich nehme beides«, sage ich. Und da ich die Frau von Damien Stark bin und so etwas normalerweise nie, nie mache, obwohl mir Damien immer wieder sagt, ich solle jederzeit alles kaufen, was mein Herz begehrt, frage ich gar nicht erst nach dem Preis. Stattdessen bitte ich ihn, die Rechnung auf mein Zimmer zu schreiben. Ich nenne meinen Namen, zeige meinen Ausweis vor und muss ein Lächeln unterdrücken, als der ohnehin höfliche und zuvorkommende Verkäufer sich beinahe vor Freundlichkeit überschlägt.

»Natürlich, Mrs. Stark. Möchten Sie warten? Oder soll ich Ihnen den Schmuck auf Ihre Suite bringen lassen, sobald wir die Stücke gereinigt und eingepackt haben?«

»Ich würde ihn am liebsten gleich tragen. Wie lange wird es dauern?«

»Zehn Minuten. Möchten Sie vielleicht Platz nehmen?« Er deutet auf einen mit Seide bezogenen Diwan im hinteren Teil des Geschäfts. »Darf ich Ihnen Wein anbieten?«

»Ich schaue mich derweil einfach ein wenig um, danke.«

Ich streife durch den Laden, spähe in die Glaskästen und bewundere all die schönen, funkelnden Schmuckstücke. Aber ich bin nur halb bei der Sache. Denn vor allem zermartere ich mir das Hirn und versuche krampfhaft, mich an den Namen der Frau zu erinnern. Außerdem gebe ich mir größte Mühe, sie nicht anzustarren, was auch gut so ist, weil sie sich ständig nervös nach allen Seiten umsieht.

Schon bald wird mir auch klar, weshalb.

Ich beobachte, wie sie sich eine der mundgeblasenen Vasen greift und in ihrer Handtasche verschwinden lässt.

Dann strafft sie ihre Schultern, bummelt noch ein paar Minuten an den Regalen entlang und strebt dann auf den Ausgang zu. Sie ist fast draußen, als der Wachmann ihr den Weg versperrt.

»Entschuldigen Sie, Miss«, sagt er. »Ich muss Sie leider bitten, Ihre Tasche zu öffnen.«

»Wie bitte?« Ihre Stimme klingt fiepsig, und selbst aus dieser Entfernung kann ich ihre Panik hören. »Ach, herrje«, ruft sie aus, und plötzlich fällt es mir wie Schuppen von den Augen, und ich weiß, wer sie ist. Marcy Kendall aus Dallas, Texas. Eines der wenigen Mädchen in der Oberstufe, das Jamie und ich mochten. Eine der wenigen, die nett zu mir waren und nicht dachten, dass ich eine hochnäsige Ziege sei, bloß weil ich an Schönheitswettbewerben teilnahm. Offenbar hatte sie die ganze Maskerade durchschaut und erkannt, dass meine Zurückhaltung nichts mit Arroganz zu tun hatte und dass die Wettbewerbe in Wirklichkeit eine Tortur für mich waren.

Wir standen uns nie nahe, aber ich mochte sie. Und in gewisser Weise war sie für mich ein Spiegelbild der Welt. Sie hatte mir gezeigt, dass es Menschen gibt, die dein wahres Wesen erkennen, selbst wenn du es noch so gut vor allen anderen zu verbergen versuchst.

Ich habe zwar keine Ahnung, was Marcy Kendall dazu bringt, eine Vase zu klauen, aber ich habe vor, es herauszufinden. Zunächst jedoch muss ich ihr aus der Patsche helfen.

»Marcy!«, rufe ich und sehe, wie sie erschrocken einen Satz macht. Sie dreht sich zu mir, und ihre Augen weiten sich.

»Was ...?«

Aber ich unterbreche sie, ehe ihr irgendetwas Dummes herausrutscht. »Wo hast du denn die Vase hingetan? Hast du sie Mr. Pyle gegeben? Ich habe sie nämlich noch nicht bezahlt.«

Eine Sekunde lang sieht sie so entgeistert aus, dass ich fest damit rechne, dass der Wachmann sich jeden Moment auf uns stürzt und uns beide verhaftet. Doch dann klart sich ihr Blick auf, und die Verwirrung weicht einer solch tief empfundenen Dankbarkeit, dass jegliche Bedenken, die ich möglicherweise noch hatte, ihr zu helfen, gründlich fortgefegt werden.

»Oh«, sagt sie. »Ich dachte, das hättest du schon. Tut mir leid.« Sie lacht. »Ich hab' dir ja gesagt, dass das mit den Cocktails zum Frühstück keine gute Idee war. Ich bin so ein Schussel, wenn ich getrunken habe.« Sie lächelt hoch zu dem Wachmann und zieht die Vase aus ihrer Tasche. »Tut mir leid. Es sah bestimmt so aus, als wollte ich sie stehlen.«

Sie kommt zu mir gelaufen, und ich denke schon, es ist ausgestanden. Doch dann sagt der Wachmann: »Eine Sekunde noch, Miss« und nimmt ihr die Vase aus der Hand. Er deutet auf mich: »Und mit Ihnen möchte ich auch sprechen, Miss.«

»Mit mir? Aber ich …«

Ich verstumme. Was zum Henker soll ich auch sagen?

Glücklicherweise kommt Mr. Pyle genau in diesem Moment zurück. »Hier ist es, Mrs. Stark«, ruft er übertrieben laut, und auch wenn mir klar ist, dass er damit der ganzen Welt, oder zumindest den anwesenden Kunden, kundtun will, dass die steinreiche Frau von Damien Stark in seinem Geschäft einkauft, zählt für mich nur die Tatsache, dass seine Stimme bis zu dem Wachmann vorgedrungen ist. Und das ist gut so.

Dem Wachmann klappt der Mund zu, und er gibt Marcy die Vase zurück. »Entschuldigen Sie das Missverständnis.«

»Kein Problem. Mein Versehen. Wirklich.«

Ich sehe zu Mr. Pyle. »Könnten Sie bitte die Vase ebenfalls

auf meine Rechnung setzen?« Ich lächle liebenswürdig. »Einpacken ist nicht nötig, sie nimmt sie gleich so mit.«

Nachdem ich meinen Karton entgegengenommen habe, eile ich Marcy hinterher und hoffe, dass sie sich in der Zwischenzeit nicht schon aus dem Staub gemacht hat.

Das hat sie nicht.

Sie wartet gegenüber auf einer Bank auf mich, neben dem Eingang von Jamies Jeansladen.

Als ich näher komme, sieht sie mit einem ängstlichen Lächeln hoch. »Danke«, sagt sie. »Du hast mich wirklich gerettet.«

Ich nehme neben ihr Platz. »Was war denn los, Marcy? Wieso wolltest du die Vase stehlen?«

Sie hebt ihr Kinn. »Das wollte ich gar nicht«, sagt sie, doch ich höre kaum hin. Sie hat sich größte Mühe gegeben, es zu kaschieren, aber in diesem Licht kann ich dennoch die blauen Flecken unter ihrem Make-up erkennen. Und nun, da ich weiß, wonach ich suchen muss, entdecke ich sie nicht nur auf ihrer Wange und am Hals, sondern auch am Oberarm und am Handgelenk.

Ich verziehe keine Miene. Ich will nicht, dass sie merkt, dass mir alles klar ist, denn ich fürchte, dass sie sofort die Flucht ergreifen würde.

»Ich meinte das ernst mit dem Trinken am Morgen«, sagt sie leichthin. »Ich habe sie völlig gedankenverloren einfach eingesteckt und wollte schon rausmarschieren. Wie dumm von mir. Ich hätte sie natürlich bezahlt.«

Natürlich glaube ich ihr kein Wort.

Aber ich bin entschlossen, ihr zu helfen.

7 Ich sitze immer noch mit Marcy auf der Bank, als Jamie
aus dem Kleidungsgeschäft geschlendert kommt und
eine Einkaufstüte in der Hand schwingt.

Als sie uns sieht, fällt ihr die Kinnlade herunter. »Marcy?
Marcy Kendall?«

Marcys Lächeln ist schmal, aber aufrichtig. »Hey, Jamie.
Schön, dich wiederzusehen.«

Jamie sieht zwischen uns beiden hin und her. »Was ist los?«

»Ich habe Marcy beim Juwelier getroffen«, sage ich. »Sie ist
mein geheimnisvoller Schatten.«

Marcys Augenbrauen ziehen sich zusammen. »Bitte was?«

»Ich habe dich schon zweimal gesehen«, sage ich. »Aus
dem Augenwinkel. Gestern in der Lobby und heute Morgen
am Pool. Es hat mich wahnsinnig gemacht, weil ich dein Gesicht nicht zuordnen konnte.«

»Ah. Und ich dachte, ich wäre gut darin, nicht aufzufallen.«

Ich betrachte sie aufmerksam. Der Rücken gekrümmt. Die
Hände verknotet. Die Haut an den Fingernägeln abgeknab-
bert. Ja, sie sieht so aus, als wäre sie am liebsten unsichtbar.

Ich blicke zu Jamie hinüber und sehe, wie ihr Gesicht
ebenfalls einen sorgenvollen Ausdruck annimmt. Ich weiß
nicht, ob sie die überschminkten blauen Flecken gesehen hat,
aber ich schätze schon. Jamie ist ein Make-up-Profi, und so
etwas entgeht ihrem geübten Auge nicht.

»Und was bringt dich nach Vegas?«, fragt Jamie.

»Oh, ich bin mit meinem Freund hier. Ähm, Jay. Jay Monroe. Er arbeitet an einem der Messestände.«

»Ist er ein Spieleentwickler?«, frage ich, und Marcy schüttelt den Kopf.

»Nein. Er macht so Bürokram. Vertrieb und so. Sein Chef hat ihn mit hierhergenommen, und ich begleite ihn.« Sie beißt sich auf die Lippe. »Er mag es nicht, wenn ich zu Hause bleibe. Das macht ihn eifersüchtig. Das ist auch ein weiterer Grund, weshalb wir hier sind«, sagt sie fröhlich, doch ihr heiterer Tonfall spiegelt sich nicht in ihren Augen. »Er will, dass wir heiraten. Ihr wisst schon, so eine richtige Vegas-Hochzeit. Vielleicht sogar in einer dieser Drive-in-Kapellen.«

Ich glaube, ich habe nie ein traurigeres Lächeln als ihres gesehen.

»Wo ist denn zu Hause, Marcy?«

»Ach so, ich wohne jetzt in Riverside in Kalifornien – kennt ihr das?« Tränen glitzern in ihren Augen. »Aber ich vermisse Texas. Ich vermisse meine Mom so sehr.«

»Hör mal, wir wollten gleich etwas zu Mittag essen. Magst du mitkommen?«

»Liebend gern«, sagt sie, und ich kann sehen, dass ihre Begeisterung echt ist. »Aber ich bin mit Jay zum Mittagessen verabredet. Er hat nur diese eine Pause heute.«

Jamies Augen begegnen meinen, und ich weiß, dass sie dasselbe denkt wie ich – dass dieses arme Mädchen besser dran wäre, wenn sie mit uns mitkäme und Jay in den Wind schießen würde.

Aber so offen können wir ihr das natürlich nicht sagen.

»Und was ist mit einem Abendessen?«, schlage ich vor, auch wenn der Gedanke, Damien absagen zu müssen, mich traurig macht. Aber noch trauriger fände ich es, Marcy nicht zu helfen. Und ich könnte es mir selbst nicht verzeihen, wenn ich sie ihrem Freund überlassen würde, ohne zu wissen, woher diese Flecken stammen – und wie ich diesem Mädchen helfen kann, das zu Schulzeiten so nett zu mir gewesen war.

»Oh«, sagt sie. »Das wäre schön. Aber wir wollten eigentlich heute Abend zusammen essen, wenn er um sieben Feierabend hat.«

»Vielleicht möchte er ja mitkommen«, sage ich. »Dann würden wir deinen Freund auch mal kennenlernen.«

»Mmh, ja, stimmt eigentlich.«

Ich will sie schon auf diesen Plan festnageln, als ich einen Mann »*Marcy!*« durch den Gang brüllen höre. Kurz danach taucht der zur Stimme zugehörige Mann auf. Ein großer, muskelbepackter Typ. Der Typ Mann, der in seiner Jugend gut aussieht und dann schnell abbaut. Ich wette, in ein paar Jahren hat er Hängebacken.

»Verfluchte Scheiße, Marcy, wo zum Teufel hast du gesteckt? Ich habe nur eine dreiviertel Stunde Mittagspause. Welchen Teil von ›am Anfang der Einkaufsmeile‹ genau hast du nicht verstanden?«

Ich blicke den Gang hinunter. Wir sind nur vier Schaufenster vom Anfang der Einkaufsmeile entfernt.

»Es tut mir leid, Jay. Wirklich, tut mir leid.«

Ich weiß zwar nicht, wie, aber sie sieht plötzlich aus, als sei sie noch weiter geschrumpft.

»Ich hab' nur zufällig Freunde aus Texas wiedergetroffen.«

»Hey«, sagt er, würdigt Jamie und mich aber kaum eines Blickes. Er zieht sie am Arm. »Gehen wir.«

»Wir würden uns freuen, wenn ihr uns zum Abendessen treffen würdet«, platze ich heraus. »Du und Marcy und mein Mann und ich.«

Er blinzelt mich an. »Wir haben schon andere Pläne.«

»Schade. Ich dachte, wo du doch im Vertrieb arbeitest, könnten wir vielleicht das Angenehme mit dem Geschäftlichen verknüpfen.«

Seine Augen verengen sich. »Bist du wegen der Messe hier?«

»Nein, aber meinem Mann gehört das Hotel. Er ist Geschäftsmann und in vielen Bereichen aktiv. Ich selbst entwickle Apps.« Ich strecke ihm meine Hand entgegen, auch wenn es mir widerstrebt, ihn anzufassen. »Nikki Stark, ich bin die Frau von Damien Stark.«

Wie ich gehofft hatte, schindet dieser Name bei Jay mächtig Eindruck, und ich kann praktisch die Dollarzeichen in seinen Augen aufblitzen sehen.

»Ach so, ja, klar. Wir kommen gerne, nicht wahr, Marcy?«

»Auf jeden Fall«, antwortet sie pflichtbewusst.

»Das freut mich«, sage ich. »Jamie und ich nehmen Marcy um drei mit ins Spa, damit wir eine Uhrzeit und einen Ort vereinbaren können.«

Marcys Augen weiten sich, während Jay nicht allzu begeistert aussieht. »Spa?«

»Sie hat erzählt, dass du heute den ganzen Tag auf der Messe arbeitest«, sagt Jamie. »Da wollten wir sie nicht allein herumsitzen lassen. Das wird bestimmt lustig. Eine Wellnesskur nur für uns drei Mädels, bevor ihr beide vor den Traualtar tretet. Glückwunsch, übrigens.«

»Danke.« Er blickt zu Marcy, die ihn anlächelt und glücklicherweise weder verwirrt noch erschrocken aussieht. »Wir müssen jetzt los«, ermahnt er sie.

»Um drei«, wiederhole ich. »Am Empfangsschalter vom Spa. Auf der zweiten Etage, im Atrium gegenüber vom Restaurant.«

»Okay«, sagt Marcy leise. Sie drückt ihre Handtasche gegen ihre Brust. »Ich werde pünktlich da sein«, fügt sie hinzu, und ich höre, was sie nicht laut ausspricht – dass sie kommt, weil sie das Gefühl hat, sie schuldet mir etwas.

Was heißt, dass ich mir genau im Klaren sein muss, was ich ihr sagen will, wenn ich möchte, dass sie mir zuhört.

Sobald sie außer Sichtweite sind, dreht sich Jamie zu mir. »Was war das denn?«

»Sie hat eine Vase geklaut«, erkläre ich und erzähle ihr die ganze traurige Geschichte. »Hast du die blauen Flecken gesehen?«

Jamies Gesicht verdunkelt sich. »Hab ich. Der Typ ist ein Wichser.« Sie fährt sich mit den Fingern durchs Haar. »Ich mochte Marcy immer gern. Was sollen wir tun?«

»Mit ihr reden.« Ich hole tief Luft. »Mit ihr reden und darauf hoffen, dass sie uns die Wahrheit erzählt. Dann können wir ihr vielleicht helfen.«

»Glaubst du, sie kommt auch wirklich um drei?«

»Das hoffe ich«, sage ich. »Denn falls nicht, müssen wir unseren Termin absagen und sie suchen. Und ich würde nur ungern meine Massage und Maniküre verpassen.«

Auch wenn ich mich schon sehr darauf gefreut hatte, verzichte ich schließlich auf die Mani- und Pediküre zugunsten der Mission Marcy.

Schließlich wollen wir Marcy zum Reden bewegen, und ich glaube kaum, dass wir das schaffen, wenn uns drei Fremde gegenübersitzen, die unsere Hände und Füße bearbeiten.

Stattdessen haben wir uns überlegt, uns zur Auflockerung zunächst massieren zu lassen und die nächsten zwei Stunden im Entspannungsraum zu verbringen, bevor wir für eine Brazilian-Blowout-Haarglättung und eine Make-up-Behandlung vor dem Abendessen in den Friseursalon wechseln.

»Ich war noch nie bei der Massage«, gesteht uns Marcy, als wir mit dem ersten Teil unserer Wellnesskur fertig sind. »Das war wirklich fantastisch. Auch wenn das mit den Steinen anfangs ungewohnt war.«

»Das ging mir beim ersten Mal ganz ähnlich«, sage ich.

Da Marcy sich auf das Klauen von Vasen verlegt hat, musste ich annehmen, dass ein Besuch im Spa für sie nicht unbedingt alltäglich ist, also habe ich mich nicht lumpen lassen und für jede von uns eine Starfire-Spezialmassage gebucht, die eine Hot-Stone-Massage beinhaltet. Diese Massage ist einfach großartig – durch die Wärme der Steine wird der ganze Rücken gelockert – aber das Gefühl, in Steine gebettet zu sein, ist doch etwas gewöhnungsbedürftig.

Nun liegen wir alle drei herrlich tiefenentspannt im Dampfbad, das sich in der Damenumkleide des Spas befindet.

Mein Plan ist es, noch etwas im Dampfbad zu bleiben und anschließend bei einem Gläschen Wein ganz gemütlich zu plaudern. Oder auch zwei oder drei Gläschen, falls nötig.

»Wie hast du Jay eigentlich kennengelernt?«, frage ich.

»Das war total süß«, sagt sie, und zum ersten Mal klingt sie so, als ob sie diesen Typen einst wirklich mochte. »Wir sind uns in einem Café begegnet. Ich hatte mein Portemonnaie verloren, also kaufte er mir einen Milchkaffee und brachte mich heim. Wie sich später herausstellte, war das Portemonnaie die ganze Zeit in meiner Handtasche.«

Sie zuckt mit den Schultern. »Deshalb denkt er wohl, ich sei immer so schusselig. Der erste Eindruck halt.« Sie reibt sich mit der Hand übers Gesicht und dann hoch zu ihren vom Wasserdampf angeklatschten Haaren. »Jedenfalls hat er alle Register gezogen, um mich zu umwerben. Blumen. Süße SMS. Kleine Geschenke. Es war total schön. Ich hatte das Gefühl, wirklich etwas Besonderes zu sein. Es war wie im Märchen.«

»Und wann hat sich das verändert?«, frage ich vorsichtig, doch Marcy erzählt unbekümmert weiter.

»Ich weiß auch nicht. Das kam schleichend. Allmählich. Zuerst wollte er lieber drinbleiben, anstatt mit Freunden auszugehen. Und ich dachte, na ja, wir sind eben frisch verliebt, und er will Zeit mit mir allein verbringen. Aber dann wollte er plötzlich nicht mehr, dass ich ausgehe, selbst wenn er keine Zeit hatte. Er behauptete, meine Freunde seien gehässig und würden zu viel tratschen. Dabei stimmt das gar nicht. Wir haben uns einfach nur unterhalten, so wie ihr auch. Und dann ist er eines Tages ausgerastet, weil mir der Braten anbrannte. Und dann …«

Sie verstummt, als ob ihr schlagartig klar würde, was sie beinahe ausgesprochen, was sie beinahe zugegeben hätte.

»Und dann hat er angefangen, dich zu schlagen?«, frage ich sanft, um sie nicht zu verschrecken.

Marcy nickt. »Mir … Mir wird langsam etwas heiß hier drin.«

Ich möchte das Gespräch nur ungern an dieser Stelle unterbrechen, aber ich schätze, das ist ihre Art zu sagen: *Das wird mir gerade zu viel.*

Also treten wir aus dem Dampfbad hinaus in die kühle Umkleidekabine, hüllen uns in die flauschigen Bademäntel und machen uns auf den Weg in den Entspannungsbereich.

Ich hole jedem von uns ein Glas Wein, zum einen, weil ich Lust darauf habe, und weil ich weiß, dass der Alkohol Marcy nach der Massage und dem Dampfbad etwas in den Kopf steigen und sie zum Reden animieren dürfte.

In einer Ecke finden wir drei Liegestühle, die um einen Tisch mit einem großen Obstkorb darauf gruppiert sind. Der perfekte Ort zum Relaxen, wie ich finde. Wir lehnen uns auf den Liegen zurück, nippen an unserem Wein, und nach ein paar Minuten versuche ich den Gesprächsfaden aus einer anderen Richtung wiederaufzunehmen. »Du wolltest die Vase stehlen, um sie zu verpfänden, oder?«

»Ja.« Marcys Stimme ist nurmehr ein Piepsen.

»Damit du vor ihm weglaufen kannst?«

Diesmal nickt sie nur.

»Weil er dich schlägt.«

Und dieses Mal starrt sie bloß ihre Hände an.

»Das ist kein Grund, sich zu schämen«, sagt Jamie. »Er ist das Arschloch, nicht du.«

»Ich glaube, er weiß, dass ich ihn verlassen will. Ich glaube, deshalb will er, dass wir heiraten.«

»Du solltest zur Polizei gehen«, sagt Jamie. »Es kann nicht sein, dass er dir wehtut und einfach so davonkommt.«

Marcy erstarrt augenblicklich. »Nein. Er verliert einfach manchmal die Beherrschung. Und mir geht's schon besser. Das soll wirklich keine Ausrede sein, aber es gibt auch gar keine Beweise. Kein ärztliches Attest. Nichts. Ich habe niemandem davon erzählt.«

»Was ist mit einer Beratungsstelle? Du solltest mit jemandem darüber reden.«

Sie schüttelt den Kopf. »Ich weiß, das sollte ich. Aber ich fühle mich noch nicht bereit dazu.«

Ich sehe zu Jamie hinüber, die beinahe unmerklich nickt.

»Willst du ihn immer noch verlassen?«

Marcy nickt. »Ja. Sehr. Ich will zurück nach Hause.«

»Dann mach dich sofort auf den Weg. Ich gebe dir ein wenig Bargeld mit – keine Widerrede. Ich möchte das so«, beharre ich, als sie protestieren will. »Und ich kann ein Auto organisieren, das dich an jeden beliebigen Ort bringt. Also sag mir, Marcy, wo möchtest du hin? Wo bist du sicher?«

»Ich möchte nach Hause«, sagt sie. »Ich möchte nach Texas.«

»Schon erledigt.« Ich lächle ihr zu.

»Einfach so?«

»Einfach so.« Ich stehe auf. »Aber wir sollten keine Zeit verlieren. Lass uns gehen, bevor er Feierabend hat. Ist noch irgendetwas auf eurem Zimmer, das du brauchst?«

Sie schüttelt den Kopf. »Nein. Alles Wichtige habe ich hier in meiner Handtasche.«

»Gut. Er wird deine Sachen sehen und denken, du bist irgendwo im Hotel unterwegs.«

Sie blinzelt mich mit großen Augen vertrauensvoll an. »Träume ich, oder passiert das gerade wirklich?«

»Es passiert wirklich, vorausgesetzt, du willst es.«

»Ja.« Die Erleichterung in ihrer Stimme reißt mir fast das Herz entzwei. »Gott, ja, und ob.«

»Dann lass uns gehen.«

Wir kleiden uns schnell an, und noch während wir das Spa verlassen, rufe ich unten am Empfang an und erkläre, wer ich bin und was ich will. Und mit der typischen Stark-Effizienz steht alles schon bereit, als wir den Haupteingang des Hotels erreichen – ein SUV, der Marcy nach Hause bringt, sowie zwei Fahrer, damit sie bis Dallas durchfahren können, sowie ein Briefumschlag mit zweitausend Dollar in bar.

Marcy starrt den SUV an wie ein Ufo. Und wie ich sie so sehe, muss ich an Damien denken. Unsere Romanze hatte ebenfalls stürmisch begonnen. Er hatte mich nach allen Regeln der Kunst verführt, mir den Verstand geraubt und mir eine vollkommen neue Welt eröffnet. Genau wie Marcy fühlte ich mich am Anfang wie in Trance, alles war einfach wunderschön und wie in einem Märchen.

Aber welch unterschiedlichen Verlauf hatten unsere Geschichten genommen! Denn während Marcy sich nun abduckt, wenn Jay in der Nähe ist, blühe ich bei Damien geradezu auf.

Jay hingegen schüchtert sie ein, tut ihr weh.

Was mich betrifft, so gibt es nichts, das ich Damien nicht anvertrauen würde. Mein Eigentum, meine Seele, mein Herz. Mein Leben.

All das habe ich ihm anvertraut, und ich weiß, dass er dieses Vertrauen niemals missbrauchen würde.

Ich strecke die Arme aus und umarme sie. »Du triffst die richtige Entscheidung. Du verdienst es, glücklich zu sein.«

Marcy nickt mit aufeinandergepressten Lippen, und ich weiß, dass sie Tränen zurückhält.

»Und sie fahren mich wirklich bis nach Hause?«

»Das werden sie«, sage ich. »Hier«, füge ich hinzu und reiche ihr meine Visitenkarte. »Ruf mich an, falls du irgendetwas brauchst. Meine Handynummer steht auf der Rückseite. Und sag Bescheid, wenn du angekommen bist.«

»Mach ich.« Sie drückt mich fest an sich und wirft sich dann Jamie um den Hals. »Danke, euch beiden«, sagt sie heiser und atemlos. »Ich schreibe euch, wenn ich in Dallas bin.«

»Tu das«, sage ich, umarme sie ein letztes Mal und beobachte, wie sie an der Rückseite des SUV einsteigt. Ich gebe beiden Fahrern im Voraus ein Trinkgeld und bitte sie, direkt durchzufahren. Sie nicken und steigen ein.

Dann schauen Jamie und ich dem Auto nach, das mitsamt Marcy hinter der Kurve der Zufahrt und am Brunnen vorbei in den Nachmittag der Nevada-Wüste verschwindet.

Endlich ist sie in Sicherheit. Und das ist auch gut so.

8 Ich bin extrem gut gelaunt, als Jamie und ich zurück zur
   Suite laufen, nachdem wir Marcy verabschiedet haben.
Nicht, dass eine heiße Wochenendaffäre mit meinem Ehe-
mann-Schrägstrich-Liebhaber nicht schon aufregend genug
wäre, aber das Wissen, dass ich meinen Anteil zu Marcys
Glück beigetragen habe, lässt mich wie auf Wolken schweben.

Im Wohnzimmer unserer Suite trennen sich unsere Wege,
und Jamie geht in ihr Zimmer, um ein Nickerchen zu halten.
Ehrlich gesagt, vermute ich, dass sie sich heimlich schlüpfrige
Nachrichten mit Ryan schreibt, der die Gelegenheit beim
Schopfe gepackt und ein Meeting mit dem Sicherheitchef
des Hotels vereinbart hat.

Ich gehe in mein Zimmer, und als ich auf dem Bett eine
Schachtel entdecke, steigt mein Gute-Laune-Barometer noch
weiter in die Höhe, umso mehr, als ich sie öffne und darin
ein aufreizendes Kleid mit passenden Schuhen entdecke, die
Damien für mich gekauft hat.

Dabei liegt auch eine Notiz: *Freu mich schon darauf, dich
mit (und ohne) Kleid zu sehen – D*

Ich grinse. Darauf freue ich mich ebenfalls.

Die nächsten Stunden bringe ich damit zu, mich hübsch zu
machen. Da für Mission Marcy unsere gesamte Zeit im Spa
draufgegangen ist, muss ich mein Haar und mein Make-up
selbst richten, aber das ist gar kein Problem, und als ich fertig
bin, habe ich sogar noch eine Viertelstunde Luft bis zu meiner
Verabredung mit Damien.

Ich drehe mich ein letztes Mal vorm Spiegel und muss

schon sagen, dass das Kleid eine ausgezeichnete Wahl ist. Es ist elegant, aber bequem. Sexy, aber nicht nuttig. Zudem ist es wie ein Wickelkleid geschnitten und hat über dem rechten Bein einen langen Schlitz, der ihm eine besonders verführerische Note verleiht.

Dann ist es so weit, und ich verlasse mein Zimmer in Richtung *Periscope*, das neue Fischrestaurant, das im Hotel eröffnet hat. Es befindet sich auf der zweiten Etage direkt über der Hotelrezeption, gegenüber vom Spa. Das Pfiffige daran aber ist, dass die Decke der Rezeption drei Stockwerke hoch ist. Das heißt, das *Periscope* schwebt gewissermaßen zwischen zwei Mauerseiten im freien Raum und verfügt über Fensterwände, durch die man das Geschehen unten beobachten kann. Daher auch der Name – es ist, als würde man durch das Sehrohr eines U-Boots blicken.

Damien und ich sitzen in einem abgetrennten Bereich über dem Haupteingang, sodass wir die gesamte Lobby und sogar ein Stück vom Casino überblicken können. Die Perspektive hat etwas Erhabenes, und man fühlt sich fast, als sei man Gott, oder zumindest ein König. Als ob man von seinem Thron aus auf die kleinen Leute hinunterblicken würde.

Die Sitzecke ist C-förmig geschnitten, und ich sitze direkt neben Damien, sodass mein Oberschenkel leicht seinen berührt.

»Wie lange habe ich mich auf diesen Moment gefreut, Miss Fairchild«, sagt er.

»Auf das Abendessen?«, frage ich unschuldig.

»Darauf, neben Ihnen zu sitzen. Sie zu berühren.«

Ich lecke mir über die Lippen. »Dabei war mir, als hätten Sie mich in den letzten Tagen unzählige Male berührt.«

»Ich habe mich darauf gefreut, die Fantasie in die Wirklichkeit umzusetzen. Denn so schön die Vorstellung von Ihnen auch ist – die Realität ist tausendmal besser.«

Ich will schon zur Seite rutschen, um ihn besser ansehen zu können, doch er hält mich mit einer Hand auf meinem Oberschenkel zurück. »Nein, ich möchte Sie genau hier.«

»Aha? Wieso denn das?«

Er öffnet den Mund, um zu antworten, schließt ihn aber wieder, als der Kellner mit unserem Wein und den Vorspeisen eintrifft. Und während er mit der rechten Hand nach dem Wein greift und ihn kostet, gleitet seine linke Hand wie beiläufig durch den Schlitz in mein Kleid. Es kostet mich enorme Mühe, normal weiterzuatmen. Nicht vor Vorfreude und Verlangen zu zittern. Nicht vor Lust aufzuschreien.

Aber all das würde ich gern. Die Vorstellung seiner Hände auf meiner Haut hat sich in den letzten zwei Tagen so eindrücklich in mein Gehirn eingebrannt, dass es mich nun völlig umhaut, und alles, was ich will, ist, meine Augen zu schließen und mich dem Gefühl seiner Fingerspitzen auf meinem nackten Oberschenkel hinzugeben.

»Ich glaube, mir gefällt die Realität«, sage ich, als der Kellner fort ist.

»Gut«, sagt er, »mir nämlich auch.«

Er taucht seine Fingerspitze in den Wein und streicht damit über meine Unterlippe. Ich schmecke den leichten, fruchtigen Wein, und obwohl ich nicht einmal einen Schluck genommen habe, schwirrt mir bereits der Kopf.

»Versuchen Sie etwa, mich betrunken zu machen, Mr. Stark?«

»Natürlich.«

Ich hebe eine Augenbraue. »Um mich danach zu vernaschen?«

»Müssen Sie dazu etwa betrunken sein?«

»Nein«, flüstere ich. »Von mir aus jederzeit. Überall.«

»Freut mich, dass Sie so darüber denken, Miss Fairchild. Denn ich dachte an hier und an jetzt gleich.«

»Ich ...« Ich will gerade fragen, was er vorhat, als seine Hand ganz leicht über meinen Oberschenkel streicht und seine Absichten auf verführerische Weise klar und deutlich macht.

»Damien.«

»Pssst. Niemand wird etwas merken. Keiner kann uns sehen.«

Er hat natürlich recht. Unsere Sitzecke ist abgetrennt vom Rest. Aber trotzdem. Es ist verwegen. Unanständig.

Und unheimlich antörnend.

»Schließ deine Augen«, fordert er mich auf.

Ich zögere, gehorche aber. Ich gehe davon aus, dass seine Finger gleich ihre Erkundungstour über meinen Oberschenkel nach oben fortsetzen, doch stattdessen hat er nur Zentimeter vor dem Übergang vom Bein zum Becken innegehalten. Der Druck seiner Fingerspitzen auf meiner nackten Haut ist mir mit einem Mal überdeutlich bewusst, und ich schlucke. Ich bin feucht und möchte mich winden. Möchte ihn lautlos anflehen, höher zu gleiten. Mich nicht länger hinzuhalten.

Aber genau darin liegt ja der Sinn der Sache.

Damien will mich leiden lassen – damit das Vergnügen am Ende umso größer ist. Doch in der Zwischenzeit verfluche ich ihn insgeheim natürlich dafür.

»Mund auf«, sagt er und streift etwas Öliges über meinen Mund. Als ich meine Lippen öffne, füttert er mich mit einem Stück in Öl gedipptes Brot. Dann mit einem Garnelen-Spieß. Und dann mit einer Olive vom Vorspeisenteller. Alles ist köstlich. Alles befeuert meine Sinne.

Doch nichts davon ersetzt die Berührung, nach der ich mich so sehr sehne.

»Damien.«

Mehr sage ich nicht. Doch ich spüre sofort die Veränderung in ihm. Ich bin eingeknickt. Ich habe gebettelt.

Und nun bekomme ich meine Belohnung.

Die Hand, die so geduldig auf meinem Schenkel geruht und mir gleichsam ein Loch in die Haut gebrannt hatte, gleitet nun nach oben und hinterlässt eine feurige Spur, wie ein Streichholz, das entzündet wird.

Er hat mich noch nicht an der entscheidenden Stelle berührt, doch ich zittere bereits, und die Vorfreude ist beinahe so übermächtig wie die Berührung, die ich jeden Moment erwarte.

Als seine Finger über meine nackte Haut streichen, höre ich sein überraschtes und freudiges Stöhnen. »Kein Unterhöschen. Ungezogenes Mädchen.«

»Ist es das, worauf du stehst? Böse Mädchen?«

»Kommt darauf an, wie böse. Schau mich an«, sagt er, und ich öffne die Lider. Die intensive Leidenschaft in seinen Augen verschlägt mir den Atem, umso mehr, als sein Finger in mich eindringt. Sofort zieht sich meine Vagina um ihn zusammen, verlangt nach ihm. Verlangt nach so viel mehr, aber hier und jetzt, in diesem Restaurant, ist das alles, was er mir geben kann. Doch ich werde eines Besseren belehrt, als er kurz darauf einen weiteren Finger in mich schiebt und mit dem Daumen meinen Kitzler reibt, und ich mir auf die Unterlippe beißen und die Tischkante umklammern muss, um nicht aufzuschreien und mich verzweifelt an seiner Hand zu reiben.

»Genau so, Baby. Ich will, dass du kommst.«

Ich will ihn ermahnen, dass wir uns in aller Öffentlichkeit befinden, aber in diesem Moment ist mir das egal. Mir ist so ziemlich alles egal bis auf dieses überwältigende Gefühl. Ein wenig Selbstbeherrschung versuche ich dennoch zu wahren. Es wäre gut, wenn ich zumindest nicht schreien würde, aber heilige Scheiße, so wie sich dieses Gefühl steigert, kann ich nicht versprechen, dass mir das gelingt.

Ich schaue weg und versuche mich auf die Lobby zu konzentrieren, um ein wenig herunterzukommen oder zumindest zu verhindern, dass ich mich völlig vergesse.

Und in diesem Moment sehe ich sie.

Marcy.

Jay läuft neben ihr, und gemeinsam streben sie, das Gepäck in den Händen, auf den Haupteingang zu.

Marcy sieht niedergeschmettert aus.

Und mit einem Schlag ist alles Blut und Leben aus meinem Körper gewichen, und ich fühle mich erstarrt und verloren.

»Nikki?«

Damien klingt besorgt, und ich merke, dass ich die Stirn gerunzelt habe.

»Was ist los?«

»Ich …« Ich schlucke. Ich möchte am liebsten nichts sagen. So tun, als ob alles in bester Ordnung wäre, und dort weitermachen, wo wir eben aufgehört haben.

Aber ich kann nicht. Das bringe ich nicht übers Herz. Und wenn ich Marcy helfen will, brauche ich dafür meinen Mann.

Ich greife unter den Tisch nach seiner Hand, ziehe sie zwischen meinen Schenkeln hervor und rutsche zur Seite, um ihm in die Augen zu sehen. Ich weiß, dass ich es ihm sagen muss. Denn egal, welche Rollen wir auch spielen mögen, letztlich ist Damien mein Mann, und ich weiß, dass ich mich immer auf ihn verlassen kann.

Dass er mich immer lieben wird.

Ich nehme seine Hand und streiche langsam über seinen Titan-Ring. »Damien. Ich brauche dringend deine Hilfe.«

Zwei Minuten später eilen wir die Personal-Treppen zum Servicebereich hinter dem Rezeptionstresen hinunter. »Warum hast du mir das nicht schon eher erzählt?«

»Das alles ist erst heute passiert. Außerdem hätte ich es dir als Damien, meinem Ehemann, erzählt. Und damit die erotische Fantasie zerstört, die mir so gut gefiel«, sage ich sanft.

»Ich dachte, ich könnte das allein regeln. Aber offenbar habe ich mich getäuscht. Ich weiß nicht, wieso sie wieder hier ist, nachdem ich sie in den Wagen gesetzt habe. Aber ich fürchte, sie steckt in Schwierigkeiten.«

»In Ordnung«, sagt er mit dem unerschütterlichen Tonfall, der besagt, dass er alles im Griff hat. »Ich kümmere mich darum.«

Und in diesem Augenblick bin ich völlig sicher, dass egal, was auch geschehen mag, alles gut ausgehen wird für Marcy.

9 »Was hast du jetzt vor?«, frage ich, als wir die Büros hinter der Rezeption erreichen.

Auf dem Weg nach unten hat Damien zwei Anrufe getätigt. Erst hat er beim Parkservice angerufen und ihnen gesagt, dass wenn ihnen etwas an ihrem Job liege, sie die Aushändigung von Jay Monroes Fahrzeug so lange hinauszögern sollten, bis sie neue Anweisungen von Damien erhielten.

Anschließend hatte er Ryan angerufen, der gerade mit Jamie im Casino sein Glück an den Spieltischen versuchte. »Ich gebe dir fünfzehn Minuten. Ich will alle Informationen über diesen Kerl, die du herausfinden kannst.«

Aber ich frage mich, was er im Schilde führt.

»Ich bin gewillt, dieser Frau zu helfen, weil du ihr glaubst«, sagt er. »Aber, Nikki, ich kenne diese Frau nicht. Und sie kam aus freien Stücken ins Hotel zurück.«

Sein Einwand macht mich betroffen, denn ich kann mir selbst auch keinen Reim darauf machen, weshalb sie zurückgekommen ist. Aber ich kann nicht abstreiten, dass er recht hat.

»Also werden wir versuchen, sie von Jay wegzulocken. Und wenn sie von sich aus, aus eigenem Antrieb, sagt, dass sie deine Hilfe braucht, dann bekommt sie, was immer nötig ist. Klingt das fair?«

Ich nicke, mehr kann ich wirklich nicht verlangen. »Allerdings gehe ich davon aus, dass er ihren Fluchtversuch bemerkt hat. Er wird sie keine Sekunde aus dem Auge lassen.«

»Keine Sorge, da lassen wir uns etwas einfallen. Komm mit.«

Das Hotel verfügt über eine private Empfangslounge direkt hinter dem Haupteingang, wo VIP-Gäste ins Hotel einchecken und sich von den Pagen rundum verwöhnen und bedienen lassen können. Wir betreten die Lounge, und während Damien dem Personal Anweisungen erteilt, gehe ich unruhig auf und ab. Dann zieht er mich am Arm hinter den Tresen, wo sich, unsichtbar für die Gäste, mehrere Monitore befinden, auf denen man die Auffahrt und den Parkservicestand vor dem Hotel sieht. Das ist ein spezieller Kundenservice, der es VIP-Gästen erlaubt, bequem zu warten, bis ihnen einer der Mitarbeiter mitteilt, dass der Parkservice mit ihrem Auto vorgefahren ist oder ihre Limousine bereitsteht.

Ich habe so ein Gefühl, dass Damien etwas anderes im Schilde führt.

Ich beobachte, wie Marcy mit hängenden Schultern neben ihrem Gepäck steht.

Dann sieht man, wie eine Frau mit einem kleinen Rollkoffer an ihr vorübereilt und Marcy anrempelt.

Erschrocken sieht Marcy hoch, als die Frau sich an ihr festhält, um nicht das Gleichgewicht zu verlieren. Dann lässt sie sie los und hastet weiter die Auffahrt hinunter.

»Warte mal«, sage ich. »Kannst du das kurz zurückspulen?«

»Brauche ich nicht«, sagt Damien. »Die Frau hat Marcy einen Zettel zugesteckt.«

»Was steht darauf?«

»Wenn ihr reingeht, geh auf die Damentoilette.«

Ich runzle die Stirn und kann es Marcy gut nachfühlen, als sie verstohlen den Zettel liest und verwirrt dreinschaut.

»Und jetzt aufgepasst«, sagt Damien, und wir beobachten, wie einer der uniformierten Parkdienstmitarbeiter auf Jay zusteuert. »Wie sich herausstellt, hat Jays Wagen ausgerechnet jetzt, wo sie loswollen, einen Platten. Tja, zu schade aber auch«, sagt er, und ich lache. »Deshalb werden Jay und seine

Begleiterin eingeladen, es sich so lange in der VIP-Lounge bequem zu machen, bis der Reifen gewechselt wird.«

Wir beobachten, wie sich Jay und der Mitarbeiter eine hitzige Debatte liefern – wobei Jay der hitzige Part ist –, und als er wütend abrauscht, winkt der Mitarbeiter Richtung Hotel. »Das ist unser Zeichen«, sagt Damien. »Dann mal los.«

»Unser Zeichen?«, frage ich, folge ihm aber in den hinteren Teil des Raums und in die Damentoilette.

Ich lehne mich an die Wand und hebe die Augenbrauen. »Ernsthaft?«

Er zuckt mit den Schultern. »Vertrau mir.«

Das tue ich. Und keine zwei Minuten später kommt Marcy mit geröteten Wangen durch die Tür, sichtlich in Sorge, dass Jay uns erwischen könnte.

»Nikki!«, flüstert sie erleichtert und umarmt mich fest. »Es tut mir so leid. Nach allem, was du für mich getan hast …«

»Was ist passiert?«, frage ich. »Wieso bist du zurückgekommen?«

Ihr Blick geht erst zu Damien, dann zu mir.

»Marcy, das ist mein Mann, Damien Stark.«

»Oh! Dann gilt mein Dankeschön auch Ihnen.«

»Nikki hat mir erzählt, dass sie Sie in einen Wagen nach Texas gesetzt hat. Wie kommt es, dass Sie wieder hier sind?«

»Er hat angerufen. Und gesagt, wenn ich nicht sofort meinen fetten Arsch wieder nach Vegas schwinge, dann, ich zitiere wörtlich, würde er Chester die Gurgel umdrehen.«

»Chester?«, frage ich.

»Mein Hund«, erklärt sie. »Ein Windhund aus dem Tierheim. So ein liebes Tier und so ein hartes Leben. Und Jay wollte es einfach so auslöschen …« Sie blinzelt die Tränen weg. »Ich konnte nicht anders, ich musste zurückkommen.«

»Klar, das verstehe ich«, sage ich, obwohl ich mir insgeheim wünschte, sie hätte mich angerufen. Es wäre für Damien ein Leichtes gewesen, jemanden den Hund abholen zu lassen, bevor Jay zurückkommt.

»Ich muss wissen, ob Sie immer noch vorhaben zu fliehen«, sagt Damien. »Ich kann dafür sorgen, dass jemand Ihren Hund abholt. Dass er in Sicherheit ist und zu Ihnen nach Texas gebracht wird.«

»Das würden Sie tun?«

»Wenn Sie es wollen.«

»Ja.« Sie nickt und holt tief Luft. »Er ... Er schlägt mich. Ich will ihn nie mehr wiedersehen.«

Damien sieht sie mit sanftem Blick an und legt ihr eine Hand auf die Schulter. »Schon erledigt.«

Als wir ihm nach draußen in die Lounge folgen, kann ich sehen, dass Marcy nervös ist. Aber von Jay fehlt jede Spur.

»Wurde das Auto repariert?«, frage ich. »Ist er gegangen?«

»Er ist in einem der Büros«, erklärt Damien. »Und unterhält sich mit Ryan.«

»Oh.« Ich nicke. »Gut.«

Als ihr SUV diesmal hinter der Kurve verschwindet, gehe ich davon aus, dass ich sie nicht noch einmal wiedersehe.

Ich stehe noch einen Moment lang da, Damiens Arm um meine Taille geschlungen, und lehne mich an seine Schulter. »Danke.«

»Gern geschehen«, antwortet er.

Er beugt sich zu mir und küsst meine Stirn. »Geh du schon mal hoch aufs Zimmer«, sagt er. »Ryan und ich kümmern uns um den Rest.«

»Was hast du vor?«

»Ich stelle sicher, dass er dieses Mädchen nie wieder belästigt.«

Ich denke an Damien und daran, wie ehrgeizig er trainiert und noch immer mühelos Tennisbälle über das Netz schmettert.

Und an Ryan, der seine Kampfsportfertigkeiten über die Jahre im privaten Sicherheitsdienst perfektioniert hat.

Ich erinnere mich daran, wie jemand um den Valentinstag herum Jamie mit pikanten Fotos erpresst hatte. Ryan und Damien hatten den Typen ausfindig gemacht und ihn sich vorgeknöpft. Dabei waren sie alles andere als zimperlich vorgegangen.

Tja, ich schätze, jetzt werden sie Jay in die Mangel nehmen.

Ich nicke. »Okay«, sage ich.

Er streicht mir über die Wange, beugt sich zu mir und gibt mir einen sanften und liebevollen Kuss. »Bis morgen«, sagt er, und obwohl ich mich darauf freue, ihn zu Hause wiederzusehen, kann ich nicht leugnen, dass mich die Erkenntnis, dass ich ihn heute Abend nicht mehr sehen werde, traurig macht.

10 Ich klopfe an Jamies Zimmertür, weil ich nicht allein sein möchte, aber es antwortet niemand. Ich frage mich, ob sie bei Ryan ist, und der Gedanke macht mich ein klein wenig eifersüchtig. Denn es macht mir noch mal umso schmerzlicher bewusst, dass ich gerade nicht bei Damien bin.

Ich überlege, an der Rezeption anzurufen, um herauszufinden, in welches Zimmer er eingebucht ist, aber ich habe so ein Gefühl, dass sie angewiesen wurden, mir keine Auskunft zu erteilen. Mehr noch, da er sich vorhin von mir verabschiedet hat, muss ich davon ausgehen, dass unsere erotische Fantasie geplatzt ist wie eine Seifenblase und er bereits nach Los Angeles in unser reales Leben zurückgekehrt ist.

Was auch toll ist. Großartig sogar. Ich liebe mein Leben, und ich kann es kaum erwarten, nach Hause zu kommen.

Ich hatte mich nur so sehr auf heute Abend gefreut.

Mit einem Seufzer beschließe ich, meine Koffer zu packen. Ich werde Jamie eine SMS schicken, dass sie die Limousine auf dem Rückweg ganz für sich allein hat, ein Taxi zum Flughafen rufen und den nächsten Flieger nach L. A. nehmen. Dann kann ich die Nacht zumindest mit Damien in unserem gemeinsamen Bett verbringen.

Ich springe kurz unter die Dusche und schlüpfe in den flauschigen Hotelbademantel, um mit dem Packen zu beginnen.

Vorher klopfe ich noch einmal an Jamies Tür, um sicherzugehen, dass sie nicht in der Zwischenzeit zurückgekommen ist, aber ihr Zimmer ist leer und das Bett immer noch vom letzten Besuch der Reinigungskraft gemacht.

Ich schreibe gerade an Jamie, als ich eine SMS bekomme.

Es wird Zeit, zu Ende zu führen, was wir begonnen haben – D

Ich lächle und spüre, wie sich die Lust wie ein Flammenmeer langsam auf meiner Haut ausbreitet.

Allerdings. Höchste Zeit.

Es vergeht keine Minute, bis es an der Tür der Suite klopft.

Es vergehen keine dreißig Sekunden, bis ich an der Tür bin.

Ich will ihn gerade damit aufziehen, weshalb er sich nicht einfach den Schlüssel zur Suite besorgt hat – schließlich gehört das Hotel ihm –, doch er durchkreuzt meine Pläne, indem er mich am Gürtel meines Bademantels packt, zu sich heranzieht und mich gegen die Wand drückt, während er die Tür hinter sich mit dem Fuß zuschlägt.

»Na so was«, hauche ich. »Hallo.«

»Nein«, sagt er. »Ab jetzt keinen Ton mehr.« Er löst den Knoten des Gürtels und öffnet meinen Bademantel, sodass ich entblößt vor ihm stehe. Dann tritt er einen Schritt zurück und betrachtet mich einfach, während ich mit zitterndem Atem seine Blicke auf mir spüre. »Wunderschön«, sagt er und drückt sich hart an mich, sodass sein Anzugstoff rau an meiner Haut reibt, während sein Mund noch rauer an meinen Lippen reibt.

Der Kuss ist wild. Hart. Und so heftig, dass ich etwas Blut schmecke und wie von Sinnen bin. Ich bin wahnsinnig feucht und erregt, und der verdammte Bademantel engt mich ein. Ich habe das Gefühl zu verbrennen und muss die Luft auf meiner Haut spüren, also beginne ich ihn abzuschütteln.

Damien hilft mir, ihn abzustreifen, und als er dabei meine Schultern berührt, ist mir, als ob mich eine erneute Hitzewelle durchrollt. Er greift nach dem Gürtel und zieht ihn aus den Schlaufen heraus, während der Mantel hinuntergleitet und sich auf dem Boden ausbreitet.

Immer noch schweigend, tritt er zurück. Dann hebt er langsam meine Arme über meinen Kopf und benutzt den Gürtel, um meine Handgelenke zu fesseln. Mein Atem geht stoßweise, und ich spüre das Ziehen in meiner Möse, dieses fordernde, heiße Verlangen, und ich würde ihn gern anbetteln, doch ich darf nicht sprechen. Aber da ich ihn so sehr will und mir im wahrsten Sinne des Wortes die Hände gebunden sind, hake ich ein Bein um seine Hüfte, ziehe ihn näher und reibe meine Hüfte an seiner.

Er ist hart, und ich spüre seine volle Länge unter dem glatten Material seiner Hose. Er trägt immer noch wie beim Abendessen seinen Anzug, schön glatt gebügelt und elegant. Und die Tatsache, dass ich nackt in seinen Armen liege, törnt mich noch mehr an.

Oh, bitte.

Es ist eine lautlose Bitte, aber er scheint sie zu verstehen, und meine Knie werden weich vor Erleichterung, als ich seinen Reißverschluss höre. Mit einer Hand hält er weiterhin meine Handgelenke über meinen Kopf, während er mit der anderen Hand meine Muschi liebkost. Ich halte seine Hüfte mit dem Bein fest umklammert, während er seine Finger in mich hineinstößt, bevor er schließlich hart und schnell in mich eindringt und sein Schwanz mich füllt. Er rammt hart in mich, immer noch bekleidet, immer noch schweigend, und es ist hitzig, heftig und extrem heiß. Und als er kurz darauf in mir explodiert, als sein Körper an meiner Haut bebt und zittert, fühle ich mich zutiefst befriedigt, überaus weiblich und aufs Genüsslichste benutzt.

Sein Atem geht schwer, genau wie meiner. Ich schmiege mich an ihn und lege ihm meine gefesselten Handgelenke um den Hals, als er mich hochnimmt und ins Schlafzimmer trägt. Er legt mich sanft auf dem Bett ab, zieht sich aus, und als die Business-Hüllen gefallen sind, kommt ein Mann zum Vorschein, wie ihn so nur die Götter höchstselbst schaffen konnten.

Diesmal liebt er mich langsam. Liebkost mich mit dem Mund. Dringt mit seinem Schwanz tief in mich ein. Streicht mit den Fingern über jeden Zentimeter meiner Haut, bis mein gesamter Körper unter Strom steht. Ich bin wie elektrisch geladen, und als ich explodiere, ist es wie ein Blitz, der den Nachthimmel durchzuckt, um mit lautem Krachen und Knistern hell leuchtend und heiß und wild am Firmament zu verglühen.

Als das letzte Zucken des Orgasmus verebbt, erschlaffe ich in seinen Armen, strecke mich genüsslich, nachdem er meine Handgelenke losgebunden hat, und genieße jedes Muskelbrennen, jeden blauen Fleck, jeden Schmerz. Und als ich mich wieder an ihn kuschle, fühle ich mich nicht nur rundum durchgevögelt, sondern auch rundum geliebt.

»Woran denkst du?«, frage ich, als ich bemerke, dass keiner von uns beiden in den Schlaf gesunken ist. Ich breche vielleicht die Regeln, aber das ist mir egal. Ich möchte seine Stimme hören.

»Dass es schade ist, dass das mit uns beiden nur eine Wochenend-Affäre ist«, sagt er. »Wenn du zu mir gehören würdest, würde ich dich jeden Tag im Arm halten. Ich würde dir sagen, dass du alles für mich bist, meine Luft zum Atmen, mein Leben. Dass du meinem Leben einen Sinn gibst. Dass du mir das Gefühl gibst, vollständig zu sein.«

Er haucht einen Kuss auf meine Ohrwölbung. »Ich würde dir sagen, dass ich dich liebe, und dass ich dich in jedem Herzschlag und in jedem Atemzug spüre. Dass ich für jeden Sonnenaufgang dankbar bin, weil er einen neuen Tag an deiner Seite ankündigt. Das alles würde ich dir sagen.«

Mein Herz macht bei diesen Worten einen kleinen Sprung, und ich rolle herum, um ihn anzusehen. »Ich weiß zwar nicht, wie du das anstellst«, sage ich, »aber ich liebe dich mit jedem Tag ein Stück mehr.«

Sein Lächeln ist träge und äußerst sexy, und ich seufze, als er mich sanft küsst. Dann blickt er auf die Uhr. »Es ist Mitternacht.«

»Verwandelst du dich jetzt in einen Kürbis?«

»Das möchtest du lieber nicht herausfinden«, lacht er. »Gute Nacht, Miss Fairchild. Sie sind im wahrsten Sinne des Wortes Realität gewordene Fantasie.«

Damien steigt aus dem Bett, zieht seine Hose und sein Hemd an und kommt noch einmal zu mir zurück, um mir einen Kuss auf die Wange zu hauchen. »Danke für das schöne Wochenende.«

Und dann, noch ehe ich diese neuerliche Wendung begreife, schreitet er zur Tür, öffnet sie und ist verschwunden.

Ich rolle mich auf seine Seite des Bettes hinüber, um seiner Wärme, seinem Geruch nachzuspüren.

Ganz allein.

Doch das stimmt nicht. Und schon morgen bin ich zu Hause.

Mit einem Seufzer kuschle ich mich tiefer in die Decke, von der noch Damiens Körperwärme abstrahlt. Und als ich in den Schlaf gleite, ist das Letzte, was ich denke, dass ich wahrscheinlich die glücklichste Frau der Welt bin.

Am nächsten Morgen ist Jamie zurück in ihrem Zimmer unserer Suite. Ryan hat einen frühen Flug nach L. A. genommen, wie mir Jamie bei unserem üppigen Frühstück auf dem

Zimmer samt Omelettes und Speck, Waffeln und Kartoffel-Rösti erzählt.

Nachdem wir so viel verdrückt haben, dass es für eine ganze Fußballmannschaft reichen würde, ziehen wir uns auf unsere Zimmer zurück, um zu packen, was uns beiden in Rekordzeit gelingt. Wir beide haben es sehr eilig, nach Hause zu kommen. Jamie freut sich auf Ryan. Und ich auf den Mann, der nicht nur mein Ehemann, sondern auch mein bester Freund ist. Meine Fantasie, und meine Wirklichkeit.

Wir machen uns nicht die Mühe, den Pagen zu rufen, da wir beide ohnehin nur einen Rollkoffer dabeihaben. Aber wir müssen trotzdem an der Rezeption anrufen, um ihnen Bescheid zu sagen, dass wir abreisefertig sind, damit sie die Limousine vorfahren.

Edward ist nicht mehr in Vegas, da er, direkt nachdem er uns abgesetzt hatte, zurück nach L. A. gefahren ist. Aber es gibt jede Menge Starfire-Limousinen, von denen eine uns in Kürze nach Hause kutschiert.

»Außer, du möchtest mit dem Hubschrauber fliegen«, sage ich zu Jamie, die mich anschaut, als hätte ich nicht mehr alle Tassen im Schrank.

»Mit einer fliegenden Todesfalle? Und ohrenbetäubend laut noch dazu? Ääähm, nein. Außerdem. Wir müssen uns unbedingt betrinken. Und alles auswerten.« Sie runzelt die Stirn. »Oder vielleicht nur auswerten. Ich bin mir nicht sicher, ob mein Kopf noch mehr Alkohol verträgt.«

Ich lache. »Geht klar. Dann eben die Limousine.«

Zehn Minuten später rollen wir unsere Koffer durch die Lobby zum Parkservicestand unter der Säulenhalle. Ich hebe die Hand, um einen Mitarbeiter auf uns aufmerksam zu machen, doch er hat mich bereits entdeckt und bedeutet unserem Chauffeur vorzufahren. Kurz darauf öffnet er die Tür an der Rückseite für Jamie, die einsteigt.

Ich will ihr gerade folgen, als ich Damien auf mich zukommen sehe und begrüße ihn mit einem strahlenden Lächeln.

»Checken Sie schon aus, Miss Fairchild?«

»Ja. Es wird Zeit, wieder in die reale Welt zurückzukehren.«

»Ich hoffe, Sie hatten ein denkwürdiges Wochenende.«

Meine Lippen zucken. »Kann man wohl so sagen. Sehr sogar.«

»Ich wollte Ihnen dies hier vor Ihrer Abfahrt geben.« Er überreicht mir eine Visitenkarte. *Damien Stark.* Mehr steht nicht darauf. Und darunter die Telefonnummer, von der aus er mich angerufen hatte.

Neugierig sehe ich zu ihm hoch, und seine Augen blitzen verspielt.

»Sie können mich jederzeit anrufen, Miss Fairchild. Egal, in welcher Angelegenheit, ob Tag oder Nacht. Nur keine Scheu.«

»Das werde ich«, verspreche ich. »Das war ein überaus interessantes Wochenende, Mr. Stark«, füge ich mit einem Lächeln hinzu. »Ich bin froh, dass Sie mich auf einen Drink eingeladen haben.«

Er nimmt meine Hand und küsst meine Handfläche. »Gute Reise«, sagt er und hilft mir in die Limousine. Als ich sitze und sich die Tür hinter mir schließt, seufze ich auf.

»Okay«, sagt Jamie, »das hat echt Spaß gemacht.«

»Das hat es wirklich«, pflichte ich ihr bei.

»Wir sollten das irgendwann mal wiederholen.«

Ich fahre mit dem Finger über den Rand der Visitenkarte, die ich immer noch in der Hand halte, und nicke. Doch dann stecke ich die Karte ein und ziehe mein Handy aus der Tasche. Während die Limousine auf den Las Vegas Strip biegt, drücke ich auf die Kurzwahltaste für Damiens reguläre Handynummer.

»Mrs. Stark«, sagt er ohne Umschweife, »ich glaube, es wird Zeit, dass Sie nach Hause kommen.«

Ich lächle. »Finde ich auch. Ich bin schon unterwegs.«

Und dann lehne ich mich in meinem Sitz zurück, schließe die Augen und fühle mich unsagbar glücklich, zufrieden und geliebt.

Dich beschenken

1 »Du könntest ihm das da kaufen«, schlägt meine beste
Freundin Jamie Archer vor und deutet auf eine Skulptur,
die im Schaufenster von einer der renommiertesten Kunst-
galerien am Rodeo Drive steht.

Mein Blick wandert von der Skulptur zu Jamie und wieder
zurück. Ich bin nicht ganz sicher, was dieses Ding darstellen
soll, aber das aufragende Bronzerohr auf dem rundlichen
Zinnsockel sieht verdächtig nach einem gigantischen Penis
aus. Da es sich dabei um Jamies Lieblingsstück der männ-
lichen Anatomie handelt, wundert es mich nicht, dass sie sofort darauf anspringt, aber ich persönlich habe nicht vor, meinem Mann einen Phallus zu Weihnachten zu schenken.

»Ich glaube nicht, dass das nach Damiens Geschmack
wäre. Außerdem hat er schon so etwas in der Art, nur in sehr
viel besserer Ausführung.«

Letzteres entgegne ich so trocken, dass Jamie eine Sekunde
braucht, bis bei ihr der Groschen fällt, und sie grinst. »Stimmt,
Ryan bräuchte ich damit auch nicht ankommen. In der Hinsicht ist er ebenfalls bestens ausgestattet.«

»Wir sind eben echte Glückspilze«, sage ich, während wir
uns vom Schaufenster abwenden und weitergehen. »Allerdings
hilft uns das mit den Weihnachtsgeschenken auch nicht weiter.«

Es ist der 23. Dezember, und eigentlich hatte ich nicht vor,
bis zur letzten Minute mit den Weihnachtseinkäufen zu warten. Aber ich bin mit Damien Stark verheiratet, einem Mann,
der gefühlt schon alles hat, und ein Geschenk für ihn zu finden ist jedes Mal ein nervenaufreibendes Unterfangen.

»Ich dachte, du hättest ihm eine Taschenuhr gekauft.«

»Habe ich auch. Und ich glaube, dass sie ihm gefallen wird.« Es ist eine antike Golduhr, die ich bei einem Uhrenmacher restaurieren und mit einer persönlichen Gravur auf der Deckelinnenseite habe versehen lassen. Er hatte ein paarmal erwähnt, dass er Taschenuhren überaus stilvoll findet, und ich war überrascht, dass er tatsächlich noch keine besitzt. So eine antike Taschenuhr sieht an einem Mann von Welt schon verdammt sexy aus, insofern dachte ich, das sei das perfekte Geschenk. Aber jetzt …

Na ja, jetzt fühlt es sich irgendwie zu unpersönlich an. Auch wenn die Uhr bereits eingepackt ist – zur Tarnung in einer größeren Schachtel – und nur noch darauf wartet, ausgepackt zu werden, bin ich auf der Suche nach etwas anderem. Etwas, das persönlicher ist. Etwas, das ausgefallener ist.

Etwas, das kein gigantischer Bronzepenis ist.

Aber fairerweise muss ich anmerken, dass es Damien andersherum genauso geht. Er könnte mir jederzeit jeden Wunsch erfüllen, aber sich etwas Originelles und Persönliches einfallen zu lassen, ist deutlich schwieriger.

»Tja, Überraschung!«, kommentiert Jamie trocken, als ich ihr meine Gedanken anvertraue. »Kein Wunder, wenn ihr euch ständig phänomenale Geschenke macht. Da würden mir auch die Ideen ausgehen an eurer Stelle.«

Ich muss unweigerlich lachen. Vielleicht hat sie gar nicht so unrecht.

»Was ist mit der App, die du entwickelt hast?«

»Die liegt vorerst auf Eis«, gestehe ich. Die Idee zu der Schnitzeljagd-App für Paare war mir gekommen, als Damien mich zum Valentinstag auf eine Art romantische Schatzsuche geschickt hatte. »Aber im Grunde ist Damien schuld. Er hat vorgeschlagen, ich solle mich auf die Ausschreibung für die Website und Apps für das Resort at Cortez bewerben.«

Das Resort ist eines von unzähligen Projekten unter dem Schirm von Stark International, und da es mir immer unangenehm ist, als Damiens Frau bevorzugt behandelt zu werden, hatte ich mein Konzept anonym eingereicht. Umso begeisterter war ich, als Sylvia Brooks, die Projektmanagerin, meiner Firma den Zuschlag erteilte. Es ist ein überaus lukrativer Auftrag, und ich kann zudem mit Sylvia zusammenarbeiten, die eine gute Freundin und meine Schwägerin ist.

Der Nachteil ist jedoch, dass ich all meine anderen Projekte vorerst auf Eis legen musste. Aber das Resort wurde im September offiziell eröffnet, sodass bei mir langsam wieder Ruhe einkehrt.

Allerdings hatte ich immer noch keine Zeit, mich meiner Schnitzeljagd-App zu widmen, da ich abwechselnd mit dem Resort und mit der App für die Sykes-Kaufhauskette beschäftigt war. Das ist ein weiterer Auftrag, den ich über Damien an Land gezogen habe, nachdem er mich Dallas Sykes vorstellte, der nicht nur einer der Investoren des Resorts ist, sondern auch ein Mann, der im Ruf steht, sich durch die Gegend zu vögeln. Um es dezent auszudrücken.

Ja, wenn ich so darüber nachdenke, fällt mir auf, dass die meisten meiner Großkunden über Damien zu mir gefunden haben. Selbst die simple App, die meine Freundin Evelyn Dodge bei mir in Auftrag gegeben hatte, um die Kunstwerke ihres Lebensgefährten Blaine einem breiteren Publikum zugänglich zu machen, habe ich letztlich nur über Damien bekommen.

Ohne seine Freundin Lisa wäre ich nie an meine Büroräume herangekommen. Und ich werde nie vergessen, dass mein Startkapital von jener Million Dollar stammte, die mir Damien damals für ein Aktportrait zahlte, als ich noch nicht recht wusste, ob ich mit ihm in die Kiste hüpfen oder vor ihm weglaufen wollte. Oder beides.

Und obwohl ich weiß, dass letztlich ich die ganze Arbeit mache – und Gott weiß, ich reiße mir wirklich den Arsch auf –, frage ich mich manchmal, ob ich es auch ohne Damien geschafft hätte.

»Du runzelst die Stirn«, bemerkt Jamie. »Weihnachtsstress? Sollen wir uns zur Entspannung ein Gläschen Wein gönnen?«

Ihre Frage klingt so hoffnungsfroh, dass ich lachen muss. »Warum eigentlich nicht?«, stimme ich zu.

»Oh, ich weiß was! Nicht weit von hier gibt es ein neues Café, wo es die besten Brownies der Welt gibt. Ich hab neulich eine Werbetafel für eine heiße Schokolade mit Pfefferminzschnaps gesehen. Na, wenn das mal nicht weihnachtlich ist, dann weiß ich auch nicht.«

»Schnaps ist weihnachtlich?«

»Logo! Alkoholkonsum und Weihnachten sind quasi untrennbar. Warum glaubst du, gibt es Glühwein, Punsch und Rumkugeln?«

Diese Logik erscheint mir etwas fragwürdig. Aber gleichzeitig habe ich nichts dagegen, mich ein wenig auf die Feiertage einzustimmen. Es sind heute milde 21 Grad in Kalifornien, und ich trage extra einen dünnen roten Pulli mit grünen Stickereien am Ärmel, um mich in Weihnachtsstimmung zu bringen. Die ganze Stadt ist festlich geschmückt, insbesondere aber der Rodeo Drive. Am Treppengeländer am Via Rodeo rankt eine lange Girlande aus Tannenzweigen empor, die nach oben zum Treppenabsatz führt, in dessen Mitte ein wunderschön geschmückter Tannenbaum in voller Pracht steht. Auf dem Rodeo Drive selbst sorgen rote Lichterketten auf den Palmen und glitzernde weiße Lichter auf den kahlen Bäumen für weihnachtliches Flair.

Trotz der strahlenden kalifornischen Sonne sieht es wunderschön aus, und bei Nacht, wenn die Lichter eingeschaltet sind und die ganze Straße funkelt, ist es geradezu magisch.

»Also bleibt es dabei? Ryan und ich kommen morgen früh gegen zehn vorbei, richtig?«

»Das passt wunderbar«, sage ich.

Damien und ich haben unsere Freunde und Verwandten zu Heiligabend in unser Haus am Lake Arrowhead eingeladen, um gemeinsam Weihnachten zu feiern. Das Haus liegt im San-Bernadino-Gebirge, ungefähr zwei Stunden von unserem Anwesen in Malibu entfernt. Damien hatte dieses Haus in den Bergen entworfen und gebaut, noch ehe wir einander kennenlernten, und für meine Begriffe ähnelt es mit seinem ausladenden Balkon und dem atemberaubenden Ausblick über den See vielmehr einem Fünf-Sterne-Resort.

Davon abgesehen verbreitet das Dorf Lake Arrowhead Village zu Weihnachten ebenfalls eine ganz zauberhafte Atmosphäre und bietet sich ideal für einen Spaziergang am Heiligabend oder am ersten Weihnachtstag an.

»Fährst du mit Jackson und Sylvia?«, frage ich.

»Wir haben ihnen angeboten, sie mitzunehmen, aber Jackson meinte, es sei für sie mit Ronnie einfacher, wenn sie mit ihrem eigenen Auto kommen. Außerdem hat Sylvia zwar ihre Morgenübelkeit hinter sich, verträgt aber Autofahren immer noch nicht so gut, sodass sie wohl unterwegs oft halten müssen.«

Sylvia ist im fünften Monat schwanger. Es ist ihr erstes eigenes Kind mit Jackson, wobei sie bereits Mutter seiner kleinen Tochter Ronnie ist, die sie nach der Hochzeit adoptiert hat. Da Jackson Damiens Halbbruder ist, bin ich offiziell ihre Tante. Ich liebe die kleine Ronnie abgöttisch und kann es kaum erwarten, dass das Baby endlich da ist. Nach dem Selbstmord meiner Schwester hätte ich nie gedacht, dass ich je Tante werde oder dass jemand für mich wie eine Schwester sein könnte. Nun diese Kinder aufwachsen zu sehen und mich Sylvia immer enger verbunden zu fühlen, macht mich daher ebenso glücklich wie wehmütig.

»Wer steht denn noch so auf der Gästeliste?«, fragt Jamie. »Hat Ollie abgesagt?«

Ich schüttele den Kopf. »Nein, er hat tatsächlich zugesagt, wer hätte das gedacht?«

»Echt jetzt? Wow!«

Ich nicke zustimmend. Ich war selbst überrascht, als Ollie meiner Einladung gefolgt war. Und noch überraschter, als von Damien der Vorschlag kam, ihn einzuladen. Ollie ist einer meiner ältesten Freunde, und zu sagen, dass Damien und er so ihre Probleme miteinander hatten, wäre eine glatte Untertreibung.

Eine Zeit lang hat Ollie in New York gelebt, aber nun ist er wieder in Los Angeles. Und auch wenn ich weiß, dass Damien nichts dagegen hätte, Ollie nie wiederzusehen, liebe ich ihn umso mehr dafür, dass er versteht, wie wichtig mir diese Freundschaft ist.

»Ist das irgendwie komisch wegen Ryan und dir?«, frage ich.

Jamie schüttelt den Kopf. »Ach was, er weiß, dass ich mit vielen Typen rumgemacht habe. Und dass es mittlerweile nur noch einen einzigen Mann für mich gibt«, fügt sie mit einem breiten, glückseligen Grinsen hinzu. »Also, wer kommt noch?«

Ich lache. »Reicht das nicht?« Tatsächlich hatte ich noch drei andere Paare eingeladen, aber Evelyn und Blaine sind derzeit in Paris, Lisa und Preston besuchen Verwandte in Ohio und Syls beste Freundin Cass und deren Freundin Siobhan sind nach München zu irgendeinem Tattoo-Festival geflogen.

»Schade, dass Lisa nicht kommt«, sage ich. »Der Typ, dem das Gebäude gehört, wandelt es in Büroflächen zum Verkauf um, und ich überlege, mich einzukaufen. Da hätte ich gerne noch mal ihren Rat eingeholt.« Lisa hatte mich überhaupt erst an den Eigentümer vermittelt und mir gesagt, dass das die ideale Gelegenheit sei, falls ich vorhätte, die Immobilie zu kaufen. In den letzten Monaten hatte ich hin und her kalkuliert und mein Betriebsvermögen so umgeschichtet, dass es sich finanziell lohnt, eine Immobilie zu kaufen, und ich bin total aus dem Häuschen, dass es endlich – beinahe – in greifbare Nähe gerückt ist.

»Ehrlich gesagt, überrascht es mich, dass du überhaupt jemanden eingeladen hast. Immerhin war Damien wie lange weg? Eine Woche?«

»Acht lange Tage«, bestätige ich. Er war geschäftlich wegen irgendeines neuen Projektes von Stark Applied Technology unterwegs, und da ich selbst allerhand um die Ohren hatte, war ich nicht mitgefahren. So lang waren wir seit unserer Hochzeit noch nie getrennt, und ich kann es kaum abwarten, ihn endlich wiederzusehen.

»Wir treffen uns heute Abend in unserem Haus am See. Wir wollen die verlorene Zeit wiedergutmachen, bevor ihr alle kommt. Apropos, wenn du nichts dagegen hast, würde ich gerne noch in einen Laden reinschauen, bevor wir uns eine heiße Schokolade und Brownies gönnen.«

Ich ziehe sie am Ärmel, als wir vor Marilyn's Lounge angelangen, einer noblen Dessous-Boutique, die kürzlich in Los Angeles eröffnet hat.

Jamie wirft einen Blick auf die sinnlichen, ziemlich freizügigen Teilchen in der Auslage und zieht eine Augenbraue hoch. »Willst du ihm dein Geschenk schon heute Nacht geben?«

»Auf jeden Fall«, sage ich, drücke gegen die Tür und betrete das Geschäft. »Immerhin ist das ein Geschenk, an dem man sich immer und immer wieder erfreuen kann.«

Ich lenke gerade mein Auto durch die Toreinfahrt zu unserem Anwesen in den Bergen, als ich eine Nachricht von Damien erhalte.

Bin cirka fünfzehn Minuten hinter dir.

Amüsiert schüttele ich den Kopf, während ich in die Garage fahre. Natürlich weiß er, dass ich gerade angekommen bin. Entweder trackt er mein Handy oder mein Auto oder erhält eine Benachrichtigung, sobald jemand den Zugangscode für eines unserer Häuser benutzt. Früher hat mich das genervt. Heute vermittelt es mir ein Gefühl von Sicherheit.

Ich stelle den Motor ab und schreibe zurück: *Das sind acht Tage und fünfzehn Minuten zu lang ohne dich.*

Seine Antwort lässt meine Haut vor Vorfreude kribbeln: *Ich will dich nackt, Baby. Ich will keine Zeit mehr verlieren.*

Ich beiße mir auf die Lippe. *Warte nackt und feucht auf dich.*

Die Antwort kommt prompt. *Gott, Nikki.*

Darauf sende ich keine Antwort, sondern grinse nur.

Einen Augenblick später ertönt mein Handy erneut. *Wie oft hast du dich selbst berührt, als ich weg war?*

Das weißt du doch, antworte ich. Und das stimmt auch. Gewissermaßen. Wir hatten Telefonsex und Skype-Sex, ja, ich habe ihm sogar ein paar unanständige Fotos geschickt. Aber klar, es gab natürlich auch andere Momente, in denen ich allein war und mich nach ihm gesehnt habe.

Bei seiner Antwort beginnen meine Wangen zu glühen. *Wirklich? Oder hast du dich auch berührt, ohne mit mir zu telefonieren? Ohne meine Stimme an deinem Ohr? Hast du an mich gedacht und dich zum Orgasmus gebracht? Hast du mir das Vergnügen verwehrt, dich stöhnen zu hören? Dich zu hören, wie du meinen Namen schreist, wenn du kommst? Sag es mir, Nikki. Hast du deine Finger in deine hübsche Muschi gesteckt und dir vorgestellt, das sei ich?*

Während ich gegen die Autotür gelehnt stehe, lese ich seine Nachricht. Aber ich fühle mich keineswegs schuldbewusst. Im Gegenteil. Seine Worte befeuern meine Sinne, und allein der Druck meiner Jeans an meinem Kitzler treibt mich schier in den Wahnsinn.

Berührst du dich gerade selbst?

Ich schüttele den Kopf, während ich ihm knapp antworte: *Nein.*

Aber du würdest gerne.

O Gott, und wie.

Ich antworte nicht, aber das brauche ich auch nicht. Er kennt mich gut genug.

Mehr noch, er kennt mein Innerstes.

Ungezogenes Mädchen, schreibt er.

Vielleicht mag ich es ungezogen.

Ich stelle mir sein dreckiges Grinsen vor. *Ich auch. Bald schon, Baby. Bald bin ich da. Bis dahin kannst du dir vorstellen, wie ich dich berühre.*

Ich atme zitternd ein, während ich überlege, wie viel Zeit mir bleibt. Da ich das nicht sicher abschätzen kann, aber rechtzeitig fertig sein will, schnappe ich mir die Einkaufstüten vom Rücksitz und stürme ins Haus. Drinnen ist es leer, aber frisch und sauber. Der Hauswirtschafter und seine Frau, die normalerweise auf dem Anwesen leben, sind zwar nach Victorville gefahren, um ihre Tochter über die Feiertage zu besuchen, haben aber zuvor alle Räume durchgelüftet und sogar einen riesigen Tannenbaum im Wohnzimmer mit seiner hohen Gewölbedecke aufgestellt. Die Lichterketten sind eingeschaltet, aber ansonsten ist der Baum noch ungeschmückt. Das mit dem Schmücken wollten Damien und ich gemeinsam mit unseren Freunden übernehmen.

Ich werfe einen kurzen Blick durch den Raum und lege Damiens Geschenk unter den Baum, verliere aber ansonsten keine Zeit. Er will mich zwar nackt, aber ich habe andere Pläne und eile mit meinen Tüten ins Schlafzimmer – eine davon stammt von Marilyn's Lounge, die andere von Target, wo ich auf der Rückfahrt vorbeigefahren bin.

Als schließlich das verräterische Piepen ertönt, das verkündet, dass jemand die Vordertür betritt, warte ich bereits auf dem Sofa im Wohnzimmer. Draußen geht gerade die Sonne unter, und durch die Glastüren kann ich sehen, wie die Hügel in warmes Licht getaucht werden, während drinnen die Lichterkette auf dem Baum magisch funkelt. Ich freue mich schon jetzt darauf, den Christbaum morgen Abend prachtvoll geschmückt und mit lauter Geschenken darunter zu sehen.

Im Augenblick gibt es allerdings noch schönere Aussichten. Ich lehne mich zurück gegen die Kissen und schließe meine Augen. Vor mir auf dem Couchtisch stehen zwei Gläser Wein, wobei meines bereits halb leer ist, und ich fühle, wie die Wärme des Alkohols mich durchströmt und meinen ohnehin bereits überhitzten Körper in Wallung bringt.

Kurz darauf höre ich Schritte, und ganz automatisch reagiere ich allein schon auf die schiere Anwesenheit dieses Mannes, den ich so liebe. Meine Haut kribbelt. Meine Brüste schmerzen. Der Drang, mit der Hand zwischen meine Beine zu gleiten und dem Druck nachzugeben, ist stark, doch ich tue es nicht. Stattdessen habe ich eine Hand auf das Sitzpolster und die andere Hand auf die Rücklehne des Sofas gelegt. Und warte. Sitze einfach da und warte.

»Da ist jemand aber wirklich ein ungezogenes Mädchen.« Seine Stimme ertönt direkt über mir, offenbar hat er die Schuhe ausgezogen und sich lautlos herangeschlichen. Erschrocken hole ich Luft und setze mich auf, und ich spüre, wie sehr ich mich nach ihm sehne, obwohl ich mir fest vorgenommen hatte, betont cool und lässig sitzen zu bleiben.

Seine Fingerspitze berührt meinen Haarscheitel, meine Lippen und gleitet dann hinunter, um leicht über mein Schlüsselbein zu tänzeln.

»Äußerst ungezogen«, wiederholt er, als er den Kragen meines äußerst unattraktiven, äußerst unerotischen Steppbademantels erreicht, den ich im Target gekauft habe.

Ich öffne die Augen und lächle ihn an, und als ich die ungezügelte Leidenschaft in seinen Augen und seinen ernsten Gesichtsausdruck sehe, muss ich ein Stöhnen unterdrücken. »Ich
weiß gar nicht, wovon Sie reden, Mr. Stark.«

»Mmh.« Mehr sagt er nicht, kommt aber hinter der Couch
hervor und stellt sich vor mich. Er trägt einen dunkelgrauen
Anzug, die Weste zugeknöpft, die Krawatte fein säuberlich
gebunden. Er sieht aus wie ein Mann, der sich seiner Sache
sicher ist und alles unter Kontrolle hat. Er sieht aus wie ein
Mann, der ebenso leicht über ein Unternehmen befehlen
kann wie über mich.

Er sieht aus wie der Mann, der er ist – Damien Stark, und
ich weiß, wenn ich ungehorsam bin, spiele ich mit dem Feuer.

Ehrlich gesagt, kann ich es kaum erwarten, mir die Finger
zu verbrennen.

»Steh auf«, befiehlt er mir jetzt, und ich zögere keine Sekunde. Er senkt den Blick, und ich sehe, wie seine Mundwinkel leicht zucken, als er die hässlichen Plüschpantoffeln an
meinen Füßen bemerkt.

Mit einem Räuspern nimmt er auf der Couch Platz, die
Knie leicht gespreizt, und klopft auf das Sitzpolster zwischen
seinen Beinen. »Stell deinen Fuß genau hierhin.«

Wie befohlen setze ich meinen Fuß ab und schließe erneut die Augen, als er mit der Fingerspitze zunächst langsam um meinen nackten Knöchel streicht und mir dann den
hässlichen Pantoffel auszieht. Nachdem er ihn beiseitegewor-
fen hat, wendet er sich wieder meinem Fuß zu und streicht
langsam den Fußrücken entlang, dann über meine Hacke
hoch zu meiner Wade, bis ich vor Erregung anfange zu wimmern.

Er spürt es ebenso. Ich kann sehen, wie seine Erektion unter dem Stoff seiner Anzughose spannt, und als ich seinem
Blick begegne, wandere ich mit dem Fuß näher an seinen

Schritt. Ganz sanft drücke ich mit der Fußwölbung gegen seine Erektion und werde mit einem tiefen Stöhnen belohnt.

»Der Bademantel«, sagt er, seine Stimme nur mehr ein Knurren, »zieh ihn aus.«

Gehorsam ziehe ich den Plastikreißverschluss hinunter und werfe das hässliche Steppding zu Boden. Wahrscheinlich hat er angenommen, dass ich darunter nackt bin, doch das bin ich nicht. Ich trage ein schwarz-rotes Unterbrustkorsett und darunter ein winziges Rüschenhöschen, das im Schritt und am Hintern offen ist.

Allein das wäre schon genug, um meinen Mann zu überraschen, aber ich hatte heute Morgen vor meiner Abreise noch etwas aus seinem Schrank genommen, und zwar ein Paar durch eine Silberkette verbundene Nippelringe. Die Klammern an den Ringen sitzen so fest, dass ich mich durch das Gewicht der herunterhängenden Kette und das Reiben des Bademantels an meinen Nippeln die ganze Zeit über in einem konstanten Zustand von Lust, Schmerz und Erregung befand.

»Gott, Nikki.« Ich höre die Leidenschaft in seiner Stimme. Sein Schwanz ist hart wie Stahl. Ich sehe, wie sein Kiefer leicht zuckt und verrät, dass er sich nur mit Mühe unter Kontrolle hält. Aber da ich entschlossen bin, diesen Kampf zu gewinnen, gleite ich mit der Hand zwischen meine Beine, über das Satin meines geschlitzten Höschens, und gleite mit den Fingern langsam, ganz langsam, in mich hinein.

»O Gott, Baby. Das ist so verdammt heiß.« Er umgreift mit der Hand meinen Fuß und beginnt, mit der Unterseite über seine wachsende Erektion zu reiben. »Sag mir, was du dir wünschst«, fordert er, seine Stimme belegt vor Lust.

»Ich habe dich acht Tage lang nicht gesehen«, sage ich und entziehe ihm meinen Fuß. »Du kannst dir bestimmt denken, was ich mir wünsche.«

Ich streife mir den anderen Pantoffel vom Fuß und steige

auf die Couch, um mich rittlings auf ihn zu setzen und meine Muschi an ihm zu reiben, wobei ich vermutlich seinen guten Anzug ruiniere, so feucht wie ich bin.

Den Blick auf ihn geheftet, ziehe ich an der Kette, um den Druck auf meine Nippel zu erhöhen, und stecke sie ihm dann grinsend in den Mund. Nun habe ich die Kontrolle übernommen, und ich genieße dieses Gefühl von Macht, aber ich kenne meinen Mann gut genug, um zu wissen, dass das nicht lange von Dauer sein wird. Mehr noch, ich will es auch gar nicht. Lasziv lehne ich mich zurück, sodass der Zug der Kette, die zwischen seinen Lippen klemmt, immer größer wird und meine Nippel hart und heiß macht.

Etwas abgeknickt in der Hüfte aufgrund des Korsetts reibe ich mich noch immer an ihm und halte kurz den Atem an, als seine Hand zunächst über meinen Hintern wandert, ehe er einen Finger in meinen Anus steckt. »Genau das wünsche ich mir«, flüstere ich, als sein Finger immer tiefer eindringt.

Ich beiße mir auf die Lippe, als mein ganzer Körper zittert, und greife nach seinem Reißverschluss, um seinen Schwanz rauszuholen. »Und das hier«, sage ich, als ich mich aufsetze und seinen Penis so positioniere, dass ich mich damit selbst pfählen kann, so hart und schnell wie ich will. Ich schließe die Augen und lasse mich auf einer Welle der Lust davontragen, während ich mich auf ihn hinabsenke, sodass er mich ganz und gar erfüllt, und schreie auf, als er mit seinem Schwanz hart in mich stößt und gleichzeitig seinen Finger immer tiefer in meinen Hintern steckt.

»Du warst ganze acht Tage weg«, sage ich und presse die Worte zwischen meinem Stöhnen hervor, während ich ihn reite. Während ich ihn ficke und er mich fickt und ich meinen Kitzler reibe und mich zurücklehne, sodass meine Nippel hart und heiß sind und ich unglaublich angetörnt bin.

»Acht Tage«, wiederhole ich. »Ich will alles. Ich will deinen

Mund. Ich will deinen Schwanz. Ich will, dass du mich bestrafst. Ich will, dass du mich fickst. Ich will dich, Damien. Ich will dich auf jede nur erdenkliche Art. Und zwar jetzt, Damien. Bitte.«

Und als ob meine letzten Worte Zauberkraft besäßen, explodiert er in mir, während ich mich mit einer Hand an seinen Nacken klammere und das Zittern spüre, das seinen ganzen Körper durchzuckt. Ich bin ebenfalls nahe dran, und ich merke, dass er es auch spürt, und trotzdem lässt er meine Pobacke los, nimmt seinen Finger heraus und zieht meine Hand von meiner Klitoris weg. »Du nicht«, murmelt er und lässt die Kette aus dem Mund fallen. »Noch nicht.«

Ich gebe einen leisen Laut des Protests von mir, doch er grinst nur süffisant. »Erst deine Strafe«, raunt er, und ich kann nicht anders, als mir über die Lippen zu lecken, während meine Vagina sich um seinen noch immer harten Schwanz zusammenzieht, aus Vorfreude auf all das, was noch kommen mag.

»Runter mit dir«, fordert er. Er steht ebenfalls auf und schiebt mich grob nach vorn, sodass ich mit meinen Füßen auf dem Boden stehe und die Vorderseite meiner Schienbeine an der Couch reibt. Er beugt mich in der Hüfte nach vorn und befiehlt mir, mich an der Rücklehne der Couch festzuhalten.

Kurz darauf spüre ich den ersten Klaps seiner Handfläche auf meinem Po, der in dem knappen Höschen freiliegt. »Gefällt dir das?«, fragt er nach einem weiteren Klaps, gefolgt vom sanften Reiben seiner Hand auf meiner zarten Haut.

»Das weißt du genau. Härter, Damien, bitte.«

Er weiß, dass ich ab und an den Schmerz brauche. Aber das, wonach ich mich gerade sehne, hat nichts mit einem Bedürfnis zu tun. Sondern mit Verlangen. Ich will die Hitze zwischen uns spüren. Ich will, dass er mich nimmt. Mich besitzt. Mich benutzt. Ich will es grob und wild, denn ich habe diesen

Mann so sehr vermisst, und ich muss ihn in jeder Art und Weise spüren. Ich muss explodieren. Ich muss die ganze Vielfalt an Emotionen erleben, die er in mir wecken kann. Ich bin gierig, so verflucht gierig. Ich will es jetzt sofort, ich will alles.

Damien versteht das, denn er kennt mich, und als er mir diesmal mit einer Hand einen kraftvollen Klaps auf den Hintern versetzt, rammt er mit der anderen Hand zwei Finger in mich. Seufzend schließe ich die Augen, während er mich mit den Fingern vögelt, wobei sich die rhythmischen Stöße mit den Schlägen seiner bloßen Hand abwechseln. »Du bist so verflucht sexy«, haucht er, »deine Haut ist ganz rosa. Ganz empfindlich. Sag es, Nikki. Sag mir, was du willst.«

»Dich.« Dieses eine Wort ist wie ein Flehen. »Ganz und gar.«

Ich höre, wie er an irgendetwas herumnestelt, und eine Sekunde lang denke ich, er zieht sich aus. Doch dann wird mir klar, dass er nur etwas aus der Hosentasche herausgefummelt hat. Als ich den Kopf drehe, erblicke ich ein kleines Taschenmesser. Einen Augenblick bin ich verdutzt. Dann trennt er mit einer flinken Bewegung die Schnürungen an der Rückseite meines Korsetts durch, das auf die Couch fällt, sodass ich vollkommen nackt bin, bis auf das Höschen und die Brustwarzenringe.

Mein Körper vibriert angesichts dieses plötzlichen Verlusts der Enge, und während das Blut warm in mir aufsteigt, gleitet seine Hand zu meinem Hintern und beginnt, mich zu streicheln, mich zu liebkosen. Als ich plötzlich seine Penisspitze an meinem Hintern spüre, versuche ich langsam durchzuatmen und mich zu entspannen, und beiße mir auf die Unterlippe, während ich auf den stechenden Schmerz warte, von dem ich weiß, dass er jede Sekunde eintritt.

Genau so will ich es. Grob. Wild. Ungezügelt. Mir stockt kurz der Atem, als er in mich eindringt, und ich stemme meine Hüften nach hinten, um ihm entgegenzukommen, während er mich allmählich füllt, zunächst langsam, damit ich mich daran gewöhne, und dann immer härter und tiefer, während sich unsere Lust steigert. Er ist immer noch vollkommen bekleidet, wohingegen ich aussehe wie eine Gespielin, und dieser Gedanke macht mich noch mehr an, macht mich noch feuchter und wilder. »Härter«, fordere ich. »Härter.«

»Oh, Baby.« Seine Stimme ist belegt, und ich weiß, er steht unmittelbar vor dem Orgasmus, aber nun greift er mit einer Hand nach der Kette und hält sie fest, während er immer tiefer in mich stößt, sodass gewissermaßen eine unsichtbare Verbindung von meinen Brüsten über meinen Kitzler hin zu meiner Muschi und meinem Hintern besteht.

Mein gesamter Körper steht unter Strom, und ich bin unendlich dankbar, als er mir befiehlt, mich zu streicheln. Mein Kitzler ist angeschwollen und feucht, und während er mich von hinten nimmt, mache ich es mir selbst mit den Fingern. Spüre, wie die wachsende Lust in mir Funken sprüht, wie meine Muskeln sich immer fester um ihn zusammenziehen. Wie es immer wilder und tiefer und heißer wird.

Ich bin so nah dran, so unglaublich nah, und ich merke, dass er es auch ist. Und als er an der Kette zieht, als er mir »Komm mit mir, Baby, jetzt!« ins Ohr raunt, ist es, als ob es in mir eine Kernspaltung gäbe und ich in eine Milliarde Atome zerfallen würde, und das Einzige, was mich davon abhält, davonzufliegen und mich für immer in den Weiten des Alls zu verlieren, sind Damiens Arme. Damiens Arme, die mich warm und sicher und voller Liebe festhalten.

Wir beide atmen immer noch schwer, als er ins Bad geht und mit einem feuchten Waschlappen und einem Handtuch zurückkommt, um uns beide abzuwischen. Ich muss unweigerlich lächeln, wie er so vor mir steht, immer noch im Anzug, die Krawatte fein säuberlich gebunden, die Weste zugeknöpft.

»Äußerst professionell, Mr. Stark.« Ich stehe auf und dränge meinen Körper dicht an seinen. Die Nippelringe habe ich abgenommen, und meine Brüste kribbeln immer noch empfindlich, als meine Haut an seinem Anzugstoff reibt. »Gefällt mir gut«, füge ich hinzu und lege meinen Kopf in den Nacken, um ihn zu küssen.

»Und mir hat die herzliche Begrüßung gefallen«, sagt er, als er mich zu sich hinunter auf die Couch zieht, wo ich mich an ihn schmiege und mich warm und geborgen und geliebt und aufs Genüsslichste benutzt fühle.

»Gern geschehen«, murmle ich. »Aber nicht, dass du auf dumme Ideen kommst und jetzt öfter lange wegbleibst, nur um nach deiner Rückkehr so begeistert empfangen zu werden.«

Ich spüre sein sanftes Lachen mehr als ich es höre. »Das würde mir nicht im Traum einfallen«, sagt er. Und während ich meine Augen schließe und langsam in Schlaf abdrifte, hallen seine Worte wie ein Echo durch mich hindurch. »Frohe Weihnachten, Mrs. Stark. Was Geschenke anbelangt, bist du mit Sicherheit das schönste von allen.«

2 Mir ist, als wäre ich eben erst eingeschlummert, als ich mit dem Duft von gebratenem Speck in der Nase aufwache.

Irgendwann mitten in der Nacht waren wir ins Bett hinübergewechselt, und nun schlage ich die Decke beiseite, steige aus dem Bett und tapse zum Kleiderschrank. Ich greife mir einen seidenen Morgenmantel – einer der vielen, die mir Damien immer kauft, und die definitiv angenehmer auf der Haut zu tragen sind als der abscheuliche Morgenmantel, den ich gestern anhatte, nur um Damien aus der Reserve zu locken. Ich werfe ihn mir über und laufe barfuß in die Küche.

Anders als in L. A. ist es hier in den Bergen richtig kalt. Es liegt zwar kein Schnee, dafür ist der Winter noch nicht fortgeschritten genug, aber die Morgenluft ist kühl, und über den Fenstern liegt Raureif. Wahrscheinlich wird das Thermometer heute nicht über vier Grad steigen; umso schöner ist es, die wohlige Wärme zu spüren, die von den Bodenkacheln ausstrahlt und meine Füße wärmt.

Mit seinen achthundertvierzig Quadratmetern besitzt das Haus eine stattliche Größe, aber ein Großteil dieser Fläche erstreckt sich auf einen Freizeitraum, einen Innenpool und einen Fitnessraum. Das Wohnzimmer ist ziemlich gemütlich, und die große, offene Küche grenzt sowohl an das Wohnzimmer als auch an die beiden breiten Flure, die zum Schlafzimmer und den Gästezimmern führen.

Als ich nun in den Flur hinaustrete, erblicke ich ihn, und mein Herz macht einen Sprung.

Er steht mit dem Rücken zu mir am Herd und trägt eine graue Trainingshose, die tief sitzt und sich eng um die Rundungen seines knackigen Pos schmiegt. Damien spielt zwar längst nicht mehr professionell Tennis, aber das sieht man ihm nicht an. Er trainiert noch immer, wie sein starker, muskulöser Rücken beweist, und er besitzt die anmutige Beweglichkeit eines Athleten. Ich könnte ewig dastehen und ihm zuschauen, wie hypnotisiert von seinen zügigen, sicheren Handgriffen, als er abwechselnd erst den Speck in der Pfanne wendet, dann das Rührei brät und schließlich das Brot herausnimmt, das aus dem Toaster schnellt.

Als alles zu seiner Zufriedenheit ist – und mir vom Duft das Wasser im Munde zusammenläuft –, stellt er schließlich alles auf ein großes Tablett, auf dem bereits eine einzelne Rose in einer Glasvase steht, und dreht sich um zum Gang.

In diesem Moment entdeckt er mich, und ich würde am liebsten diesen Augenblick für immer festhalten und in meinem Herzen tragen. Denn die Liebe und Leidenschaft, die ich in seinen Augen sehe, ist so rein, so warm und so real, dass es mir fast die Beine wegzieht.

»Nanu! Guten Morgen! Ich hatte eigentlich ein Frühstück im Bett geplant, aber sieht so aus, als seien meine Pläne durchkreuzt worden.«

»Wie wäre es mit einem Frühstück am Tisch und einer gemeinsamen Dusche danach?« Ehrlich gesagt, könnten wir von mir aus gern das Frühstück überspringen und direkt zum zweiten Tagesordnungspunkt kommen. Der Speckgeruch hatte meinen Hunger geweckt. Aber nun, da ich ihn vor mir sehe, seinen stählernen, schlanken Körper und seine Erektion, die sich unter seiner Trainingshose abzeichnet, merke ich, dass ich gerade eine ganz andere Form von Hunger entwickle, obwohl es nur ein paar Stunden her ist, dass er in mir war.

»Meine Frau hat immer die besten Ideen«, sagt er, geht auf

die andere Seite der Küche und stellt das Tablett auf dem runden Holztisch neben dem Erkerfenster ab. »Es gibt da nur ein Problem«, fügte er hinzu, als er in die Küche zurückkehrt. Ich war langsam zum Kühlschrank gegangen und bin gerade dabei, eine Flasche Champagner herauszunehmen. Wenn man mich fragt, ist Weihnachten ohne Champagner mit Orangensaft wie Ostern ohne gefärbte Eier, und es kann nicht schaden, zwei Gläser mit ins Bad zu nehmen. Da fällt mir auf, eigentlich könnten wir statt unter die Dusche zu hüpfen auch ein Schaumbad nehmen …

»Warte mal«, sage ich, als seine Worte schließlich zu mir vordringen. »Was für ein Problem?« Ich stelle die Champagnerflasche ab und drehe mich zu ihm.

Mit großen Schritten kommt er auf mich zu und bleibt direkt vor mir stehen, so nah, dass ich spüre, wie sich seine Erektion gegen meinen Morgenmantel presst. Er greift hinter mich nach der Champagnerflasche und zieht den Korken mit einem lauten Plopp heraus, sodass sich eine Fontäne weißen Schaums über uns ergießt und über seine Hand tropft.

Ich lache – doch mein Lachen verebbt zu einem kleinen Seufzer, als ich die Leidenschaft in seinen Augen sehe … als er seine Hand zu meinen Lippen führt … als er mir lautlos bedeutet, ich solle ihm den Champagner von den Fingern lecken.

Stöhnend schließe ich meinen Mund um seine Fingerspitze. Alle Gedanken an die Dusche, an das Schaumbad, an das Frühstück sind mit einem Mal vergessen, als ich an ihm lutsche, immer härter und tiefer. Als dieser sinnliche Körperkontakt mich wie ein Elektroschock durchfährt, mich erhitzt, mich erfüllt, sodass ich den Druck zwischen meinen Schenkeln fühle, verlangend und fordernd.

Plötzlich entzieht er mir seinen Finger, und einen Moment lang fühle ich mich verloren. Dann umfasst er mit festem Griff meine Taille, hebt mich hinauf auf den Tresen und schiebt mir den Morgenmantel von den Schultern, sodass ich nackt vor ihm sitze. Er steht dicht vor mir, direkt zwischen meinen Beinen, sodass meine Knie seine warme Haut berühren.

»Damien«, sage ich schlicht; einfach, weil ich seinen Namen hören muss.

Er antwortet nicht, doch seine Augen funkeln hinterlistig, als er erneut nach der Flasche greift. Ich habe keine Ahnung, was er vorhat, und ringe nach Luft, als er plötzlich den Champagner über mich kippt, der sich über meine Brüste ergießt, und dann mit dem Mund an einer Brust saugt, während er die andere mit den Fingern knetet, und jede so intensiv bearbeitet, bis meine Nippel so steif und empfindlich sind, dass es sich anfühlt, als führte ein glühender elektrischer Draht direkt bis hinunter zu meiner Muschi.

Und tatsächlich, als ob er Gedanken lesen könne, beginnt er, mit dem Mund tiefer zu wandern. Mir den Champagner von der Haut zu lecken. Mich mit der Zunge zu erkunden. Mich mit den Lippen zu necken. Während er sich nach unten vortastet, spüre ich, wie sich meine Bauchmuskeln anspannen und mein Atem rasselnd geht, als er tiefer und immer näher vordringt, bis seine Zungenspitze schließlich die zarte Haut zwischen meinem Geschlecht und meinem Oberschenkel erreicht.

Mit geschlossenen Augen lehne ich mich zurück, vollkommen verloren im Sturm der Gefühle. Ich will ihn noch intimer spüren, und gleichzeitig will ich, dass das hier niemals endet. Dieses herrliche Gefühl dahinzutreiben. Voller Vorfreude dahinzugleiten. Geliebt, liebkost, gestreichelt zu werden.

Als Nächstes wandert er noch tiefer und lässt seine Küsse über meine vernarbten Innenschenkel tänzeln, doch auf wundersame Weise nehme ich davon kaum Notiz.

Es gab eine Zeit, da ich wegen dieser Narben vor ihm davongelaufen war. Da ich vor meinen eigenen Ängsten und Erwartungen davongelaufen war. Damien hatte nie Schwäche in mir gesehen, sondern immer nur meine innere Stärke, mit der ich letztlich meine Ängste besiegt hatte. Er hatte Schönheit in mir gesehen. Und er hatte mir geholfen, all das ebenfalls zu erkennen.

Ich bin noch immer nicht ganz darüber hinweg, und ich weiß, dass ich es nie ganz hinter mir lassen werde. Doch bei Damien fühle ich mich vollkommen frei und wohl in meiner Haut, und ich liebe ihn dafür ebenso sehr wie für alles andere, was er mir gibt.

Doch im Moment möchte ich nicht über meine Narben nachdenken. Möchte nicht an meine Dämonen, an seine Geheimnisse oder die Schwierigkeiten in unserer Vergangenheit denken. Ich möchte einfach nur seine Berührung. Ich möchte einfach nur diesen Mann. Ich möchte einfach nur *uns*.

Gott sei Dank weiß Damien all das. Ich sehe es in seinem listigen Grinsen, als er den Kopf dreht, um mich anzublicken. Ich sehe es in dem Funkeln, das in seinen atemberaubenden zweifarbigen Augen aufblitzt, ehe er seinen Kopf zwischen meinen Beinen vergräbt und sich Kuss um Kuss langsam zu meinem Geschlecht vorarbeitet.

Als er dort angelangt, als mich seine intimen Küsse erzittern und stöhnen lassen, gleitet er mit den Händen an meinen Beinen entlang, um sie sich auf die Schultern zu legen, während er an mir saugt und leckt. Das Gefühl ist so überwältigend, dass ich mich winde und plötzlich aufschreie, als er mich fest an der Taille packt und mich hochhebt, sodass ich auf seinen Schultern sitze, meine Muschi direkt an seinem Mund, und mein Körper vornübergebeugt, aus Angst, dass er mich fallen lassen könnte.

Das wird er nicht – tief in mir drin weiß ich das. Dafür ist er viel zu stark. Aber in dieser Position bin ich verletzlich. Ausgeliefert. Und das macht es so enorm geil. Und als er zum Kühlschrank hinübergeht und ich meinen Rücken gegen den kalten Stahl pressen kann, während er es mir weiter mit dem Mund besorgt, habe ich das Gefühl, als würde ich fliegen.

Schamlos reibe ich mich an seinem Mund, dass es ein Wunder ist, wie er überhaupt noch atmen kann, aber mein Hirn ist so von meiner eigenen Lust umnebelt, dass ich kaum darüber nachdenke. Ich weiß nur eins, dass ich immer höher steigen will. Dass Damien mich gen Himmel trägt und die Wolken zum Greifen nah sind.

Ich bin nah dran, so verdammt nah, und als ich schließlich komme, tritt er vom Kühlschrank zurück und lässt mich in seinem Arm nach hinten sinken, sodass es sich anfühlt, als würde ich im freien Fall auf die Erde zurasen, während der Orgasmus mich schier zerreißt.

Wie von Sinnen schreie ich auf und finde mich Sekunden später auf dem warmen Kachelboden wieder. Ich bin so erfüllt von Emotionen, so erfüllt von Damien, dass ich gar nicht bemerke, was er da tut. Alles, was ich weiß, ist, dass er es tut, und dass es sich gut anfühlt und hoffentlich nie aufhört.

Mit einer groben Handbewegung schiebt er meine Knie hoch zur Brust, positioniert sich über mich und dringt hart und schnell und tief in mich ein. Instinktiv werfe ich meine Arme nach oben über meinen Kopf, um mich am Kühlschrank abzustützen und mit jedem Stoß gegenzuhalten, um ihn noch tiefer, noch härter zu spüren. Und genau das gibt er mir auch, und als jetzt sein Körper an meinem bereits empfindlichen, bereits überreizten Fleisch reibt, komme ich erneut. Weniger heftig als zuvor, aber immer noch äußerst befriedigend. Während meine Vagina sich begierig um ihn herum zusammenzieht, beobachte ich in seinem Gesicht, wie er zum Höhepunkt kommt und sich völlig vergisst. Wie sich seine Muskeln anspannen und zittern. Wie er in mir explodiert.

Wir halten einander umschlungen, während wir langsam zu Boden sinken, sein Körper den meinen bedeckend. Ich schließe die Augen und drifte davon, vollkommen versunken in den Armen dieses Mannes, und der Champagner und die Wärme der Kacheln lullen mich ein.

Als ich wieder zu mir komme, seufze ich und kuschle mich dicht an ihn. Meine Brust liegt an seiner Brust, und ich bin dankbar für die warmen Kacheln unter und den warmen Körper über mir. »Wie schade, dass die Haushälterin diese Woche nicht da ist, jetzt müssen wir die ganze Sauerei selbst aufwischen.«

Sein tiefes Glucksen hallt durch mich hindurch. »Kein Problem«, sagt er, und mir fällt auf, dass das seine ersten Worte sind, seit er die Champagnerflasche geöffnet hat. »Wir haben bestimmt irgendwo ein süßes Dienstmädchenkostüm für dich liegen. Vorzugsweise von der etwas schlüpfrigeren Sorte.«

Ich unterdrücke ein Grinsen. »Falls nicht, sollten wir unbedingt eins kaufen.«

Er knabbert an meinem Ohrläppchen. »Ich werde dem Weihnachtsmann gleich nachher eine SMS schicken.«

»Wieso überrascht es mich nicht, dass ein Damien Stark die Handynummer vom Weihnachtsmann hat?«

»Tja, man muss eben nur die richtigen Leute kennen«, sagt er, und wenn ich an all die Menschen denke, die ich über Damien kennengelernt und über die ich an Aufträge herangekommen bin, muss ich ihm zustimmen.

»Ich fürchte, das leckere Frühstück, das du zubereitet hast, ist mittlerweile kalt.«

»Das war es wert«, sagt er und stützt sich auf den Ellenbogen auf.

»Ich mach dir ein neues«, kündige ich an. »Das ist das Mindeste, was ich für dich tun kann.«

Er hebt eine Augenbraue. »Du und kochen?«

Ich mache ein gespielt entrüstetes Gesicht. »Zufälligerweise bin ich spitze darin, gefrorene Waffeln in den Toaster zu stecken. Ich habe das quasi zu einer Kunstform erhoben. Aber allein dafür, dass du mich anzweifelst, wirst du warten müssen, bis ich geduscht habe.«

»Geh du ruhig«, sagt er und drückt mir einen Kuss auf die Stirn. »Ich mach dir in der Zwischenzeit ein neues Frühstück.«

»Kommst du mit?«

Ich sehe die Versuchung in seinen Augen, doch er schüttelt den Kopf. »Nicht, wenn wir das hier aufgeräumt haben wollen, bevor Jamie und Ryan eintreffen.«

Da hat er natürlich recht. Also hüpfe ich unter die Dusche, genieße das warme Wasser und schwelge in den Erinnerungen an Damiens Hände, während ich mir den Champagner von der Haut spüle. Als ich zurückkomme, steht das Frühstück bereits auf dem Tisch.

»Wow. Du bist ja schnell.«

Er küsst meinen Nacken und zieht einen Stuhl für mich hervor. »Wärst du sehr enttäuscht, wenn ich zugeben würde, dass ich geschummelt habe? Den Speck habe ich eben schnell in der Mikrowelle aufgewärmt.«

Ich lächle zu ihm hoch. »Das macht nichts. Du sorgst immer für mich. Das ist alles, was zählt.«

Er schenkt uns beiden Champagner mit Orangensaft ein und lässt sich auf dem Stuhl neben mir nieder. Währenddessen stellt er einen rot eingepackten Zylinder mit einer großen goldenen Schleife vor mir auf den Tisch.

»Was? Aber Damien! Es ist doch noch gar nicht so weit!« Wir hatten vereinbart, uns gegenseitig jeweils nur ein Geschenk zu

machen und damit bis zum Morgen des ersten Weihnachts-
feiertags zu warten.

»Das ist ein verfrühtes Geschenk. Los, mach schon auf.«

Ich hadere mit mir, ob ich Einspruch erheben soll, aber er
sieht so begeistert aus, dass ich nachgebe. Als ich die schmale
Röhre hochhebe, bin ich überrascht, wie leicht sie ist, und
als ich das Geschenkpapier herunterreiße und die Plastikab-
deckung öffne, wird mir auch klar, weshalb – darin befinden
sich nur ein paar Blatt Papier.

Neugierig ziehe ich sie heraus und runzle die Stirn, als mir
langsam dämmert, was ich da lese. »Mein Büro?« Meine
Stimme klingt belegt, und als ich zu ihm hochsehe, fühle ich
eine innerliche Leere. »Du hast mein Büro gekauft?«

Er lächelt, sichtlich selbstzufrieden, während ich sitzen
bleibe. Mir ist etwas übel. Etwas flau im Magen. Und ich weiß
wirklich nicht, was ich sagen soll.

Ehrlich gesagt, fühle ich mich wie betäubt. Ich habe wo-
chenlang hin und her gerechnet, ob ich es mir leisten kann.
Damien weiß das. Verdammt, ich habe in den letzten Wochen
beim Abendessen und letzte Woche während unserer Tele-
fonate praktisch von nichts anderem gesprochen. Und erst vor
wenigen Tagen war ich stolz wie Oskar gewesen, als ich gemerkt hatte, dass ich mit der nächsten Vertragsvergütung für
das Sykes-Projekt endlich meinen Traum verwirklichen
konnte, dass ich es ganz allein schaffen konnte.

Wie kann er nicht begreifen, wie wichtig dieser Schritt für
mich ist, beziehungsweise vielmehr *war*? Nicht allein dieses
Ziel zu erreichen, sondern auch noch mit meinem eigenen,
hart verdienten Geld, ohne dass mir mein milliardenschwerer
Ehemann unter die Arme greift.

»Hey.« Er legt seine Hand auf meine, und ich merke, dass
ich den Kaufvertrag auf dem Tisch abgelegt und mit meiner
Hand bedeckt habe. »Alles okay mit dir?«

Als ich zu ihm hochblicke, sehe ich, wie seine Freude und sein Stolz allmählich schwinden und ein Anflug von Sorge auf seinem Gesicht erscheint. Wie soll ich ihm da bitte schön sagen, dass ich dieses Geschenk gar nicht will, von dem er offensichtlich dachte, dass er mir damit eine Riesenfreude machen würde? Von dem er dachte, dass es mich zu Tränen des Glücks, nicht der bitteren Enttäuschung rühren würde?

Ich ziehe scharf Luft ein und lächle. »Ich bin einfach nur überwältigt. Und habe ein schlechtes Gewissen.« Ich blicke hinüber zum Tannenbaum. »Du darfst deins aber erst morgen aufmachen.«

»Ich kann es kaum erwarten.« Er zieht mich in seine Arme, und zum ersten Mal zögere ich, aus Angst, er könnte meine Melancholie spüren. Aus Angst, er könnte es bemerken. Denn ich möchte ihm nicht sagen, dass dieses Geschenk mich unglücklich macht. Nicht heute. Nicht an Heiligabend.

Vor allem aber stimmt es mich traurig, dass ihm das nicht von Anfang an klar gewesen war. Dass dieser Mann, der mich so gut kennt, nicht versteht, dass ich diese Büroräume aus eigenen Mitteln kaufen will.

Aber ich weiß, dass ich es ihm sagen MUSS – war schließlich nicht ich diejenige, die immer wieder das Mantra heruntberbetete, dass man in einer Beziehung keine Geheimnisse voreinander haben darf? Und ich bin kurz davor, es ihm zu sagen, wirklich, doch plötzlich vernehme ich Geräusche vor der Haustür, gefolgt von Pieptönen, als jemand den Zugangscode auf dem Nummernfeld eingibt.

Im nächsten Moment schallt Jamies Stimme durch die Küche und hallt von der Gewölbedecke wider. »Wir sind da! Falls ihr gerade nackt seid, ist es jetzt an der Zeit, euch was überzuziehen.«

Ich blicke zu Damien hoch, der zurückgrinst, doch sein

Lächeln kann das besorgte Flackern in seinen Augen nicht verbergen.

Ich nehme seine Hand. »Frohe Weihnachten«, flüstere ich und beuge mich vor, um ihm einen Kuss auf die Lippen zu hauchen.

Dann gehen wir gemeinsam zur Eingangshalle, um unsere Freunde zu begrüßen.

3 »Onkel Damien! Onkel Damien! Können wir bitte, bitte noch mal Snoopy schauen?«

Die vierjährige Ronnie klettert in Damiens Schoß und hüpft bettelnd auf und ab, sein T-Shirt mit ihrer kleinen Faust festhaltend. Wir sind im Wohnzimmer, sodass wir den Anblick des Christbaums genießen können, den wir nachmittags geschmückt hatten, wobei Ronnie die große Ehre zuteilwurde, auf den Schultern ihres Vaters sitzend, den Stern auf die Tannenspitze zu setzen.

An der Ostseite des Raums befindet sich ein herausfahrbares Wandpaneel mit einem riesigen Flachbildfernseher, und wir hatten es uns auf der Couch und auf den Sesseln ringsum gemütlich gemacht und gemeinsam *Kevin – Allein zu Haus*, *Die Peanuts – Fröhliche Weihnachten* und *Der Grinch* geschaut. Wir alle sind pappsatt nach reichlich Kuchen und heißer Schokolade mit Pfefferminzschnaps, der tatsächlich so weihnachtlich ist, wie Jamie meinte. Nicht, dass Ronnie oder Sylvia das beurteilen könnten; für die Kleine und die schwangere Mama gab es zwar auch heiße Schokolade, aber ohne Schuss.

Rückblickend war wahrscheinlich selbst die heiße Schokolade zu viel für Ronnie, die vor lauter Zucker total aufgedreht ist.

»Bittebittebittebitte!«

»Tut mir leid, Kleine.« Damien blickt so ernst drein, als ob er gerade einen langjährigen Mitarbeiter feuern müsste. »Da ist nichts zu machen.«

»*Frosty, der Schneemann?*«

»Du magst Frosty?«, fragt Damien, während Jackson und Sylvia von der anderen Couch aus die Szene amüsiert beobachten.

»Frosty ist der Beste! ›Kein Geld, keine Fahrkarte!‹«

Syl wirft mir von der anderen Seite des Raumes einen Blick zu. Ihre Lippen sind fest aufeinandergepresst, sie hält nur mit Mühe ein Lachen zurück. Jamie, die auf dem Boden liegt und ihren Kopf auf Ryans Schoß gebettet hat, versucht es gar nicht erst. Sie hält sich mit der Hand den Mund zu, um den Laut zu unterdrücken, aber ihr ganzer Körper bebt, als sie sich vor Lachen ausschüttet.

Ich bin ebenfalls amüsiert und sehr gespannt, welches Argument Damien als Nächstes hervorbringt, insbesondere da Jackson seinen Bruder gnadenlos ins offene Messer laufen lässt. Doch Ronnie muss intuitiv spüren, dass sie bei Damien nicht weit kommt, denn nun krabbelt sie von seinem Schoß, kuschelt sich an mich und sieht mich mit großen, flehenden Augen an. »Bitte, Tante Nikki! Büddebüdde!«

»Jetzt ist aber gut, du kleiner Hosenscheißer.« Jackson, dessen Hand auf Syls Kugelbauch geruht hatte, steht auf und kommt mir dankbarerweise zu Hilfe, nachdem er seinen Bruder mit der kleinen ausgebufften Dame mit dem Hundeblick allein gelassen hatte. »Habe ich als dein Daddy nicht auch noch ein Wörtchen mitzureden? Und deine Mommy?«

Einen Augenblick lang sieht sie ratlos aus, kaut auf ihrer Unterlippe herum und blickt abwechselnd von Jackson zu mir und wieder zu Jackson.

Dann scheint sie einen Entschluss gefasst zu haben und hält ihre Augen auf mich fixiert. »Aber es ist doch dein Haus? Von Onkel Damien und dir? Das heißt, du darfst bestimmen. Bitte, Tante Nikki!«

Ollie hatte bislang alles schweigend von seinem Ledersessel aus beobachtet, doch nun steht er auf, schiebt die Hände in die Hosentaschen seiner Jeans und spricht mit dem Ernst eines Richters. »Ich finde, du solltest es ihr ruhig erlauben, wenn sie es will.«

Ich starre ihn mit offenem Mund an. »Ol…«

»Ich meine nur, solange es ihr nichts ausmacht, dass der Weihnachtsmann an unserem Haus vorbeifliegen muss.«

»Hä?« Ronnie krabbelt von meinem Schoß hinunter und geht zu ihm. »Was ist mit dem Weihnachtsmann?«

»Tja, der Weihnachtsmann muss auch seinen Terminplan einhalten.« Ollie sieht auf seine Armbanduhr hinab. »Um diese Zeit liefert er gerade die Geschenke über Kalifornien aus. Und wenn er erst mal über dem Ozean ist, hat er keine Zeit mehr zurückzukommen. Ich meine, immerhin muss er in einer einzigen Nacht ganz schön viele Häuser abklappern. Aber wenn es dir nichts ausmacht, dass er an uns vorüberfliegt, können wir auch *Frosty* schauen …«

Er lässt den Satz im Raum stehen, während Ronnie vehement den Kopf schüttelt, und auch wenn Ollie und ich in den letzten Jahren unsere Höhen und Tiefen hatten, möchte ich meinen ältesten Freund in diesem Moment am liebsten dafür knutschen.

»Sollen wir dich dann ins Bettchen bringen?«, fragt Sylvia.

Ronnie nickt und sieht zu Damien hoch. »Bringst du mich ins Bett?«

»Na klar doch.« Er steht auf, schwingt sie sich auf die Schultern und trägt sie hinüber zu Jackson und Syl. »Sag Gute Nacht.«

»Nacht, Daddy. Nacht, Mommy.«

Schläfrig dreht sie ihren Eltern die Wange hin und holt sich ein Küsschen ab, ehe Damien sie zu ihrem Bettchen trägt.

»Er kann gut mit Kindern«, sagt Syl, doch ich höre ein Fragezeichen heraus. Jamie, die sich aufgesetzt und ihre Beine herangezogen hat, ist es ebenfalls nicht entgangen.

»Also, Nicholas?«, setzt sie mit einem Tonfall nach, der sowohl neckend als auch aufrichtig neugierig ist.

»Leute, meine Firma ist mein Baby und gerade erst aus dem Gröbsten heraus. Will ich da gleich ein neues in die Welt setzen?« Ich frage es leichthin, meine es aber ernst.

Ja, ich möchte irgendwann gerne Kinder haben. Ehrlich gesagt, kann ich mir mit Damien das volle Programm vorstellen. Aber woher wissen wir, wann der geeignete Zeitpunkt dafür gekommen ist? Woher weiß ich, dass wir unsere Dämonen – und Gott weiß, wir haben immer noch damit zu kämpfen – wirklich hinter uns gelassen haben? Wann ist der richtige Moment, mich aus der Firma zurückzuziehen, die ich mit viel Schweiß und Mühe aufgebaut habe?

Der Kreis schließt sich, als mir wieder der Kaufvertrag einfällt, den ich heute Morgen ausgepackt hatte, und ich ringe mir ein Lächeln zur Antwort auf ihre Witzeleien ab.

Denn mehr ist es natürlich nicht. Klar, dahinter verbirgt sich eine aufrichtige Frage, aber ich bin froh, dass keine von beiden weiter nachhakt. Stattdessen robbt Jamie zu dem Berg an DVDs hinüber, den wir auf dem Boden ausgebreitet hatten wie ein kaltes Büffet. »Noch einen?«, fragt sie, während Ryan sie zurückzieht.

»Ermutigt sie bloß nicht«, sagt er. »Wenn irgendjemand auch nur einen Anflug von Interesse zeigt, müssen wir die ganze Nacht lang einen Film nach dem anderen schauen.«

»Und was ist daran bitte schön verkehrt?«, fragt sie.

»Denk mal an den Weihnachtsmann«, sagt Jackson todernst mit Blick zu Ollie. »Wir wollen doch nicht seinen Terminkalender durcheinanderbringen.«

»Da hat er recht«, sage ich zu Jamie.

»Ja, genau, *der Weihnachtsmann* muss noch die Geschenke unter den Baum legen«, wirft Syl ein. »Und das kann er erst, wenn er ganz sicher weiß, dass ein gewisser Jemand tief und fest schläft. Deshalb wäre ich für einen weiteren Film. Solange noch eine heiße Schokolade für mich drin ist.«

»Für heiße Schokolade bin ich immer zu haben«, sagt Jamie und wirft mir einen Blick zu. »Wir haben doch noch Pfefferminzschnaps übrig, oder?«

»Jamie, du hast quasi die größte Flasche DER WELT mitgebracht«, sage ich. »Ich schätze, ein, zwei Tropfen werden wohl noch übrig sein.«

»Wunderbar. Also ich wäre für *Ist das Leben nicht schön?*.« Der Vorschlag wird ohne Gegenstimmen angenommen, und auf dem Bildschirm beginnen die Engel sich gerade im Himmel zu unterhalten, als Damien zurückkommt und sich neben mich setzt. Er legt seinen Arm um mich, und ich lehne mich mit dem Kopf an seine Schulter an und genieße die Nähe und Vertrautheit. Etwa um die Zeit, als Jimmy Stewart und Donna Reed im leeren Schwimmbecken eine flotte Sohle aufs Parkett legen, beginnt Jamie leise zu schnarchen, woraufhin Ryan sie zärtlich hochnimmt und ins Bett trägt. Sylvia ist ebenfalls weggenickt und sinkt immer tiefer in die Couch, bis ihr Kopf auf Jacksons Schoß ruht.

Ich jedoch halte mich noch aufrecht. Meine Augenlider sind schwer, aber ich liebe diesen Film viel zu sehr, als dass ich auch nur eine Sekunde verpassen wollte, und als schließlich der Abspann läuft, muss ich mir Tränen aus dem Gesicht wischen.

»Frohe Weihnachten«, sagt Damien, und ich merke, dass es bereits kurz nach Mitternacht ist. Er küsst mich sanft, und ich kuschele mich dicht an ihn heran.

»Ich sollte wahrscheinlich die Küche aufräumen«, sage ich, auch wenn ich die Vorstellung, mich bewegen zu müssen, grausam finde. »Ronnie wird bestimmt in aller Herrgottsfrühe wach.«

»Ich kümmere mich schon darum«, sagt Damien.

»Ja? Danke, du bist ein Schatz. Das ist Grund Nummer viertausenddreiunddreißig, weshalb ich dich liebe.«

Gegenüber von mir hebt Jackson Sylvia, die fest schläft, hoch. »Ich bring sie nur eben ins Bett, dann helfe ich dir, bevor ich die Geschenke unter den Baum lege.«

Als sie weg sind, blicke ich zu Ollie. »Und du? Was hast du vor? Gehst du ins Bett? Oder schrubbst du auch die Küche?«

»Ich hatte überlegt, ein bisschen frische Luft zu schnappen.« Er nickt zu den Glastüren hinüber, die sich zu unserem riesigen Balkon hin öffnen. »Die Nacht ist ganz klar. Ich wette, der Himmel ist übersät mit Sternen.«

»Die Nächte hier sind wirklich magisch. Besonders wenn man zuvor in Dallas und Los Angeles gelebt hat.«

»Und Manhattan«, fügt Ollie hinzu.

Ich nicke. Ollie war mein Nachbar, als ich in Dallas aufwuchs. Später hat er dann in Los Angeles und New York gelebt. Genau wie ich ist er in einer Gegend aufgewachsen, in der man einen solchen Sternenhimmel nie zu sehen bekommt. »Na los«, sage ich, rutsche von der Couch herunter und wickle mir eine Fleecedecke um die Schultern. »Vielleicht sehen wir ja den Weihnachtsmann, wie er in seinem Schlitten vor dem Mond vorüberfliegt.«

Ich folge ihm hinaus auf den Balkon und atme die frische Nachtluft ein. Die Temperaturen sind gefallen, und ich ziehe die Decke enger um mich, während ich den Kopf in den Nacken lege und nach oben in den Himmel blicke, wo die Sterne blinken wie Frank Capras Engel, die auf uns hinabsehen.

»Willst du mir sagen, was dich bedrückt?«

Als ich zu Ollie hinübersehe, stelle ich fest, dass er nicht die Sterne, sondern mich beobachtet, und es ist ihm deutlich anzusehen, dass er sich Sorgen macht. »Es ist nichts«, sage ich, was ebenso wahr wie gelogen ist.

»Im Ernst, Nikki? Ich weiß, ich habe ein paarmal ziemliche Scheiße gebaut, aber ich dachte, wir hätten das hinter uns gelassen.«

»Haben wir auch«, sage ich, und das meine ich ernst. Orlando McKee und ich waren praktisch unzertrennlich, bis er mit zwölf von seinen Eltern aufs Internat geschickt wurde. Wir fühlten uns immer eng verbunden, standen einander nah, und jahrelang waren er und Jamie die Einzigen, die von den Dämonen meiner Vergangenheit wussten. Von meiner Schwester, meiner Mutter. Von meinen Ängsten und Albträumen.

Von meinem Drang, mich selbst zu ritzen.

OK, er hat sich mit Damien in die Wolle gekriegt, aber ich weiß auch, dass er das alles nur getan hat, weil er auf mich aufpassen wollte. Glücklicherweise weiß Damien das auch, und mittlerweile haben sie ihren Frieden miteinander gemacht. Sie werden vielleicht nie beste Kumpels, aber zumindest kommen sie ganz gut miteinander aus.

Ich habe das Gefühl, dass Ollie in den letzten Jahren ebenfalls ein wenig reifer und erwachsener geworden ist. Selbst sein äußeres Erscheinungsbild hat sich gewandelt. Nachdem er viele Jahre lange Haare hatte, trägt er nun einen Kurzhaarschnitt und dazu einen kleinen Kinnbart. Seine Brille hat er gegen Kontaktlinsen eingetauscht, was ihm einen selbstbewussten und doch etwas verträumten Look verleiht. Zuvor sah er aus wie ein Anwalt, der sich im Hintergrund hält und Akten studiert. Nun sieht er aus wie ein Mann, dem im Gerichtssaal alle gebannt zuhören.

Mir gefällt diese Verwandlung, auch wenn ich im Moment das Gefühl habe, dass diese Augen, die sich nun nicht mehr hinter Brillengläsern verstecken, ein wenig zu viel sehen.

Er seufzt. »Hör mal, wenn es mich nichts angeht, kannst du das ruhig sagen. Aber falls du jemanden zum Zuhören brauchst, bin ich für dich da.«

»Ich weiß. Natürlich weiß ich das. Und es ist im Grunde auch wirklich nichts Schlimmes.«

Er zeigt mit dem Finger auf mich. »Ha! Hab ich's doch gewusst, dass irgendetwas nicht stimmt!«

Ich grinse. »Es ist nur … ach, Mann. Hast du dich je gefragt, was gewesen wäre, wenn du dich für einen anderen Weg entschieden hättest?«

Ich sehe aufrichtige Sorge in seinem Gesicht. »Du und Damien, ihr habt doch nicht etwa Probleme …?«

»Nein!«, antworte ich schnell und wahrheitsgemäß. »Aber, wow, du hast ernstlich besorgt geklungen.«

Er gibt gar nicht erst vor, mich nicht zu verstehen. »Es gab eine Zeit, da hätte ich eine Flasche Champagner geköpft und einen Freudentanz veranstaltet, wenn es zwischen euch aus gewesen wäre. Aber die Zeiten sind vorbei. Inzwischen habe ich verstanden, dass ihr beide zusammengehört.«

»Hat ja auch lang genug gedauert.«

Er lacht. »Manchmal stehe ich eben auf der Leitung. Wie jetzt gerade. Wenn es nicht um Damien geht, dann …«

»Doch schon«, sage ich. »Aber nicht, wie du denkst. Es ist nur so, dass er mir meine Büroräume gekauft hat, auf die ich die ganze Zeit hingespart habe. Er hat einfach einen Scheck unterschrieben, und Simsalabim, schon gehört das ganze Büro mir.«

»Dieser widerliche Dreckskerl!« Seine Stimme und sein Gesichtsausdruck sind todernst.

Ich verziehe das Gesicht. »Meinst du, ich reagiere über?«

Er rauft sich die Haare und dreht sich um, um auf den See hinauszuschauen, der im Mondlicht glitzert. »O Mann, Nikki. Ich weiß auch nicht. Ich verstehe, dass du das allein schaffen wolltest. Aber du bist nicht mehr allein, sondern mit Damien zusammen. Und zwar so richtig. Und egal, was ich anfangs darüber dachte, das ist gar nicht so schlecht.«

»Es ist sogar ganz wunderbar«, stimme ich zu.

»Aber hättest du es auch ohne ihn geschafft? Hättest du mit deiner Firma Erfolg gehabt, obwohl so viele andere kleine Firmen scheitern? Würdest du Gewinn machen? Wärst du so solvent, dass du darüber nachdenken könntest, deine Büroräume zu kaufen?«

»Eben.« Das ist der Freund, den ich vermisst habe. Mit dem ich über alles reden kann. Der mich seit einer Ewigkeit kennt. Der mich genauso gut versteht wie Jamie. Und ja, fast beinahe so gut, wie Damien mich versteht – meistens jedenfalls.

Ich denke an George Bailey und den Film, den wir gerade geschaut haben. »Es würde mich einfach interessieren. Zu wissen, wie mein Leben sonst verlaufen wäre.«

»Das verstehe ich. Ich meine, ich werde nie wissen, ob Courtney bei mir geblieben wäre, wenn ich nicht mit Jamie herumgevögelt hätte. Oder wie mein Leben verlaufen wäre, wenn ich in New York geblieben wäre, oder wenn ich nach dem Jurastudium L. A. nicht verlassen hätte. Wir alle entscheiden uns für einen Weg, Nikki. So ist das Leben nun einmal. Man kann Entscheidungen nicht rückgängig machen.« Sein Lächeln ist ein wenig traurig, ein wenig jungenhaft. »Falls es dich tröstet, ich glaube, du hättest es in der Geschäftswelt auch ohne Damien zu etwas gebracht.«

»Glaube ich auch«, sage ich, doch insgeheim wünscht sich ein kleiner Teil von mir, ich wüsste es mit Sicherheit.

Als Damien nach draußen zu uns auf den Balkon kommt, um mir zu sagen, dass die Küche sauber und Jackson zu Bett gegangen ist, lasse ich Ollie allein mit dem zurück, was in den Sternen geschrieben steht, und folge meinem Mann ins Schlafzimmer.

»Ich liebe dich«, flüstert Damien, als ich mich von hinten an ihn herankuschele, nackt und schläfrig. »Mit jeder Faser meines Herzens.«

Seine Worte sind rein und aufrichtig, doch ich höre auch eine Frage heraus. Er weiß, dass mich irgendetwas beschäftigt. Wie auch nicht, schließlich kennt er mich besser als jeder sonst.

Wahrscheinlich wartet er darauf, dass ich mich erkläre, doch ich kann nicht. Nicht heute Nacht, wenn wir morgen früh die Bescherung mit unseren Freunden machen und ich von all dem Schnaps, der Schwermut angesichts Damiens Geschenk und meiner Unterhaltung mit Ollie eine bleierne Müdigkeit fühle.

Also antworte ich stattdessen mit der simplen Wahrheit. »Ich weiß. Deine Liebe ist wie die Luft, die ich atme. Sie ist überlebenswichtig. Sie ist das, was mich am Leben erhält.« Ich rolle mich zu ihm herum und gebe ihm einen zärtlichen Kuss. »Ich liebe dich auch.«

Er hält mich fest im Arm, und in diesem Augenblick fühle ich mich sicher. Ich fühle mich geborgen.

Ich fühle mich geliebt.

Und dennoch kann mich diese Sicherheit, diese Geborgenheit, diese Liebe nicht ganz trösten. Denn ich kann die Angst nicht abschütteln, dass es Mrs. Damien Stark ist, die erfolgreich ist, und nicht Nikki. Nicht das Mädchen, das sich hinter dieser Frau verbirgt.

Das ist kein Gefühl, das mir behagt.

Und als der Schlaf mich schließlich überwältigt, denke ich an Jimmy Stewart. Aber im Gegensatz zu ihm frage ich mich nicht, wie die Welt aussähe, wenn ich nicht geboren worden wäre. Sondern wie sich mein Leben entwickelt hätte, wenn ich Damien nie begegnet wäre …

4   *Ich wache auf mit dem Gefühl eines Männerkörpers, der sich warm und wohlig an meinen presst. Blinzelnd öffne ich die Augen und greife nach meinem Smartphone, das auf dem Nachttisch mit der abgeblätterten Farbe zwischen lauter Fachzeitschriften rund um Website- und Handy-Apps liegt.*

Ich blicke auf das Display – es ist zwei Uhr nachts am 24. Dezember – und runzle die Stirn, denn irgendetwas stimmt nicht.

»Hey! Alles okay?«

Die Männerstimme ist sanft und vertraut, und als ich mich umdrehe, blicke ich direkt in Ollies schläfrige Augen.

Ollie?

Verwirrt setze ich mich auf. »Was machst du denn hier?« Doch noch während ich das frage, bemerke ich, dass auch hier etwas nicht stimmt. Das hier ist mein Zimmer in Jamies alter Wohnung. Da drüben stehen mein Schreibtisch und mein Laptop. Mein Kleiderschrank, der mal wieder gestrichen werden müsste. Mein Lieblings-Mathenerd-T-Shirt hängt nachlässig hingeworfen über der Stuhllehne. Mein Zimmer. Meine Sachen. Aber eigentlich sollte ich gar nicht hier sein.

Wo dann? Wo sollte ich sonst sein?

»Du siehst durcheinander aus. Schlecht geträumt?«

»Ich …«

Er zieht mich ins Bett zurück. »Bitte sag nicht, dass du es bereust. Denn ich bereue es ganz und gar nicht.«

Was bereuen?

»Ich … nein.« Die Worte kommen ganz automatisch, als ob

sie irgendwie folgerichtig seien, und plötzlich fügt sich ein Puzzle-
teil ans andere.

Ich erinnere mich daran, wie ich mit Jamie und Ollie abends
etwas trinken war, um ihn zu trösten, nachdem Courtney ihn
verlassen hat, diesmal endgültig. Zumindest hat sie das gesagt.

Wie Jamie ins Bett gegangen war. Und wie mich Ollie plötz-
lich geküsst hatte, ganz sanft, nach all den Jahren, in denen wir
nur Freunde gewesen waren. Und dann …

Und dann …?

Mein Hirn ist völlig umnebelt. »Ich bin einfach total kaputt,
und irgendwie fühle ich mich komisch.«

»Zu viel Alkohol, zu wenig Schlaf.« Er küsst meine Nasen-
spitze. »Aber es war den Schlafentzug wert, oder nicht? Und wir
können ja noch eine Runde dösen. Komm schon, Nikki. Noch
vier Stunden, bis wir aufstehen müssen. Im Gegensatz zu dir
brauche ich meinen Schönheitsschlaf.«

»Klar. Sorry.« Ich blinzle, während ich versuche, mir den
seltsamen Traum in Erinnerung zu rufen, den ich hatte. Einen
Traum von einem großen Haus und einem Christbaum und
einem Mann, bei dem ich mich sicher und geborgen fühlte.
Einem Mann, der nicht Ollie war.

Aber wer war dieser Mann dann?

Ich versuche ihm nachzuspüren, ihn wiederzufinden. Aber er
ist fort, wie so viele Träume nach dem Aufwachen entschwinden.

Und so komme ich Ollies Aufforderung nach, kuschle mich
an ihn und lasse mich von seinem steten Atem und der Wärme
seiner Hand an meiner nackten Haut zurück in den Schlaf ge-
leiten. Und vielleicht zurück in jenen wunderschönen Traum,
der für immer verloren scheint …

5 Die Morgensonne strömt durch mein Schlafzimmer-
fenster, und ich stütze mich auf den Ellenbogen auf und
beobachte Ollie, wie er vor dem Spiegel an meiner Kleider-
schranktür seine Krawatte strafft. Sekundenlang ist er nur darauf konzentriert, die Krawatte zurechtzurücken, doch offenbar
hat er gespürt, dass ich ihn beobachte, denn er begegnet im
Spiegel meinem Blick und grinst. »Guten Morgen, schöne
Frau.«

Eigentlich lächerlich, aber ich spüre, wie meine Wangen
heiß werden. »Guten Morgen.«

Er dreht sich um und lehnt sich gegen die Tür, ohne mich
aus den Augen zu lassen. »Zwischen uns ist alles in Ordnung,
oder? Ich meine, das gestern war doch kein Fehler?«

»Natürlich nicht«, sage ich automatisch, obwohl ich nur
vage erinnere, mitten in der Nacht aufgewacht zu sein, erschöpft von irgendeinem Traum, an den ich mich nicht mehr
erinnern kann, und ansonsten völlig durcheinander, was den
Rest anbelangt. Aber das war nur ein Traum gewesen, während
der Mann vor mir real ist. Ein Mann, der seit Jahren mein
bester Freund ist.

Ehrlich gesagt, hätte ich nie damit gerechnet, dass wir miteinander im Bett landen würden, nachdem Jamie und ich ihm
gestern Abend nach seiner Trennung von Courtney seelischen
Beistand geleistet und gemeinsam vor dem Fernseher eine
selbst gemachte Margarita nach der anderen gekippt haben.
Aber das waren wir, und ich muss zugeben, dass es sich angenehm anfühlt. Unbeschwert sogar. Immerhin kennt Ollie

meine Dämonen, meine Narben. Und nach all dem Scheiß, den ich mit Männern erlebt habe, ist das schon mal was.

Er hatte schon ein paarmal angedeutet, dass er gerne mit mir zusammen wäre, aber ich hatte das immer abgewehrt, aus Angst, dass es unsere Freundschaft kaputt machen würde, wenn wir uns näherkämen. Aber letzte Nacht hatte der Tequila diese Angst gründlich beiseitegefegt, und vielleicht war das auch gut so. Vielleicht war es unvermeidlich, dass wir früher oder später zusammenkommen würden.

Vielleicht war der Mann, nach dem ich mein ganzes Leben gesucht habe, die ganze Zeit über direkt vor meiner Nase.

Ich lege den Kopf schräg und lächle ihn an. »Musst du an Heiligabend wirklich ins Büro?«

»Tja, so ist das eben als Topanwalt in einer renommierten Anwaltskanzlei«, witzelt er. »Wir müssen am sechsundzwanzigsten eine Berufungsbegründung einreichen, und wenn das Schreiben nicht bis heute Abend auf Maynards Schreibtisch liegt, muss ich meinen Flug morgen stornieren.« Er setzt sich auf die Bettkante und nimmt meine Hand. »Obwohl ich es schade finde, dass ich wegfahre. Ausgerechnet jetzt.«

»Finde ich auch.«

»Du könntest mitkommen.«

»Auf gar keinen Fall.« Ollie fliegt morgen nach Hause nach Texas, um seine Eltern für ein paar Tage zu besuchen. Theoretisch könnte ich ihn zwar begleiten, aber das hieße, ich müsste meine Mutter sehen. Allein bei dem Gedanken wird mir schon schlecht.

»Du musst sie nicht sehen«, sagt er, denn Ollie weiß genau, weshalb ich keinerlei Drang verspüre, nach Dallas zu fahren. »Wir könnten im Hotel übernachten. Im Spa relaxen. Ich gehe allein zu meinen Eltern, spiele den braven Sohn und komme abends zu dir.« Er hebt meine Hand an den Mund und küsst meine Fingerspitzen. »Du bist eingeladen. Der Jahresbonus war diesmal ziemlich üppig, und geteilte Freude ist doppelte Freude.«

»Nein, danke, aber ich fahr dich morgen früh zum Flughafen.« Ehrlich gesagt verstehe ich selbst nicht, was mich davon abhält mitzufahren. Denn er hat recht. Ich muss meine Mutter nicht sehen. Und es ist nicht so, als ob ich beruflich in L. A. gebunden wäre. Ich habe meine eigene Firma und kann praktisch von überall arbeiten, besonders über die Feiertage. Außerdem war ich in letzter Zeit ziemlich überarbeitet, und ein Spa-Wochenende klingt himmlisch. Aber mit ihm mitzufahren fühlt sich irgendwie nicht richtig an.

Ich verkneife mir ein Stirnrunzeln, während in meinem Kopf ein einziges Durcheinander herrscht. Das hat bestimmt nichts mit Ollie zu tun. Wieso auch? Dass wir jetzt zusammen sind, fühlt sich gut an. Nett und warm und sicher.

Na gut, letzte Nacht war nicht die ganz große Leidenschaft, aber ehrlich gesagt glaube ich nicht an diesen romantischen Kitsch aus Hollywood-Filmen. Außerdem bin ich eine Frau, die nicht gerne die Kontrolle aus der Hand gibt.

»Bist du sicher?«

Ich nicke. »Es liegt nicht an dir, sondern an Texas«, beschließe ich. »Ich bin heilfroh, dass ich von dort weg bin. Wieder dorthin zu fahren ist für mich alles andere als ein Geschenk.«

Er nickt, und da er mein bester Freund ist, weiß ich, dass er es wirklich versteht. »Na schön. Aber dir ist schon klar, dass ich jetzt keinerlei Ausrede habe, mich abends aus dem Haus meiner Eltern zu schleichen? Sie werden von mir erwarten, dass ich mich hinsetze und eine *Mord ist ihr Hobby*-DVD nach der anderen mit ihnen schaue.«

Ich lache. »Und genau das wirst du als braver Sohn, der du bist, auch tun.«

»Was, wenn deine Mom vorbeischaut? Was soll ich ihr sagen?«

»Erzähl ihr nichts über mich, solange sie nicht fragt. Und falls sie doch fragt, sag, dass es mir fabelhaft geht.«

Allerdings gehe ich nicht davon aus, dass sich meine Mutter nach mir erkundigen wird, genauso wenig wie sie mich zu Weihnachten anrufen wird. Schließlich bin ich nicht meine Schwester Ashley, also welchen Grund hätte sie dazu?

Ollie wirft einen Blick auf seine Armbanduhr, beugt sich hinunter und gibt mir einen flüchtigen Kuss, der sich süß, aber irgendwie auch seltsam routiniert anfühlt. Und auch wenn ich für mich beschlossen habe, dass ich mir weder wilde Leidenschaft wünsche, noch daran glaube, bin ich irgendwie enttäuscht. Als ob wir die ganze Verliebtheitsphase übersprungen hätten und direkt in einer eingefahrenen Ehe gelandet wären.

Woher zum Henker kommen nur all diese Gedanken?

»Na los, geh schon«, sage ich und deute zur Tür. »Einer muss schließlich den nächsten grandiosen Bonus erarbeiten. Sehen wir uns heute Abend?«

»Auf jeden Fall.«

Ich nicke, aber nehme es ihm nicht ab. Wenn Ollie an einer Begründungsschrift arbeitet, fällt das Abendessen meist aus, und ich gehe nicht davon aus, dass der Heiligabend oder unsere frisch begonnene Beziehung irgendetwas daran ändern.

Ich höre, wie die Tür ins Schloss fällt, und empfinde nicht etwa ein Gefühl von Verlust, sondern komischerweise Erleichterung.

Verärgert über mich selbst schüttele ich den Kopf und beschließe, dass all dieses Gefühlschaos nur daher rührt, dass wir eben noch Freunde waren und nun ein Paar sind. Total normal. Total verständlich.

Dann steige ich aus dem Bett, ziehe mir eine Yogahose an und gehe in die Küche, um mir Kaffee zu holen.

Die beiden Schlafzimmer und das Bad befinden sich am oberen Ende von zwei Treppen. Geht man hinunter, befin-

det sich zur Linken der Esstisch und zur Rechten die kombü-
senartige Küche, wobei die Wohnungstür und das Wohnzimmer fast den gesamten vorderen Bereich einnehmen. Es ist
noch früh, und Jamie, meine beste Freundin und Mitbewohnerin, steht selten vor Mittag auf, sodass ich überrascht bin,
als ich sehe, dass die Kaffeekanne halb leer ist, und noch
überraschter, als ich Jamie am Tisch vorfinde, die an einer
Tasse mit so viel Kondensmilch nippt, dass der Kaffee ganz
weiß ist.

»Du bist ja schon wach«, sage ich. »Frohe Weihnachten!«

Sie blitzt mich böse an. »Ich wäre froh, wenn meine Eltern
einmal daran denken könnten, dass es bei ihnen zwei Stunden
früher ist als bei uns. Sie haben mich vor einer Stunde aus
dem Bett geklingelt. O Mann.«

Ich drehe mich weg, um mir ebenfalls Kaffee einzuschen-
ken und um mein Lächeln zu verbergen. Jamie hat tolle Eltern, und wenn es gesetzlich erlaubt wäre, würde ich mich
sofort von ihnen adoptieren lassen.

»Du und der O-Mann hattet also gestern Abend noch Spaß,
was? Wobei, vielleicht sollte ich ihn nicht O-Mann nennen«,
kommentiert sie mit einem dreckigen Grinsen, »schließlich
habe ich heute Nacht gar keine Lustschreie gehört.«

»Muss das sein, James?«

Sie hält beschwichtigend die Hände hoch. »Sorry. Ich
konnte es mir nicht verkneifen. Aber mal im Ernst, ich habe
doch recht, oder? Ihr zwei habt nicht nur brav nebeneinander
im Bett geschlafen, oder?«

»Gott, bist du neugierig.«

»Ha!« Der Triumph in ihrer Stimme ist nicht zu überhören.
»Wurde ja auch Zeit.«

»Findest du?« Ich nehme meinen Kaffee und setze mich
gegenüber von ihr auf den Stuhl.

Sie hebt eine Augenbraue. »Mmh, also irgendwie klingst du

nicht sonderlich begeistert. Das mit der O-Mann-Sache war nur ein Witz, aber falls es auf dem Gebiet Probleme gibt …«

»Nein!«, sage ich und presse mir meine Hände auf die Wangen, um nicht rot zu werden. »Auf dem Gebiet war alles prima.«

»Was ist es dann?«

»Es ist nur …« Ich verstumme, weil ich es selbst nicht benennen kann. Aber irgendwie fühlt es sich so an, als sei ich wie Alice im Roman durch einen Spiegel geklettert und in einem anderen Leben gelandet. Einem Leben, das nicht wirklich meins ist. Oder in dem irgendetwas nicht stimmt.

Aber wie soll ich ihr das erklären? Und wie komme ich überhaupt zu diesem Gefühl? »Es ist nichts«, beginne ich. »Es ist wahrscheinlich nur, weil alles so neu ist, weißt du? Ich meine, wir kennen uns bereits unser ganzes Leben, und nun hat sich alles mit einem Schlag geändert. Die normalen Anlaufschwierigkeiten halt. Das ist bestimmt normal, oder?«

»Klar. Aber andererseits war Ollie schon immer in dich verliebt. Insofern ist es zwar ein wenig merkwürdig, aber eigentlich auch nicht wirklich überraschend, wenn du weißt, was ich meine?«

Ich nicke. »Ich glaube, ich habe letzte Nacht einfach zu viel getrunken. Mir war stundenlang ganz schummrig im Kopf vom Tequila, und ich hatte einen total bizarren Traum.«

»Echt? Erzähl!«

Ich nehme einen Schluck vom Kaffee, während ich versuche, mich zu erinnern. Aber es will mir nicht gelingen. Der Traum ist völlig entschwunden, und alles, was zurückgeblieben ist, ist ein Gefühl von Leere.

»Leider erinnere ich mich nicht mehr. Ich weiß nur, dass es ganz merkwürdig war. Und – ich weiß auch nicht, irgendwie fühlt es sich an, als sei meine Welt aus dem Lot geraten.« Ich schüttele den Kopf. »Sorry, ich weiß, das klingt vollkommen verrückt.«

»Ich finde, das klingt, als ob du tatsächlich ein paar Margaritas zu viel hattest.«

»Nichts, was sich nicht mit Kaffee beheben ließe«, beschließe ich. »Und du? Was hast du nach dem Film gemacht?«

Ich halte den Atem an, aus Angst, dass sie entweder bei Douglas oder Kevin war, den beiden Typen, die hier im Haus wohnen und mit denen sie regelmäßig herumpimpert. Jamie ist meine beste Freundin, aber das heißt nicht, dass ich gutheiße, dass sie einen Typen nach dem anderen abschleppt. Aber ehrlich gesagt frage ich mich auch, ob sie je einen Mann findet, der sie bändigen kann.

Sie zieht einen Schmollmund. »Ich habe im Bett gelegen und gelesen, kannst du dir das vorstellen? Aber das ist okay. Heute Abend reiße ich mir bestimmt jemand Neuen auf.«

Es dauert eine Minute, bis mir wieder einfällt, dass wir heute Abend zu einer Party bei Jamies Agentin in ihrem Haus in Malibu eingeladen sind. Evelyn Dodge ist eine echte Institution in Hollywood, sodass selbst ich, die keine Ahnung von der Film- und Fernsehwelt hat, schon von ihr gehört habe. Jamie hat uns einmal einander vorgestellt, und mir war sofort klar, wieso jeder in der Stadt sie kennt. Sie ist klug, nimmt kein Blatt vor den Mund und lässt sich von niemandem etwas gefallen. Sie hat in der Branche schon so ziemlich jeden Job gemacht und sich kürzlich als Agentin selbstständig gemacht.

Vor ungefähr einem Jahr hat sie Jamie in einem Werbespot gesehen und unter Vertrag genommen, was Jamie unglaublich überrascht hat, aber mich nicht. Jamie sieht aus wie ein Filmstar, und die Kamera liebt sie. Seit ihrem Vertrag mit Evelyn hat sie ein paar weitere landesweite Werbespots an Land gezogen, und ich bin mir sicher, dass sie bald schon für eine Serie oder einen Film entdeckt wird. Zumindest hoffe ich das inständig. Allein schon deshalb, damit ein fester Tagesrhythmus sie davon abhält, mit jedem Typen in Los Angeles County in die Kiste zu hüpfen.

»Wir sind in knapp zwei Stunden mit Lisa zum Frühstück verabredet«, sagt Jamie. »Wenn du nichts dagegen hast, gehe ich schnell duschen, und dann kannst du.«

»Klar.« Ich schenke mir frischen Kaffee nach und nehme die Tasse mit in mein Zimmer. Sobald ich die Dusche anspringen höre, ziehe ich die mittlere Schublade meiner Kommode auf.

Ich weiß, ich sollte das nicht tun – ich weiß, ich sollte in der Kommode einfach nach einem Outfit suchen, meinen Computer hochfahren und arbeiten –, aber ich kann nicht anders. Das ist es, was ich jetzt brauche. Etwas, das mich wieder ins Gleichgewicht bringt. Etwas, das mich wieder ins Lot bringt, damit ich mich nicht mehr fühle, als sei mein ganzes Leben ins Wanken geraten, völlig überwältigt davon, wie schnell sich die Dinge ändern, wenn auch zum Guten.

In der Schublade liegt ein kleines, abgewetztes Lederetui, das ich nun ehrfürchtig herausnehme und öffne. Das Innere ist schlicht und mit kleinen Fächern und Gummischlaufen versehen, in denen glänzende Metallutensilien stecken.

Ich nehme ein Schablonenmesser heraus und genieße das Gefühl des Griffs, der angenehm und vertraut in meiner Hand liegt. Das leichte Gewicht ist trügerisch, denn diese Klinge ist äußerst scharf, äußerst scharf und präzise.

Nun ziehe ich auch die kleine Flasche Alkohol und die Wattebäusche näher zu mir heran, sodass sie an der Kante der Kommode stehen. Dann ziehe ich meine Yogahose aus und setze mich nur in Unterwäsche, die Beine weit gespreizt, auf das Fußende meines Betts.

Ich habe mich seit meinem Umzug nach L. A. nicht mehr geritzt. Von meiner Mutter wegzukommen war das Beste, was mir passieren konnte, und wie um das zu feiern, hatte ich all meine Messer weggeworfen, bevor ich herkam.

Aber das heißt nicht, dass ich nicht hin und wieder den Drang danach verspürt hätte, was dazu führte, dass ich mir vor ein paar Monaten auf dem Flohmarkt dieses Set gekauft habe, als ich mich ein wenig einsam und verloren fühlte.

Ich sage mir, dass das eine einmalige Sache ist. Nur dieses eine Mal noch. Behutsam setze ich die Klinge auf meinen Innenschenkel und ziehe sie dann langsam und leicht über meine Haut, parallel zu den anderen Narben an meinen Beinen. Während ich mir auf die Unterlippe beiße, beobachte ich, wie die Blutstropfen aus dem ersten dünnen Schnitt perlen. Die Klinge ist so scharf, dass es anfangs nicht einmal wehtut, und es ist beinahe, als ob das Blut wie von Zauberhand erscheint. Als ob der Druck, der sich in mir aufgestaut hat, irgendwo ein Ventil gesucht hätte und es hier, entlang dieser rätselhaften Linie, gefunden hätte.

Doch das genügt mir nicht. Ich will nicht nur den Schnitt, ich will ihn auch fühlen. Als ich jetzt die Klinge zurückziehe, sehne ich mich nach einem weiteren Schnitt, diesmal tiefer. Fester. Ich muss den Schmerz spüren, das Gefühl, Druck abzulassen.

Ich muss wissen, dass ich real bin, dass das hier real ist, und dass ich nicht in irgendeiner Traumwelt gefangen bin, in der alles …

Meine Tür springt auf. »Mein Deo ist alle«, verkündet Jamie. »Hast du zufällig …? O Scheiße. O Gott. *Nicholas*!«

In dem Moment, in dem sie hereinplatzt, lasse ich die Klinge fallen und werfe mir den Bettüberwurf über. Doch das hilft nichts. Sie hat alles gesehen.

»Was machst du denn da?« Jamies Stimme klingt mitfühlend, aber erzürnt, und sie kniet sich vor mich, ihre Hände auf meinen Knien, und blickt mir mit ernster Miene in die Augen. »Wie lang schon, Nikki? Wie lange machst du das schon?«

Ich kann sie kaum sehen und merke, dass ich weine. »Gar nicht. Wirklich, ich schwöre es. Heute war es nur, weil …« Ich wische mir grob die Tränen mit dem Handrücken weg.

»Weil du das Gefühl hast, als sei deine Welt aus dem Lot geraten? Wie du vorhin gesagt hast?«

Ich nicke.

»O Mann, Nikki.« Sie kommt nach oben, setzt sich neben mich aufs Bett und nimmt mich in den Arm. »Bitte tu das nicht. Du hast mich zu Tode erschreckt. Du brauchst das gar nicht. Es geht dir doch besser, ich meine, es ging dir doch besser. Rede einfach mit mir, wenn irgendetwas dich bedrückt. Okay?« Sie lässt mich los und sieht mir in die Augen, und die Angst, die ich darin sehe, ist so groß, dass ich bereit wäre, alles zu versprechen. »Okay?«

Ich nicke. »Sorry. Ich weiß auch nicht, was heute in mich gefahren ist.«

Sie lässt die Schultern hängen. »Es ist Weihnachten. Da drehen alle am Rad.«

Ich nicke. Vielleicht hat sie recht, vielleicht ist es nur das.

»Bitte sag Ollie nichts davon«, sage ich, weil ich nicht will, dass er sich Sorgen macht, dass es mit ihm zu tun hat.

»Großes Ehrenwort. Aber, verdammt, Nikki, wenn du das noch mal machst …«

»Werde ich nicht, ich schwöre es. Nimm die Messer. Nimm sie mir bitte einfach weg.«

Das tut sie und kniet sich sofort auf den Boden, um das Messer einzusammeln und es zurück ins Etui zu legen, das sie fest an die Brust drückt. Daran kann ich ablesen, wie sehr ich sie erschreckt haben muss.

Und es tut mir leid, so leid, aber das ändert nichts an der Tatsache, dass ich es brauchte.

»Ich sollte duschen gehen, sonst kommen wir wirklich noch zu spät«, sage ich und stehe auf. »Das Deo steht auf der

Ablage im Kleiderschrank«, füge ich hinzu und stürme aus dem Zimmer. Denn ehrlich gesagt habe ich es mehr als eilig, hier rauszukommen.

»Es ist eine einmalige Gelegenheit, die du dir nicht entgehen lassen solltest«, sagt Lisa Reynolds und nimmt einen Bissen von ihrer Waffel. Wir hatten uns hier im Du-par's in Studio City zum Frühstück verabredet, nur eine Straße von dem Büro entfernt, zu dessen Kauf sie mir jetzt rät. »Und wir wissen bereits, dass es dir dort gut gefällt.«

»Ich liebe das Büro«, pflichte ich ihr bei. Ich hatte Lisa vor über einem Jahr kennengelernt, als ich meinen Job bei C-Squared verlor und beschloss, meinen Traum von einer eigenen Web- und App-Entwicklungsfirma wahr zu machen. Ich hatte mich auf eine Anzeige für Büroräume gemeldet und Lisa getroffen, eine Unternehmensberaterin, die im Auftrag eines Kunden einen Untermieter suchte.

Sie lebt in Los Angeles, seit sie im Alter von drei von ihren Eltern adoptiert wurde und von China in die USA kam, und ist damit eine typische Angeleno. Sie ist witzig und temperamentvoll, und auch wenn ich mir letztlich das Büro nicht leisten konnte, hatten Jamie und ich uns mit ihr angefreundet und treffen uns seit Monaten regelmäßig mittwochs zum Happy-Hour-Umtrunk.

»Aber wie du weißt, kann ich es mir einfach nicht leisten«, erinnere ich sie.

»Darüber habe ich auch schon nachgedacht, und ich wollte dir vorschlagen, dass wir deine webbasierte Notizen-App Stark Applied Technology vorstellen.«

Ich starre sie mit offenem Mund an. »Ist das dein Ernst?«

Lisas Freund, Preston Rhodes, ist der Einkaufsleiter dieser überaus erfolgreichen Sparte unter dem Dach von Stark International, einem der umsatzstärksten Konzerne der Welt, der von einem der mächtigsten Männer der Welt geführt wird, Damien Stark.

Ich verfolge zwar nicht die Welt der Hochfinanz, aber ich habe auch nicht hinter dem Mond gelebt, und natürlich weiß ich, wer Damien Stark ist – ein Mann, der als Tennisprofi ein Vermögen gemacht und all sein Geld und Talent schließlich in sein Unternehmen gesteckt hat. Er ist ein äußerst gut aussehender Mann, dem nicht nur der Ruf eines sehr erfolgreichen Geschäftsmannes nacheilt, sondern auch der eines Bad Boys, und die Boulevardzeitschriften drucken regelmäßig Bilderstrecken von ihm in Begleitung seiner neuesten Eroberungen.

Ich hatte sogar einmal überlegt, mich auf eine Stelle bei Stark Applied Technology zu bewerben, nachdem ich rausgeschmissen wurde. Aber letztlich hatte ich mich dafür entschieden, mich stattdessen selbstststständig zu machen. Im Nachhinein bin ich darüber sehr froh und genieße die Freiheit und die Herausforderung, mein eigener Chef zu sein. Und auch wenn ich nicht gerade die ganz große Kohle scheffele, läuft es doch insgesamt ganz gut.

Allerdings nicht so gut, dass ich mir ein Eigentumsbüro leisten könnte.

»Glaubst du wirklich, Preston hätte Interesse?«

»Wieso nicht? Die Idee ist brillant. Und genau die Art von App, die das Unternehmen gut gebrauchen könnte. Ich könnte mir sogar vorstellen, dass du sie gegen eine Lizenzgebühr an alle anderen Stark-Firmen ebenfalls vertreiben könntest. Damit hättest du im Nu das Geld für das Büro zusammen.«

»Meinst du?«

Lisa schiebt mir ein Blatt Papier entgegen. Meine Augen weiten sich. »Du hast einen Software-Lizenzvertrag aufgesetzt? Und eine Gewinn- und Verlustrechnung?«

»Wobei die Gewinnseite deutlich überwiegt, denn schließlich steht das Produkt bereits, somit sind deine Betriebskosten fix.«

Ich sehe zu Jamie hinüber, die mir begeistert zunickt. »Also gut«, sage ich. »Was habe ich schließlich zu verlieren?«

»Gar nichts«, sagt Lisa. »Und ehrlich gesagt, habe ich dir noch nicht einmal alles erzählt.«

Ich war gerade dabei, von meinem Omelette abzubeißen, doch nun lehne ich mich auf der Sitzbank zurück. »Ach so?«

Sie räuspert sich. »Als deine Unternehmensberaterin muss ich manchmal eine Gelegenheit beim Schopfe packen, wenn sie sich bietet, und da wir mit dem Büro keine Zeit verlieren sollten, na ja … na ja, da habe ich mir erlaubt, Preston das Konzept zu präsentieren.«

»Lisa!«

»Und er findet es großartig!«

»Im Ernst?« Ich bin mir nicht sicher, ob ich von dieser Neuigkeit begeistert oder vielmehr irritiert sein soll, dass sie hinter meinem Rücken gehandelt hat. Aber da ich letztlich pragmatisch bin – und pragmatische Kleinunternehmer schlagen einen Lizenzvertrag mit einem großen internationalen Konzern nicht aus –, beschließe ich, begeistert zu sein. »Er findet die App wirklich gut?«

»Jep. Aber für eine solche Software-Lizenz ist die Genehmigung vom CEO erforderlich, sprich von Damien Stark.«

»Oh.« Meine Euphorie wird gedämpft.

»Keine Sorge«, beruhigt mich Lisa. »Das Produkt spricht für sich. Und Preston war zufälligerweise gestern Abend mit Mr. Stark essen und hat ihm alles darüber erzählt. Kann gut sein, dass die Entscheidung noch dieses Jahr gefällt wird.«

Jamie hebt ihr Orangensaftglas, wie um einen Toast auszubringen. »Na dann, auf besonders frohe Weihnachten! Vielleicht ist Weihnachten dieses Jahr ja der Anfang von etwas Großem!«

Vielleicht ist es das wirklich, denke ich, als wir auf dem Weg zurück in die Wohnung sind. Der Gedanke beschäftigt mich immer noch, als ich an der App arbeite, mit der ich beauftragt wurde und die Mitte Januar herauskommen soll. Und später, als ich das Geschirr spüle, das Jamie wie gewohnt ignoriert, träume ich gar schon von meinem eigenen Büro.

Allein die Vorstellung macht mich ganz hibbelig. Aber ich weiß, dass sich das Ganze auch als große, herbe Enttäuschung herausstellen könnte, also versuche ich, meine Hoffnungen nicht allzu hoch zu hängen.

»Wenn dich das so sehr beschäftigt«, sagt Jamie, als wir am selben Abend nach Malibu fahren, »vielleicht solltest du Stark einfach direkt fragen.«

Ich sehe sie von der Seite an. »Wie meinst du das?«

»Evelyn hat mir erzählt, dass er heute Abend auch kommt.«

»Echt?« Soweit ich gehört habe, ist Damien Stark sehr wählerisch, was das Annehmen von Einladungen anbelangt.

»Offenbar kennen sie sich schon ewig. Sie hat ihn hin und wieder seit seiner Tenniszeit vertreten.« Jamie wirft mir einen Blick zu, während sie darauf wartet, dass die Ampel umschaltet. »Aber schon seltsam, oder? Stark ist der Grund, weshalb du nicht mehr bei C-Squared arbeitest. Und nun versuchst du, ausgerechnet ihm deinen Kram zu verkaufen.«

»Tja, so klein ist die Welt«, sage ich, aber es ist tatsächlich seltsam. Ich hatte gerade erst bei C-Squared angefangen, als mein Chef Stark Applied Technology ein neues Softwareprodukt vorstellte. Stark hatte es abgelehnt, da es einem anderen Produkt, das kurz darauf auf den Markt kommen sollte, zu sehr ähnelte. Leider war ich aber, was ich bis dahin nicht wusste, eingestellt worden, um genau dieses Projekt zu betreuen. Als der Deal platzte, flog ich raus.

»Darüber mache ich mir erst mal keine Gedanken«, beschließe ich. »Es ist Heiligabend. Ich bezweifle, dass er überhaupt schon eine Entscheidung gefällt hat, und ganz sicher kommt er nicht zu der Party, um über Geschäftliches zu sprechen.«

»Das vielleicht nicht, aber ich wette, er wird trotzdem mit dir reden wollen. Du siehst wie immer total heiß aus.«

Ich verdrehe die Augen, aber die Wahrheit ist, dass mir bewusst ist, dass ich gut aussehe.

Ich trage ein elegantes neues rotes Kleid mit eng anliegendem Oberteil und einem ausgestellten Rock, das mit seinem Retro-Look ein wenig an Marilyn Monroe erinnert. Dazu trage ich enorm unbequeme, aber enorm sexy Schuhe, die perfekt zum Outfit passen.

Da ich von zu Hause aus arbeite, habe ich selten Gelegenheit, mich schick zu machen. Und auch wenn ich davon früher mehr als genug hatte, als meine Mutter mich von einem Schönheitswettbewerb zum nächsten jagte, genieße ich es, mir ein schönes Outfit samt Make-up und Frisur zusammenzustellen, solange ich es für mich selbst mache.

Neben Jamie sehe ich jedoch geradezu unscheinbar aus. Sie trägt ein hautenges schwarzes Kleid, das jede ihrer wundervollen Kurven betont. Falls Regisseure bei der Party anwesend sein sollten, wird sie garantiert vom Fleck weg für den nächsten Film engagiert.

»Da ist es«, verkündet Jamie und hält vor Evelyns beeindruckendem Anwesen in Malibu. »Ich war schon einmal hier. Der Ausblick auf den Strand ist atemberaubend. Ihr Lebensgefährte ist übrigens deutlich jünger und Künstler. Wahrscheinlich hat sie einige seiner Werke bei sich hängen, also nur zur Vorwarnung: Er malt ziemlich erotischen Kram. Die Bilder sind echt gut, aber etwas gewagt.«

»Kein Problem«, sage ich und bin nun umso gespannter.

Nachdem wir das Auto dem eigens für die Party engagierten Parkservice übergeben haben, folge ich Jamie zur Tür und bin hocherfreut, als Evelyn uns persönlich begrüßt. Sie breitet ihre Arme aus, um Jamie zu umarmen, und umarmt mich ebenfalls. »Schön, euch wiederzusehen. Dann lasst uns mal reingehen, damit ich euch einen Drink besorgen kann.«

Das klingt nach einem hervorragenden Plan, und ich trete freudig durch die Tür – nur um Sekunden später über meine Füße zu stolpern.

Evelyn ergreift meinen Arm und sieht mich besorgt an, doch ich nehme sie kaum wahr. Stattdessen klebt mein Blick auf dem Mann, der mitten in dem offenen Empfangsbereich steht. Er ist nur einer von vielen Gästen, und doch beherrscht er mit seiner Präsenz den ganzen Raum.

Sein Gesicht ist ein Zusammenspiel aus harten Linien und Kanten, das wie aus Licht und Schatten gemeißelt zu sein scheint und ihm sowohl eine klassische Anmut als auch eine unbestreitbare Einzigartigkeit verleiht. Sein dunkles Haar absorbiert Licht so vollkommen wie das Gefieder eines Raben, ist aber nicht annähernd so glatt, sondern sieht so windzerzaust aus, als ob er den Tag auf See verbracht hätte.

Diese Zwanglosigkeit im Kontrast zu der schwarzen maßgeschneiderten Hose und dem gebügelten weißen Hemd verleihen ihm eine lässige Eleganz, und man kann sich leicht vorstellen, dass dieser Mann auf dem Tennisplatz ebenso zu Hause ist wie auf den Vorstandsetagen der Weltkonzerne. Besonders aber seine berühmten zweifarbigen Augen ziehen mich in den Bann, die wachsam und gefährlich und voller dunkler Verheißungen zu sein scheinen.

Mir ist bewusst, dass ich ihn anstarre, aber irgendwie überkommt mich ein ganz merkwürdiges Déjà-vu-Gefühl. Als ob ich all das schon einmal erlebt hätte, aber nicht in dieser Welt. In einem Traum vielleicht. Oder in einem anderen Leben. Oder …

»Tut mir leid wegen der Stufe, Texas«, sagt Evelyn, die mich nach meinem Beinahe-Sturz festhält. »Ich hätte dich vorwarnen müssen.«

»Nein, schon okay.« Ich blicke hoch, direkt in ihre besorgten Augen. »Dieser Mann da drüben, das ist Damien Stark, oder?«

»Schwer zu übersehen, was?«, fragt sie, und ich nicke nur sprachlos.

Jamie nimmt meinen anderen Arm. »Nik? Alles okay? Hast du dir den Knöchel verstaucht?«

»Mir geht's gut«, sage ich, aber das ist gelogen.

Denn mir geht es nicht gut – nicht mehr.

Mir geht es überhaupt nicht gut.

6 Ich bestelle an der Bar neben der Tür einen doppelten Scotch und kippe ihn hinunter, als Jamie mich amüsiert beobachtet.

»Was ist denn mit dir los?«

Ich schüttele nur den Kopf und bestelle beim Barkeeper noch einen. Es erstaunt mich, wie mich allein der Anblick von Damien Stark im wahrsten Sinne des Wortes so aus dem Tritt bringen konnte. Ich habe noch nie so heftig auf einen Mann reagiert, und das hat mich so aus dem Konzept gebracht, dass ich ganz bewusst meide, auch nur in seine Richtung zu schauen. Ich befürchte, dass sonst meine Knie weich werden und es mir den Boden unter den Füßen wegzieht.

»Du machst mir heute wirklich Sorgen«, sagt Jamie.

»Mir geht's prima, wirklich.« Ich hole Luft und rede mir selbst gut zu, dass ich die Aufregung einfach abschütteln muss. Ich kriege das hin. Habe ich mich nicht mein ganzes Leben lang verstellt und verschiedene Rollen gespielt? Ich muss mich einfach nur wieder fangen. Die Nikki-in-Gesellschaft-Maske aufsetzen und das sichere Auftreten und Selbstbewusstsein zur Schau tragen, das mir meine Mutter eingetrichtert hat.

»Ich bin gestolpert, das ist alles.« Ich sehe zu Jamie, die mir meine Beteuerung ganz offensichtlich nicht abnimmt. »Es war ein merkwürdiger Tag. Ich bin etwas durch den Wind und bin gestolpert. Das ist alles. Misch du dich mal unter die Meute. Das ist schließlich eine Hollywood-Party. Du solltest dich an ein paar Leute heranschmeißen, die dir einen Job vermitteln können, und nicht auf mich aufpassen.«

Ich sehe in ihrem Gesicht, wie sie mit sich hadert. Die Aussicht auf eine Rolle – oder einen heißen Typen – versus Karmapunkte als beste Freundin.

»Wirklich«, versichere ich ihr. »Mir geht's gut.« Ich ziehe mein Handy aus meiner winzigen Handtasche. »Ich schreibe dir, falls irgendetwas ist. Versprochen.«

Jamie streckt mir den Zeigefinger entgegen. »Das will ich auch hoffen.« Sie umarmt mich kurz, lässt sich vom Barkeeper ein Glas Wein geben und verschwindet in der Menge.

Ich überlege, meinen Scotch auszutrinken und mir noch einen zu holen, beschließe aber, vorerst bei diesem Glas zu bleiben. So bleibe ich noch ein wenig nüchtern.

Ich halte mich an meinem Glas fest wie ein Ertrinkender an einem Rettungsanker und wage mich dann hinaus in die rauen Gewässer der Partygesellschaft.

Ich kann Stark nirgends entdecken, auch wenn ich mir selbst einzureden versuche, dass ich gar nicht nach ihm suche. Denn das sollte ich besser lassen, solange ich mich nicht im Griff habe. Also schaue ich mich stattdessen nach einem vertrauten Gesicht um. Einem Fels in der Brandung. Als ich schließlich Charles Maynard, Ollies Chef, entdecke, atme ich erleichtert aus. Ich kenne ihn zwar nicht gut, aber ich habe ihn ein paarmal bei Firmenfesten von Ollie getroffen und kenne ihn gut genug, um zumindest Hallo sagen zu können.

Ich schlage seine Richtung ein, als sich hinter ihm eine Gruppe teilt wie das Rote Meer, und plötzlich ist da Damien Stark, der durch die Lücke tritt und auf Charles zustrebt.

Ich erstarre. Mission abgebrochen.

Sie reden eine Minute miteinander, und es ist klar, dass die beiden sich kennen. Ollie redet nicht viel über die Arbeit, aber ich glaube, er hat mal erwähnt, dass die Kanzlei Stark International vertritt, und einen Moment lang überlege ich, ob Ollie und Stark einander schon einmal getroffen haben.

Bei dem Gedanken daran runzle ich die Stirn – irgendetwas an der Vorstellung, dass die beiden einander kennen, wurmt mich –, und genau in diesem Augenblick richtet Stark seine Aufmerksamkeit auf mich. In dem Moment, da mich sein Blick trifft, halte ich die Luft an und mache einen Schritt auf ihn zu, angezogen allein durch seine schiere Willenskraft.

Ein Schritt, dann noch einer, dann setzt mein Verstand wieder ein, und ich zwinge mich anzuhalten. Ich stehe neben einem antiken Sessel im Queen-Anne-Stil und halte mich an der Lehne fest, als ob mich das davon abhielte, weiter auf diesen Mann zuzugehen, der mich so aus der Bahn geworfen hat.

Ich sehe, wie sich seine Lippen unmerklich kräuseln und er etwas zu Charles sagt. Einen Augenblick später kommt Damien Stark auf mich zu, und mein Magen dreht sich um. Seine Augen, feurig und eindringlich, sind auf mich fixiert, und erneut überkommt mich das Gefühl, dass ich all das schon einmal erlebt hätte. Dass ich ihn kenne, ihn gut kenne. Dass ich ihn aus unerfindlichen Gründen verloren habe.

Meine Fingerspitzen kribbeln, als ich mir vorstelle, wie sich seine Haut unter meiner Hand anfühlt. Und mein ganzer Körper entflammt bei der Erinnerung daran – nein, nicht der Erinnerung, sondern der *Vorstellung* davon –, wie seine Lippen über meine Haut tanzen und mich verrückt machen. Mich feucht machen.

Ich habe keine Ahnung, was mit mir los ist, und ich möchte umdrehen und davonrennen, aber ich kann nicht. Ich stehe da wie angewurzelt, wie verhext durch die schiere Hitze in seinem Gesichtsausdruck. Durch das dunkle Versprechen in seinem onyxfarbenen Auge. Durch die wilde Leidenschaft in seinem bernsteinfarbenen Auge.

Ich habe das Gefühl, als könnte ich für immer einfach so

dastehen und auf ihn warten, selbst wenn es eine Ewigkeit dauern würde, bis er bei mir wäre, und ich möchte mich selbst dafür am liebsten ohrfeigen, denn ich erkenne mich selbst nicht wieder. Ich gebe mich nicht derart meiner Lust hin. Ich werfe mich Männern nicht an den Hals. Ganz im Gegenteil. Normalerweise bin ich vorsichtig, diskret.

Und trotz alledem erwische ich mich dabei, wie ich einen Schritt auf ihn zumache. Und während ich auf ihn zugehe, sehe ich seinen einladenden, erleichterten Gesichtsausdruck – und nur Sekunden später sehe ich, wie sich sein Gesicht verfinstert und hart wird. Undurchschaubar. Unergründlich.

Irritiert halte ich an und ringe enttäuscht nach Luft, als eine hochgewachsene, wunderschöne Frau auf ihn zustürzt, sich bei ihm einhakt und seine Wange küsst.

»Carmela D'Amato«, sagt Jamie und lässt mich hochschrecken, als sie plötzlich hinter mir steht. »Sie ist ein Laufstegmodel, sogar ziemlich angesagt momentan. Nach allem, was man hört, führen sie seit Jahren eine On-off-Beziehung.«

Ich hatte den Kopf zu Jamie gedreht, doch nun schaue ich wieder in Starks Richtung. Stark sieht nicht mehr zu mir, sondern hat sich abgewandt und führt Carmela zur Balkontür. *Bitch.*

»Wolltest du gerade deinen Mut zusammennehmen und ihn wegen der Lizenzgeschichte ansprechen?«

»Ja, genau«, lüge ich. Meine Firma war das Letzte, woran ich gedacht habe, und ehrlich gesagt bin ich allein deshalb schon sauer. Was zum Teufel ist nur los mit mir? Sondert dieser Mann spezielle Nikki-anziehende Pheromone ab?

»Wir könnten ihnen nach draußen auf den Balkon folgen. Soll ich mitkommen?«

Ich schüttele den Kopf. »Ist schon okay. Lass dem Mann seine Weihnachtsfeier.« *Und lass mir Zeit, mich wieder in den Griff zu bekommen.*

Ungefähr eine Stunde lang hänge ich mich an Jamie, und wir plaudern mit diversen Hollywood-Typen, von denen ich noch nie gehört habe, während Jamie wie ein Wasserfall redet, ein Filmzitat nach dem anderen bringt und über ihre liebsten Filmszenen und Fernsehserien plaudert. Nach einer Weile bin ich es leid, Interesse vorzutäuschen, und entschuldige mich, um mir die Kunstwerke anzusehen, die, wie Jamie mich vorgewarnt hatte, überall im Haus hängen.

Ich starre auf ein besonders beeindruckendes Portrait einer nackten Frau, die so dasteht, dass ihre Hände über den oberen Rand der Leinwand hinausragen. Man sieht es zwar nicht, aber ihre Handgelenke müssen mit dem roten Band gefesselt sein, das zwischen ihren Brüsten hängt und ihren Schritt gerade genug bedeckt, dass es mehr andeutet denn enthüllt, was es umso erotischer und sinnlicher macht.

Sie steht barfuß auf einem Holzboden, auf dem ein weiterer Schatten zu sehen ist, als ob jemand außerhalb des Bildrands steht und sie beobachtet. Ihre Augen sind geöffnet, ihr Rücken leicht gekrümmt und ihre Nippel steif.

Der Titel des Portraits ist *Vorfreude*, und auch wenn ich mich noch nie nackt und gefesselt derart präsentiert habe, macht mich irgendetwas an dem Bild an, so sehr, dass ich erröte, als Evelyn auf mich zukommt.

»Beeindruckend, nicht?«, fragt sie. »Hast du Blaine schon kennengelernt? Er ist irgendwo in der Menge verschwunden.« Sie klemmt sich eine nicht entzündete Zigarette zwischen die Lippen und nimmt einen langen Zug. »Die verdammten Dinger bringen einen um. Und als ob das nicht schlimm genug wäre, wird man heutzutage auch noch verunglimpft, wenn man sich eine anstecken will.«

Ich bemühe mich, Mitgefühl auszustrahlen.

»Jamie sagte mir, dass du Damien ein Angebot unterbreiten willst.«

»Gewissermaßen«, gebe ich zu. »Eine Freundin hat sich für mich an Preston Rhodes gewandt und ihm das Konzept vorgestellt. Es dürfte jetzt auf Mr. Starks Schreibtisch liegen.«

»Hast du ihn gefragt, ob er es sich angesehen hat?«

»Nein.« Ich lecke mir über die Lippen. »Ich wollte ihn fragen. Aber er war in Begleitung von diesem Model. Ist das was Ernstes zwischen den beiden?« Ich stelle die Frage beiläufig und hoffe, dass Evelyn nicht bemerkt, wie viel mir an der Antwort gelegen ist. Denn aus irgendeinem dämlichen, lächerlichen Grund interessiert es mich offenbar.

»Ganz ehrlich, Texas. Ich kenne den Jungen schon seit Jahren, und ich glaube, es war ihm noch nie ernst mit irgendeiner Frau.« Sie nimmt einen weiteren unechten Zug von ihrer Zigarette. »Damien … nun, die Wahrheit ist, ich liebe diesen Jungen über alles, aber er lässt niemanden an sich heran. Was diese Affäre betrifft, so ist es wahrscheinlich die, die am längsten gehalten hat.«

»Also ist es etwas Ernstes«, sage ich, und sie bricht in schallendes Lachen aus.

»Das habe ich nicht gesagt«, stellt sie richtig, als Jamie sich zu uns gesellt. »Ehrlich gesagt glaube ich, er ist nur mit dieser Eisprinzessin zusammen, weil es mit ihr so leicht ist, den Eispanzer um sein Herz aufrechtzuerhalten.«

»Oh.« Ich bin mir nicht sicher, was ich darauf sagen soll, aber ich bin überrascht, wie traurig mich ihre Worte stimmen. Nicht weil ich mir wünschte, dass das zwischen ihm und Carmela etwas Ernstes sei, sondern weil ich den Gedanken unerträglich finde, dass dieser Mann eine Mauer um sich herum aufgebaut hat. Immerhin kenne ich das nur zu gut, und einen Moment lang habe ich unweigerlich das Gefühl, als ob Stark und ich seelenverwandt sind.

Jemand winkt Evelyn zu sich, und als sie sich entschuldigt

und uns beide allein zurücklässt, beugt sich Jamie dicht zu mir. »Was ist denn los mit dir? Bei dir dreht sich heute Abend alles um Stark.«

»Ich weiß«, gebe ich zu. »Es ist merkwürdig. Ich habe irgendwie das Gefühl, als würde ich ihn kennen. Das heißt, nein«, korrigiere ich mich selbst, »es ist, als ob er mich kennen würde. Es ist echt schräg.«

»Schräg? Ach, wirklich?«, zieht mich Jamie auf. »Sei einfach vorsichtig, ja? Damien Stark wechselt Frauen wie Socken. Du möchtest bestimmt nicht eine von vielen sein. Und du willst doch bestimmt auch nicht das mit Ollie kaputt machen, nachdem du endlich mal jemanden gefunden hast, der dir guttut.«

»Nein, will ich nicht«, sage ich, denn sie hat recht. Ollie tut mir gut. Ja, er ist perfekt für mich, und es wurde höchste Zeit, dass wir den Schritt wagen und zusammenkommen. Er ist der Mann, der mich liebt. Der bereits all meine Geheimnisse kennt. Der mich beschützt. Und das möchte ich nicht verlieren. »Versprochen. Es ist nur …«

»Du hast das Gefühl, deine Welt sei aus dem Lot«, beendet sie meinen Satz. »Ich weiß. Und genau das ist mein Punkt. Mach keine Dummheiten.«

Ich gebe ihr erneut mein Versprechen, als Jamie zu Evelyn eilt, die uns zu der Gruppe herüberwinkt, die um das Klavier steht und Weihnachtslieder singt. Da ich nicht in der Stimmung dafür bin, bleibe ich zurück und werfe stattdessen einen letzten Blick auf die Bilder, bevor ich mir den vielgerühmten Ausblick vom Balkon ansehe, als ich einen Luftzug spüre.

Ich stehe kerzengerade da und spüre, wie sich die Härchen in meinem Nacken aufstellen und all meine Sinne mit einem Mal geschärft sind.

»Nikki Fairchild.« Seine Stimme ist sanft wie eine Liebkosung, und als hätte sie einen ebensolchen Effekt auf mich, läuft mir ein Schauer über den Rücken. Er stellt sich neben mich, sodass wir beide Blaines Gemälde betrachten.

»Damien Stark«, erwidere ich und drehe mich zu ihm, um ihn besser ansehen zu können, bereue es jedoch augenblicklich. Dieser Mann raubt mir wirklich den Atem. »Woher kennen Sie meinen Namen?«

»Ich habe Evelyn gefragt. Ich wollte den Namen der Frau wissen, die so erpicht darauf ist, mich zu sprechen.«

»Wie bitte?«

»Sie haben den ganzen Abend nach mir gesucht. Sie haben den Raum mit den Augen abgescannt und angehalten, als Sie mich entdeckten, und das Ganze wiederholt, sobald Sie mich wieder aus den Augen verloren.«

Ich erwäge, es abzustreiten, aber welchen Zweck hätte das? »Offenbar haben Sie mich ebenfalls aufmerksam beobachtet.«

Ganz langsam streift sein Blick über mich, und ich muss mich beherrschen, um mich nicht an ihm festzuhalten, nur um nicht das Gleichgewicht zu verlieren.

»Ja, das habe ich.«

»Oh.«

»Wieso?«

Ich blinzele verwirrt. »Wieso was?«

»Wieso haben Sie nach mir gesucht?«

»Ach so, richtig.« Ich räuspere mich und erzähle ihm von meinem Konzept, das momentan auf seinem Schreibtisch liegt.

»Ich weiß. Ich habe Ihren Namen wiedererkannt, als Evelyn ihn mir nannte. Ein interessantes Konzept. Der Code ist hervorragend geschrieben, soweit ich das sehen konnte.«

»Heißt das, Sie sind interessiert?« Ich frage mich, ob mein Anflug von Nervosität mit dem Mann oder mit der Arbeit zu tun hat.

Als er antwortet, blickt er mir direkt in die Augen: »Ich bin äußerst interessiert.« Der Widerhall seiner Stimme durchdringt meinen ganzen Körper und lässt mich vor Erregung erbeben.

Ich schlucke. »Ich glaube, wir sollten auf einer geschäftlichen Ebene bleiben.«

»Ich habe Feierabend, Miss Fairchild. Falls Sie nur über Geschäftliches reden wollen, lassen wir unsere Unterhaltung lieber gleich bleiben, dann gehe ich auf der Stelle rüber zum Klavier, und wir können einen Termin nach den Feiertagen vereinbaren. Möchten Sie, dass ich Sie allein lasse?«

Auf gar keinen Fall. »Das ist ein freies Land, Mr. Stark«, sage ich und wende meine Aufmerksamkeit wieder dem Bild zu.

Er bleibt. Und ich weiß genau, dass er mein vorgetäuschtes Desinteresse durchschaut.

Einen Augenblick lang blicken wir beide auf das Bild vor uns, und je länger ich die Frau betrachte, nackt und gefesselt, desto überzeugter bin ich, dass ich sofort hier wegmuss, bevor ich eine Dummheit begehe; wie etwa, mit diesem Mann mit nach Hause zu gehen. Denn allein seine Gegenwart bringt mich völlig durcheinander.

Nimmt man hocherotische Kunst hinzu, bin ich vollends verloren.

»Sie sucht nach mehr«, sagt Stark schließlich. »Sie sucht nach etwas Tieferem.«

»Was meinen Sie?«

»Es ist das erste Mal für sie. Sehen Sie den Ausdruck auf ihrem Gesicht? Sie ist erregt, aber auch zaghaft. Sie ist nicht sicher, was sie erwartet, aber was auch immer es ist, sie weiß, dass sie es will. Dass sie ihn will«, fügt er hinzu und deutet auf den Schatten. »Und er spannt sie auf die Folter. Hält sie hin. Lässt sie warten, damit ihr erstes Mal genauso sehr von ihren Fantasien getragen ist wie von der Realität.«

Er beugt sich zu mir. »Das ist der beste Sex. Es reicht nicht, den Körper einer Frau zu ficken. Man muss auch ihre Fantasie anregen.«

Ich hebe eine Augenbraue und versuche, gelassen zu wirken, auch wenn seine Worte in Wirklichkeit ein Feuer in mir entfacht haben. »Ein Hirnfick, Mr. Stark?«, frage ich, und er lacht.

»Könnte man so sagen. Was ich damit sagen will, ist, sie ist bereit für etwas Neues. Etwas anderes. Sie ist auf der Suche. Sie versucht herauszufinden, was sie braucht. *Wen* sie braucht. Und sie findet es in diesem Schatten. In dem Unbekannten. Ich kann das gut nachvollziehen.« Er dreht seinen Kopf und sieht mich an. »Ich frage mich, ob Sie das auch können.«

Er blickt mich intensiv an. So sehr, dass ich einen Schritt zurückmache, weil mir diese eindringliche Musterung unangenehm ist.

»Können Sie das, Miss Fairchild? Können Sie nachvollziehen, was sie empfindet?«

Ich kann – o Gott, und ob ich das kann. Aber ich schüttele dennoch den Kopf und verleugne damit mehr als nur die Antwort. Ich verleugne die Frage selbst. »Ich kenne Sie kaum, Mr. Stark.«

»Nein, das stimmt nicht. Und wir beide wissen das.«

Eine Million Schmetterlinge flattern in meinem Bauch, aber ich bleibe äußerlich völlig ungerührt, wie in den Bann gezogen von seinen Worten.

»Ich verstehe es selbst nicht«, sagt er. »Und ehrlich gesagt bin ich kein Fan von mysteriösen Rätseln. Aber ich kann die Wirklichkeit nicht leugnen, wenn sie mir gegenübersteht. Du kennst mich, Nikki. Und ich kenne dich. Sag nicht, dass du es nicht auch spürst.«

»Ich weiß nicht, was du meinst«, lüge ich. »Wir haben uns gerade erst getroffen. Woher sollte ich dich kennen?«

Er lässt sich nicht beirren. »Dann lerne mich kennen.«

»Du hast eine Freundin.«

»Wenn man das denn so nennen will, dann ja. Habe ich. Also?«

»Also?«, wiederhole ich. »Äh, nein!«

Er lacht. »Ich bin kein Heiliger, Nikki. Ich habe schon viele Frauen gevögelt. Jede Menge sogar. Ich bin von einer direkt zur nächsten übergegangen. Ich habe mir mein ganzes Leben immer das genommen, was ich wollte. Aber diese Art von Leben fühlt sich unecht an, ein wenig aus dem Lot.«

Die Worte leuchten wie Neonreklame in meinem Kopf auf. »Aus dem Lot?«, wiederhole ich.

Doch er antwortet nicht, sondern kommt näher, sodass ich sein Eau de Cologne riechen kann. Ja, ich kann praktisch die Hitze spüren, die er ausstrahlt. Seine Stimme ist leise, nur für meine Ohren bestimmt, und seine Worte scheinen sinnlich und verführerisch wie ein Windhauch über mich hinwegzustreichen.

»Ich liebe es einfach zu vögeln, Nikki, und ich bin gut darin, einer Frau größtes Vergnügen zu bereiten. Aber all diese Frauen? Ich sehe sie an und sehe das Ende bereits vor mir.«

Mein Mund ist vollkommen ausgetrocknet, und ich bringe nur mit größter Mühe die Worte heraus: »Wieso erzählst du mir das?«

Sein Lächeln ist voll sündiger Verheißungen. »Weil ich bei dir einen Anfang sehe.«

Ich schlucke und setze eines meiner einstudierten künstlichen Lächeln auf. »Toller Spruch. Zieht die Nummer öfter?«

»Das weiß ich nicht.« Er sieht mich an, als ob er all meine Geheimnisse kenne. »Ich habe das noch nie zuvor gesagt.«

Oh. Ich schüttele den Kopf, denn das hier kann nicht wirklich gerade passieren. *Wir. Kennen. Uns. Kaum.* Er spielt mit mir. Bestimmt tut er das.

»Ich muss gehen«, sage ich nervös.

»In Ordnung«, sagt er langsam. »Aber denken Sie daran, dass ich Sie im Auge behalten werde. Und dass ich Sie eines Tages haben werde, Miss Fairchild.« Er nickt zu dem Bild hinüber. »Es gibt einen Grund, weshalb Blaine das Bild *Vorfreude* genannt hat. Sie wartet auf ihn. Sie will ihn. Und sie weiß, dass er kommen wird. Vorfreude ist die schönste Freude, Nikki. Und ein überaus wirkungsvolles Aphrodisiakum.«

Da ich kein Wort mehr herausbringe, laufe ich wie ein Vollidiot stumm davon. Erst als ich mich am Klavier in Sicherheit fühle, drehe ich mich zu dem Gemälde um und zucke zusammen, als ich sehe, dass Carmela bei ihm ist. Während ich beide beobachte, drückt sie ihre Hände gegen seine Brust und streift mit den Lippen über sein Ohr.

Aber obwohl sie ihn berührt, ihn streichelt, kann ich erkennen, dass sie nicht sein Herz berührt. Ich weiß es, denn ich kann die Wahrheit in diesen erstaunlichen, faszinierenden zweifarbigen Augen erkennen.

Diese Augen, die mich intensiv anblicken.

7 »Gefällt es dir wirklich?«, fragt Ollie und nickt zu dem Kamerafilter-Set hinüber, das er mir gekauft hat.

»Machst du Witze? Natürlich!« Fotografieren ist meine große Leidenschaft, und ich freue mich über jedes Geschenk, das irgendwie damit zu tun hat.

»Und was ist mit dir?«, frage ich.

Er, Jamie und ich sitzen auf dem Boden im Wohnzimmer der Wohnung, die Jamie und ich uns teilen, und Lady Miau-Miau, Jamies wuschelige weiße Katze, spielt mit dem Geschenkpapier und den Schleifen, die herumliegen, nachdem wir unsere Geschenke ausgepackt haben. Ich hatte keine Idee, was ich Ollie schenken könnte, also habe ich mich für ein neues Portemonnaie entschieden und ein Heidengeld dafür ausgegeben, um es mit einem Monogramm versehen zu lassen.

»Gefällt mir hervorragend«, sagt er und küsst mich.

»Oje, noch mehr öffentliche Liebesbekundungen«, kommentiert Jamie, und auch wenn ich mich schrecklich dabei fühle und weiß, dass Jamie uns nur aufzieht, stimme ich ihr insgeheim zu.

Ollie war gegen zwei Uhr nachts gekommen, als er sein Begründungsschreiben fertig hatte, und hat die Nacht bei mir verbracht. Wir haben nicht miteinander geschlafen, aber gekuschelt, und ich war in seinen Armen eingeschlafen – und hatte ein furchtbar schlechtes Gewissen, weil ich in Ollies Armen lag und an Stark dachte. Das ist wirklich bescheuert, weil Ollie und ich ein gutes Paar abgeben. Ein tolles Paar.

Und ich sollte das nicht kaputt machen, noch ehe es richtig begonnen hat.

»Er hat vor, dich zu fragen, ob du bei ihm einziehen willst«, sagt Jamie, als ich zurück in die Wohnung komme, nachdem ich ihn zum Flughafen gebracht habe. »Er hat es mir gesagt, weil ich dann allein auf der Hypothek für die Wohnung sitzen bleibe, und, na ja, ich wollte dich schon mal vorwarnen. Aber im Grunde sind das ja gute Nachrichten, oder? Denn das mit euch beiden ist doch echt prima, und es wurde ja auch höchste Zeit. Richtig?«

»Klar.« Ich fühle mich ein wenig benommen, sage mir aber, dass ich einfach nur Bammel habe. Alles geht so schnell. Da ist so ein seltsames Gefühl völlig normal. »Ja«, sage ich und hole Luft. »Danke, dass du es mir gesagt hast.«

Sie legt den Kopf schräg. »Du siehst nicht sonderlich überzeugt aus.«

»Ich bin nur – ich bin einfach nur vorsichtig. Ich meine, schau dir Courtney an. Die beiden waren jahrelang zusammen, und er hat sie zigmal betrogen.«

Sie nickt weise. »Stimmt, aber was Ollie betrifft, wissen wir beide, dass er dich schon immer wollte. Ich kann mir nicht vorstellen, dass er dich je betrügen würde. Schon allein deshalb nicht, weil ich ihn dann umbringen müsste.«

»Mag sein.«

»Ich frage mich, was in deinem Kopf vorgeht«, sagt Jamie. »Ist das zwischen euch nicht gut? Ich meine, ihr schlaft ja jetzt miteinander, und alles läuft doch bestens, oder nicht? Und er ist einer deiner besten Freunde, und ihr kennt euch eine Ewigkeit. Er liebt dich, und du liebst ihn.«

»Ich liebe ihn auch«, sage ich, und das meine ich auch so. »Und der Sex war gut. Aber …«

Ich verstumme und denke an die Hitze, die ich gestern Abend in Damiens Nähe gespürt habe. Eine feurige Leidenschaft, die ich bei Ollie nie empfunden habe. Weder vorher, als wir nur Freunde waren, noch jetzt, da wir zusammen sind.

»Du bist dir nicht sicher, ob du ihn auf diese Art liebst?«

»Ich weiß auch nicht. Kann sein.«

»Lass dir von mir einen Rat geben, Süße. Als jemand, der in seinem Leben schon mit allerlei Männern im Bett war, kann ich nur sagen: Diese Art von Liebe existiert nicht.«

»Deine Eltern sind total ineinander vernarrt«, entgegne ich.

Sie verzieht das Gesicht. »Das stimmt. So sehr, dass ich mich mein Leben lang wie das fünfte Rad am Wagen gefühlt habe.« Sie schüttelt den Kopf. »Vergiss es, Nik. Du und ich, wir beide wissen, dass es die große, romantische Liebe nur im Märchen gibt. Ollie liebt dich. Er versteht dich. Und er kennt deine Dämonen. Du bist viel zu klug, um dir jemanden durch die Lappen gehen zu lassen, der so gut zu dir passt.«

»Du hast recht. Ich weiß ja, dass du recht hast.« Und das weiß ich wirklich. Schließlich kenne ich den Unterschied zwischen Liebe und Lust. Und mit Ollie bekomme ich das Gesamtpaket.

Also warum bin ich so nervös?

Ich hole tief Luft, um mich zu sammeln. »Wollen wir noch einen Film schauen? Wir haben uns diesen Winter noch gar nicht *Stirb langsam* angesehen.«

»Vielleicht heute Abend? Ich wollte Gregory zum Weihnachtsbrunch treffen.«

»Gregory?«

»Der große Lulatsch. Der Typ, der in dieser neuen Sitcom mitspielt. Na ja, quasi mitspielt. Er hatte eine Sprechrolle in zwei Folgen, und es sieht so aus, als würde man ihn fest engagieren.«

»Und du triffst ihn am ersten Weihnachtsfeiertag, um mit ihm zu brunchen?«

»Und um mit ihm zu poppen, vermutlich«, sagt sie und grinst schelmisch. »Weil ich genau weiß, dass er nicht der Richtige ist, also kann ich mich ganz locker ein bisschen mit ihm vergnügen. Im Ernst, Nik. Bitte versprich mir, dass du dich heute mal etwas entspannst.«

»Versprochen«, sage ich in vollem Ernst. Doch als einige Zeit später mein Handy piept und eine neue SMS eingegangen ist, muss ich mein Versprechen noch einmal überdenken.

Doppelvorstellung »Weiße Weihnachten«/»Ist das Leben nicht schön?«
Triff mich in einer Stunde im Chinese Theater

Ich überlege, die Nachricht einfach zu ignorieren.

Dann überlege ich hinzugehen, aber auf die SMS nicht zu antworten.

Dann überlege ich einfach nur *Okay* zu schreiben.

Stattdessen antworte ich: *Wer bist du?*

Seine Antwort kommt schneller als gedacht. *Du kleine Nixe. Beeil dich, oder du verpasst die Trailer.*

Ich verdrehe die Augen und merke, dass ich das mehr genieße, als ich sollte. *Jawohl, Sir.*

Ein paar Sekunden lang kommt keine Reaktion. Als ich meinen Schlüssel suche, piept mein Handy erneut. *Gutes Mädchen.*

Aber ganz offensichtlich bin ich kein gutes Mädchen, sondern ein ganz böses. Denn ich habe nicht eine Sekunde gezögert, als er mich aufgefordert hat, sofort zu kommen. Stattdessen habe ich mich auf dem Boden gerollt und freudig mit dem Schwanz gewedelt, überglücklich darüber, dass er mich will.

Erneut ertönt mein Handy. *Vor dem Haus wartet ein Wagen auf dich. Er wird dich zu mir bringen.*

Ich hole tief Luft, als mir plötzlich klar wird, dass selbst eine Kinoverabredung mit Damien Stark eine völlig neue Erfahrung ist. Und ich komme nicht umhin, mich zu fragen, was wohl noch eine völlig neue Erfahrung sein wird.

Vorfreude, geht mir durch den Kopf.

Und während ich mir meine Handtasche über die Schulter werfe und hinunter zu dem wartenden Wagen eile, bin ich mir ganz ohne jeden Zweifel darüber im Klaren, dass ich gerade entweder einen Riesenfehler begehe … oder aber genau das Richtige tue.

Als ich mit der Eintrittskarte, die mir der Chauffeur überreicht hat, in den Kinovorraum stürme, wartet er bereits in der Lobby auf mich.

»Mir gefällt deine Limousine«, sage ich, als er mir einen Becher Popcorn überreicht. Ehrlich gesagt hat sie mir sogar sehr gut gefallen … und alle möglichen schmutzigen Gedanken in mir geweckt. Gedanken, die völlig ungewöhnlich für mich sind. Gedanken, die sich merkwürdig vertraut anfühlten, als ich an Damien Stark dachte.

»Das freut mich sehr«, sagt er und reicht mir einen Pappbecher. »Ich habe einfach mal auf Cola light getippt.«

»Da hast du richtig getippt.«

»Und Popcorn mit Butter.«

»Wow, ja, genau«, sage ich. Nachdem ich bei meiner Mutter aufgewachsen bin, die mir nur alle zwei Monate eine Tüte Popcorn ohne alles erlaubt hat, futtere ich mich heute mit Freuden zu jedem vor Kitsch triefenden Film durch eine ebenso vor butter-ähnlicher Substanz triefende Popcorntüte. Je mehr, desto besser.

Im Kino sind nur ungefähr fünfzig Gäste, was bei einem Saal dieser Größe bedeutet, dass wir so gut wie allein sind, als uns Damien zu einem der mittigen Plätze in den letzten Reihen führt. »Weit weg von der Leinwand«, sage ich.

»Ich lege Wert auf meine Privatsphäre«, kontert er.

»Wird der Star-Ruhm anstrengend?«, feixe ich.

»Ganz und gar nicht. Ich dachte nur, dir wäre es lieber, wenn keine Gaffer in der Nähe sind, wenn ich dich berühre.«

»Oh.« Ich schlucke. »Wie genau willst du mich berühren?«

»Das kommt darauf an.«

»Worauf?«

»Darauf, ob du lieber den Film schauen oder für mich kommen willst.«

Bei seinen Worten wimmere ich, und ich höre sein leises Lachen, als die Lichter im Saal gedämpft werden.

»Gute Antwort, Miss Fairchild«, sagt er, und ich winde mich ein wenig in meinem Sitz und bin schon jetzt ziemlich angetörnt. Und ziemlich feucht.

Und ja, ziemlich gespannt auf das, was noch kommen mag.

Es beginnt ganz unschuldig. Seine Hand auf meiner. Seine Fingerspitze streift leicht über meinen Handrücken, streichelt sie, liebkost sie. Dann fährt sie ganz leicht über meine Haut nach oben über meinen Unterarm.

Ich habe meine Arme nie als sonderlich sinnlich empfunden – kein anderer Mann hat mich je derart entflammt, indem er sie gestreichelt hat –, aber nun muss ich mir auf die Unterlippe beißen, um nicht mitten im Kino zu stöhnen und zu wimmern.

Stark, dieser Mistkerl, weiß genau, was er in mir auslöst, und da wir vier Stunden hier drinnen verbringen werden, geht er es langsam an. Entsetzlich, herrlich, genüsslich langsam.

So langsam, dass er erst meine Schulter erreicht hat, als die Truppe in Vermont ankommt. Und als er seine Hand tiefer gleiten lässt, als er seine Finger erst in den V-Ausschnitt meines dünnen Pullis und dann unter meinen Spitzen-BH schiebt, bewegt er sich so langsam und steigert diese verdammte Vorfreude derart in die Höhe, dass ich beinahe nur allein davon komme, dass er meine Brustwarze berührt.

»Gutes Mädchen.« Während er spricht, nimmt er meine Hand und legt sie sich in seinen Schoß. Er ist hart wie Stahl, und dieser untrügliche Beweis für seine Erregung macht mich umso feuchter, und ich winde mich, sosehr sehne ich mich nach einer Befriedigung meiner Gelüste. Denn ich bin kurz davor. So kurz davor, und es ist offensichtlich, dass er es hinauszögern wird.

Er zieht seine Hand unter meinem Shirt hervor und streichelt mich über dem groben Leinen meines Rocks. Erneut geht er extrem langsam vor, als er meinen Rock hochschiebt. Diesmal jedoch werde ich nicht umso erregter, je weiter er seine Hand hochschiebt, sondern im Gegenteil, ich werde immer angespannter. Denn seine Finger berühren erst meine Knie, dann die Innenseite meines Oberschenkels. Rutschen immer höher und höher. Kommen meinen Geheimnissen näher und näher.

Geheimnissen, von denen niemand weiß. Nur Ollie. Nur Jamie.

Nicht aber Stark – und ich will nicht, dass ein Mann wie Damien Stark erkennt, wie schwach ich bin. Ich will nicht, dass er so viel von mir sieht.

Aber er ist kurz davor und wird gleich meine harten, wulstigen Narben spüren. Er wird es wissen. Er wird …

Panisch springe ich auf, zerre mein Shirt herunter und werfe dabei mein Popcorn um. »Tut mir leid. Das war ein Fehler. Ich muss gehen.«

Ich warte gar nicht erst seine Antwort ab, sondern mache einfach kehrt und stürme zur Lobby und hinaus ins Tageslicht, ohne meinen Schritt zu verlangsamen.

Erst als ich an den Bodenplatten mit den Sternen am Hollywood Walk of Fame anlange, werde ich langsamer, bleibe stehen und beuge mich vornüber, die Hände auf die Knie abgestützt, und ringe japsend nach Luft.

Ich stehe immer noch so gekrümmt da, als jemand eine Hand auf meinen Rücken legt. Ich schließe die Augen und erwarte, dass er gleich eine Erklärung für mein Verhalten verlangt. Erwarte, dass er mir gleich sagt, dass ich den ganzen Ärger nicht wert bin.

Erwarte, dass er mich einfach stehen lässt, sodass ich zu meiner unaufgeregten, gewohnten Routine mit Ollie zurückkehren kann.

Doch stattdessen sagt er lediglich: »Komm, begleite mich.«

»Ich – was?« Ich richte mich auf und sehe ihn verdutzt an.

»Der Tag ist viel zu schön, um im dunklen Kino zu hocken. Lass uns ein wenig spazieren gehen.« Er streckt die Hand aus und hält sie mir hin, während ich noch zögere und unsicher bin, was ich tun soll. Ich weiß, was ich tun *sollte*. Ich sollte vor ihm davonlaufen. Denn er ist gefährlich.

Und dennoch laufe ich nicht davon.

Schließlich ergreife ich seine Hand und beobachte, wie langsam, ganz langsam, sein Lächeln seine Augen erreicht. »Komm schon«, fordert er mich auf und beginnt, den Hollywood Boulevard hinunterzugehen.

Ich weiß nicht, was ich erwartet hatte. Vielleicht Fragen. Vielleicht Small Talk. Aber wir laufen in entspannter Stille ein paar Minuten nebeneinanderher, bis er vor einem Secondhandladen haltmacht. »In dem Laden habe ich mal eine Erstausgabe von Ray Bradbury entdeckt. Der Ladenbesitzer hatte keine Ahnung, welchen Schatz er da besitzt.«

»Du magst Science-Fiction?«

»Ja, tue ich«, sagt er, und in diesen schlichten Worten scheint sich eine lebenslange Leidenschaft auszudrücken.

Ich weiß nicht, was ich sagen soll, also lasse ich meinen Blick wieder zum Schaufenster wandern, und in diesem Moment entdecke ich es. Ich quietsche auf und deute auf das Fenster: »O Gott! Meine Looney-Tunes-Brotdose!«

»Brotdose?«

»Ich wollte diese ganz bestimmte Brotdose, seit ich sieben war. Siehst du sie? Vorne ist der Roadrunner abgebildet, auf der Rückseite Bugs Bunny, und an beiden Seiten Willy Kojote. Ich habe sie mir jedes Jahr zum Geburtstag und zu Weihnachten gewünscht, aber nie gekriegt.«

»Was hast du stattdessen bekommen?«

»Kleidung. Stylingkram für die Haare. Ein Barbie Traumhaus.« Ich mache ein finsteres Gesicht. »Meine Mom wusste genau, dass ich Barbies nie mochte. Aber genau so wie eine Barbie wollte sie mich haben. So wären wir beide uns übrigens fast einmal begegnet, wusstest du das?« In seinem Gesicht kann ich ablesen, dass das nicht der Fall ist, und ich fahre fort. »Du saßt in der Jury bei einem Schönheitswettbewerb in Dallas, an dem ich teilnehmen sollte. Aber ich bin an dem Morgen krank geworden und musste absagen.« Genauer gesagt, hatte ich eine ganze Flasche Ipecac-Sirup getrunken und mich über den kostbaren Orientteppich meiner Mutter erbrochen, was ich als besonderen Triumph erachtete. Dieser Tag in vollkommener Freiheit war die heftigen Magenkrämpfe mehr als wert.

»An den Schönheitswettbewerb kann ich mich noch erinnern«, sagt er. »Ich hatte damals das Gefühl, als würde ich etwas Besonderes vermissen.«

Ich denke, dass er mich natürlich nur aufzieht, aber in seinem Gesicht steht ein solcher Ernst, dass ich ehrlich verwirrt bin. Denn aus welchem Grund hätte er mich vermissen sollen? Andererseits hatte ich in dem Moment, als ich ihn bei Evelyns Party sah, das Gefühl, als ob in meinem Leben die ganze Zeit über eine große Lücke geklafft hätte.

Déjà-vu, denke ich. *Total abgefahren.*

Die Wahrheit ist, dass sich Damien Stark in meinem Kopf eingenistet hat. Und auch wenn sich das bis zu einem gewissen Grad gut anfühlt, birgt das viel zu große Gefahren.

Vorsichtig entziehe ich ihm meine Hand unter dem Vorwand, die Öffnungszeiten an der Tür lesen zu wollen. »Heute ist natürlich wegen Weihnachten geschlossen. Aber vielleicht komme ich die Tage zurück, um sie zu kaufen. Andererseits, wahrscheinlich nicht. Es ist einfach nicht dasselbe, wenn man es sich selbst kauft.«

»Genau deshalb habe ich ihn hier nie bekommen«, sagt er und deutet auf einen Plüsch-Teddybären. Einen von der handgemachten Sorte, mit weichem Fell und beweglichen Armen und Beinen. Er trägt eine kleine Weste, aus deren Tasche ein rotes Einstecktuch herausragt.

»Charmant. Ein neues Mitglied für deinen Vorstand?«

»Keine schlechte Idee, aber nein. Reine Nostalgie. Ich hatte genau so einen Bären als Kind. Bevor ich mit dem Profi-Tennis anfing. Irgendwann hat ihn mein Vater weggeschmissen. Es ist mir erst aufgefallen, als wir zu einem Turnier gefahren sind und ich Bob mitnehmen wollte.«

»Bob?«, sage ich grinsend. »Bob, der Bär.«

»Hey, ein bisschen Nachsicht, ja? Du musst bedenken, ich war sieben.« Als er erneut meine Hand nimmt, lasse ich es geschehen und gehe neben ihm her, während sich unser Gespräch vertieft und ernsteren Themen zuwendet. Er erzählt mir von dem Druck, dem er in jungen Jahren ausgesetzt war, als er Tennis spielte. Auch auf die Gerüchte, die über ihn kursieren, geht er ein, auch wenn er mir keine Details nennt. Aber er bestätigt, dass seine Freundin unter mysteriösen Umständen ums Leben kam. Im Gegenzug erzähle ich ihm, wie einsam ich war, als meine Schwester starb, und wie meine Mutter mich immer zu den Schönheitswettbewerben zwang, die ich so hasste.

Es ist nur die Spitze des Eisbergs, das wissen wir beide. Wir haben Geheimnisse, er und ich. Aber in diesem Augenblick tut es allein schon gut zu wissen, dass wir nicht allein damit sind, dass unsere Vergangenheit auf uns lastet.

Als ich bemerke, dass die Sonne langsam untergeht, sage ich ihm mit Bedauern, dass ich jetzt leider nach Hause muss.

Er kommt näher, seine Augen voller Hitze und Begierde. »Komm mit zu mir«, sagt er, und bei diesen vier simplen Worten schrillen meine Alarmglocken. Denn wenn ich mit ihm mitgehe, dann nur aus einem Zweck. Und dann bekomme ich wieder Panik, genau wie vorhin im Kino.

Ich will es auch. Ich will ihn. Aber was ich nicht will, sind die Tränen, Scham und Reue, die damit einhergehen.

Langsam und traurig schüttele ich den Kopf. »Ich muss gehen. Bitte, Damien, dräng mich nicht.«

Einen Moment lang sagt er nichts. Dann nickt er langsam. »Ich werde dich zu nichts drängen, aber ich möchte dir etwas sagen, damit du meine Beweggründe kennst. Ich weiß nicht, wovor du dich fürchtest, aber ich weiß, dass ich dich immer beschützen werde.«

»Dami…«

Er legt mir einen Finger über die Lippen, um mich zum Schweigen zu bringen.

»Immer«, wiederholt er. »Egal, was passiert. Ohne Hintergedanken. Aber die Wahrheit ist: Ich will dich, Nikki. Ich will dich nackt und feucht und willig unter mir. Ich will, dass du dich mir fügst, dass du für mich dahinschmilzt.«

Ich entziehe mich ihm und starre zu Boden. »Ich kann nicht. Es gibt da jemanden. Es … es entwickelt sich etwas Ernstes.«

»Das glaube ich dir. Aber du solltest dir selbst eine Frage stellen: *Sollte* es sich zu etwas Ernstem entwickeln?«

Zaghaft nicke ich. »Er kennt mich.« Ich flüstere nur mehr. »Er kennt meine Geheimnisse.«

Damien hakt seinen Finger unter mein Kinn und zieht meinen Kopf sanft hoch, um mir in die Augen zu blicken. »Das mag sein. Aber ich kenne dein wahres Inneres.«

170

Ich schüttele den Kopf. »Das kannst du gar nicht.«

»Es klingt verrückt, das gebe ich gerne zu. Aber wenn ich dich ansehe, sehe ich etwas, von dem ich nicht einmal wusste, dass ich es verloren hatte. Aber nun, da ich das erkannt habe, will ich nicht mehr ohne weiterleben. Ohne dich. Und du spürst es auch, Nikki. Das weiß ich.«

Ich schüttele den Kopf, auch wenn das eine grässliche Lüge ist.

Er seufzt, nickt und hebt die Hand. Kurz darauf fährt eine Limousine neben uns auf den Bordstein, und Damien hält mir die Tür auf. »Er wird dich heimbringen. Aber denk einfach mal darüber nach, okay? Und denk vor allem darüber nach, wovor du dich eigentlich fürchtest.«

Die Frage schockiert mich so sehr, dass ich irritiert blinzele. Denn die Wahrheit ist, wenn ich ganz ehrlich zu mir selbst bin, weiß ich nicht, wovor ich mich fürchte; außer davor, ihn zu verlieren.

Und diese Furcht, die ebenso unerwartet und unter den gegebenen Umständen völlig unangemessen ist, ist das, was mir wirklich Angst einjagt.

8 »Würdest du mir bitte endlich mal erklären, was mit dir los ist?«, fragt Jamie.

Ich sitze im Schneidersitz auf der Couch und tüftele am Code für eine mobile Restaurant-App, die mich beinahe in den Wahnsinn treibt. Stirnrunzelnd starre ich auf den Bildschirm und sehe dann hoch zu Jamie. »Es ist nichts. Ich arbeite einfach nur. Wer wäre da nicht mies gelaunt, wenn er zwischen Weihnachten und Neujahr arbeiten muss?«

»Du bist seit dem ersten Weihnachtstag so mies drauf. Und da hast du nicht gearbeitet. Genauer gesagt, weiß ich überhaupt nicht, wo du an dem Tag gesteckt hast. Alles, was ich weiß, ist, dass die Wohnung leer war, als ich von meinem Techtelmechtel mit Gregory zurückkam, aber dein Auto stand auf dem Parkplatz. Also noch einmal: Wo warst du?«

»Da gibt es überhaupt nichts zu deuten. Ich war mit einem Freund im Kino und habe mir einen Weihnachtsfilm angeschaut. Das ist alles.«

Morgen ist Silvester, das heißt, es ist inzwischen eine ganze Woche her, seit ich Damien stehen gelassen und mit diesem Kapitel in meinem Leben ein für alle Mal abgeschlossen habe.

Und nein, diese Entscheidung hat mich nicht glücklich gemacht. Und entgegen meiner Behauptung weiß ich genau, woher meine miese Laune rührt. »Das ist doch schon Tage her. Wieso wurmt dich das immer noch?«

»Ganz ehrlich?«, sagt Jamie und lässt sich neben mich auf die Couch plumpsen. »Ich weiß selbst nicht, wieso mich das wurmt. Aber vielleicht einfach deshalb, weil du etwas vor mir verheimlichst. Und weil ich dich in deinem Zimmer mit einem Messer in der Hand erwischt habe. Ist das nicht Grund genug?«

Ich schließe die Augen und empfinde Reue. »Es tut mir leid. Ich habe nicht nachgedacht. Ich verstehe dich. Wirklich.«

Sie atmet laut aus. »Also ritzt du dich nicht?«

»Ich schwöre es. Soll ich es dir zeigen? Ich verletze mich nicht mehr selbst, Jamie. Ich hätte es dir sonst gesagt. Du und Ollie, ihr seid immer für mich da. Das weiß ich.«

»Das hatte ich auch geglaubt. Aber dann, neulich …« Sie verstummt achselzuckend.

»Da habe ich Mist gebaut.« Ich nehme ihre Hand. »Aber ich verspreche dir, mir geht's gut.«

»Aber was ist dann mit dir?«, fragt Jamie und steht auf. »Okay, scheiße. Sorry, ich habe verstanden. Es geht mich nichts an, solange du dich nicht ritzt. Schön. Ich bin total neugierig, aber wenn es etwas gibt, das du vor deiner allerbesten Freundin geheim halten willst, dann bitte.«

»Stark«, sage ich und sehe, wie sie vollkommen erstarrt.

»Sag das noch mal.«

»Damien Stark. Er hat mich angerufen und mich ins Kino eingeladen.«

»Und du bist hingegangen? Nachdem ich dich doch vor seinem Ruf als Casanova gewarnt habe?«

Ich hebe die Schultern. »Ja, ich dachte, ach, was soll's.«

»Hast du mit ihm gevögelt? O Gott, Nik, Ollie darf das niemals erfahren. Es würde ihn umbringen.«

»Ich habe nicht mit ihm gevögelt«, sage ich, aber da Jamie meine beste Freundin ist, beiße ich mir auf die Unterlippe und gebe zu: »Aber ich wollte.«

»Willst du wirklich eines seiner vielen Betthäschen sein?«

»Nein. Und ich glaube nicht, dass ich das gewesen wäre. Er

behandelt mich, ich weiß auch nicht, wie etwas Kostbares. Wie einen Diamanten.«

»Das liegt daran, dass eine männliche Schlampe wie er genau weiß, mit welcher Masche man Frauen rumkriegt. Aber warte mal. Du sagst *gewesen wäre*. Heißt das etwa, dass es vorbei ist?«

Ich nicke.

»Umso besser für dich. Es ist wegen Ollie, oder?«

Ich bin kurz davor, Ja zu sagen, weil sie genau das hören will. Aber nun, da ich schon einmal angefangen habe, über meine Gefühle zu reden, möchte ich ganz aufrichtig sein. Ich möchte, dass jemand versteht, wenn auch nur ein wenig, was ich aufgegeben habe, als ich Damien einen Korb gegeben habe.

»Nein. Nicht wegen Ollie. Sondern wegen dem hier.« Ich streiche mit der Hand über meine Innenschenkel und meine Hüften. »Diesem Mann liegen Frauen wie Carmela zu Füßen, und ich weiß, dass er mich will, weil ich hübsch bin. Und ich weiß auch, dass wir uns gut verstehen und es eine seltsame Verbindung zwischen uns gibt. Aber er weiß nicht, wie ich unter meiner Kleidung aussehe, und dass die Frau in seiner Fantasie in Wirklichkeit nicht existiert.«

»Warum hast du ihm das nicht gesagt?« Sie setzt sich wieder zu mir auf die Couch.

»Wie denn?« Ich beuge mich vor und stütze meine Stirn auf den Händen ab, wie um den Schmerz über diesen Verlust zurückzuhalten. »Er hat gesagt, er wird mich immer beschützen. Und ich glaube, das hat er wirklich ernst gemeint.«

Jamie legt ihren Arm um meine Schultern. »Nik, Süße, du hast ihn gerade erst kennengelernt.«

Ich schüttele den Kopf. »Nein, das stimmt nicht. Ich kenne ihn, James. Ich kann es nicht erklären, aber das Gefühl ist echt. Und er kennt mich auch. Aber er weiß nicht alles von mir. Er weiß nicht von meinen Geheimnissen.«

»Dann hast du die richtige Entscheidung getroffen«, sagt sie, auch wenn ich das erste Mal ein Zögern in ihrer Stimme höre. »Du musst dir jetzt einfach etwas Zeit geben.«

Und auch wenn ich weiß, dass ich ihn nicht lange kenne, dass Ollie gut zu mir passt und ich Stark wohl schon bald vergessen haben werde, lasse ich meinen Tränen freien Lauf. Lasse ich mich von Jamie in ihren Armen wiegen. Und nach und nach geht es mir schon ein wenig besser.

Als ich mich ausgeweint und wieder einigermaßen beruhigt habe, klingelt plötzlich mein Telefon. Ich blicke auf den Couchtisch hinunter, aber die Nummer sagt mir nichts.

»Vielleicht ein finanzkräftiger neuer Kunde«, sage ich. »Wenn sich in den nächsten Wochen noch mehr melden, kann ich vielleicht doch noch mein Büro kaufen.« Den Vertrag mit Stark habe ich längst abgeschrieben. Wenn man gerade den Chef brüskiert hat, sind die Aussichten, einen lukrativen Auftrag zu bekommen, vermutlich eher nicht so rosig.

Umso überraschter bin ich, als ich rangehe und Damiens Stimme am anderen Ende der Leitung vernehme. »Miss Fairchild.«

»Ich … Damien. Hi.«

Neben mir setzt sich Jamie kerzengerade auf und lehnt sich in meine Richtung, um mitzuhören. Im Moment bin ich viel zu aufgeregt, als dass es mir etwas ausmachen würde.

»Ich wollte dir mitteilen, dass ich morgen Abend nach New York fliege.«

»Oh.« Ich weiß nicht, was das zu bedeuten hat. »Dann, ähm, einen guten Rutsch.«

»Ich werde mit einem meiner Privatjets vom Flughafen in Santa Monica starten. Der Flug geht morgen Abend um acht. Ich werde Silvester in Manhattan verbringen und dann zurückfliegen. Das ist alles sehr kurzfristig, aber ich dachte, beziehungsweise hatte ich gehofft, dass du mich begleiten würdest.«

Neben mir macht Jamie große Augen.

Ich klammere mich ans Telefon, denn die Versuchung ist groß. Sehr groß. Aber ich weiß genau, was dann passiert. Und wenn er im Flugzeug mein Geheimnis entdeckt, sitze ich in der Falle und kann nirgendwohin flüchten.

Ich schließe langsam die Augen. »Ich kann nicht. Mein Freund kommt morgen zurück.« Ich denke darüber nach, was Jamie gesagt hat. Darüber, dass Ollie mich fragen wird, ob ich bei ihm einziehe.

Und ich beschließe, dass ich nun ein klares Zeichen setzen muss. »Und, ähm, ich werde bei ihm einziehen.«

Es herrscht Stille.

Einfach nur Todesstille.

Dann höre ich, wie er sich räuspert.

»Nun, das ist ein großer Schritt. Dann wünsche ich dir alles Gute.«

»Danke.« Meine Stimme ist so leise und schwach, dass er mich vermutlich kaum hört.

»Tja. Nun ja, ich hatte gehofft … eigentlich wollte ich es dir erst im Flugzeug erzählen, aber dann kann ich es dir auch jetzt schon sagen. Ich werde dir eine überarbeitete Version deines Lizenzvertrags zukommen lassen. Schau ihn dir mal an. Falls du noch etwas verhandeln möchtest, dann ruf einfach Preston an. Ich glaube, es ist besser, wenn du die Details von nun an mit ihm besprichst.«

»Du nimmst meine App unter Lizenz? Für Stark International?«

»Ja. Du bekommst den Vorschuss, sobald der Vertrag unterzeichnet ist.«

»Damien …«

Ich denke an die Höhe des Schecks, ganz zu schweigen von

den vierteljährlichen Gebühren, die ich durch den Lizenzvertrag mit einem Unternehmen dieser Größe einnehme.

Dann denke ich an mein Büro – *mein* Büro – und beginne, es bereits gedanklich einzurichten.

»Damien«, sage ich erneut. »Danke.«

»Hier geht es nur ums Geschäft, Miss Fairchild«, sagt er. »Sie haben ein Produkt, das ich will. Und zumindest auf geschäftlicher Ebene kriege ich das, was ich will.« Und dann legt er, ohne sich zu verabschieden, einfach auf.

»Wow.« Jamie drückt meine Hand. »Ich bin stolz auf dich«, sagt sie, doch sie wirkt ein wenig unsicher.

Was mich angeht, so bin ich vollkommen durcheinander. Zum einen aufgrund der Neuigkeit wegen der Lizenz und zum anderen aufgrund der unumstößlichen Tatsache, dass ich Damien Stark endgültig verloren habe. Einen Mann, den ich kaum kenne, aber dessen Verlust mich zutiefst schmerzt.

Ich bin immer noch völlig durch den Wind, als Ollie am nächsten Abend um Viertel nach sechs zur Tür hereinplatzt und mich herumwirbelt, dass ich auflachen muss. »Meine Eltern lassen dich grüßen, und ich muss dir unbedingt vom neuesten Klatsch und Tratsch aus der Nachbarschaft berichten«, kündigt er an. »Aber zuerst möchte ich dich etwas fragen.« Er holt tief Luft. »Nik, was hältst du davon, wenn wir zusammenziehen?«

»Ich habe schon darüber nachgedacht. Sei nicht böse, aber Jamie hat es mir gewissermaßen verraten.«

»Keine Angst, ich bin nicht böse.« Er lacht. »Ich kenne euch zwei doch. Eigentlich hätte ich wissen müssen, dass sie es dir erzählt«, fügt er hinzu, was mir noch einmal bewusst macht, wie gut er mich kennt. »Also? Du hast darüber nachgedacht?«

»Das habe ich«, sage ich und bin fest entschlossen, ihm zu sagen, dass ich mit ihm zusammenziehen will. Aber in der kurzen Zeitspanne, bevor ich den Gedanken aussprechen kann, spielt sich in meinem Kopf auf einmal mein Leben mit ihm wie ein Film ab. Viele gemeinsame Jahre, die nett sind, aber unspektakulär. Jahre voller Liebe, aber ohne echte Leidenschaft.

Mit anderen Worten, ein Leben, das okay ist, sich aber irgendwie falsch anfühlt. Ein Leben, das ich nicht will.

»Es tut mir leid, Ollie«, sage ich und werfe einen Blick auf die Uhr. »Aber ich kann nicht. Und ich kann es dir auch nicht erklären. Es tut mir leid, aber ich muss gehen. Beziehungsweise fliegen.«

9

»Bist du verrückt geworden?«, fragt Jamie, die mir nachrennt, als ich zu meinem Auto sprinte.

»Ich habe einen furchtbaren Fehler begangen, James. Wenn ich Glück habe und auf der Straße kein Verkehr ist – was an Silvester in New York einem kleinen Wunder gleichkäme –, schaffe ich es vielleicht noch pünktlich zum Flughafen.«

»Aber …«

Ich bleibe kurz stehen und halte sie an beiden Schultern fest. »Du hast es selbst gesagt. Ich bin zu klug, um mir jemanden durch die Lappen gehen zu lassen, der gut zu mir passt. Aber siehst du das denn nicht? Damien ist derjenige, der gut zu mir passt.«

»Du kennst ihn doch kaum.«

»Ich weiß«, gebe ich zu, während ich nach meinem Schlüssel krame. »Es ist total irre.«

»Was ist mit Ollie?«

Ich seufze. »Es fällt mir echt schwer, aber ich kann nicht mit ihm zusammen sein, weil ich befürchte, dass ich ihm wehtue. Er verdient echte Liebe, nicht so eine beste-Freunde-Liebe. Er verdient Leidenschaft. Und ehrlich gesagt, ich auch.«

»Und deine Narben?«, fragt sie, als ich das Auto aufschließe.

Das lässt mich stocken, aber nur kurz. »Das wird schon«, sage ich und blicke ihr in die Augen. »Das wird ihm nichts ausmachen. Er wird für mich da sein, genau wie Ollie und du.«

»Das ist ein ganz schöner Vertrauensvorschuss. Woher willst du wissen, wie er reagiert?«

»Ich weiß es einfach«, sage ich, ohne jeden Zweifel.

Schließlich sind Jamie alle Fragen ausgegangen. »Warte!«, schreit sie, bevor ich auf der Fahrerseite einsteige. »Ich hab dich lieb. Wenn du dir wirklich sicher bist ...«

»Ich war mir schon lange nicht mehr einer Sache so sicher wie jetzt.«

»Also gut, dann okay.« Sie ringt sich ein kleines schiefes Lächeln ab. »Lass dich am Times Square nicht ausrauben.«

Ich lache und merke, dass ich ein paar Tränen vergieße. »Ich muss los.«

»Na dann los.« Sie macht eine Handbewegung, als ob sie mich aus der Startbox herauswinkt, und sofort starte ich den Motor, lenke den Wagen aus der Parklücke und rase wie eine Irre den ganzen Weg bis zum Flughafen von Santa Monica. Offenbar habe ich einen Schutzengel, denn wie durch ein Wunder komme ich heil an und bin sogar zehn Minuten zu früh dran.

Ich bin mit dem Flughafen vertraut, seit ich für einen Kunden an einer App für seine Flugstunden-Schüler gearbeitet habe, und finde den Jet nahe dem Stark-Hangar. Ich parke das Auto hastig im Parkhaus und bin gerade im Begriff, nach draußen zum Jet zu rennen, als ich Damien auf der Rollbahn sehe – in Begleitung von Carmela.

In diesem Moment erstarre ich zu Eis.

Dieser Mistkerl. Dieser ekelhafte, widerliche Mistkerl.

Abrupt lege ich den Rückwärtsgang ein und zucke zusammen, als ich das Quietschen der Reifen höre; bestimmt hinterlasse ich Gummispuren auf dem Boden. Noch während ich zum Ausgang rase, merke ich, dass das keine gute Idee ist, denn ich weine so heftig, dass ich nichts sehe. Völlig aufgelöst und schluchzend fahre ich an die Seite ran, um mir mit dem Ärmel die Tränen abzuwischen und mich zu beruhigen.

Ich will gerade wieder anfahren, als jemand die Beifahrertür öffnet.

Erschrocken fahre ich hoch, entspanne mich aber, als ich sehe, wer es ist – Damien.

Doch die Entspannung währt gerade einmal eine Sekunde, ehe es aus mir herausbricht. »Du Mistkerl. Kaum sage ich Nein, wirfst du dich sofort wieder Carmela in die Arme?«

Ich bin unfair – ich *weiß*, dass ich unfair bin. Aber ich wollte daran glauben, dass ich etwas Besonderes für ihn bin. Mehr noch, ich dachte tatsächlich, ich sei etwas Besonderes. Und nun der Wahrheit ins Gesicht sehen zu müssen – zu wissen, dass ich mich zutiefst getäuscht habe – tut verdammt weh.

»Nikki …« Er streckt die Arme nach mir aus, doch ich schubse ihn weg und werde *richtig* wütend, als er zu lachen beginnt.

»Was?«, herrsche ich ihn an.

»Du bist sauer wegen etwas, das du nicht verstehst.«

»Schwachsinn.«

»Sorry, mein Fehler. Dann hast du es offenbar doch verstanden. Was heißt, dass du sauer bist, weil ich Carmela gerade gesagt habe, dass ich sie nicht mehr wiedersehen möchte. Dass ich sie nicht mit nach New York nehmen möchte. Dass ich lieber allein fliege, wenn du mich nicht willst.«

»Ich …« Ich runzle die Stirn. »Wirklich, das hast du ihr gesagt?«

»Ja, wirklich«, sagt er, und ich kann die Aufrichtigkeit in seinen Augen sehen.

Ich lege den Kopf zurück und spüre, wie all meine Wut verpufft und einem leichten Gefühl von Beschämung weicht. »Ich bin so ein Idiot.«

»Kommt darauf an«, sagt er sanft. »Ziehst du mit deinem Freund zusammen?«

»Nein.« Ich schüttele den Kopf und blicke ihm fest in die Augen. »Ich kann nicht. Und er ist nicht mein Freund.«

»Warum nicht?«

Überwältigt von der Leidenschaft in seinen Augen lecke ich mir über die Lippen. »Weil es da jemand anderen gibt, mit dem ich mein Leben teilen möchte.«

»Oh, Baby.« Er streckt die Hand aus und streichelt mir über die Wange. »Bist du dir sicher?«

Ich nicke. »Ich weiß nicht, wohin uns die Reise führt, aber es fühlt sich richtig an.« Und das stimmt. Ich war mir noch nie in meinem Leben einer Sache so sicher.

Und das ist auf seltsame, furchtsame Weise wundervoll.

»Küss mich«, sage ich und gebe mich diesem Mann hin, den ich, wie ich nun begreife, liebe. Und von dem ich tief in meinem Herzen weiß, dass er mich ebenfalls liebt.

Als er seinen Kopf sanft zurückzieht, lächelt er. »Also, wenn du uns zurück zum Flugzeug bringst, bringe ich dich nach New York.«

»Damien«, sage ich und starte den Motor. »Mit dir würde ich bis ans Ende der Welt fliegen.«

Wie sich herausstellt, wird es eine überaus komfortable Reise. Ich war in meinem Leben schon in vielen Flugzeugen, aber Damiens Privatjet ist eine Klasse für sich. Tatsächlich sitzen wir nicht auf normalen Sitzen, sondern auf einem kleinen Sofa mit einem kleinen Tisch, der vor uns am Boden festgeschraubt ist. Und da wir bereits die richtige Flughöhe erreicht haben und es keine Turbulenzen gibt, haben wir sogar Weingläser und ein Tablett mit feinem Käse vor uns stehen.

»Das ist wirklich der Wahnsinn«, sage ich.

»Was immer du dir wünschst, sag es einfach«, sagt Damien, und ich spüre, wie ich rot anlaufe. Ich weiß, dass Damien über Snacks redet, aber meine Gedanken haben eine andere Richtung eingeschlagen.

Als er es bemerkt, sagt er lachend: »Das auch.«

»Na ja, das Flugzeug ist recht klein, und Katie könnte jeden Moment zurückkommen, um uns nachzuschenken«, bemerke ich und meine die Flugbegleiterin, die mir Damien vor dem Abflug vorgestellt hat.

»Siehst du das?«, fragt er und deutet auf das rote Licht über der geschlossenen Tür zur Bordküche. »Solange es rot leuchtet, kommt niemand herein.«

»Aha? Und wieso?«

Er lächelt vielsagend, als er meinen Gurt öffnet und mich auf seinen Schoß zieht. Eine seiner Hände ruht auf meiner Hüfte, während er mit dem Daumen der anderen Hand über meine Unterlippe streicht und seine Augen fest auf mich gerichtet hält. »Weil ich manchmal gerne meine Privatsphäre habe.«

»So wie jetzt?« Mein ganzer Körper kribbelt, und ich muss meine gesamte Selbstbeherrschung aufbringen, um nicht seinen Finger in den Mund zu ziehen und daran zu saugen.

»So wie jetzt. O Gott, Nikki«, raunt er, und ich ringe nach Luft, als er seine Hand an meinen Hinterkopf legt und seine Lippen hart auf meine presst.

Sein Kuss ist tief, und ich stöhne, überwältigt von der Kraft dieses Kusses. Überwältigt von *ihm*. Von dem übermächtigen Gefühl, mich in Damiens Armen zu verlieren.

Ich sitze rittlings über seiner Hüfte, mein Rock ist locker genug, dass meine Beine weit gespreizt sind, und ich kann die Erektion spüren, die gegen seine Jeans presst. Die sich hart gegen mich drückt. Und ich bin so feucht, so geil. Und alles, was ich in diesem Moment will, ist, diesen Mann in mir zu spüren.

Seine Hand auf meiner Hüfte gleitet nach unten, und er schiebt meinen Rock hoch, sodass sie mein nacktes Knie streift, dann meinen Oberschenkel, und als er weiter höher gleitet, spüre ich, wie sich mein Körper versteift. Er bemerkt es, und der Mann, der mich so sehr antörnt, unterbricht unseren Kuss. »Ich will dich, Nikki. Aber wenn dir das zu schnell geht …«

»Nein«, sage ich und bin selbst überrascht über die Entschiedenheit in meiner Stimme. »Ich will es auch. Gott, Damien, ich will dich so sehr.«

Er lehnt sich zurück, sodass er mich ansehen kann, und die Zärtlichkeit in seinem Gesicht reißt mich schier entzwei. »Dann sag es mir, Baby. Egal, was es ist, sag es mir.«

»Ich …« Ich weiß, dass er damit kein Problem haben wird, dessen bin ich mir sicher. So sicher, wie ich mir mit ihm bin. Mit uns. Aber dennoch fällt es mir schwer. Mich zu öffnen, ihm mein Innerstes zu zeigen, meine Geheimnisse und Ängste und Schwächen zu offenbaren.

»Nikki?«

Ich schlucke und zwinge mich weiterzusprechen. »Im Kino – als ich davongelaufen bin – ich hatte einfach Angst.«

Seine Augenbrauen ziehen sich zusammen. »Vor mir?«

»Ja. Nein. Gewissermaßen.« Ich habe meine Hände auf seine Brust gelegt und kralle mich nun in sein T-Shirt. »Vor deiner Reaktion. Davor, wie du mich ansiehst, wenn du die Wahrheit kennst.«

Ich sehe für einen ganz kurzen Moment einen Anflug von Sorge in seinen Augen aufflackern. »Es gibt kein ›wie‹. Ich sehe dich, Nikki. Und ich will, was ich sehe.«

»Das hoffe ich.« Ich schiebe seine Hand weg, die auf meinem Rock liegt, und beginne, langsam den Stoff hochzuschieben. Als die ersten Ausläufer meiner Narben zu sehen sind, schließe ich die Augen, aber ich ziehe den Rock weiter hoch, bis alles entblößt ist – meine Oberschenkel, meine Hüfte, alles. Selbst der neueste Schnitt, rot und blutverkrustet.

»Oh, Süße.« Ich höre den Schmerz in seiner Stimme, aber ich höre keinen Ekel, und das gibt mir Hoffnung. Ich öffne die Augen und sehe lediglich Mitgefühl in seinen Augen. »Dachtest du, dass ich mich deswegen von dir abwenden würde? Dass ich dich deswegen nicht mehr anfassen wollen würde?«

Beschämt wende ich mein Gesicht ab, doch er zieht mich sanft am Kinn, um ihn anzusehen. »Nein«, sagt er. »*Nein. Jeder hat Narben, Baby. Jeder.* Nur dass deine sichtbar sind.«

Ich möchte glauben, dass er das ernst meint, aber ich muss wissen, dass er mich wirklich versteht. »Ich bin nicht stark, Damien. Gott, ich bin ein Wrack. Verstehst du nicht, was du da siehst?«

»Du hast dich geritzt.« Seine Worte sind nüchtern. Sachlich. »Und du glaubst, dass dich das zu einem schwachen Menschen macht.«

»Genau.«

»O nein, Nikki. Merkst du das nicht? Jeder bricht mal ein. Das heißt nicht, dass du schwach bist. Es heißt nur, dass du Wunden hast. Und ich werde immer für dich da sein und dir helfen, damit diese Wunden eines Tages verheilen.«

Seine Worte hallen in mir wider. So warm. So vertraut. »Du meinst es wirklich ernst.« Es ist eine Aussage, keine Frage, und ich glaube, ich habe mich nie mehr geborgen und geliebt gefühlt als in diesem Moment. Ich kenne diesen Mann erst seit wenigen Tagen, und dennoch *kenne* ich ihn. Er ist ein Teil von mir. Er ist mein Herz, meine Seele.

Er ist etwas ganz Besonderes.

Und nun weiß ich ohne jeden Zweifel, dass er mein ist.

»Küss mich«, flehe ich ihn an.

»Süße, ich habe so viel mehr mit dir vor.«

»O Gott, das hoffe ich doch«, lache ich.

Da ich es keine Sekunde länger aushalte, beuge ich mich vor und presse meinen Mund auf seinen. Der Kuss ist leidenschaftlich und wild. Ich schmecke ihn. Ich schmecke Blut. Ich möchte ihn verschlingen und von ihm verschlungen werden. Ich bin wie von Sinnen und voller Begierde. Voller Begierde nach ihm. »Bitte«, flehe ich, als ich den Kuss kurz unterbreche. »Damien, ich muss dich in mir spüren. Jetzt gleich.«

Er stöhnt und greift nach unten, um den Reißverschluss seiner Jeans zu öffnen. Dann hebt er mich kurz hoch, um sich die Hose herunterzuziehen, und platziert mich wieder auf seinem Schoß, sodass mein Seidenhöschen an seinem Schwanz reibt, und ich bin so feucht und geil, dass ich das Gefühl habe, als ob ich allein davon kommen werde, dass unsere Körper aneinanderreiben.

Glücklicherweise hat er ein Kondom dabei, das er jetzt aufreißt und sich überzieht. Ich komme hoch auf die Knie und beginne hin und her zu wackeln, um mir den Slip abzustreifen, doch er murmelt nur »Nein« und zieht mir den Slip aus dem Schritt, ehe er mich zurück auf seinen Schwanz zieht. Er sieht mir in die Augen, und als ich nicke, legt er seine Hände auf meine Hüfte und führt mich nach unten. Ich krümme mich nach hinten, während ich mich an seine Schultern klammere, vollkommen überwältigt von dem Gefühl, ihn in mir zu spüren. Mit ihm zu verschmelzen.

»Küss mich«, fordert er mich auf, und ich komme seinem Befehl bereitwillig nach und öffne meinen Mund für ihn ebenso wie meinen Körper. Ebenso wie mein Herz und meine Seele.

Immer härter und tiefer stößt er in mich, und es ist fast so weit. Die nahende Explosion steigert sich immer weiter und weiter, mindestens so hoch wie der Jet, in dem wir über den Wolken dahinschweben. Ich bin so erregt, dass ich es kaum noch aushalte. »Jetzt«, raunt Damien. »Jetzt, Baby«, und ich explodiere, während sich mein Körper um ihn zusammenzieht und ich ihn mit über die Klippe trage.

Der Orgasmus ist so energiegeladen wie ein Schauer aus Sternschnuppen und Wetterleuchten und scheint noch Stunden anzuhalten, nachdem ich erschöpft auf ihm zusammensinke und einfach genieße, dass er mich festhält und meinen Hintern streichelt, der immer noch in meinem Slip steckt.

Als ich wieder atmen kann, blicke ich ihm in die Augen, während unsere Körper noch miteinander verbunden sind. Und es fühlt sich mehr als richtig an. Es fühlt sich perfekt an.

»Wir haben noch ein paar Stunden Flug vor uns«, murmelt er, und ich spüre, wie sein Penis schon wieder in mir steif wird. »Das war erst der Anfang. Ich will noch viel mehr, Nikki. Was dich betrifft, bin ich unersättlich.«

»Ich auch«, flüstere ich, und mein Herz rast wie verrückt.

»Und, Nikki?« Sein Lächeln ist enorm sexy. »Diesmal gehen wir es langsam an. Ganz, ganz langsam. Wir lassen uns Zeit.«

»Von mir aus für immer und ewig«, sage ich, und ich sehe das Feuer, das wie zur Antwort in seinen Augen entbrennt. Und ich sehe noch so viel mehr.

Ich sehe unsere Zukunft.

Und sie ist wunderschön.

10 »*Frohe Weihnachten, meine Schöne.*«

Ich befinde mich immer noch in jenem sanften Zwischenstadium zwischen Schlaf und Wachsein, lächle aber, als ich Damiens Lippen über mein Ohr streifen und das tiefe Murmeln seiner Stimme in mir widerhallen spüre.

Plötzlich fällt mir auf, was er da gerade gesagt hat. *Frohe Weihnachten? Nicht frohes neues Jahr?*

Und wieso bin ich im Bett? Wieso spüre ich nicht die Vibrationen des Flugzeugs?

Langsam setze ich mich auf und schaue mich blinzelnd um. Es ist das Schlafzimmer unseres Hauses am Lake Arrowhead, und Damien sitzt neben mir auf dem Bett mit einem Ausdruck so voller Zärtlichkeit, dass ich weinen möchte.

»Damien«, beginne ich, weiß aber nicht, was ich sagen soll. »Damien, ich …«

Er schüttelt den Kopf und legt mir einen Finger auf die Lippen. »Es tut mir leid. Ich hätte es dir schon gestern Abend sagen sollen, aber ich wollte dich schlafen lassen.«

»Wieso, was tut dir leid?«

»Dass ich dir das Büro gekauft habe. Das hätte ich nicht tun sollen.«

Ich blinzele, und dicke Tränen kullern meine Wangen hinunter. »Nein.« Meine Stimme ist belegt. »Nein, es ist meine Schuld. Ich hätte niemals deswegen sauer sein sollen. Das war unfair.«

»Du hattest jedes Recht, wütend zu sein. Ich war übergriffig. Ich bin dir zuvorgekommen und habe dir etwas weggenommen, von dem du dir beweisen wolltest, dass du es auch alleine schaffst.«

»Aber ich weiß, dass ich es allein gekonnt hätte. Da bin ich mir ganz sicher. Es hätte vielleicht etwas länger gedauert und wäre schwieriger gewesen, aber ich hätte es geschafft.« Ich denke dabei an die Tatsache, dass ein Unternehmen wie Stark International einen Lizenzvertrag für meine App abschließen wollte, obwohl ich Damien abgewiesen hatte. *Aber warte mal*, denke ich stirnrunzelnd. Ich *habe* Damien nie abgewiesen. Er ist hier, und wir sind verheiratet. Offenbar bringe ich Traum und Realität durcheinander.

Ich schüttele den Kopf, um das wattige Gefühl loszubekommen. »Ich mache meine Arbeit gut, und ich hatte bereits alles durchgerechnet. Ich hatte die Ressourcen, um die Büroräume zu kaufen, ich war nur noch nicht so weit.« Während ich meine Gedanken ordne, straffe ich den Rücken. »Selbst wenn wir einander nie kennengelernt hätten, selbst wenn ich deine Million nicht als Startkapital gehabt hätte, hätte ich es geschafft. Vielleicht hätte ich sogar meine webbasierte Notiz-App an Stark International verkauft und ein kleines Vermögen gemacht. Aber das Ding ist, dass das keine Rolle spielt, weil das nicht der Punkt ist.«

Er runzelt die Stirn und sieht kurz verwirrt aus. Doch dann klärt sich sein Gesicht auf, und er nimmt meine Hand in seine. »Genau das ist der Punkt, denn wir haben uns kennengelernt, und wir sind verheiratet, und ich hätte …«

Ich komme hoch auf die Knie, beuge mich vor und küsse ihn, um ihn zum Schweigen zu bringen. »Ganz genau, Mr. Stark. Wir sind verheiratet. Du bist mein, und ich bin dein, und es gibt kein *was-wäre-wenn*, das jemals etwas daran ändern könnte. Egal, was auch geschieht, wir würden immer zueinanderfinden. Was macht es da für einen Unterschied, ob ich das Büro kaufe oder du? Das ist nur eine Frage des Zeitpunkts. Das einzig Wichtige sind wir. Und ich glaube, das hatte ich gestern ein klein wenig aus dem Blick verloren, tut mir leid.«

»Oh, Baby. Hast du irgendeine Vorstellung davon, wie sehr ich dich liebe?«

»Das weißt du doch«, sage ich und versinke in seinen langen, langsamen Kuss, der meinen ganzen Körper unter Strom setzt.

»Es ist noch früh«, sagt er, als er den Kuss löst. »Die Sonne ist noch nicht einmal aufgegangen, aber Ronnie wird bald wach sein, und ich fände es schön, wenn wir als Erstes unsere Geschenke aufmachen. Allein. Hast du was dagegen?«

Ich schüttele den Kopf. »Überhaupt nicht«, sage ich und ziehe mir meinen Weihnachtsschlafanzug und einen passenden Morgenmantel über, während Damien eine grün-rote Flanell-Schlafanzughose anzieht. Ich sitze auf dem Bett und beobachte mit Genuss, wie sich seine Brust- und Bauchmuskeln anspannen, als er sich ein schlichtes weißes T-Shirt überzieht. Als sein Kopf durch den Halsausschnitt wieder zum Vorschein kommt, grinst er. »Genießt du die Aussicht?«

»Ich genieße *meine* Aussicht«, erwidere ich.

Er hält mir seine Hand hin, und gemeinsam schleichen wir uns leise ins Wohnzimmer. Die Welt draußen hinter dem Fenster liegt immer noch unter einem grauen Schleier, und nur ein schmaler Streifen Lila am Horizont verkündet den nahenden Tagesanbruch.

»Ich habe dir nur ein Geschenk besorgt«, sagt Damien. »Das war unsere Abmachung, richtig?«

Angesichts von Damiens Vermögen schien es mir das Klügste, ein Limit zu setzen, insbesondere, da er mir ohnehin ständig Geschenke macht. Und ehrlich gesagt, wenn ich daran denke, wie viel Mühe ich hatte, mir überhaupt die Idee mit der Taschenuhr einfallen zu lassen, bin ich froh, dass wir uns auf ein Geschenk beschränkt haben.

»Du zuerst«, sagt er und überreicht mir ein kleines Päckchen, das kaum etwas wiegt.

Ich schüttele es und klopfe darauf, aber ich habe keine Ahnung, was es sein könnte, und reiße das hübsche rote Geschenkpapier auf. Ich sitze im Schneidersitz auf dem Boden, und als darunter eine schlichte Pappschachtel zum Vorschein kommt, türmt sich neben mir bereits ein kleiner Haufen Papier samt Schleife.

»Irgendeine Idee?«, fragt er.

»Überhaupt keine.« Aber da ich es nicht abwarten kann, das Geheimnis zu lüften, öffne ich die Schachtel und schlage mir die Hand über den Mund, um nicht aufzuschreien, als ich den Inhalt erblicke.

Es ist eine Looney-Tunes-Brotdose. Genau die, die ich mir meine ganze Kindheit über sehnlichst gewünscht hatte. Nur, dass ich ihm nie davon erzählt habe, außer im Traum.

Aber offenbar muss ich ihm davon erzählt haben, denn wie sonst käme ich dazu, dass ich sie jetzt in meiner Hand halte und an die Brust drücke vor Freude?

»Damien …«

»Mach schon auf«, sagt er und sieht ziemlich selbstzufrieden aus.

Gespannt öffne ich den Deckel und finde darin etwas, das aussieht wie Hunderte kleiner Origami-Sterne. Ich stecke meinen Finger hinein, rühre darin herum und sehe neugierig hoch zu Damien.

»Such dir einen aus«, sagt er. »Nur einen, und öffne ihn.«

Der Stern lässt sich leicht entfalten, und ein schmaler Streifen Papier mit einer winzigen Aufschrift kommt zum Vorschein:

Was immer du willst, was immer du brauchst.

Mir treten Tränen in die Augen, und ich muss schwer schlucken. »O Gott, Damien.«

Er grinst breit und ist sichtlich stolz auf sich. »Ein Stern für jeden Tag des Jahres.«

»Es ist wundervoll.« Ich beuge mich vor und küsse ihn. »Du bist wundervoll.«

»Das denke ich auch oft«, witzelt er, und ich muss lachen, als er das Geschenk hervorzieht, das ich für ihn unter dem Baum platziert hatte. »Jetzt bin ich dran«, sagt er und reißt das Papier herunter.

Mein Magen krampft sich zusammen, weil ich mir wünschte, ich hätte mir etwas Originelleres oder Persönlicheres einfallen lassen als eine Taschenuhr.

Als Damien die Papplasche öffnet und in den Karton späht, zieht er scharf Luft ein. Ich verdrehe die Augen. Offensichtlich nimmt er mich auf den Arm, denn ich weiß genau, dass darin nur zerknülltes Papier liegt, unter dem sich der kleine Karton versteckt.

Doch als er hineingreift, zieht er kein Papier hervor, sondern einen Teddybären.

Einen altmodischen Teddybären mit weichem Fell, beweglichen Gliedern und einer kleinen Weste mit einem Einstecktuch.

Völlig perplex starre ich auf den Teddy, denn das ist nicht das Geschenk, das ich eingepackt hatte. Und dennoch besteht kein Zweifel: Das ist der Teddy aus meinem Traum. Und aus der Westentasche ragt vor dem Einstecktuch die goldene Taschenuhr hervor.

»Nikki«, sagt er, als er den Bären ehrfürchtig betrachtet und ein seliges Lächeln auf seinem Gesicht erscheint, das von glücklichen Kindheitserinnerungen zu zeugen scheint. »Das ist unglaublich.«

Er nimmt die Uhr aus der Westentasche, öffnet den Deckel und ergreift meine Hand, als er die Gravur sieht: *N&D 4ever*, umgeben von einem fein eingravierten Herz.

»Das ist einfach perfekt. Alles. Die Uhr, der Bär …« Er verstummt, während sein Blick sich in der Ferne verliert und er leicht die Stirn runzelt. Ich sage kein Wort, weil ich mir sicher bin zu wissen, was er denkt.

Als er sich wieder zu mir dreht, kann ich es in seinen Augen lesen, und ich weiß, was er sagen wird, noch ehe ihm die Worte über die Lippen kommen. »Baby, haben wir …?«

»Ich glaube schon«, flüstere ich. Ein Schauer läuft mir den Rücken hinunter. »Ich weiß zwar nicht, wie, aber …«

»Die Party? Unser Kinobesuch? Unser Spaziergang auf dem Hollywood Boulevard? Das war doch nur ein Traum.« Er begegnet meinen Augen. »Oder nicht?«

Ich presse ihm meinen Finger auf die Lippen. Ich habe auch keine Antwort. Und so sage ich das Einzige, was mir einfällt, die einzige Erklärung, die ich habe. »Frohe Weihnachten, liebster Ehemann.«

Er blickt hinunter auf die Brotdose. »Ich verstehe einfach nicht …« Er spricht nicht weiter und versucht es von vorn. »Das ist nicht unbedingt das extravaganteste Geschenk aller Zeiten.«

»Es ist perfekt. Du weißt, dass es perfekt ist. Außerdem habe ich bereits alles, was ich brauche.«

Ich schlinge meine Arme um ihn und lasse mich näher von ihm heranziehen, sodass ich warm und geborgen auf seinem Schoß sitze.

»Geht mir genauso«, murmelt er. »Schließlich habe ich dich.«

Und während er mich küsst, denke ich darüber nach, wie wahr das doch ist und wie sehr wir füreinander da sind. Voll und ganz.

Und schon bald werden wir im Kreis unserer Familie und unserer Freunde feiern, und das Haus wird sich mit Lachen und Leben füllen.

Ja, denke ich, als ich mich dicht an ihn schmiege. Wir haben wirklich alles, was wir brauchen.

Ein schöneres Weihnachten als dieses könnte ich mir gar nicht wünschen.

Dich besitzen

1 Ich weiß zwar nicht, weshalb, aber ich hatte immer die Vorstellung, dass eine Babyparty eine elegante, stilvolle Angelegenheit sei.

Offenbar habe ich mich da getäuscht.

»Ich hatte die Wahl zwischen zwei Spielversionen, entweder die hier oder *Steck dem Adonis seinen Penis an*«, erklärt Cass meiner besten Freundin Jamie, während meine Schwägerin Sylvia die Hände auf den Bauch legt, der inzwischen kugelrund ist. Ehrlich gesagt, könnte ich nicht sagen, ob sie damit ihr Lachen zurückhalten oder ihr ungeborenes Kind vor all unseren derben Witzen schützen will.

Jamie zuckt mit den Achseln. »Also mir würde es überhaupt nichts ausmachen, mit verbundenen Augen an einem Schwanz herumzufummeln.«

»Äh, schon vergessen? Lesben an Bord«, sagt Cass und wirft ihrer Freundin Siobhan ein anzügliches Grinsen zu. »Und außerdem genieße ich als Partyplanerin einen Sonderstatus.« Sie nickt zu dem Tisch hinüber, auf dem zwei Dutzend Papier-Spermien ausgebreitet liegen und nur darauf warten, an die Abbildung eines weiblichen Uterus' und eines lächelnden, winkenden, befruchtungsbereiten Eis gepinnt zu werden.

Wer braucht schon *Steck dem Adonis den Penis an?* Pah! Nein, wir spielen *Steck dem Ei das Sperma an.* Und ich muss mich extrem zusammenreißen, um nicht laut loszulachen. Was möglicherweise mehr mit den fünf Gläsern Mimosa zu tun hat, die ich intus habe, als mit dem Spiel an sich, aber so oder so haben wir Mädels einen Mordsspaß.

Jamie dreht sich zu mir: »Ich hab's dir doch gesagt, Nik. Wir beide hätten die Party schmeißen sollen.«

»Ich hatte es angeboten, aber Cass hat es an sich gerissen.«

»Ich habe die Beste-Freundin-Karte ausgespielt«, gesteht Cass. »Außerdem hat Nikki schon jede Menge gemacht. Den Bungalow bereitgestellt, zum Beispiel. Ganz zu schweigen davon, dass sie Syl unter einem Vorwand auf die Insel gelockt hat.«

»Was alles andere als einfach war«, sage ich. »Diese Frau ist ein echter Workaholic.« Ich hatte Sylvia vorgeschlagen, dass wir einen Familienausflug machen könnten, bevor das Baby kommt – nur Damien und ich zusammen mit Sylvia, Jackson und ihrer vier Jahre alten Tochter Ronnie –, aber sie hatte darauf bestanden, dass sie unmöglich aus dem Büro wegkönne, so kurz bevor sie in Mutterschutz ging.

Ich hatte sogar leichte Gewissensbisse, dass ich sie zu einer Überraschungsparty lockte, als mir Syl gestand, dass sie ein wenig nervös war.

»Ich bin nicht so sehr wegen der Geburt an sich nervös«, erklärte sie und korrigierte sich sofort selbst. »Das heißt, doch. Der Gedanke jagt mir schon Angst ein, aber ich schätze, da werde ich nicht drum herum kommen, und zur Not gibt es ja immer noch Spritzen, richtig?«

»Auf jeden Fall«, pflichtete ich ihr bei.

»Es ist nur so, das ganze Ding von wegen, Mutter sein, das ist schon etwas beängstigend.«

»Aber du bist doch schon eine tolle Mama«, stellte ich fest, denn Jackson, ihr Ehemann und Damiens Halbbruder, hatte eine Tochter mit in die Beziehung gebracht.

Syl zuckte mit den Achseln. »Schätze schon. Ich meine, ich hoffe es zumindest. Ich gebe mir auf jeden Fall größte Mühe. Und ich liebe Ronnie über alles.« Sie stieß einen tiefen Seufzer aus. »Am Anfang hatte ich solche Angst, dass ich es beinahe vermasselt hätte. Und ich glaube, mittlerweile habe ich das überwunden – wirklich. Aber bei Ronnie wusste ich, worauf ich mich einlasse. Ich meine, sie war zu dem Zeitpunkt bereits ein Kleinkind, ein fertiger kleiner Mensch. Aber ein Baby? Und noch dazu eins, das mit dem ganzen irren Mist meiner Familie aufwächst? Das bereitet mir schon ein wenig Sorge.«

»Es wird wunderschön, glaub mir«, versicherte ich ihr. »Ein Kind könnte sich gar keine besseren Eltern wünschen als Jackson und dich.«

Ihr Lächeln war etwas zaghaft, aber aufrichtig, und als sie ihre Arme ausbreitete, nahm ich sie fest in den Arm. »Danke«, flüsterte sie. »Ich verspreche, ich werde mich zusammenreißen. Außerdem steht in allen Büchern, dass es völlig normal ist, Zweifel zu haben. Aber es ist einfach so unglaublich viel Verantwortung, weißt du, was ich meine?«

Und ob ich das wusste. Selbst Sunshine, Damiens und meine Katze, bedeutet unheimlich viel Verantwortung. Mehr noch, ich verstehe ihre Angst, all den Familienirrsinn an ein Kind weiterzugeben. Ich weiß zwar nicht im Detail über Syl und ihr Verhältnis zu ihren Eltern Bescheid, aber ich weiß, dass es böses Blut gab. Genau wie bei Damien und mir. Wenn wir ein Kind hätten, würde es mit diesem ganzen Ballast aufwachsen.

Ehrlich gesagt, macht mir das Angst.

Nicht, dass ich deswegen nachts kein Auge zumachen könnte. Im Moment fühle ich mich eh noch nicht bereit, Mutter zu werden – meine Firma steckt selbst noch in den Kinderschuhen, und momentan reicht es mir völlig, Tante Nikki zu sein. Aber manchmal mache ich mir schon Gedanken …

Jedenfalls hatte ich mich in meiner Rolle als zukünftige Tante von Syls Baby dazu berufen gefühlt, sie in geheimer

Mission auf die Insel zu locken. Und da die Familienausflugs-nummer bei ihr nicht zog, musste ich schwerere Geschütze auffahren und Damien bitten, sich irgendein Problem auszu-denken, das nur auf der Insel selbst behoben werden konnte.

»Ich hätte mich kooperativer gezeigt, wenn ich gewusst hätte, was ihr da ausheckt«, gibt Sylvia zu. »Aber ich hätte nicht gedacht, dass es eine zweite Babyparty gibt.«

»Die erste Party im Büro war ja wohl total langweilig«, sagt Cass. »Das geht so nicht. Es war quasi unsere Pflicht, eine coole Mädelsparty zu schmeißen.«

»Ähm, Entschuldigung«, schaltet sich Rachel ein. »Die langweilige Büroparty war gar nicht *sooo* langweilig.«

Sylvia war früher Damiens Assistentin, aber jetzt hat Rachel diese Rolle übernommen. Und in dieser Funktion war sie es, die Syls Büro-Babyparty organisiert hat. Die, nach allem was ich gehört habe, ziemlich spaßig war.

Syl arbeitet natürlich immer noch für Stark International. Allerdings ist sie jetzt Projektmanagerin für die Immobilien-firma Stark Real Estate Development. Und passenderweise war genau diese Insel ihr erstes Projekt, als Damien sie mit dem Bau eines exklusiven Ferienresorts betraute, dem Resort at Cortez.

Ihr Mann, Jackson Steele, ist Architekt und hat das gesamte Resort entworfen, das ein kleines Hotel, separate Bungalows, zahlreiche Erholungsbereiche, Restaurants, Geschäfte und einen eingezäunten Bereich beherbergt, der fünf Privatbunga-lows mit eigenem Strand umfasst.

Wir befinden uns gerade in einem davon, der Damien und mir gehört. Jackson und Syl gehört der Bungalow gleich ne-benan, und Dallas Sykes, einer der Hauptinvestoren des Re-sorts, besitzt den dritten. Die anderen zwei, die leer stehen, stellt Damien wichtigen Kunden und Mitarbeitern als Ferien-wohnungen zur Verfügung.

Da unsere Party eine reine Mädelsrunde sein sollte, ist Jackson nebenan in seinem Bungalow, gemeinsam mit Jamies Freund Ryan sowie Dallas und den anderen Männern, die ihre Freundinnen zur Babyparty begleitet haben. Soweit ich weiß, wollten die Jungs zusammen etwas trinken und Poker spielen. Das heißt, alle bis auf Damien. Eigentlich sollte er auch hier sein, aber er wurde geschäftlich in Santa Barbara aufgehalten.

Ehrlich gesagt, bin ich etwas nervös. Er hatte mir gesagt, er würde sich gegen frühen Abend auf den Weg zur Insel machen, aber im Moment zieht ein Gewitter auf, und mir behagt der Gedanke ganz und gar nicht, dass er bei diesem Wetter in der Luft oder auf dem Meer unterwegs ist.

»Nicholas. *Nikki.*« Jamie stößt mich erst mit der Hüfte an und zieht dann die Augenbrauen hoch. »Hallo? Erde an Nikki?«

»Sorry.« Offenbar hatte ich gedankenverloren durch das Fenster auf den gewittrigen Himmel gestarrt. »Ich hab nur ...«

»Ihm passiert schon nichts, Texas«, ertönt von der anderen Seite des Raums die Stimme von Evelyn Dodge – eine laute, etwas derbe, aber liebenswerte Frau, die für mich zu einer Art Ersatzmutter geworden ist. Natürlich hat sie meine Gedanken erraten.

»Ich weiß«, sage ich und zwinge mich, gelassen zu bleiben. »Schlimmstenfalls bleibt er einfach in Malibu oder in der Wohnung. Oder er bleibt gleich in Santa Barbara.« Wobei keine dieser Optionen toll wäre, denn ich möchte ihn hier in unserem gemeinsamen Bett haben. Vor allem aber möchte ich ihn in Sicherheit wissen.

»Na los«, sagt Syl und hält mir ihre Hand hin. »Hilf mir mal vom Stuhl hoch, dann können wir beide unser Glück versuchen. Es gibt keine bessere Ablenkung, als mit Papier-Spermien herumzuhantieren.«

Also helfe ich ihr hoch, und wir beide schnappen uns jeweils eines der 15 Zentimeter langen Spermien vom Spieltisch, der neben der Wand steht, an der das Uterus-Poster mit Klebestreifen befestigt ist.

»Wer zuerst?«, fragt Lisa Reynolds, die Augenbinde in der Hand. Sie ist eine gute Freundin und Unternehmensberaterin, deren Freund Preston ebenfalls für Damiens Firmenimperium arbeitet. »Syl darf entscheiden. Als künftige Mama hat sie das letzte Wort.«

»Da ich schon mal stehe«, sagt Syl, »kann ich auch gleich loslegen.«

Lisa verbindet ihr die Augen, dreht sie im Kreis und stubst sie dann in Richtung der überdimensionalen Gebärmutter – die Sylvia um ungefähr eine Meile verfehlt.

Alle biegen sich vor Lachen, als sie sich die Augenbinde abnimmt. »Wow. Bei meinem Talent ist es ein Wunder, dass ich überhaupt schwanger geworden bin.«

»Tja, da musst du wohl Jackson danken«, sagt Cass.

Syl wirft ihr eine Kusshand zu und grinst dreckig. »Und zwar in so vielerlei Hinsicht.« Sie hält mir die Augenbinde hin. »Okay, Nikki ist dran.«

Ich will sie gerade entgegennehmen, doch Lisa ist schneller und zieht sie mir über die Augen. Währenddessen höre ich Jamie im Hintergrund kichern. »Was?«, frage ich.

»Ich dachte nur gerade, dass das jetzt bestimmt das erste Mal ist, dass es nicht Damien ist, der dir die Augen verbindet.«

Ich merke, wie ich rot werde, streite es aber nicht ab. Denn tatsächlich hat sie damit vollkommen recht.

»Okay, und jetzt drehen«, fordert mich Lisa auf und hilft mir dabei, mich im Kreis zu drehen, ohne umzufallen oder irgendwo dagegen zu rempeln. »Und … los!«

Blind tapse ich nach vorne, die freie Hand ausgestreckt, bis ich die Wand erreicht habe, und drücke dann das Spermium mit der Klebefläche nach unten dagegen, bis es haftet. Als ich zurücktrete, brechen die Mädels hinter mir in Applaus aus.

Ich ziehe die Augenbinde herunter und kann mir ein Grinsen nicht verkneifen – mein Spermium klebt direkt auf dem Ei.

»Gut gemacht«, sagt Jamie, die mich von hinten umarmt. »Sieht so aus, als hättest du gerade ein Baby produziert.«

Ich lächle zurück und stimme in das Lachen meiner Freunde ein. Aber ich kann nicht leugnen, dass mir leicht mulmig wird. Und ich weiß nicht, ob aus einem insgeheimen Wunsch oder einer insgeheimen Furcht heraus.

Aber vielleicht ist es auch nur der Sekt.

Der Nieselregen ist mittlerweile in einen heftigen Platzregen übergegangen, als wir alle auf der Schwelle zu meinem Bungalow versammelt stehen. Die Geschenke sind noch drin – darum kümmern wir uns morgen, wenn es nicht mehr regnet –, und die gesamte Meute hat versprochen, Syl heil und sicher zu Jackson und ihrem Bungalow zu begleiten und sicherzustellen, dass sie auf den nassen Fliesen nicht ausrutscht.

»Der Rest der Truppe wollte danach zum Club gehen, um noch etwas zu trinken und ein wenig abzuhotten«, sagt mir Jamie, als die anderen loslaufen. »Du könntest doch Damien schreiben und ihm sagen, dass ihr euch dort trefft?«

Ich werfe einen Blick auf die Uhr und schüttele den Kopf. »In seiner letzten SMS hat er geschrieben, dass er allerspätestens um zehn hier ist. Das ist schon in zwanzig Minuten.«

»Der Club ist ohnehin viel näher am Dock und am Hubschrauberlandeplatz«, meint Jamie. »Du möchtest ihn doch gerne so bald wie möglich sehen, oder nicht?«

»Ich möchte ihn vor allem allein sehen«, gestehe ich. »Nicht auf einer Tanzfläche inmitten von tausend Leuten.«

Sie seufzt und schüttelt gespielt enttäuscht den Kopf. »Und

ich dachte, mit Damien Stark verheiratet zu sein würde deinem Leben ein wenig Würze verleihen.«

Ich muss mir auf die Wange beißen, um nicht loszulachen. Jamie ist meine beste Freundin, aber selbst sie weiß nicht, wie scharf mein Liebesleben tatsächlich ist. »Jedenfalls viel Vergnügen. Und falls Ryan und du beschließt, euch noch ein bisschen mehr zu vergnügen, dann zieht euch bitte wenigstens an den Erwachsenenstrand zurück, ja? Ich kann mir zwar nicht vorstellen, dass jetzt noch Kinder unterwegs sind, aber ich könnte es mir nie verzeihen, wenn sie Traumatisches mit ansehen müssten.«

Ein breites, dreckiges Grinsen leuchtet auf ihrem Gesicht auf, und ihre Augen glänzen vor diebischer Freude. »Am Strand im Regen. Mmh. Gar keine schlechte Idee …«

Ich kann mein Lachen nicht mehr zurückhalten. »Na los, geh schon, damit du die anderen noch einholst. Und vor allem: viel Spaß noch!«

Jamie gibt mir eine kurze Umarmung und rennt los, den anderen hinterher. Ich schaue ihr nach, wie sie den Weg zu Syls und Jacksons Bungalow hinunterläuft, wo die anderen Männer jetzt nach draußen drängen, um sich mit ihren Freundinnen in ihre Zimmer in den beiden leeren Bungalows direkt hinter dem von Dallas zurückzuziehen.

Ich winke ihnen zu und gehe wieder hinein. Nachdem ich die Tür hinter mir geschlossen habe, lehne ich mich dagegen, schließe die Augen und wünsche mir Damien herbei.

Doch leider besitze ich keine magischen Kräfte, und er taucht nicht wie von Zauberhand vor mir auf. Ich blicke auf die Uhrzeit auf meinem Handy. Es ist drei Minuten später als beim letzten Mal, als ich auf die Uhr geschaut habe. Und hoffentlich drei Minuten näher an Damiens Rückkehr.

Nur leider ist das nicht der Fall. Denn just als ich auf die Uhr blicke, erscheint eine Nachricht auf meinem Display.

Wird doch später als gedacht. Brauche bestimmt noch zwei Stunden. Blödes Wetter. Dabei könnte ich längst bei dir sein.

Na toll.

Ich beginne schon, eine lange, selbstmitleidige Antwort einzutippen, halte mich aber dann zurück. Wenn es nach ihm ginge, wäre er auch schon längst bei mir. Also schlucke ich den Frust herunter und schreibe zurück.

Vermisse dich. Warte auf dich. Bin feucht für dich.

Seine Antwort erscheint innerhalb von Sekunden.

Bin hart für dich, Baby. Bald schon …

Ich merke, dass ich lächle. Ich möchte ihn bei mir haben, aber wenn das nicht geht, dann will ich zumindest nicht jammern.

Um mir die Zeit bis zu Damiens Rückkehr ein wenig zu vertreiben, beschließe ich, in die Küche zu gehen und eine Flasche Wein zu öffnen. Die zwei Stunden gehen bestimmt deutlich schneller um, wenn ich einen Film schaue und nebenher ein Gläschen trinke. Außerdem kann der Wein in der Zeit atmen, und wenn Damien eintrifft, können wir zusammen anstoßen.

Aber so ein Mist, der Wein ist alle. Wir haben auch keinen Champagner mehr, also kann ich mir auch keinen Mimosa machen. Der Wodka ist ebenfalls alle, offenbar haben Evelyn und Lisa ein Faible für Bloody Marys. Wir haben nur noch einen kleinen Schluck Gin, den ich allerdings überhaupt nicht mag, und Scotch, den ich liebe, aber dafür bin ich gerade nicht in der Stimmung.

Stirnrunzelnd wäge ich meine Optionen ab. Ich hatte mir das alles schon so schön ausgemalt. Zwei Weingläser, die auf dem Couchtisch bereitstehen, und daneben eine offene Flasche Wein. Kerzen, die in der Dunkelheit flackern. Ich, wie ich nackt unter der Decke liege und sofort den Fernseher ausschalte, sobald ich Damien die Treppe heraufkommen höre.

Ich kann diese Fantasie nicht einfach so aufgeben. Mehr noch, ich möchte sie in die Tat umsetzen. Ich habe immer noch zwei Stunden, bis Damien zurückkommt, also beschließe ich, dem Wetter zu trotzen und zu dem kleinen Supermarkt runterzulaufen. Es ist nicht weit bis dahin – er liegt direkt hinter dem Eingang zum umzäunten Privatbereich. Der Laden hat von Obst und Gemüse über Wein bis hin zu Kaviar alles.

Mmh, wenn ich so darüber nachdenke, vielleicht sollte ich noch Kaviar mitbringen …

Ich ziehe mir eine Jeans und ein langärmliges Shirt über und schlüpfe dann in ein Paar Canvas-Sneaker ohne Schnürsenkel. Glücklicherweise hatte ich aus einer Laune heraus meine gelbe Angler-Regenjacke eingepackt. Sie ist zwar nicht so schick wie mein Regenmantel von London Fog, aber immerhin cool und witzig und hält mich schön trocken. Ich ziehe sie an und ziehe mir die Kapuze über den Kopf. Es ist zwar schon fast Sommer, aber abends ist es draußen immer noch ziemlich frisch.

Nachdem ich ordentlich eingepackt bin, gehe ich nach draußen. Ich mache mir nicht die Mühe abzuschließen – in diesem abgetrennten Teil der Insel ist das wirklich nicht nötig –, und falls der Sturm stärker wird, möchte ich nachher so schnell wie möglich wieder hineinhuschen können. Um zum Supermarkt zu gelangen, gibt es einen Schotterweg und eine asphaltierte Straße, die aus dem eingezäunten Bereich herausführt. Ich laufe den Weg entlang und streiche mit den Händen leicht über die Pflanzen, die sich vom Wind gepeitscht hin und her werfen.

Da es wie wild stürmt, halte ich meinen Kopf die meiste Zeit gesenkt und schaue mehr auf meine Füße denn auf meine Umgebung. Erst als ich durch das Tor hindurchgehe, sehe ich hoch – und erschrecke.

Da steht ein Mann. Drüben auf der anderen Straßenseite steht er einfach so da. In einem dunklen Trenchcoat und mit einem Fedora-Hut, den er sich tief ins Gesicht gezogen hat, sodass es im Schatten verborgen liegt. Ich kann absolut nichts von ihm erkennen. Nichts, außer dass er mich anstarrt.

Eigentlich tut er ja nichts Furchteinflößendes. Er steht einfach nur in der Mauernische des derzeit geschlossenen Spas. Und dennoch läuft es mir kalt den Rücken hinunter.

Ich merke, dass ich wie angewurzelt stehen geblieben bin. Mein Herz schlägt so schnell in meiner Brust, dass ich es in meinen Ohren hören kann. Und meine Finger haben sich fest an das Tor geklammert, das ich gerade aufgedrückt habe.

Ich weiß nicht, warum mich der Mann nervös macht, aber instinktiv möchte ich zurückweichen. Das Tor hinter mir schließen, zum Bungalow zurückrennen und warten, bis Damien da ist.

Aber das ist albern von mir. Dieser Unbekannte hat überhaupt nichts Merkwürdiges getan. Und jeder, der mit Regenjacke und Hut in einer dunklen Ecke steht, sieht gruselig aus.

Ich mache einen Schritt nach vorn – und halte inne. Denn so albern meine instinktive Reaktion auch sein mag, sie ist dennoch echt. Und sind sich nicht all die Artikel über Selbstverteidigung darin einig, dass man sich als Frau auf sein Bauchgefühl verlassen sollte?

Und wer bin ich, dass ich das infrage stelle?

Also mache ich kehrt, gehe durch das Tor und schließe es fest und sicher hinter mir. Dabei werfe ich noch mal einen Blick zurück. Doch die Stelle, an der er stand, ist leer, und der Mann ist nicht mehr zu sehen. Nicht in der Wandnische vor dem Spa. Nicht auf der Straße. Nirgends.

Verwirrt runzle ich die Stirn. Habe ich mir das alles nur eingebildet? Ich überlege, doch noch zum Supermarkt zu gehen, aber jetzt will ich nur noch so schnell wie möglich heim und mich unter der Decke verkriechen. Immerhin gibt es noch den Scotch. Und die Aussicht darauf klingt im Moment äußerst verlockend.

Schnell eile ich zurück zum Bungalow und stürme klitschnass durch die Tür ins Haus. Nachdem ich die Schuhe ausgezogen habe, ziehe ich die Regenjacke und das feuchte Sweatshirt aus, bis ich nur noch in BH und Jeans dastehe. Dann greife ich mir ein trockenes Strandtuch vom Haken und rubbele mir damit übers Gesicht, als ich das Wohnzimmer betrete.

Doch nur Sekunden später erstarre ich, mit wild klopfendem Herzen und eisiger Haut.

Das Licht ist aus, aber ich hatte ein paar künstliche Kerzen brennen lassen, und das flackernde Licht wirft wilde Schatten eines Mannes an die Wand, der mir in einem langen, dunklen Regenmantel gegenübersteht.

O Gott.

Instinktiv mache ich einen Schritt rückwärts.

Und als er plötzlich auf mich zukommt, stoße ich einen gellenden Schrei aus.

2 Noch ehe der Schrei über meine Lippen kommt, bemerke ich schon meinen Irrtum. Doch es ist zu spät, um ihn zurückzunehmen, und ich sehe, wie Damien mit einem vertrauten Ausdruck von zornigem Beschützerinstinkt in den Augen herumwirbelt, als er den Raum nach einer drohenden Gefahr absucht.

Damien ist der Inbegriff von Kraft und Stärke – und in Sekundenschnelle bei mir. Er packt mich an den Oberarmen, und ich kann seine Anspannung und Angst spüren, als er mich dicht zu sich heranzieht und mich mit einer Dringlichkeit in der Stimme fragt: »Nikki, Süße. Was ist los? Was ist passiert?«

»Entschuldige … Tut mir leid«, stammle ich, als ich den Kopf zurücklege, damit ich ihm ins Gesicht sehen kann. Seine zweifarbigen Augen blicken mich intensiv an und sind so voller Liebe und Sorge, dass es mir fast das Herz bricht. »Ich wollte dich nicht erschrecken.«

Ich hole tief Luft, während er seinen Regenmantel auszieht und über die Rückenlehne eines Stuhls wirft. Über einem schlichten grauen T-Shirt trägt er einen Pullover, den er jetzt auszieht und mir hinhält. Dankbar nehme ich ihn, ziehe ihn mir über den Kopf und genieße die Wärme und seinen Duft, der daran haftet.

Es hat sofort eine beruhigende Wirkung auf mich, und als er mich hinunter auf die Couch und auf seinen Schoß zieht, kuschle ich mich eng an ihn.

»Erzähl schon, Süße. Was ist passiert?«

»Es ist total albern«, wiegele ich ab, erzähle es ihm aber

trotzdem. »Ich hatte nur noch nicht mit dir gerechnet, und als ich hereinkam, und du mit dem Rücken zu mir in der Dunkelheit standest, da dachte ich eben …«

Ich breche mitten im Satz ab, als mir die ganze Tragweite bewusst wird. Denn für einen kurzen Moment – nur einen Atemzug lang – hatte ich wirklich nicht bemerkt, dass der Mann, der plötzlich in unserem Bungalow vor mir stand, Damien war. Erst da wird mir richtig klar, wie sehr mir der Mann in der Dunkelheit vorhin Angst eingejagt haben musste. Denn es ist noch nie, *wirklich nie* vorgekommen, dass ich Damiens Anwesenheit nicht instinktiv gespürt hätte. Wenn er in meiner Nähe ist, weiß ich das. Immerhin ist er mein Herz, meine Seele, mein alles. Und es ist noch nie passiert, dass ich mich in seiner Nähe befand und sich nicht meine Härchen aufgestellt hätten und mein Herz schneller zu schlagen begonnen hätte.

Doch heute Abend hatte es diesen einen kurzen Moment gegeben, als ich mich verloren fühlte. Als ich ihn nicht erkannte.

Als ich mich allein und schutzlos fühlte.

Ich hatte Angst gehabt – aufrichtig Angst. Und ehrlich gesagt, weiß ich selbst nicht, weshalb.

»Wirklich, es war nichts. Ich habe mich nur erschrocken. Der Mann …«

»Mann?« Damien zieht die Augenbrauen zusammen. Sein Gesicht zeigt mit einem Mal scharfe Kanten, und sein rabenschwarzes Haar glänzt im flackernden Kerzenlicht. Sein Beschützerinstinkt ist nun vollauf geweckt, und ich spüre, wie sich seine Oberschenkel unter dem Jeansstoff anspannen, als er mich von seinem Schoß herunterschiebt und aufsteht. »Was für ein Mann, zum Henker?«

»Ich weiß auch nicht.« Irgendwie fühle ich mich idiotisch, und am liebsten würde ich die ganze Sache einfach vergessen. »Ehrlich, er hat gar nichts gemacht. Er stand einfach nur im

Schatten vor dem Spa, wahrscheinlich wollte er sich bei dem Regen nur unterstellen. Ich war gerade auf dem Weg zum Supermarkt, und als ich ihn da in der Dunkelheit stehen sah …« Ich verstumme mit einem Kopfschütteln. »Aber es ist nichts. Wirklich. Es war einfach nur dunkel, dann das Gewitter, und ich habe dich vermisst und …«

Ein lautes Klopfen an der Tür lässt mich hochschrecken, woraufhin mich Damien misstrauisch beäugt. »Nichts?«, wiederholt er. »Du bist wie ein verschrecktes Kaninchen.«

Ich fahre mir mit den Fingern durch mein schulterlanges blondes Haar. Er hat recht, aber ich weiß mir selbst keine Erklärung dafür. Schließlich war nichts weiter, als dass ich einen Mann mit einem Hut und einem Mantel gesehen habe. Das ist noch lange kein Grund, Reißaus zu nehmen, und schon gar nicht, jetzt so schreckhaft zu sein.

»Komm schon.« Damien streicht mit der Hand über meinen Arm, was mir ein Gefühl von Sicherheit und Geborgenheit gibt, und ich verschränke meine Finger fest in seinen, während wir zur Tür gehen.

Nachdem er durch den Spion gespäht hat, dreht Damien den Schlüssel im Schloss. Eine Sekunde später öffnet er die Tür, und vor uns steht ein triefnasser Dallas Sykes in einer tiefsitzenden Jeans, einem zerknitterten weißen T-Shirt und mit verwuscheltem Haar, als sei er eben erst aus dem Bett gestiegen, was in seinem Fall mehr mit seinem Lieblingshobby denn mit einem aktuellen Modetrend zu tun haben dürfte. Als Erbe der vermögenden Sykes-Familie und CEO des Familienimperiums sollte er eigentlich der Inbegriff von ehrwürdigem, altem Geldadel sein. Doch stattdessen ist er ein Playboy, wie er im Buche steht. Sollte tatsächlich der Tag kommen, an dem er ausnahmsweise einmal nicht in der Boulevardpresse im Arm seiner wechselnden Liebschaften zu sehen ist, müsste ich wohl den nahenden Weltuntergang befürchten.

Dallas betritt nun unseren Bungalow und wendet sich mit überraschter Miene an Damien: »Ich wusste gar nicht, dass du schon zurück bist.« Und an mich gewandt: »Ich wollte eigentlich nach Nikki schauen.«

»Nach mir?«, frage ich verdutzt. »Wir haben uns doch den ganzen Abend nicht gesehen. Wieso wolltest du ausgerechnet nach mir schauen?«

Er zuckt mit den Achseln und läuft zum Wohnzimmer. »Ich habe den Abend mit ein paar Freunden in der Bar verbracht«, sagt er mit jenem Lächeln, das besagt, dass diese Freunde weiblicher Art sind. In diesem Moment fällt mir auch auf, dass Dallas während der Babyparty gar nicht mit den anderen Männern in Jacksons Bungalow war. Aber vermutlich sollte mich das nicht überraschen. Die Jungs wollten Jackson Beistand leisten, nun, da das zweite Kind unterwegs ist. Und Dallas hat mit all diesem häuslichen Kram so gar nichts am Hut. Genauer gesagt, ist Dallas so ziemlich der letzte Mann auf Erden, dem ich zutrauen würde, dass er sich häuslich niederlässt.

Doch trotz seines Playboy-Images muss ich sagen, dass ich ihn wirklich gerne mag. Er ist klug und witzig, und soweit ich das beurteilen kann, ein loyaler Freund.

»Während die Ladies zurück zu meinem Bungalow liefen«, fährt Dallas fort, »machte ich noch einen Abstecher zum Supermarkt, um ein paar Dinge zu besorgen. Wein. Schlagsahne. Kabelbinder.« Er grinst verwegen. »Das Übliche eben.«

Ich laufe tatsächlich rot an, was angesichts all der Dinge, die ich mit Damien ausprobiert habe, ein bisschen lächerlich ist. Allerdings haben wir nie Kabelbinder benutzt.

Meine Wangen werden immer heißer, als ich über die Möglichkeiten nachdenke, die sich dadurch eröffnen, und ich muss mich zwingen, nicht zu Damien zu schauen, der garantiert genau weiß, was mir durch den Kopf geht.

Damien räuspert sich, woraufhin Dallas zu Recht schuldbewusst dreinschaut. »Jedenfalls«, fährt er fort, »kam ich gerade aus dem Supermarkt, als ich Nikki am Tor sah. Und dann sah ich den Mann vor dem Spa, der sie beobachtete.«

»Jetzt frage ich noch einmal: Welcher Mann bitte schön?« Damiens Geduld ist am Ende, und ich kann sehen, dass er nicht nur genervt, sondern ernsthaft besorgt ist.

»Ich weiß nicht«, antwortet Dallas und sieht Hilfe suchend zu mir. »Kennst du ihn vielleicht?«

Ich schüttele den Kopf. »Ich habe diesen Mann noch nie in meinem Leben gesehen.«

Dallas' Stirn legt sich in Falten, als er nun von mir zu Damien sieht. »Du sahst verängstigt aus, deshalb habe ich mir Sorgen gemacht. Vor allem, weil ich den Typen heute schon einmal gesehen habe, wie er dich beobachtet hat.«

»Du hast was?«, frage ich völlig perplex.

»Willst du damit sagen, dass irgendein Stalker meine Frau verfolgt?«, fragt Damien gleichzeitig.

»Wann? Wann hast du ihn gesehen?«

»Im Restaurant heute Morgen. Das heißt, es war schon gegen elf. Du und Jamie wart beim Brunch.«

Ich nicke. Jamie und ich waren heute Morgen am Strand entlangspaziert. Offiziell, um joggen zu gehen, in Wirklichkeit aber wollten wir einfach mal wieder in Ruhe quatschen. Seit meine Firma so richtig durchgestartet ist, arbeite ich rund um die Uhr, und nun, da Jamie eine Festanstellung als Live-Reporterin bei einem Lokalsender ergattert hat, haben wir uns in letzter Zeit kaum noch gesehen.

Wir hatten einmal die ganze Insel umrundet und waren dann völlig kaputt und ausgehungert im Restaurant gelandet, wo wir den ganzen Trainingseffekt sofort zunichtemachten und reichlich leckere Kalorien in uns hineinstopften.

Wir hatten draußen auf der Terrasse gegessen, wo ich mit

dem Rücken zum Restaurant saß, sodass ich Jamie und das Meer dahinter im Blick hatte. Ich hatte nicht bemerkt, dass mich irgendjemand beobachtete, und da Jamie nichts gesagt hat, nehme ich an, sie auch nicht.

»Wie sah er aus? Und wo saß er? Ich habe, ehrlich gesagt, nichts Ungewöhnliches bemerkt.«

Dallas legt den Kopf leicht schräg und starrt zur Decke, als ob sie eine Leinwand wäre, auf der sich seine Erinnerung wie ein Film abspult. »Glatt rasiert. Anfang sechzig. Braunes Haar, etwas angegraut an den Schläfen. Gebräunter Teint – er verbringt viel Zeit in der Sonne, trägt aber normalerweise Hut und Sonnenbrille. Blaue Augen – ich würde sagen, ungefähr deine Augenfarbe, Nikki.«

Ich blicke hinüber zu Damien, der Dallas mit ebensolchem Interesse zuhört wie ich selbst. Dafür, dass er im Ruf steht, ein ziemlich oberflächliches Jetsetleben zu führen, ist er erstaunlich aufmerksam.

»Kaki-Shorts«, fährt Dallas fort. »Darüber ein Henleyshirt, das ursprünglich mal grün war, aber vom vielen Waschen inzwischen eher grau ist. Neben seinem Stuhl lag eine Kameratasche. Eine Billingham. Ich habe die Kamera selbst zwar nicht gesehen, aber da diese Taschen ziemlich teuer sind, nehme ich an, dass die Kamera ebenfalls hochwertig ist. Offenbar ein Mann, der mehr Geld für Technik als für seine Kleidung ausgibt. Er saß im Restaurant vier Tische von mir entfernt, kurz vor der Terrassentür. Mit dem Gesicht Richtung Meer, sodass, wenn er hochsah, er dich ziemlich gut im Blick hatte. Und er hat sehr oft zu dir geblickt.«

»Das nenne ich mal einen ausführlichen Bericht«, sagt Damien.

»Ich beobachte gerne Menschen.« Dallas zuckt mit den Schultern. »Ich würde sagen, er sah nicht gefährlich aus. Nicht, dass man das wirklich sagen kann, aber ich habe keine negativen Schwingungen wahrgenommen. Stattdessen hatte ich eher den Eindruck, dass er – ich weiß auch nicht – *neugierig* war. Ich habe mir erst Sorgen gemacht, als ich dich später wiedergesehen habe und gemerkt habe, wie verängstigt du warst. Aber wer weiß? Vielleicht war das nur Zufall, und er hatte sich einfach nur unter dem Vordach untergestellt, als Nikki vorbeikam.«

»Vielleicht.« Damien dreht sich zu mir. »Hat er irgendwas gemacht? Irgendwas gesagt? Was genau hat dich verängstigt?«

»Kann ich echt nicht sagen.« Ich ringe vergebens nach einer Antwort. »Ehrlich gesagt, ist es mir im Moment einfach nur peinlich. Ich glaube, es war einfach nur das Gewitter. Die Dunkelheit. Der Umstand, dass du nicht da warst.«

Damien nickt langsam. »Ich hoffe, das war wirklich alles, aber ich werde auf Nummer sicher gehen und Ryan fragen, ob er den Namen von dem Kerl herausbekommt.« Jamies Freund ist der Leiter der Sicherheitsabteilung bei Stark International. »Falls er im Resort Gast ist, hat er seine Restaurantrechnung bestimmt aufs Zimmer schreiben lassen. Und falls nicht, hat er vielleicht zumindest mit Kreditkarte bezahlt. Und wenn alle Stricke reißen, haben wir immer noch die Bilder der Überwachungskameras, um ihn ausfindig zu machen.« Er drückt meine Hand. »Wahrscheinlich ist es viel Lärm um nichts, aber aus Erfahrung würde ich das lieber nicht auf die leichte Schulter nehmen …«

Er lässt den Satz unvollendet in der Luft hängen, aber ich weiß, dass er auf die Erpressung letztes Jahr um den Valentinstag herum anspielt. Wir wissen noch immer nicht, wer dahintersteckte, und auch wenn wir seither keine Drohungen mehr erhalten haben, denke ich ab und zu noch daran, dass irgendjemand da draußen sich an uns rächen will – und niemand weiß, wann er wieder zuschlägt.

»Vielleicht ist mein heimlicher Schatten gar kein Gast«,

wende ich ein. »Das Restaurant und der nördliche Strandabschnitt sind am Wochenende für die Öffentlichkeit geöffnet, und die Namen der Gäste, die mit dem Boot herüberkommen, werden nirgends verzeichnet.«

Mit einem schnellen Nicken pflichtet mir Damien bei. »Dann hoffen wir mal, dass wir Glück haben.« Er geht zur Bar und greift zu einer Flasche Scotch. »Dallas? Möchtest du einen Drink und dich ein wenig bei uns aufwärmen?«

Er sieht zwar so aus, als ob er das Angebot gern annehmen würde, schüttelt aber den Kopf. »Besser nicht.«

Ich lächle Dallas zu, als Damien sich und mir einen Drink einschenkt. »Lieb von dir, dass du auf mich aufpasst.«

»Gern geschehen.« Er wendet sich wieder Damien zu. »Ich fliege morgen früh nach L. A., das heißt, wir sehen uns wohl erst Montag bei unserem Meeting.«

»Alles klar.« Nachdem er Dallas verabschiedet hat, begleitet Damien ihn zur Tür. Als er zurückkommt, sitze ich mit hochgezogenen Beinen auf der Couch.

»War das nur mein Eindruck, oder war Dallas gerade wenig erpicht darauf, in sein Liebesnest zurückzukehren?«, frage ich.

»Mich interessiert nur unser Liebesnest, der Rest ist mir völlig egal«, antwortet Damien, kniet sich vor mich und legt seine Hände zu beiden Seiten von mir ab, sodass ich praktisch gefangen bin. »Also, Nikki, spuck schon aus. Warum hat dir dieser Kerl einen solchen Schrecken eingejagt? Was hast du mir noch nicht gesagt?«

Ich kann nur den Kopf schütteln. »Nichts, wirklich. Ich schwöre es. Es war einfach nur so ein Gefühl. Wie wenn man in einer dunklen Gasse läuft und sich beobachtet fühlt.«

Daraufhin schweigt er so lange, dass ich mich frage, ob er will, dass ich weiterspreche. Aber ich weiß wirklich nicht, was ich dazu noch sagen soll, also bleibe ich stumm. Und als

Damien schließlich spricht, bin ich von seinen Worten ebenso überrascht wie angetörnt.

»Baby«, sagt er, während er mit der Handfläche über meinen Oberschenkel fährt. »Muss ich dich etwa bestrafen?«

Ich kann mir vorstellen, an welche Art von Bestrafung er dabei denkt, und zwischen uns knistert so sehr die Luft, dass ich es beinahe hören kann.

Bestraft zu werden schreckt mich nicht. Im Gegenteil, der Gedanke an Damiens Hand auf meinem Hintern macht mich sogar an und lässt mich so feucht werden, dass ich unruhig hin und her rutsche. Aber sosehr mir die Aussicht auf eine kleine Bestrafung gefallen würde, sosehr ärgert mich der unterschwellige Vorwurf in seinen Worten. Denn ich weiß wirklich nicht, wieso mir der Mann Angst eingejagt hat, und ich bin mir sicher, dass Damien glaubt, ich verheimliche ihm etwas.

»Ich habe dir die Wahrheit gesagt«, beharre ich. »Ich weiß auch nicht, warum ich solche Angst hatte.«

»Ich glaube dir«, sagt er mit einer gewissen Belustigung in den Augen. »Das ist auch gar nicht der Grund, weshalb ich dich bestrafen werde.«

»Nicht?«

»Nein.« Er zieht meine Beine zu sich vor, sodass ich gezwungen bin, aufrecht dazusitzen, beide Füße auf dem Boden, Damien vor mir. Seine Hände liegen auf meinen Knien und rutschen nun allmählich an den Innenschenkeln höher. Mit einem Mal fühlt sich meine Jeans viel zu eng an, und ich werde immer kurzatmiger.

»Tja, sieh mal …«

Seine Handfläche presst sich gegen meinen Schritt.

»… die Frau, die ich mehr als alles andere liebe …«

Seine Finger spielen mit dem Knopf meiner Jeans.

»… hat mich nicht erkannt. Das stimmt doch, oder?«

Die Augen fest auf meine geheftet, gleitet seine Hand in

meine Jeans und meinen Slip. Ich ringe nach Luft und krümme mich nach hinten, als seine Fingerspitze meinen Kitzler berührt und mich die ersten Anzeichen des Orgasmus durchzucken.

»Hat sie mich erkannt?«

»Nein.« Allein die Worte hervorzupressen ist eine Qual, sosehr habe ich mich in diesem Sturm der Sinne verloren, den Damien heraufbeschworen hat. Ich hole stotternd Luft. »Deine Nachricht. Du hast gesagt, mehr als zwei Stunden. Ich hatte dich nicht vor Mitternacht erwartet.«

»Die SMS habe ich gegen halb acht geschickt«, sagt er, und mir wird klar, dass die Nachricht sich aufgrund des Unwetters verzögert haben musste. Als ich ihm antwortete, dass ich ihn vermisse, dachte er wahrscheinlich einfach, ich schreibe ihm, weil ich an ihn denke.

»Aber ich dachte …«

»Ich versteh schon«, sagt er und lässt mich aufschreien, als er zwei Finger in mich stößt. »Und trotzdem überzeugen mich deine Ausreden nicht.«

»Was wirst du tun?«

»Oh, das ist ganz einfach, Baby.« Er steht auf, beugt sich hinunter und streift mit den Lippen meine Schläfen, ehe er mir etwas ins Ohr flüstert, das mich vor Verlangen erbeben lässt: »Ich werde dafür sorgen, dass du mich nie, nie wieder vergisst.«

»Sag mir, wie«, bettle ich, so sehr sehne ich mich danach, dass mich seine Worte zusammen mit seinen Händen streicheln. Ich möchte mich in dem Wissen suhlen, was er gleich mit mir anstellen wird. Ich möchte spüren, wie ich immer feuchter und feuchter werde, während Damien mir zuflüstert, auf welche Weise genau er mich gleich vögeln wird.

Doch Damien schüttelt nur den Kopf. Seine Finger sind immer noch in mir, und sein Daumen drückt gegen meinen

Venushügel, sodass er mich fest im Griff hat. Und dann, noch ehe ich merke, was er tut, zieht er mich grob nach vorn, sodass mein Hintern mit der Sofakante abschließt und ich auf dem Rücken liege, schwer atmend, mein ganzer Körper hochsensibel.

»Damien …« Mehr bringe ich nicht heraus. Mit dem Daumen hat er begonnen, kleine Kreise direkt oberhalb meiner Klitoris zu zeichnen, und die Tatsache, dass ich immer noch meine Jeans anhabe, sodass seine Hand fest an mein Fleisch gedrückt wird, steigert meine Lust noch weiter. Doch dieses angenehme Gefühl mischt sich mit einer wilden Begierde – einem verzweifelten Verlangen nach dem Orgasmus, der nicht ganz kommt, weil seine Hand nur ein paar Millimeter von jener Stelle entfernt ist, an der ich ihn mehr als alles andere spüren will.

Seine Mundwinkel ziehen sich nach oben. »Gefällt dir das?«

»Ja, o Gott, ja.« Ich lege den Kopf zurück, in Erwartung von mehr.

Damien, dieser Arsch, zieht stattdessen seine Hand weg.

Leise wimmernd protestiere ich, doch der Mistkerl lacht nur leise. Dann greift er meine Jeans an beiden Seiten und zieht sie nach unten, wobei er meinen Slip mitnimmt, bis der Hosenbund auf Höhe meiner Knie stecken bleibt.

Die Jeans sind so effektiv wie Handschellen und verhindern, dass ich meine Beine weiter spreizen kann. Doch sosehr ich auch strampele, es hilft nichts. Ich verspüre das dringende Bedürfnis, mich ihm völlig zu öffnen. Ich möchte alles spüren. Alles haben. Ich will seine Berührung, seinen Mund, seinen Schwanz.

Und dann sind seine Finger wieder da, und er stößt sie so tief in mich, dass ich mich nach vorn wiege und das Gefühl von seinem Daumen auf meinem Kitzler genieße.

»Sag mir, was du willst«, fordert er.

»Fick mich.« Meine Stimme ist rau. Verzweifelt. »Bitte, Damien. Fick mich.«

Seine Finger dringen noch tiefer in mich, und ich stöhne, als er sich auf den Knien weiter aufrichtet und seine Hand hart gegen mich drückt. Ich reibe mich an ihm, und er presst seinen Mund auf meinen und fickt mich mit der Zunge, während er es mir mit den Fingern besorgt. Es ist grob und wild und unfassbar geil. Aber ich will mehr. Ich will seinen Schwanz. Ich will ihn tiefer spüren. Ich will ihn in mir kommen fühlen, und ich will mit ihm zusammen explodieren.

»Du willst, dass ich dich ficke?«

»Ja.«

»Das ist wirklich das, was du willst?«

»Damien, ja. Bitte.«

Dann entzieht er sich mir, und ich bleibe keuchend zurück. Sein Mund ist nicht mehr auf meinem. Seine Finger sind nicht mehr in mir.

»Ich weiß nicht recht.« Sein Grinsen ist gerissen. »Vielleicht sollte ich es nicht tun. Vielleicht ist ja gerade dich *nicht* zu ficken die richtige Strafe für dich.«

3 »Das würdest du nicht tun«, sage ich, kann aber die Sorge in meiner Stimme nicht verbergen.

»Ach nein?«

Ich schüttele den Kopf und versuche, überzeugter auszusehen, als ich mich fühle.

»Und wieso nicht?«

»Weil du damit nicht nur mich bestrafen, sondern auch dich quälen würdest.«

»Das stimmt«, gibt er zu. »Aber auch wenn ich normalerweise nichts dagegen habe, mich für einen guten Zweck aufzuopfern«, fügt er hinzu und scannt mich mit den Augen von oben bis unten ab, »und du bist ein *sehr* guter Zweck – habe ich heute andere Pläne mit dir. Zieh deine Jeans aus, Süße. Zieh alles aus und leg dich auf den Boden. Ich will, dass du dich mir schutzlos auslieferst.«

»Ich bin dir immer schutzlos ausgeliefert«, sage ich, als ich seine Anweisung befolge, und das Glänzen in seinen Augen besagt, dass er es auch weiß.

»Das stimmt«, bestätigt er, und sein Befehlston bekommt eine sanfte Note. »Genau wie ich dir. Aber ich habe den ganzen Tag an dich gedacht, wie du heiß und nackt und feucht auf mich wartest. Heute Abend nehme ich mir, was ich will. Und, Baby? Ich verspreche dir, dass es dir gefallen wird.«

Inzwischen liege ich, aller Kleidung entledigt, auf dem Boden, und wimmere, als seine Worte wie eine sanfte Berührung über mich hinweggehen, meine Nippel hart machen und meinen Kitzler pulsieren lassen. Ich habe keinerlei Zweifel, dass er

Wort halten wird. Aber »gefallen« trifft es wohl kaum. Egal, was er vorhat, ich bin mir sicher, dass ich es geradezu lieben werde.

»Dreh dich auf den Bauch und knie dich hin«, fordert er, während er sein Hemd aufknöpft und es dann beiseitewirft. Ich tue wie befohlen und blicke über die Schulter, um ihn zu sehen, wie atemberaubend er aussieht mit seinen breiten Schultern und seinem durchtrainierten Körper. Seine schlanke, muskulöse Gestalt lässt keinen Zweifel aufkommen, dass er früher Profisportler war. Doch im Moment möchte ich keinen Gedanken an Tennis verschwenden. Sondern jeden köstlichen Zentimeter von ihm schmecken.

Doch natürlich geht das nicht, wenn ich wie befohlen in meiner Position verharre, und so warte ich darauf, von Damien berührt zu werden.

Damien scheint jedoch andere Pläne zu haben, und verdutzt beobachte ich aus dem Augenwinkel, wie er den Raum verlässt und in die Küche geht. Kurz darauf höre ich, wie eine Schranktür geöffnet wird, dann Geklapper, und dann, wie die Tür wieder geschlossen wird.

Einen Moment später höre ich das Tapsen seiner Schuhe auf dem Fliesenboden, und kurz darauf biegt er um die Ecke.

Soweit ich erkennen kann, hat sich nichts an ihm verändert. Er hält nichts in der Hand und trägt immer noch seine Hose. Was hatte er dann in der Küche gesucht?

»Leg deine Arme unter deinem Körper ab, Süße. Ich will dich auf den Knien, deine Handgelenke an deinen Fußknöcheln, deinen Hintern schön in die Höhe gestreckt.«

Ich brauche eine Sekunde, bis ich mir das Ganze bildlich vorstellen kann, dann wird mir klar, dass ich mit der Wange auf dem Boden liegen soll. In dieser Position bin ich ihm noch mehr ausgeliefert als auf Händen und Knien. Mein Rücken ist flach, und nur mein Po streckt sich in die Höhe. Und als Damien mich als Nächstes anweist, meine Beine ungefähr zwanzig Zentimeter auseinanderzuspreizen, liege ich völlig offen vor ihm.

»Wunderschön«, sagt er, und das Staunen in seiner Stimme macht mich feucht. Was ihm sicherlich nicht entgangen ist, so wie ich daliege.

Er kniet sich hin und streichelt mit der Handfläche über meinen Hintern. Meine Muschi zieht sich krampfartig zusammen, und auch wenn er nichts sagt, merke ich an seinem Schlucken, dass er bemerkt hat, wie sehr ich mich nach ihm verzehre.

»Ich will, dass du so bleibst«, sagt er und streicht so langsam und verführerisch über meinen Damm, dass ich mir auf die Lippe beißen muss, um ein lustvolles Stöhnen zu unterdrücken. »Meinst du, das kriegst du hin?« Er klatscht mir auf den Hintern und streichelt danach meine brennende Haut. »Sag schon, Süße. Kannst du ganz, ganz brav sein?«

»Ja«, flüstere ich.

»Da bin ich mir nicht so sicher. Und ich fände es schade, wenn du die Regeln brechen würdest und ich dich bestrafen müsste. Aber weißt du was? Ich helfe dir.«

Ich habe keine Ahnung, was er meint, und in dieser Position ist mein Kopf so nah am Boden, dass ich kaum sehe, was er tut. Alles, was ich sehe, ist, dass er irgendetwas in der Hand hält und sich runterbeugt. Einen Augenblick später spüre ich, wie er mir etwas über mein Fußgelenk streift, und kurz darauf höre ich das vertraute Klicken eines Kabelbinders, als er eine Schlaufe um meinen Fuß zuzieht.

»Was genau tust …«

»Psst.«

Als Nächstes wiederholt er das Ganze an meinem Handgelenk, und als ich höre, wie er einen dritten Kabelbinder festmacht, wird mir klar, dass er meine Hand- und Fußgelenke miteinander verzurrt, sodass ich fest zusammengebunden bin.

»Bitte sag mir, dass du diese Kabelbinder nicht nebenan bei Dallas geholt hast.« Meine Wangen werden allein beim Gedanken daran ganz heiß.

»Ich hatte noch eine Packung im Abstellraum«, erklärt er. »Damit habe ich die Kabel festgebunden, als ich das Büro eingerichtet habe. Dallas hat mich nur daran erinnert, dass man die Dinger ja noch zu ganz anderen, überaus interessanten Zwecken einsetzen kann. Und, Nikki?«

»Ja?«

»Wer hat gesagt, dass du sprechen darfst?« Seine Frage wird von einem kurzen Klaps auf meinen Hintern begleitet, und ich schließe die Augen und wünsche mir mehr davon. Wünsche mir nichts als seine Berührung.

Nachdem er die Kabelbinder auch auf der anderen Seite verbunden hat, liege ich gefesselt da, Hintern in die Höhe, die Beine weit gespreizt. Und im Moment bin ich so angetörnt, dass ich glaube, wenn er mich nicht gleich vögelt, verliere ich den Verstand.

Doch glücklicherweise muss ich nicht lange warten.

Ich höre das Rascheln seiner Kleidung, als er sich auszieht, und fühle dann den Druck seiner Hände an meinem Hintern, als er sich hinter mich hinkniet. »Gott, du bist so schön. Und du gehörst mir. Womit habe ich dich eigentlich verdient?«

Ich will schon fast sagen, dass ich mich dasselbe frage, aber dann fällt mir ein, dass ich nicht sprechen darf. Langsam beugt er sich über mich, sodass seine Erektion meinen Hintern streift, während sein Oberkörper flüchtig meinen Rücken berührt. Zärtlich drückt er mir einen Kuss zwischen die Schulterblätter und flüstert: »Braves Mädchen«. Offenbar habe ich alles richtig gemacht, als ich mir eben meine Bemerkung verkniffen habe.

Damien hat irgendetwas mit mir vor, und als er sich nun küssend über meine Wirbelsäule nach unten vorarbeitet, kann ich es kaum erwarten.

Seine Lippen fühlen sich sanft auf meiner Haut an, und er tastet sich langsam, beinahe träge nach unten über meinen Körper vor. Gleichzeitig greifen seine Hände unter mich und streicheln meine Brüste, meinen Bauch. Zeichnen einen unsichtbaren Pfad über meinen Brustkorb. Jede Berührung ist federleicht und atemberaubend in ihrer unschuldigen Sinnlichkeit. Und so überaus verführerisch, dass ich spüre, wie jede Zelle meines Körpers glüht, jeden Reiz ganz bewusst wahrnimmt und vor Lust schier vergeht.

Währenddessen streifen sein Schwanz und seine Eier meinen Po. Kitzeln meinen Anus, reiben an meiner Muschi. Machen, dass ich noch feuchter werde. Machen, dass sich mein ganzer Körper vor Begierde anspannt und zittert. Ich will ihn in mir. Ich will ihn überall, und der Umstand, dass ich fest fixiert bin, dass ich mich höchstens auf die Seite rollen kann, ist ebenso frustrierend wie erregend. Ich bin ihm *völlig ausgeliefert*, so entblößt und offen wie eine professionelle Hure. Und trotzdem ist er so zärtlich wie ein Mann, der seine Frau verführt.

Dieser Kontrast ist geradezu berauschend.

Endlich – endlich – hat er das Ende meiner Wirbelsäule erreicht. Seine Hände legen sich leicht um meine Pobacken, während seine Zunge meinen Hintern und meine Muschi kitzelt und tiefer gleitet, um meinen Kitzler zu lecken. »Baby, du schmeckst so gut.«

Ich beiße mir auf die Lippe, um dem Drang zu widerstehen, etwas zu entgegnen. Zu betteln. Zu schreien, dass ich ihn sofort in mir spüren muss.

»Sag schon.« Er steckt zwei Finger in mich. »Willst du gefickt werden?«

»Ja. O Gott, ja.«

»Gute Antwort, Baby. Denn ich glaube, ich kann es nicht länger abwarten.«

Als er seine Finger tief in mich hineinstößt, winde ich mich vor Lust. Mein Kopf liegt am Boden, sodass ich nichts sehen kann, was es umso aufregender macht, als ich spüre, wie seine von meiner Möse nassen Finger nach oben zu meinem Hintern gleiten, meinen Damm reiben. Vor lauter unbändigem Verlangen muss ich mir auf die Lippe beißen, denn dort möchte ich ihn auch in mir spüren. Ich weiß, dass er es bemerkt und dennoch hat er kein Erbarmen.

Ich beginne zu wimmern.

»Magst du es so, Baby?«

»Ja. O ja, bitte.«

»Oder lieber so?« Während er spricht, steckt er seine Finger in meinen Hintern, während er mit dem Penis in mich eindringt. Das Gefühl, so unerwartet gleichzeitig an zwei Stellen penetriert zu werden, ist so unglaublich, dass ich schreie, als ich mich gegen ihn stemme, nach mehr verlange, nach mehr bettele.

Und tatsächlich werde ich nicht enttäuscht. Damien fickt mich härter. Tiefer. Es ist so unglaublich, dass ich mich völlig schamlos drehe und wende und gegen ihn stemme, um noch mehr von diesem Gefühl zu bekommen. Mehr Intensität.

Mehr Damien.

Ich bin so berauscht, dass ich erst nach einer Weile bemerke, dass seine andere Hand mit meinem Kitzler spielt. Es ist, als würde er eine Symphonie der Sinne auf mir spielen, und in diesem Augenblick warte ich nur auf den großen Paukenschlag.

»Damien!« Sein Name auf meinen Lippen ist ebenso sehr Beschwörung wie Stoßgebet. Und während ich unter ihm zerberste, explodiert er zeitgleich mit meinen eigenen wilden, intensiven Zuckungen.

Der Orgasmus scheint eine Ewigkeit anzuhalten, und ich fühle mich, als könnte ich diesem gewaltigen Gefühlsausbruch keine Sekunde mehr standhalten. Dann ebbt es allmählich ab, und ich spüre, wie Damien sich vorsichtig aus mir herauszieht und die Kabelbinder durchtrennt. Völlig erschöpft sinke ich neben ihm auf den Boden.

Er küsst mich, zieht mich dicht zu sich und streichelt träge meinen Arm, während er grinst: »Und, wie war deine Strafe?«

»Die Versuchung ist groß, ab sofort immer unartig zu sein«, gestehe ich und bringe ihn zum Lachen. Ich beuge mich vor und gebe ihm einen sanften Kuss. »Schön, dass du wieder da bist.«

»Tut mir leid, dass ich zu spät war. Schade, dass ich nicht mit den Jungs abhängen konnte. Wie war die Party?«

»Sehr mädchenhaft. Und sehr lustig.« Ich gebe ihm eine kurze Zusammenfassung des Abends und erwähne natürlich auch das Highlight, mein Sieg bei *Steck dem Ei das Sperma an*. Was natürlich dazu führt, dass wir weiter über den Anlass der Party reden – über das Baby, das in ein paar Wochen zur Welt kommt.

»Alle fragen mich, wann wir endlich eins kriegen«, erzähle ich ihm und sehe ein schwaches Aufflackern von Furcht in seinen Augen. Aber vielleicht sehe ich auch nur die Spiegelung meiner eigenen Ängste. Lachend kuschle ich mich an ihn.

Eines Tages werden wir eine Familie haben, denke ich bei mir. Aber im Augenblick reicht es mir völlig, diesen Mann zu haben.

Der wundervoll aromatische Duft von Kaffee weckt mich aus dem Schlaf, und als ich meine Augen öffne, lächelt der schönste Mann der Welt auf mich hinunter.

»Guten Morgen, schönes Wesen«, sagt er, stellt den Kaffee auf dem Beistelltisch ab und setzt sich neben mich aufs Bett.

»Ich glaube, das ist mein Text. Jedenfalls kann ich mir keinen schöneren Anblick beim Aufwachen vorstellen als dich.«

Ich strecke mich und setze mich an das Kopfteil gelehnt auf, die Bettdecke bis unter die Achseln gezogen, um mich vor der kühlen Morgenluft zu schützen. Damien reicht mir den Kaffee, und als ich daran nippe, stöhne ich beinahe orgiastisch. »Ohhh, das ist genau das, was ich jetzt brauche.«

»Aber ist das auch alles, was du brauchst?«, fragt er mit tiefer Stimme und zieht langsam die Decke hinunter, bis meine Brüste freiliegen. Mit einem Ausdruck von Triumph lässt er die Decke los, die sich um meine Taille herum legt.

»Ganz und gar nicht.« Ich nehme noch einen Schluck und seufze vor Genuss. »Aber Kaffee steht definitiv ganz oben auf meiner Liste.«

»Ach wirklich?« Er kommt näher und lässt seine Fingerspitzen federleicht über mein Schlüsselbein tänzeln. Eine simple Berührung, die jedoch ein Feuer in mir entfacht.

»Mmh-hmm.«

»Und was steht sonst noch auf der Liste?« Er zieht mir die Decke ganz weg, sodass ich entblößt daliege. Dann kriecht er zwischen meine Beine und schiebt sie dabei auseinander.

»Ganz simple Dinge«, sage ich und bemühe mich um eine feste Stimme. »Luft. Wasser. Essen.« Ich begegne seinem Blick. »Ich habe ganz einfache Bedürfnisse.«

Er nimmt meinen Nippel zwischen zwei Finger und zwickt fest genug hinein, dass ich mir auf die Unterlippe beißen muss. »Ist dem so?«

»Absolut.«

»Das muss ich mir merken«, sagt er, als er den Nippel nun in den Mund nimmt, sanft mit den Zähnen daran knabbert und mich hibbelig macht. Mich verrückt macht. Mich feucht macht.

Ich stöhne genüsslich, fahre mit den Fingern durch sein weiches, dickes Haar und ziehe seinen Kopf zurück, um ihm in die Augen zu sehen, die voller Leidenschaft entbrannt sind.

»Also, was möchtest du heute Morgen gerne machen?«, necke ich ihn. »Immerhin ist heute ein wunderschöner Tag.«

»Ich habe schon etliche wunderschöne Tage gesehen.«

»Im Angebot hätten wir: Sonne. Strand. Surfen.«

»Faszinierend«, sagt er trocken und leckt mir über mein Dekolleté.

»Denk dran, das ist unser letzter Tag auf der Insel.«

Er küsst sich nach unten vor und taucht mit der Zunge in meinen Bauchnabel. »Da mir die Insel eh gehört, tangiert mich das nicht allzu sehr.«

»Unsere Freunde sind hier …«

»Die sehen wir auch in L. A.«, sagt er, bevor er mir einen Kuss auf die empfindliche Stelle zwischen Oberschenkel und Becken haucht.

Ich gebe mir größte Mühe, nicht vor Lust aufzustöhnen. »Tja, mir gehen langsam die Ideen aus, Mr. Stark. Was schlagen Sie vor?«

Seine Zungenspitze tänzelt leicht über meinen Kitzler, und als ich nach unten schaue und seinen Kopf zwischen meinen Beinen sehe, ist das eine verdammt erotische Szene. Doch es ist die Hitze in seinen Augen, als er zu mir hochsieht, die mich noch feuchter werden lässt. Das, und seine Worte, aus denen eine unbändige Hitze und Intensität spricht.

»Ich glaube, ich möchte drin bleiben. Ich möchte den Morgen damit verbringen, mit meiner Frau Liebe zu machen. Und danach hatte ich mir überlegt, würde ich sie gerne auf eines der Boote entführen und mit ihr auf dem offenen Meer Liebe machen, während die Wellen uns hin und her schaukeln. Während die Sonne auf uns niederbrennt und sich kleine Schweißperlen zwischen ihren Brüsten bilden, die ich weglecke, und dann …«

Doch seine nächsten Worte gehen unter, als mein Handy laut losplärrt.

Ich versuche, es einfach zu ignorieren, aber dann fällt mir ein, dass ich die Nicht-stören-Funktion für Sonntagmorgen aktiviert habe, sodass alle Anrufer bis auf meine Familie automatisch stummgeschaltet werden. Damien kann es schon einmal nicht sein. Jamie eigentlich auch nicht; sie würde mich bestimmt nicht ausgerechnet am Morgen nach Damiens Rückkehr stören, zumal sie vermutlich gerade noch mit Ryan in den Federn liegt. Ollie ist schwer damit beschäftigt, sich auf irgendeinen wichtigen Prozess vorzubereiten, und arbeitet rund um die Uhr. Und Syl und Jackson sind im Bungalow nebenan.

Das Baby.

Ich sehe zu Damien, der offenbar denselben Gedanken hatte. »Meinst du, die Wehen haben eingesetzt?«

Da mir die Ungewissheit keine Ruhe lässt, blicke ich aufs Display und zucke zusammen, als ich den Anrufer ablese.

Meine Mutter?

Ich hatte ganz vergessen, dass sie in meiner »Familien«-Gruppe eingespeichert war. Wir haben nicht mehr miteinander gesprochen, seit ich sie direkt vor meiner Hochzeit zurück nach Texas geschickt habe, und es gibt bestimmt keinen Grund für sie, mich jetzt aus heiterem Himmel anzurufen.

Zumindest kann ich mir keinen Grund denken.

»Möchtest du, dass ich rangehe?« Damiens Stimme ist sanft, doch sein Gesicht verhärtet; mein Mann kann meine Mutter ebenfalls nicht ab.

Ich schüttele den Kopf. Ehrlich gesagt, wäre es mir ganz lieb, wenn er rangehen und meiner Mutter sagen würde, dass sie mich in meinem Leben schon genug gequält hat und mich ein für alle Mal in Ruhe lassen soll. Aber das muss ich selbst tun. Und da ich keine Lust habe, mir die Last aufzubürden, sie zurückrufen zu müssen, drücke ich schnell auf ›Annehmen‹, ehe die Mailbox rangeht.

»Mutter?« Ich habe das Telefon auf Lautsprecher gestellt und lege es jetzt aufs Bett, während sich Damien neben mich aufs Bett setzt und dabei die ganze Zeit meine Hand hält.

»Nichole, Liebes, schön deine Stimme zu hören.«

Ich beiße mir auf die Innenseite meiner Wange, um sie nicht anzupampen. Sie weiß seit meinem vierten Lebensjahr, dass ich es hasse, Nichole genannt zu werden. Und trotz ihres zucker-süßen, versöhnlichen Tonfalls besitzt sie noch immer nicht den Verstand oder auch nur den Anstand, meinen Wunsch zu respektieren. Diese Frau macht mich wahnsinnig.

Offenbar merkt man mir meine Frustration an, denn Da-mien drückt mir solidarisch die Hand. Vielleicht will er mich auch ermutigen, etwas zu antworten, aber ich ignoriere seinen Hinweis. Denn immerhin ist das die Frau, die mich früher in ein dunkles Zimmer einsperrte, damit ich meinen Schönheits-schlaf einhielt. Die meine Kalorien- und Kohlenhydratzufuhr mit militärischer Präzision überwachte. Die im Alleingang beinahe meine Hochzeit ruiniert hätte. Und die für einen Großteil der Dämonen verantwortlich ist, die mich mein gan-zes Leben verfolgen.

Mit ihrem Anruf platzt sie ungebeten in mein persönliches Paradies, dann kann sie zumindest das Reden übernehmen.

»Nichole? Liebes, bist du noch da? Diese blöde Technik, zu nichts zu gebrauchen. Kannst du mich hören?«

Ich hole Luft. »Ich höre dich. Was willst du?«

Sie räuspert sich »Oh.« Instinktiv ziehe ich die Knie zur Brust heran und schlinge die Arme um meine Beine. Ich halte immer noch Damiens Hand, sodass er gezwungen ist, näher zu rutschen. Ich lasse seine Hand los, und als ich mich an ihn anlehne, legt er seinen Arm um mich.

»Ach, ich habe heute einfach an dich gedacht.« Ihre Stimme ist übertrieben heiter, was mich stutzig macht. Be-stimmt verfolgt sie irgendwelche Absichten. Das tut sie immer.

Eigentlich müsste ich sie Damiens Vater vorstellen; die beiden würden ein hervorragendes Gespann abgeben. Wobei. Das wäre, als würde man Bonnie und Clyde zusammenbringen. Nein, besser, man hält die beiden schön voneinander fern.

Die Stille zwischen uns ist so unangenehm, dass ich mich überwinde, etwas zu sagen: »Okay, und?«

»Ach, ich wollte nur mal kurz nachhorchen, ob bei dir alles in Ordnung ist. Das ist alles.«

Ich werfe einen Blick zu Damien hinüber, der genauso erstaunt wirkt. »Ähm, hier ist alles bestens. Gab es – ich meine, hattest du einen besonderen Grund nachzuhorchen?«

»Nein, nein. Das heißt, ja, doch. Ich habe heute an deine Schwester gedacht.« Ich spüre, wie ich mich anspanne, als ich an Ashley denke, die ich noch immer wahnsinnig vermisse. Damien zieht mich dichter zu sich. Meine Mutter fährt wie immer unbeirrt in ihrem Monolog fort. »Na ja, und ich habe auch an deinen Vater gedacht, und da …«

»Meinen Vater?« *Diese* beiläufige Bemerkung macht mich allerdings stutzig. Meine Mutter redet nie von meinem Vater, der uns hat sitzen lassen, als ich anderthalb war. Ich glaube, ich wusste nicht einmal, dass ich einen Vater hatte, bis mir Ashley einmal ein Foto von ihm zeigte, als ich fünf war. Sie war fast sieben, als er uns verließ und konnte sich noch bruchstückhaft an ihn erinnern. Meine Mutter wusste nichts davon, aber Ashley versteckte unter dem Bett eine Hutschachtel voll mit Fotos von den beiden. Und sogar ein paar, auf denen er mich als kleines Baby im Arm hielt. Sie hatte mir die Schachtel zugeschickt, bevor sie Selbstmord beging, und obwohl ich sie seither aufbewahre, habe ich sie seit ihrer Beerdigung nicht mehr hervorgeholt.

An meine Schwester und meinen Vater zu denken, beides Menschen, die ich für immer verloren habe, schmerzt mich zutiefst. Und ein Großteil meiner seelischen Schmerzen –

und letztlich auch die Beweggründe für Ashleys Selbstmord – gehen auf das Konto meiner Mutter.

Manchmal frage ich mich, ob mein Vater abgehauen ist, weil er es nicht mehr mit Elizabeth Fairchild aushielt, oder ob er einfach genauso durchtrieben und falsch war wie sie.

Damien streichelt mir über die Wange, und in diesem Augenblick wird mir bewusst, dass er mir eine Träne wegwischt. Ich hole zitternd Luft und konzentriere mich wieder auf das Telefonat. »Wieso zum Kuckuck musstest du auf einmal an meinen Vater denken?«, frage ich.

»Ich hab einfach ...« Sie verstummt. »Ich weiß auch nicht«, beginnt sie erneut. »Ist auch egal. Wahrscheinlich hast du mir einfach nur gefehlt.«

»Aha.« Ich weiß, dass sie erwartet, dass ich erwidere, dass ich sie ebenfalls vermisse. Aber das tue ich nicht. Ich vermisse die Vorstellung, eine Mutter zu haben, die mich liebt und der ich zumindest ansatzweise etwas bedeute. Aber diese Vorstellung habe ich längst aufgegeben, also sage ich nur: »Na dann, danke für deinen Anruf.«

»Nichole ...«, sagt sie mit einer Dringlichkeit in der Stimme.

»Ja?«

»Ich ... ach, nichts, schon gut. Tschüss dann.«

»Tschüss, Mutter.«

»Küsschen, Küsschen«, fügt sie an. Und dann ist die Leitung am anderen Ende tot.

Ich drehe mich zu Damien, der so perplex aussieht, wie ich mich fühle.

»Was glaubst du, was sie wirklich wollte?«, fragt er.

»Ich habe keinen blassen Schimmer.« Ich schüttele den Kopf und wünschte, ich könnte die letzten Minuten einfach ausradieren. Ich möchte nicht an diese Frau denken müssen, und ich möchte mir auch ganz sicher nicht den restlichen

Sonntag den Kopf darüber zerbrechen, was wohl in sie gefahren ist, dass sie mich urplötzlich anruft.

»Nikki …«

Damien zieht mich in seine Arme, und am liebsten würde ich an seiner Brust zusammensinken. Mich in der Geborgenheit seiner Arme verlieren, mich in der Nähe und Liebe dieses Mannes suhlen, der mich tröstet, meine Wunden heilt und mich vor all diesem Mist beschützt.

Das alles will ich, doch gleichzeitig möchte ich unbedingt *stark* sein. Und ich bin stark. Viel stärker als früher.

Aber wieso ist dann mein erster Impuls, mich in Damiens Arme zu werfen, wann immer sich eine Krise ankündigt?

Ich hole Luft und löse mich von ihm, während ich mir durch die Haare fahre. »Gibst du mir eine Sekunde? Ich … ich will mir nur eben ein wenig Wasser ins Gesicht spritzen.«

Das ist die Wahrheit, aber nicht die ganze Wahrheit. Und als ich im Bad die Tür hinter mir schließe, drehe ich das Wasser auf und stehe über das Waschbecken gebeugt. Mit fest zusammengekniffenen Augen klammere ich mich an den Waschtisch und muss all meine Kräfte aufbringen, um nicht anzufangen zu weinen.

So stehe ich noch immer da, als das Wasser abgedreht wird. Ich öffne die Augen und blicke hoch in Damiens Spiegelung im Kosmetikspiegel. In seinem Gesicht sehe ich Sorge, aber auch einen Anflug von Schmerz, der wie ein scharfes Messer durch mich hindurchgeht.

Mein Mund ist mit einem Mal ganz trocken, und eine Träne stiehlt sich davon, als ich blinzele. »Es hat nichts mit dir zu tun«, flüstere ich. »Ganz im Gegenteil. Ich brauche dich so sehr, ständig, bei allem.«

»Und du denkst, das sei etwas Schlechtes? Hast du irgendeine Vorstellung davon, wie viel Kraft du mir gibst? Süße, ich will dir nur genauso viel Kraft geben.«

234

»Ich weiß … das tust du auch. Gott, Damien, du gibst mir wahnsinnig viel Kraft. Du bist mein Herz, meine Seele, mein alles.«

»Und du glaubst, das macht dich zu einem schwachen Menschen? Nikki, du solltest es eigentlich doch besser wissen.«

»Ja, schon. Ich weiß auch nicht. Manchmal möchte ich einfach …«

Im Spiegel beobachte ich, wie sich seine Augen zu Schlitzen verengen und er das Glas hochnimmt, in dem unsere Zahnbürsten stehen. »Ist es das, was du willst? Soll ich es kaputt schlagen? Soll ich dir eine Scherbe reichen?«

Der Gedanke ist äußerst verlockend, aber ich schüttele den Kopf, und als ich es tue – als ich dieses furchtbare Bedürfnis verdränge –, fühle ich mich stärker. »Nein«, sage ich bestimmt. »Das ist es nicht. Ich habe nur Angst, dass ich nicht allein zurechtkomme.«

»Oh, Nikki.« Er drückt einen Kuss auf meine Schulter. »Natürlich kannst du das. Du tust es bereits. Aber allein mit etwas klarzukommen bedeutet nicht zwangsläufig, dass man dafür *allein* sein muss. Ich bin immer für dich da, weißt du das nicht?«

»Doch, natürlich.«

»Dann nimm es an. Und lauf nicht davor davon.«

Ich bleibe einfach so stehen, den Blick auf den Spiegel gerichtet, während Damien hinter mir steht, mir den Rücken stärkt.

Und mir wird klar, dass meine Reaktion idiotisch war. Denn er hat recht. Damien kämpft mit mir, nicht für mich. Er unterstützt mich und gibt mir Kraft, aber er ist nicht meine Geheimwaffe. Und das ist ein gewaltiger Unterschied.

Langsam hebe ich den Kopf, und noch langsamer begegne ich seinem Blick. »Ich will dich. Ich brauche dich. Ich brauche dich, um mit dem allem fertigzuwerden.« Ich drehe mich in seinen Armen zu ihm um und hebe mein Kinn, sodass meine Lippen nur Zentimeter von seinen entfernt sind. Sodass wir dieselbe Luft einatmen und einander tief in die Augen schauen.

»Ich verstehe, was du mir sagen willst. Dass es okay ist, wenn ich dich brauche. Wenn du mein Anker bist, der mir wieder Halt gibt, damit ich sie aus meinem Kopf herausbekomme. Damit ich an dem Ich festhalten kann, an dem ich so lange gearbeitet habe. Und an dem Leben, das wir uns gemeinsam aufgebaut haben.«

»Ja«, flüstert er. »Genau das, Nikki.«

»Dann tu es«, fordere ich, während er mich an den Hüften packt, mich knapp vorn auf die Kante vom Waschtisch setzt und meine Beine grob auseinanderschiebt. Ich strecke die Hand aus, um ihm über seine steinharte Erektion zu streicheln. »Sei mein Anker. Ich will es grob. Ich will es hart.«

Und ich will verflucht sein, wenn er mir nicht genau das gibt. Wild und schnell – genau das, was ich jetzt brauche.

Er hält sich gar nicht erst damit auf, mich mit den Fingern vorzubereiten.

Stattdessen hält er mich fest und rammt mit voller Länge, bis zu seinen Eiern, in mich hinein. So tief, dass ich aufschreie. So hart, dass ich es kaum aushalte. Immer und immer wieder stößt er in mich, eine Hand auf meiner Hüfte, die andere auf meiner Schulter, sodass er mich vollkommen im Griff hat und ich mich keinen Zentimeter rühren kann, um seiner Wucht auch nur im Geringsten auszuweichen. Ich nehme alles wahr, mache alles mit. Lasse mich von ihm füllen. Lasse mich von ihm benutzen.

Es wird immer härter und härter. Das hier hat nichts mit Liebe machen zu tun, das hier ist ein reiner Fick. Ein derber, heftiger, wilder Fick. Und ich kann nichts weiter tun, als mich ihm zu unterwerfen. Ich kann mich nicht zurücklehnen. Ich kann mein Gewicht nicht verlagern. Ich kann mich nicht vom Fleck rühren, und der Sex ist so hart und geil, dass ich wünschte, er würde nie enden.

Immer und immer wieder hämmert er in mich. Und als er immer näher dran ist, gleitet seine Hand von meiner Schulter hinunter, bis er in meine Brustwarze kneift. Die Zähne fest auf meine Unterlippe gepresst, genieße ich diesen neuen Sinnesreiz, der mich wie ein Blitz bis zu meiner Klitoris durchfährt, die nun heftig vor Verlangen pocht.

Er kneift noch fester in meinen Nippel und zwirbelt dann ein wenig daran. »Komm mit mir«, fordert er, und diesmal nimmt er die Hand von meiner Hüfte und legt sie um meinen Hals, sodass, wenn ich atmen will, ich mich nicht rühren darf.

Dieses Gefühl ist völlig neu und befremdlich und wahnsinnig antörnend, und als er den Griff um meinen Hals verstärkt, während er seinen Schwanz in mich hämmert, spüre ich, wie mein Körper sich langsam auflöst, wie die unsichtbaren Fäden, die Damien von meinen Titten zu meiner Muschi gespannt hat, langsam in Flammen aufgehen und eine Feuerspur hinterlassen.

Als er kommt und sein Körper zu zittern beginnt, ist es, als ob er einen Schalter in mir umgelegt hätte. Mein eigener Orgasmus bricht aus mir hervor, und in diesem Augenblick wird mir völlig klar, dass es genau das ist, was zwischen uns wirklich zählt. Denn Damien wird immer für mich da sein, ob es mir gut geht oder nicht. Er wird immer da sein, um mich fest in den Arm zu nehmen. Um mir zu geben, was ich brauche.

Und er wird mir immer dabei helfen, die Wunden meiner Vergangenheit zu heilen.

4   Nachdem Damien und ich den Sonntagmorgen im Bett
    verbracht haben, gesellen wir uns schließlich zu den
anderen zum Brunch und einem gemeinsamen Spaziergang
am windgepeitschten Strand. Danach gehen wir alle zurück
zu unseren Bungalows, um uns noch ein wenig auszuruhen,
bevor wir alle wieder zurück aufs Festland müssen. Die anderen nehmen ein Boot – außer Jackson und Sylvia, die beschlie-
ßen, noch einen Tag länger zu bleiben, um mit Ronnie am
Strand zu spielen –, aber Damien und ich fliegen mit dem
Hubschrauber von der Insel direkt zu unserem Anwesen in
Malibu.

Den Abend verbringen wir ganz gemütlich zu Hause, an-
einandergekuschelt im Bett, mit unserer Katze Sunshine, die
zufrieden zu unseren Füßen schnurrt, während Damien einen
Roman von Ray Bradbury liest und ich die neueste Ausgabe
der *Wired* durchblättere. Zumindest bis zu dem Moment, als
ich mich gähnend strecke und meine Zeitschrift beiseitelege.

Als Damien sich auf die Seite dreht und mich mit einem
teuflischen Gesichtsausdruck ansieht: »Müde?«

»Erschöpft«, bestätige ich. »Aber ich könnte mir vorstellen,
dass du meine müden Lebensgeister wecken könntest.«

»Meinst du?«

»Na ja, ich weiß nicht so recht.« Ich schlage einen vorlau-
ten Ton an. »Ich meine, du bist in vielem gut. Da kann ich
nicht verlangen, dass du in allen Bereichen überragend bist.«

Er lacht. »Willst du mich herausfordern?«

»Vielleicht ein wenig«, gestehe ich und breche in schallendes Gelächter aus, als er sich auf mich rollt und mich überaus effektiv mit einem Kuss zum Schweigen bringt.

»Ich kann nicht versprechen, dass ich dich zu neuem Leben erwecke«, sagt er, als er den Kuss löst. Seine Hand gleitet unter mein T-Shirt und nach oben über meine nackte Haut. »Aber ich wüsste etwas, nach dem du garantiert tief und fest schläfst wie ein Baby.«

»Ach, wirklich?«

»Soll ich es dir beweisen? Soll ich auf deinem Körper mein persönliches Wiegenlied erklingen lassen?«

Ich muss grinsen. »Klingt gut.«

»Das trifft sich hervorragend, denn ich finde, das fühlt sich auch gut an.«

Wie um das zu unterstreichen, streicht er mit dem Daumen über meinen Nippel und legt dann seine Hand sanft über meine Brust. Lustvoll stöhne ich, als Damiens Hände sich weiter vortasten, meine Brüste kneten, über meinen Brustkorb streichen und schließlich zwischen meine Beine gleiten.

»Schließ deine Augen, Baby«, sagt er und streichelt mich, »und lass mich deine Träume mit Leben anfüllen.«

Ich tue wie befohlen und begebe mich völlig in Damiens Hände, während er mich langsam immer höher und höher schweben lässt. Seine Finger liebkosen mich, vernebeln meine Sinne. Es ist alles andere als grob oder wild, sondern so sanft und hauchzart wie eine Feder. Eine Streicheleinheit hier. Ein Kuss da. Bis ich das Gefühl habe, wie auf Wolken zu schweben.

Und als er mit seinem Mund meine Muschi erkundet und seine Zunge mich genau an der richtigen Stelle kitzelt, löse ich mich in seinen Armen völlig auf. Doch es ist keine Explosion, die mich zerreißt. Sondern vielmehr eine Woge an Emotionen, die über mich hereinbricht, als ob ich unter einem warmen Wasserfall stünde, während die Lust durch mich durch rollt, immer weiter und weiter, wie eine Endlosschleife tiefster Erfüllung, die mich in Damiens Arme sinken lässt. Und, zu guter Letzt, in den Schlaf.

Am nächsten Morgen ist der Anruf meiner Mutter völlig aus meinen Gedanken getilgt, und ich fühle mich wundervoll geliebt und zutiefst befriedigt.

»Also, was steht heute bei dir auf der Agenda?«, frage ich Damien, als wir beide die Kaffeemaschine fest im Blick haben und nur darauf warten, dass der Kaffee fertig gebrüht ist. »Kaufst du irgendwo in der Welt ein kleineres Land? Baust du deine eigene Weltraumstation?«

»Ich hatte eigentlich überlegt, den Mars zu besiedeln, aber dann hat mich Rachel daran erinnert, dass ich heute ja zum Mittagessen mit Dallas verabredet bin, um über irgendein Technologieprojekt zu reden, das er mir vorstellen will.«

»Echt?« Ich bin ein wenig erstaunt. »Ein Technologieprojekt? Das fällt aber nicht in den klassischen Kaufhausbereich, oder? Was für eine Technologie?«

»Keine Ahnung, aber er meinte, er würde ganz sicher nicht meine Zeit verschwenden.«

»Weil der Mann bei allem, was er tut, keine Zeit verschwendet.« Ich sehe mich in der Küche um. »Hat Gregory die Sonntagszeitung irgendwo hier liegen gelassen?«, frage ich und meine den Mann, der seit Jahren als Damiens Diener, Butler und Allround-Hausverwalter arbeitet. »Denn ich könnte wetten, wenn ich den Panorama-Teil aufschlage, finde ich bestimmt drei pikante Fotos von ihm. Und ich setze die Zahl nur deshalb so niedrig an, weil er das ganze Wochenende auf der Insel und somit von der Bildfläche verschwunden war.«

»Da magst du recht haben«, sagt Damien. »Aber das heißt nicht, dass er das Projekt nicht ernst nimmt, was auch immer es sein mag. Außerdem habe ich das Gefühl, dass ich es ihm schulde, ihm zumindest zuzuhören. Immerhin hat er eine

Menge in meine diversen Projekte investiert. Und zwar aus eigener Tasche, nicht mit den Geldern aus der Familienstiftung.«

»Na ja, jedenfalls bin ich schon sehr auf sein Konzept gespannt. Wer weiß, vielleicht ist es ja eine App, die ihm dabei hilft, einen Überblick über seine vielen Affären zu behalten?« Ich lege meine Fingerspitze auf die Lippen, als würde ich grübeln. »Eine dezente Handy-App, mit der er sich Notizen zum Lieblingsessen, Lieblingswein und so weiter machen kann. Oder einen Terminplaner, damit es nicht versehentlich zu Überschneidungen kommt.« Doch dann fällt mir wieder ein, dass Dallas gleich zwei Frauen auf der Insel dabeihatte. »Wenn ich's mir recht überlege, ich glaube, das mit den Überschneidungen würde ihn vermutlich nicht weiter stören. Aber trotzdem, eine reizvolle Idee. Vielleicht solltest du ihn überreden, mich für die App ins Boot zu holen.«

Wie beabsichtigt, bringe ich Damien zum Lachen. »Ich werde ihm ausrichten, dass er mit dir einen Termin vereinbaren soll. Aber wie schaut es denn bei dir aus?«, fährt er fort und gießt uns beiden eine Tasse Kaffee ein. »Was steht bei dir heute so an?«

»Ich bereite das Meeting morgen mit Preston vor«, erzähle ich ihm. Preston ist Lisas Freund und Leiter im Einkauf bei Stark Applied Technology. Ich habe zuletzt eine webbasierte App gegen Lizenzgebühr an das Unternehmen vertrieben, und arbeite derzeit mit Preston daran, die App an die spezifischen Bedürfnisse von Stark International anzupassen. »Dann treffe ich Jamie zum Mittagessen – sie dreht gerade einen Beitrag im City Walk, ist also ganz in der Nähe meines Büros. Und danach treffe ich einen neuen Kunden.«

»Was für einen Kunden?«

»Frank irgendwas – der Name ist mir entfallen. Er hat mir eine E-Mail geschrieben. Offenbar ist er neu in Los Angeles und hat eine Idee für eine App, die er gerne erstellen würde, hat aber selbst nicht das technische Know-how. Und jetzt will er mit mir darüber sprechen, wie viel es ihn kosten würde, wenn ich die App für ihn entwickle.«

»Meine vielbeschäftigte Frau«, sagt er und zieht mich an einer Hand dicht zu sich. Dann nimmt er mir die Kaffeetasse aus der anderen Hand und stellt sie ab, um mich noch näher heranzuziehen. »Erobert die Welt der Technik im Sturm.«

»Na ja, ich weiß nicht, ob ich so weit gehen würde«, erwidere ich. »Aber mein Umsatz sieht ziemlich gut aus momentan.« Was ich nicht erwähne, ist, dass der Großteil meines Gewinns in diesem Jahr von der Lizenz stammt, die ich an die Firma meines Mannes vertrieben habe.

»Und jeden Cent wert«, sagt er, und ich muss lachen.

»Aber hallo«, sage ich. Damien hatte Interesse an der Lizenzierung der App angemeldet, seit ich ihm von meiner Idee erzählte, zu einem Zeitpunkt, da ich kaum die ersten Codezeilen geschrieben hatte. Doch ich hatte damit noch gewartet, weil ich meine Firma zunächst aus eigener Kraft auf die Beine stellen wollte.

Und im Nachhinein bin ich froh darüber. Ich habe mir selbst bewiesen, dass ich genug Talent besitze, meine eigene Firma aufzubauen, was das Gesamtpaket eines ohnehin ziemlich grandiosen Lebens abrundet. Eine Arbeit, die mir Spaß macht und mich herausfordert. Gute Freunde. Ein atemberaubend schönes Zuhause. Und ein Ausblick auf die Welt von jenen Gipfeln aus, die Damien erklommen hat und die ich zugegebenermaßen sehr zu schätzen gelernt habe.

Alles in allem ist das mehr, als ich je erwartet hätte.

Doch wofür ich am meisten dankbar bin, ist, diesen Mann an meiner Seite zu wissen. Einen Ehemann, der mich liebt, mich auf Händen trägt und mich beschützt.

Ich denke an meine Mutter, meine Narben und an die

Dämonen, die mich all die Jahre gequält haben. Sicher, ich habe noch immer mit ihnen zu kämpfen, aber die meisten davon sind mittlerweile Vergangenheit. Und das liegt nicht zuletzt an Damien. Denn er kämpft mit mir, nicht für mich, wie ich nun erkannt habe.

Er versteht mich, und diese scheinbar simple Tatsache ist unglaublich wertvoll.

»Damien.« Mehr sage ich nicht, doch in seinen Augen kann ich erkennen, dass er weiß, was mein Herz bewegt. Und als ich mich auf Zehenspitzen stelle, um ihn zu küssen, hält er mich fest und küsst mich lang und tief.

»Ich dich auch«, sagt er, als wir uns voneinander lösen.

»Ich könnte alles absagen«, schlage ich nur halb im Scherz vor.

»Führe mich nicht in Versuchung. Andererseits führst du mich immer in Versuchung.« Er küsst mich erneut. »Na los, geh schon. Bevor ich noch auf dein überaus verlockendes Angebot zurückkomme.«

»Na gut, dann sehen wir uns heute Abend.«

»Und jede Nacht danach«, sagt er und entlockt mir ein Lächeln.

Ich lächle noch immer, als ich Coop, meinen knallroten Mini Cooper, auf meinem Parkplatz vor dem Büro abstelle. Die Apartments im Gebäude standen kürzlich zum Verkauf, und nun gehört mein Büro ganz mir. Und allein dieser Umstand lässt mich noch breiter grinsen, als ich mich auf den Weg in mein eigenes kleines Reich mache.

Der Vormittag vergeht wie im Fluge, und als ich endlich mal kurz durchatme und von dem Code hochsehe, an dem ich nach einem Gespräch mit Prestons Assistentin getüftelt habe, fällt mir auf, dass es bereits nach zwölf ist und ich in zehn Minuten mit Jamie verabredet bin.

Natürlich bin ich zu spät, aber Jamie kommt noch später als

ich, und als sie auf die Sitzbank gegenüber von mir rutscht, ist sie ganz aufgekratzt und entschuldigt sich tausendmal.

»Kein Problem, James. Ich war auch zu spät. Und ich kann leider nicht mal eine Stunde bleiben, weil ich danach gleich noch einen Termin mit einem Kunden habe. Aber was ist denn los mit dir?« Jamie ist so hibbelig, dass es ein Wunder ist, dass uns nicht alle Leute anstarren.

»Nur zwei Worte: Wochenend-Moderatorin.«

Meine Augen weiten sich, und als ich mich vorbeuge und ihr begeistert die Hände drücke, muss ich mich zurückhalten, um nicht loszukreischen. »O Gott, Jamie, das ist ja großartig!«

»Ja, oder?«

Nicht, dass es mich überrascht – Jamie ist nicht nur absolut telegen, sondern auch unglaublich talentiert. Anfangs hatte sie ihr Glück als Schauspielerin probiert, aber Jamie zählt zum Typ ›harte Schale, weicher Kern‹, und im Haifischbecken Hollywood wird jemand wie sie ganz schnell von den anderen zerfleischt. Im Journalismus sieht es da schon ganz anders aus, und ich glaube, sie hat endlich ihre Nische gefunden.

»Aber kannst du trotzdem noch Beiträge drehen? Oder sitzt du dann nur noch im Studio am Moderationspult?«

»Eigentlich hoffe ich, eines Tages Moderatorin im Hauptabendprogramm zu sein. Aber vorerst werde ich Berichte für die Wochenausgabe der Sendung zusammenstellen und am Wochenende moderieren.« Ihr Lächeln lässt praktisch den ganzen Raum erstrahlen. »Total cool, oder?«

»Cool? Das ist fantastisch! Ich bin so stolz auf dich«, sage ich, und sie strahlt wie ein Honigkuchenpferd.

»So, aber jetzt zu dir. Hat sich irgendetwas Nennenswertes ereignet, seit wir uns zuletzt gesehen haben? Normalerweise würde ich ja erwarten, dass alles beim Alten ist, aber immerhin hat sich bei mir in den letzten achtzehn Stunden mal eben komplett mein Job geändert. Und wer weiß, angesichts deiner finanziellen Möglichkeiten, hast du vielleicht in der Zwischenzeit mal eben so Australien gekauft?«

Ich verdrehe die Augen. »Nein, keine neuen Immobilienkäufe«, erwidere ich, als die Kellnerin unsere beiden Salate bringt. »Aber meine Mom hat gestern angerufen«, füge ich hinzu, sobald die Kellnerin gegangen ist.

Jamie war gerade dabei, sich Dressing über den Salat zu kippen, hält jetzt aber mitten in der Bewegung inne. »Du meinst, nachdem du zu Hause angekommen bist?«

Ich nehme meine Gabel und spieße ein Stück Avocado auf. »Nein, noch auf der Insel. Sonntagmorgen, genauer gesagt.«

Jamie stellt das Dressing beiseite. »Bitte, was? Beziehungsweise, lass es mich anders formulieren: Scheiße, ist das dein Ernst?«

Am liebsten würde ich meinem Impuls folgen und weiter im Salat stochern, doch ich zwinge mich hochzuschauen. Direkt in Jamies Gesicht, die mich mit aufgerissenen Augen und offenem Mund ungläubig anstarrt.

»Und das sagst du mir erst jetzt?«

»Es war nicht …« Ich raufe mir die Haare. »Mir geht's gut, James«, sage ich schließlich. »Damien war bei mir, als sie angerufen hat, von daher …«

»Okay, das verstehe ich. Aber komm schon, Nicholas. Immerhin redest du hier mit mir.«

Ich hebe die Schultern und fühle mich seltsam schuldig. Denn Jamie ist meine beste Freundin, seit Ewigkeiten schon. Aber allmählich brauche ich sie nicht mehr so wie früher. Natürlich werde ich sie immer brauchen. Aber ich bin mittlerweile an einem Punkt angelangt, an dem ich mit dem Scheiß in meinem Leben entweder allein zurechtkomme oder Damien habe, der mir die Hand hält und mir hilft.

»Es tut mir leid«, sage ich und meine damit nicht nur mein

Schweigen, sondern auch den Graben zwischen uns, von dem ich fürchte, dass er größer und größer wird.

Ihre Brust hebt und senkt sich, als sie tief einatmet und hörbar ausatmet. »Gott, Nicholas, da gibt es nichts zu entschuldigen. Du hast jetzt Damien, und ihr beide tut euch gegenseitig gut, das ist mir völlig klar. Und ich habe Ryan, und ich weiß, ich lade jetzt meinen ganzen Mist größtenteils ebenfalls bei ihm ab, anstatt bei dir, und wahrscheinlich hat das etwas Gutes, aber …«

Ich ergreife über den Tisch hinweg ihre Hand. »Du bist immer noch meine beste Freundin.«

Ihre Schultern senken sich, als sich ihr ganzer Körper entspannt. »Ich weiß. Und du meine. Aber die Dinge haben sich verändert. Wir sind jetzt beide in Beziehungen, und du hast eine ganz neue Familie mit Syl und Jackson und Ronnie, und bald schon kriegt ihr auch Kinder und dann …«

»Woah, nicht so voreilig, Cowboy«, sage ich lachend. »Lass uns mal nichts überstürzen.«

Sie sieht mich ein wenig zerknirscht an. »Sorry. Aber du weißt, was ich meine.«

»Schon. Aber anders heißt nicht unbedingt schlechter. Sondern einfach anders, oder nicht?«

»Absolut.«

»Also ist alles zwischen uns in Ordnung?«

Ihr Lächeln ist aufrichtig. »Alles bestens.«

»Sehr schön.«

»Also, noch mal zurück zu deiner Mom. Sie hat angerufen? Weshalb?«

»Ich habe keinen blassen Schimmer«, gebe ich zu. »Sie meinte, sie hätte an Ashley und meinen Dad gedacht.«

»Hä?« Ihrem Gesichtsausdruck kann ich entnehmen, dass sie ebenso verdutzt ist wie ich. »Gab es dafür irgendeinen besonderen Grund?«

»Nichts, was sie mir gegenüber erwähnt hätte.«

»Sie hat bestimmt etwas vor.«

Meine Miene verfinstert sich. »Würde mich nicht überraschen.«

Jamie stochert aufgebracht in ihrem Salat. »Was fällt der eigentlich ein? Ruft dich einfach aus heiterem Himmel an und ruiniert deinen Sexappeal.«

»Sexappeal?« Ich muss unweigerlich lachen. »Ist das dein Ernst?«

»Ich will damit nur sagen, vergiss sie.«

Ich wedele mit der Hand durch die Luft, als würde ich einen Schwarm Fliegen vertreiben. »Schon passiert.«

»Und was ist mit dem Rest?«, fragt sie in leicht hinterhältigem Ton.

»Welchem Rest?«

»Ähm. Hallo? Babys. Von wegen, in Sylvias Fußstapfen treten und so. Wie sieht es denn nun damit so aus?«

»Was ist denn in letzter Zeit los, dass du mich ständig wegen dieser Babysache löcherst? Ich habe dir schon Weihnachten gesagt, dass ich genug mit meinem Job um die Ohren habe. Gerade ist nicht der beste Zeitpunkt, um eine Familie zu gründen.«

»Und das ist der einzige Grund, weshalb ihr noch wartet?«

Ich lege die Gabel ab. »Nein, und das weißt du genau.«

Jamie seufzt. »Du bist nicht deine Mom, Nikki. Und übrigens auch nicht deine Schwester oder dein Vater.«

Jamie weiß natürlich über meine diversen Neurosen Bescheid. Meine Mutter ist als Vorbild schon übel genug. Hinzu kommt, dass meine Schwester sich das Leben genommen hat, als es so schlimm wurde, dass sie keinen Ausweg mehr sah. Und dann gibt es da noch meinen Vater, der uns verlassen und meine Mutter allein mit dem ganzen Scheidungskram und uns Kindern hat sitzen lassen.

»Ich weiß. Aber es ist nicht nur meine Familie. Sondern auch ich selbst. Du weißt genau, dass ich so meine Probleme habe.«

»Hattest«, sagt Jamie bestimmt, denn ich habe mich seit Jahren nicht mehr geritzt, auch wenn ich ein paarmal kurz davor war.

»*Habe*«, beharre ich. »Es ist immer noch in mir. Ich kämpfe immer noch dagegen an. Das weißt du genauso gut wie ich.«

»Ja, aber jetzt hast du Damien.«

»Ich fühle mich noch nicht bereit für Kinder«, sage ich nüchtern. »Aber ich möchte welche haben. Wenn es dir also nur darum geht, endlich Tante zu werden, gibt es Hoffnung, versprochen.« Ich nehme einen Schluck von meinem Mineralwasser und lehne mich zurück. »Apropos, wann geht es denn bei *dir* endlich mal los?«

»Ähm, wie bitte? Ich bin noch nicht mal verheiratet.«

Ich mache ein verächtliches Geräusch. »Pah, als ob du dich je um gesellschaftliche Konventionen geschert hättest. Aber mal im Ernst, hast du mit Ryan schon mal darüber geredet?«

Dass ihr das Blut in die Wangen schießt, verrät mir, dass dem so ist. »Sag mal, hattest du nicht gleich einen Kunden?«

Lachend zeige ich mit dem Finger auf sie. »Es ist nur fair, den Spieß umzudrehen. Erinner mich daran, wenn du mich das nächste Mal zum Thema Kinderkriegen aushorchst.«

»Na schön, was soll's.« Sie nickt zum Salat. »Beeil dich, damit du deinen Salat noch schaffst, bevor du zu deinem Kunden musst. Das Essen geht auf mich. Bei meinem neuen Job bekomme ich nämlich auch ein neues Gehalt.«

»Ich bin so stolz auf dich«, sage ich, und erneut strahlt sie über beide Ohren.

»Schon cool, ich weiß. Ich bin auch echt stolz auf mich.«

Obwohl wir noch zehn weitere Minuten dasitzen und quatschen, schaffe ich es, sogar noch fünf Minuten vor dem Termin im Büro zu sein. Ich winke kurz Marge, der neuen Empfangsdame für die Büros auf meiner Etage, zu und eile dann in mein Büro, um schnell noch eben das Chaos auf meinem Schreibtisch zu beseitigen, bevor Frank Dunlop eintrifft.

Mein Timing ist perfekt. Ich schiebe gerade den letzten Krimskrams in eine der Schubladen, als Marges Stimme durch die Gegensprechanlage ertönt und meinen Besucher ankündigt.

»Schicken Sie ihn rein«, bitte ich sie, und gehe zur Tür, um ihn zu begrüßen. Er ist älter, vermutlich um die sechzig, mit einem attraktiven, wenn auch wettergegerbten Gesicht und Haaren, die an den Schläfen bereits grau sind. Für sein Alter sieht er jedoch noch gut in Form aus, und ich schätze, dass er viel Zeit draußen verbringt und vermutlich in irgendeiner Form körperlich tätig ist. Ich habe keine Ahnung, welche Art von App er im Sinn hat, bin aber schon sehr gespannt.

»Freut mich, Sie kennenzulernen«, sage ich und strecke ihm die Hand entgegen.

Er zögert kurz, doch als er sie ergreift, ist sein Handdruck fest und für meinen Geschmack eine Sekunde zu lang. Dann lächelt er und schüttelt den Kopf, als ob er etwas neben sich stünde.

Offenbar hat er es bemerkt, denn er lacht verlegen und nimmt dann auf einem der Besucherstühle gegenüber von meinem Schreibtisch Platz. »Entschuldigen Sie. Ich war in Gedanken bereits damit beschäftigt, mir zu überlegen, wie ich Ihnen mein Projekt erkläre. Ich habe mir auch ein paar Notizen gemacht, aber diese, äh, App ist so wichtig für mich, dass ich mich trotzdem unvorbereitet fühle.«

Ich nehme hinter meinem Schreibtisch Platz und schenke ihm ein, wie ich hoffe, nachsichtiges Lächeln. Ich hatte noch nie einen derart nervösen Kunden, muss aber zugeben, dass ich es auf seltsame Weise liebenswert finde. Ganz offensichtlich liegt ihm viel an diesem Projekt, und die Tatsache, dass er bereit ist, es mir anzuvertrauen, bestärkt mich in meinem Entschluss, ihm zu beweisen, dass ich die Richtige für diesen Job bin.

»Warum zeigen Sie mir nicht einfach mal Ihre Notizen?«, schlage ich vor. »Es ist gar kein Problem, wenn es formal keine perfekte Präsentation ist. Das können wir später zusammen machen.«

Er nickt zufrieden. »Sie wissen mit Menschen umzugehen, Mrs. Stark. Und von dem, was ich über Sie gelesen habe, verstehen Sie etwas von Ihrem Fach.«

»Ich gebe mir Mühe.«

Er dreht sich im Stuhl, um sich umzuschauen. »Schönes Büro.«

»Danke. Ich könnte auch von zu Hause aus arbeiten, aber ich mag es, morgens aufzustehen und zum Büro zu gehen. So kann man Arbeit und Privatleben auch klarer voneinander trennen.«

»Das ist bestimmt schwierig, wenn man mit Damien Stark verheiratet ist. Ich könnte mir vorstellen, dass ein Mann wie er rund um die Uhr arbeitet.«

Nachdenklich lege ich den Kopf schräg. »Er arbeitet viel, und zu allen Tages- und Nachtzeiten. Aber ich habe mich nie vernachlässigt gefühlt. Ganz im Gegenteil«, füge ich hinzu, gehe aber nicht so weit, diesem Unbekannten gegenüber zu äußern, dass ich genau weiß, dass ich für Damien immer Priorität habe.

»Das freut mich sehr zu hören«, sagt er, und ich bin überrascht über die aufrichtige Anteilnahme in seiner Stimme. Offenbar kann er es in meinem Gesicht ablesen, denn er schmunzelt: »So viele junge Paare heutzutage denken nur noch an die Arbeit und nehmen sich keine Zeit mehr füreinander. Ein leider weitverbreitetes Phänomen, wenn Sie mich fragen. Und wirklich schade. Denn letztlich ist die Familie das, was wirklich zählt.« Er seufzt. »Das ist eine Lektion, die ich leider erst viel zu spät im Leben gelernt habe.«

»Das tut mir leid.« Ehrlich gesagt, weiß ich nicht, was ich dazu sagen soll, und rutsche ein wenig auf meinem Stuhl umher. Dieser Frank Dunlop ist mir durchaus sympathisch, aber ich frage mich, wieso er mir all das erzählt.

Scheinbar geht ihm dasselbe durch den Kopf, denn er macht eine wegwerfende Handbewegung. »Jedenfalls. Meine Notizen.« Neben ihm steht eine abgewetzte Lederumhängetasche, wie sie Lehrer haben, aus der er jetzt einen gelben Notizblock herauszieht und auf meinen Schreibtisch legt. Er rückt mit dem Stuhl näher heran und blättert die Seiten durch, auf denen er verschiedene Beispielseiten für seine App skizziert hat.

»Wie Sie sehen, bin ich Reisefotograf. Ich reise seit Jahren um die Welt und habe jede Menge gesehen und erlebt, aber nun bin ich so weit, dass ich mich irgendwo niederlassen will.«

»In Los Angeles?«

»Genau. Momentan suche ich noch nach einem Atelier – nach Räumlichkeiten, die ich als Galerie und zum Verkauf meiner Landschafts- und Reisefotografien nutzen kann, aber auch als Fotostudio für Porträts. Ich habe noch nicht das Passende gefunden, aber selbst wenn es so weit ist, weiß ich, dass es Zeit braucht, bis das Geschäft anläuft. Und da kommt die App ins Spiel. Zumindest hoffe ich das. Hier, schauen Sie.«

Er beugt sich erneut über seine Skizzen und beginnt, mir seine Idee im Detail zu erläutern. Die Idee ist im Grunde, dass er seine Fotos auf der App präsentieren und digitale Postkarten zum Kauf anbieten will, in die die Nutzer Bilder von sich selbst hineinmontieren können. Und um das Ganze noch attraktiver zu gestalten, schwebt ihm ein kleiner Shop vor. Mit Mousepads und Tassen und T-Shirts, die man mit den diversen Motiven bedrucken lassen kann. Die Idee ist gar nicht mal übel, doch so richtig überzeugt bin ich, als er mir schließlich einige seiner Bilder zeigt.

»Wow, die sind großartig. Sie haben wirklich ein ausgezeichnetes Auge für Fotografie.«

Er strahlt. »Danke, das ist sehr freundlich von Ihnen.«

»Ich liebe es zu fotografieren. Ich bin zwar nicht halb so talentiert wie Sie, aber das Fotografieren ist mein Hobby, seit mir meine Schwester eine Kamera geschenkt hat, als ich noch zur Highschool ging.«

»Ihre Schwester«, wiederholt er, und wahrscheinlich bilde ich es mir nur ein, aber es klingt ein wenig, als ob er wüsste, dass ich sie für immer verloren habe.

Ich räuspere mich. »Jedenfalls denke ich, dass wir das hinkriegen, Mr. Dunlop.«

»Bitte nennen Sie mich doch Frank.«

»Na gut, aber nur, wenn Sie mich Nikki nennen.« Ich lege meine Hand auf seine Notizen. »Darf ich die ein, zwei Tage behalten? Und vielleicht könnten wir uns am Freitag noch einmal treffen? Bis dahin dürfte ich Ihnen schon einmal ein grobes Konzept präsentieren können.«

»Das wäre toll. In der Zwischenzeit kann ich weiter nach einem Atelier suchen.«

»Kennen Sie sich denn in Los Angeles aus?«

Er schüttelt den Kopf. »Nicht wirklich. Ich weiß nur, dass ich gerne irgendwo in der Nähe vom Strand wäre.«

»Wie ich und jeder andere in dieser Stadt. Dann müssen Sie aber mit deutlich höheren Kosten rechnen. Ich könnte Sie an einen Immobilienmakler vermitteln; vielleicht kennt der jemanden, der seine Räume untervermieten möchte, oder – *oh*, mir kommt da gerade eine brillante Idee.«

Ich halte einen Finger in die Luft, während ich mit der anderen zum Handy greife. »Ich habe da einen Freund, der jemanden sucht, der sich mit ihm Geschäftsräume teilt. Er wohnt in Santa Monica, nur ein paar Häuserblocks vom Strand entfernt. Soll ich ihn anrufen?«

»Also, ich … ja. Ja, warum eigentlich nicht?«

»Wunderbar.« Ich wähle die Nummer von Wyatt Royce, einem Fotografen, den Damien seit Jahren kennt und bei dem ich selbst bereits ein paar Fotokurse gemacht habe. Er geht direkt beim ersten Klingeln ran, und als ich ihm von Frank und seiner Suche erzähle, versichert er mir, dass er ihn sehr gerne treffen würde.

»Aber hör mal, ich habe Damien und dich schon eine Weile nicht mehr gesehen. Was hältst du davon, wenn wir alle zusammen etwas trinken gehen? Bei der Gelegenheit kann ich mir auch gleich ein Bild davon machen, ob ich mir vorstellen kann, mir mit Frank das Atelier zu teilen.«

Daraufhin frage ich bei Frank nach, der sofort Feuer und Flamme ist, und ich frage Wyatt, wo wir uns treffen sollen.

»Ich würde gerne mal das Q ausprobieren«, sagt er und meint eine trendige Restaurant-Bar in Santa Monica, nur ein paar Straßen von seinem Studio entfernt. »Aber es ist fast unmöglich, dort einen Tisch zu bekommen.«

»Damien kriegt das schon hin«, sage ich mit Bestimmtheit und lächle Frank zu, als ich hinzufüge: »Damien kriegt so ziemlich alles hin.«

5 Als wir ankommen, ist das Q brechend voll, und es ist offensichtlich, dass dies gerade DER angesagte Szeneladen in L. A. ist. Wyatt und Frank tauchen nur ein paar Minuten nach uns auf, und während wir warten, beginnen die beiden, sich sofort über Bildaufbau, Kontraste und diverse Bearbeitungstools zu unterhalten. Sie sind so sehr ins Gespräch vertieft, dass ich Wyatts Ellenbogen antippen muss, als die Platzanweiserin uns zu einem ruhigen Tisch in der Ecke der Bar geleitet.

Auf dem Weg dorthin erkenne ich mindestens zwei Fernsehstars, was etwas heißen will, dafür, dass ich kaum fernsehe. Wie gewöhnlich, knipsen ein paar Leute heimlich Fotos mit der Handykamera von Damien und mir, während wir uns durch das Labyrinth an Tischen hindurchschlängeln, bis wir schließlich an unserem Platz angelangen, der ganz offensichtlich zu den besten im ganzen Lokal gehört.

Daraufhin dreht sich natürlich ein weiterer Pulk von Leuten nach uns um und tuschelt und deutet auf uns. Mittlerweile bin ich es gewohnt, Aufmerksamkeit zu erregen, aber als sich Frank vorbeugt und mich fragt, ob es mich denn nicht störe, wird mir plötzlich wieder bewusst, dass ich im Rampenlicht stehe.

»Früher schon«, gebe ich zu. »Aber inzwischen habe ich meinen Frieden damit gemacht.« Damien nimmt meine Hand, und ich lächle auf unsere verschränkten Finger hinab. »Das nehme ich gerne in Kauf.«

»Ihr beide scheint ein gutes Paar abzugeben«, sagt Frank.

»Allerdings«, stimmt Wyatt zu. »So ein Traumpaar findet man wohl kaum ein zweites Mal.«

Da ich dem nicht widersprechen kann, hebe ich mein Wasserglas wortlos zum Toast und stoße mit Damien an, der sich vorbeugt und mir ein schnelles Küsschen gibt.

Das Q ist berühmt für seinen dreifachen Martini Flight, und Damien hat bei unserer Ankunft für jeden von uns einen bestellt. Nun kommen zwei Kellner an unseren Tisch und stellen vor jedem von uns ein kleines Tablett mit jeweils drei verschiedenen Martinis ab – einen klassischen Gin Martini, einen Dirty Vodka Martini und einen Mexican Martini.

Als Erstes stecke ich mir die Olive des Dirty Martini in den Mund, dann nehme ich einen kräftigen Schluck, und ich muss sagen, er ist ziemlich perfekt.

Gegenüber von mir probiert Frank den Mexican Martini und nickt anerkennend. »Ehrlich gesagt, muss ich gestehen, dass ich im Vorfeld ein wenig über euch beide nachgelesen habe – ich wollte einfach wissen, mit wem ich es zu tun habe, und alles, was ich über euch gefunden habe, deutet darauf hin, dass ihr eine glückliche Ehe führt. Das freut mich.«

»Sind Sie denn verheiratet?«, frage ich.

»Das war ich früher einmal, aber …« Er verstummt mit einem Kopfschütteln und sieht dann geradewegs zu Damien. »Was ist mit Ihnen? Sie müssen die mediale Aufmerksamkeit inzwischen gewohnt sein. Sie haben Ihr ganzes Leben in der Öffentlichkeit verbracht.«

»Ja, aber an etwas gewöhnt sein und es mögen, sind zwei Paar Schuhe«, sagt Damien. »Glauben Sie mir, wenn ich es mir aussuchen könnte, würde ich auf den ganzen Rummel verzichten. In meinem und in Nikkis Interesse. Wir beide scheuen das Blitzlichtgewitter. Anders als so manch andere.« Er nickt zu einem einsamen Zweiertisch auf der anderen Seite des Raumes. Beim Hereinkommen war es mir nicht aufgefallen, aber nun sehe ich, dass Dallas dort sitzt und ihm gegenüber eine Frau, die mir bekannt vorkommt, wenn ich auch nicht weiß, woher.

»Ist das nicht Francesca Muratti?«, fragt Wyatt. »Heilige Scheiße, klar, das ist sie.«

Ich recke den Hals, um über Damiens Schulter hinwegschauen zu können, und sehe, dass Wyatt recht hat. Dallas trinkt eine Flasche Wein mit Hollywoods derzeit angesagtestem Star; einer Frau, die erst vor wenigen Wochen den Academy Award gewonnen hat für ihr erstes ernst zu nehmendes Filmdrama, nachdem sie zuvor in diversen Actionstreifen mitgewirkt hat. Darüber hinaus hat sie den Ruf eines wilden Fegers, was sich in Anbetracht dessen, dass sie in Begleitung von Dallas hier ist, zu bestätigen scheint.

Als ich meine Gedanken dem Tisch mitteile, hebt Damien amüsiert die Augenbrauen.

»Was?«, frage ich unschuldig.

»Lass mich raten – Jamie hat dich gecoacht.«

»Vielleicht ein bisschen«, gebe ich zu und lache. »Sie meint, man kann nicht in dieser Stadt leben, ohne zumindest ansatzweise über Hollywood Bescheid zu wissen.«

»Sind die beiden in einer Beziehung?«, fragt Frank.

»Nach allem, was ich über Dallas Sykes gelesen habe«, wirft Wyatt ein, »ist er nicht so der Beziehungstyp.«

Ich will die anderen gerade darauf hinweisen, dass wir in die Gossip-Falle getappt sind, über die Damien und ich uns zuvor noch lustig gemacht hatten, als die Szene an Dallas' Tisch mit der Ankunft einer langbeinigen Blondine an Brisanz gewinnt. Wie aus dem Nichts kommt sie auf die beiden zugestürmt, schnappt sich ein Glas Wasser von einem nahe gelegenen Tisch, und ohne ihren Schritt zu verlangsamen, kippt sie es Francesca Muratti ins Gesicht.

Im Bruchteil einer Sekunde ist Francesca aufgesprungen –

und die Hälfte der Leute im Restaurant zieht ihre Handys heraus und knipst Fotos.

»Du dumme Schlampe«, schreit die langbeinige Blondine. »Er gehört mir. Sag es ihr, Dallas. Sag ihr, dass du mir gehörst.«

Ich kann zwar Dallas' Antwort nicht hören, aber an ihrem Schmollmund kann ich ablesen, dass es nicht die Antwort ist, die sie sich gewünscht hat.

»Zieh Leine, du miese Schlampe«, giftet Francesca zurück. »Ich teile nicht gerne.«

»Schlampe? Wen nennst du hier eine Schlampe?«

Francesca hebt ihre wunderschön geschwungenen Augenbrauen, genau wie Dallas, der versöhnlich dreinschaut, als er die Blondine zu sich zieht und sie zärtlich küsst. Diesmal höre ich ihn, wie er sagt: »Du bist das nächste Mal dran«, und ihr in den Hintern kneift.

Er sagt das mit solcher Bestimmtheit und Autorität – und das Mädchen scheint völlig verzaubert zu sein –, dass ich schon denke, dass die Sache damit beendet ist. Doch dann gibt Francesca ein leises zufriedenes Schnauben von sich, und in diesem Moment dreht die Blonde völlig durch.

Mit einem Satz springt die Blondine über den Tisch, wirft dabei den Wein um und springt Francesca an die Kehle, während zwei Kellner besorgt auf sie zueilen.

Geschockt springe ich auf, und als ich den Blick abwende, sehe ich, wie Damien eine SMS tippt.

»Was machst …?«

»Das dürfte schon bald ungemütlich werden, also lasse ich Edward die Limousine vorfahren.«

»Wir gehen?«

Er sucht den Augenkontakt mit den anderen Männern. »Falls es euch nichts ausmacht, würde ich gerne gehen. Und Dallas und sein Date mitnehmen.«

Oh.

Wyatt und Frank nicken beide zustimmend, und ich muss zugeben, dass er damit nicht nur Geistesgegenwart beweist, sondern auch Dallas aus der Patsche hilft. Insbesondere, da Francesca in diesem Augenblick endgültig die Beherrschung verliert und der Blondine eine saftige Ohrfeige verpasst.

Sofort beginnt Dallas sie Richtung Ausgang zu schieben, während zwei gestresst aussehende Kellner versuchen, die Blondine dazu zu bewegen, das Lokal durch die Küche zu verlassen. Damien hat sich schützend vor Francescas andere Seite positioniert, als Dallas und sie vorübereilen, und hält mich dabei die ganze Zeit dicht bei sich.

Nachdem Damien Dallas mitgeteilt hat, dass ein Auto bereitsteht, flüstert er dem perplex aussehenden Inhaber etwas zu, woraufhin der Mann verständnisvoll nickt und breit lächelt, als Dallas ihm versichert, dass er am nächsten Morgen vorbeikommen und für die Schäden aufkommen würde.

Ich glaube ihm, dass er Wort halten wird, aber sowohl der Inhaber als auch ich wissen, dass Dallas mit dieser Aktion dem Q mehr Umsatz einbringen dürfte, als jede Publicity- und Marketingkampagne es je vermocht hätten. Im Ernst, vermutlich sollte der Eigentümer vielmehr Dallas bezahlen.

Wyatt und Frank folgen uns nach draußen, und ich komme nicht umhin, mich schuldig zu fühlen. Natürlich war das weder meine noch Damiens Schuld, und nicht einmal Dallas', aber ich fühle mich trotzdem wie eine schlechte Gastgeberin.

Einer der jungen Parkdienstmitarbeiter des Q hält uns die Tür der Limousine auf, woraufhin Damien zuerst Dallas und Francesca bedeutet einzusteigen und sich dann Wyatt zuwendet, der den Kopf schüttelt.

»Fahrt ihr ruhig. Ich wohne eh gleich hier um die Ecke, und ihr habt genug um die Ohren. Aber wir sollten uns noch einmal in Ruhe unterhalten«, sagt er an Frank gewandt. »Können Sie morgen früh gegen halb elf in meinem Studio vorbei-kommen? Nikki hat die Adresse.«

»Natürlich, gerne«, antwortet Frank.

Während Wyatt sich entfernt, folgen Damien und ich Frank in die Limousine. Als sich die Tür hinter uns schließt und Edward auf die Straße rollt, seufze ich erleichtert auf. »Puh.«

Damien verschränkt seine Finger in meinen. »Zumindest klang es so, als ob Frank ein Atelier gefunden hätte«, sagt er und sieht von Frank zu mir. »Insofern würde ich sagen, war der Abend doch ein voller Erfolg.«

»Für dich vielleicht«, bemerkt Francesca leicht verschnupft. »Mein Kleid ist vollkommen ruiniert. Ganz zu schweigen von dem schönen Abend.«

Dallas hatte sich Frank zugewandt, richtet seine Aufmerk-samkeit nun aber wieder auf Francesca und schiebt seine Hand über ihren Oberschenkel. »Baby, ich hätte dein Kleid so oder so ruiniert. Und was den Abend angeht, überleg doch mal, wie sehr du von diesem Auftritt profitierst.«

Ihr hübscher Mund verzieht sich zu einem Schmollmund. »Meine Manager werden außer sich sein vor Wut.«

»So ein Unsinn. Ganz im Gegenteil. Ich wette, du bist in-nerhalb von einer Stunde DIE meistgeklickte Story auf Face-book und Twitter.«

Der Gedanke gefällt ihr sichtlich. »Meinst du?«

»Auf jeden Fall.«

Sie bedeckt Dallas' Hand mit ihrer und lässt sie auf ihrem nackten Bein höher gleiten, ehe sie sich lächelnd an Damien wendet. »Könntest du uns bei Dallas' Hotel rauslassen?«

Ich muss den Kopf senken, um mein Lächeln zu verbergen, als Damien es ihr zusichert.

»Was ist mit Ihnen, Frank?«, fragt er. »Wo wohnen Sie?«

»Im Hotel Beverly Terrace. Auf dem Doheny Drive. Ist das ein Umweg für euch?«

»Ganz und gar nicht«, antwortet Damien. Tatsächlich liegt Franks Hotel gerade einmal zehn Minuten vom Stark Century Hotel entfernt, in dem Dallas übernachtet.

Auf den Straßen herrscht nicht viel Verkehr, sodass wir nicht lange brauchen, um von Santa Monica nach Century City zu gelangen, was gut ist, da Francesca von der Aussicht, mit ihrem Zickenkrieg in den Schlagzeilen zu landen, derart angetörnt zu sein scheint, dass sie es kaum abwarten kann, über Dallas herzufallen. Normalerweise bin ich ja ein Fan von Limousinensex, allerdings als aktive Teilnehmerin, nicht als Zuschauerin. Und auch nur dann, wenn Damien der einzige andere Teilnehmer ist.

Deshalb bin ich erleichtert, als die Limousine auf die kreisrunde Einfahrt auffährt und der Parkdienst uns die Tür öffnet.

»Danke fürs Mitnehmen«, sagt Dallas und grinst. »Du hast mir echt den Arsch gerettet. Oder zumindest Francescas.«

Sie verdreht die Augen. »Ich wäre mit der Schlampe auch allein fertiggeworden.«

»Na, komm schon, Baby.« Dallas hilft ihr aus der Limousine. Als sich die Tür hinter den beiden schließt und Edward wieder anfährt, blicke ich amüsiert zu Damien.

Nur ein paar Minuten später sind wir vor Franks Hotel in West Hollywood angekommen.

»Dann sage ich ebenfalls Danke. Für den, ähm, unterhaltsamen Abend. Ich glaube, so heiß her ging es zuletzt, als ich das Stierrennen in Pamplona fotografiert habe.«

Ich lache und nehme ihm das Versprechen ab, mich am nächsten Tag nach der Besichtigung des Ateliers anzurufen, da ich gespannt bin, wie er es findet.

Und dann, endlich, bin ich allein mit Damien, und es fühlt sich an, als würde mir eine schwere Last von den Schultern fallen.

»Wow«, sage ich. »Das war selbst für unsere Verhältnisse ein ziemlich irrer Abend. Wie hält er das nur aus?«

»Ich glaube, Dallas lebt nach der Philosophie, dass es so etwas wie ein Zuviel an Publicity nicht geben kann. Selbst wenn es negative Publicity ist.«

Ich erschaudere. Das ist *so gar nicht* meine Philosophie.

»Komm her.« An der Inbrunst seiner Stimme erkenne ich genau, was er will. Und verflucht, ich will es auch.

Aber das heißt nicht, dass ich es ihm so leicht mache.

»Wieso?«, frage ich unschuldig. »Ich sitze doch schon neben dir.«

»Das stimmt wohl«, sagt er und streicht mit der Hand mein Bein hoch. Ich trage einen Seidenrock, der knapp über meine Knie reicht. Mit geschlossenen Augen genieße ich das Gefühl der zarten Seide und seiner weichen Hände, die meine Haut streicheln, während er den Stoff höher und höher schiebt.

Federleicht streift seine Fingerspitze über die Narben, die meine Innenschenkel überziehen. Früher hätte ich meine Beine zusammengepresst und wäre schreiend vor jedem Mann davongerannt, der meinen Geheimnissen zu nahe kam. Der auch nur die leiseste Ahnung von meinem Leid hatte.

Aber Damien ist nicht irgendein Mann, und was ich in diesem Augenblick empfinde, ist nicht Reue oder Furcht oder Scheu. Sondern das pure Verlangen. Und zwar nicht bloß sexuelles Verlangen, nein, ich sehne mich nach *ihm*. Nach dem, was diesen Mann ausmacht – diesen Mann, der mich so gut kennt wie ich mich selbst, und der mich liebt, mit all meinen Stärken und Schwächen.

»Damien«, murmle ich. Ich will, ja, muss ihn spüren.

»Ich weiß, Baby.« Er atmet ebenfalls schwer, und als ich meine Augen öffne und ihn anblicke, sehe ich, wie sich seine Erektion unter der Hose abzeichnet. Ich strecke meine Hand aus, um ihn zu berühren, doch er schüttelt den Kopf. »Nein«, flüstert er. »Nur das hier.«

Wir sitzen eng beieinander, doch unsere Hüften berühren sich kaum. Der einzige richtige Körperkontakt ist seine Fingerspitze auf meiner Haut, und es ist, als ob ich nur an dieser winzigen Stelle existiere. All meine Lust, all mein Verlangen, all meine *Begierde* konzentriert sich auf dieses winzige Stückchen Haut, und dennoch bringt es mich fast um den Verstand, ist es fast zu viel. Zu intensiv. *Zu überwältigend.*

Langsam nähert er sich dem Übergang vom Bein zum Oberkörper, ganz nah an meiner Körpermitte, und ich weiß, wenn er schließlich meinen Kitzler berühren wird, werde ich mich nicht zurückhalten können. Ich werde explodieren, zerbersten, mich völlig vergessen.

Inzwischen keuche ich nurmehr und versuche, Luft zu holen, während mein Körper vor Verlangen unter seinem Finger brennt. Während er leicht am Saum meines Slips entlangstreicht und dann darunterfährt, ein Stück nur.

Ich beiße mir auf die Lippe, denn ich werde auf gar keinen Fall nach mehr betteln, egal, wie sehr ich es auch will. Und währenddessen rückt er näher, immer näher – gleich wird er meinen Kitzler berühren.

Gleich werde ich explodieren. Ich werde …

Was zum Kuckuck?

Ein lautes Klopfen am Fenster der Limousine lässt Damien und mich zusammenfahren, und wie vom Donner gerührt zieht er seine Hand weg und schiebe ich meinen Rock runter.

Damien erhascht eine Millisekunde lang meinen Blick und haut dann mit der Hand auf die Taste der Gegensprechanlage. »Edward, was zum Teufel ist da los?«

Doch es kommt keine Antwort, und Damien flucht. Und flucht erneut, als er merkt, dass die Gegensprechanlage ganz leise gestellt ist. »Was haben Sie gesagt?«

»Ich habe gesagt, wir sind angekommen, Mr. Stark.«

»Angekommen?« Er schaut aus dem Fenster, und ich folge seinem Blick. *Wir sind wieder vor dem Stark Century Hotel.*

Ich begegne Damiens Blick und zucke die Achseln.

Ich kann sehen, dass er kurz davor ist, Edward nach einer Erklärung zu fragen, als dieser erneut spricht: »Soll ich Mr. Sykes die Tür öffnen?«

Es kostet Damien offensichtlich größte Überwindung, doch er bleibt ruhig. »Nein. Ich öffne ihm.« Er schaltet die Anlage aus und sieht mich an. »Offenbar hat keiner von uns beiden das Piepen der Gegensprechanlage gehört, als er uns gesagt hat, dass er umdreht.«

»Ich war etwas abgelenkt«, gestehe ich und mache eine finstere Miene. »Dallas schuldet mir was.«

Damien lacht. »Er schuldet uns beiden was. Soll ich ihm das sagen?«

Ich kneife die Augen zusammen. »Untersteh dich.«

Als Damien die Tür öffnet und Dallas einsteigt, kann ich ihm ansehen, dass er genau weiß, wobei er uns gerade gestört hat. Ich merke, wie ich rot anlaufe, und zwinge mich, meine Scham zu ignorieren, als Damien ihn anfährt: »Was zum Teufel soll das, Dallas?«

»Sorry. Ich konnte das nicht vor den anderen sagen, deshalb habe ich Edward gebeten umzudrehen.« Eine Sekunde lang überlege ich, wie er das angestellt hat, aber dann fällt mir auf, dass er lang genug mit Damien und Stark International zusammenarbeitet, dass man ihm bestimmt angeboten hat, bei Bedarf die Limousine zu nutzen und ihm zu diesem Zweck Edwards Handynummer gegeben hat.

»Was ist denn nun?«, fragt Damien.

»Es geht um Frank.« Obwohl Damien gefragt hat, sieht Dallas mich an. »Das klingt jetzt vielleicht etwas merkwürdig, aber er ist der Typ, der dich auf der Insel beobachtet hat.«

Ein kalter Schauer läuft mir über den Rücken. Ich versuche Worte zu finden, starre ihn aber nur mit offenem Mund an. Damien hingegen ist nicht im Geringsten um Worte verlegen.

»Was verdammt noch mal willst du damit sagen?«

»Genau das«, sagt Dallas. »Er ist der Mann, der Nikki einen Schrecken eingejagt hat.«

»Bist du dir sicher?«, frage ich, aber sein Gesichtsausdruck spricht für sich. »Aber warum?« Ich schaue zwischen beiden Männern hin und her. »Vielleicht wollte er mich bereits vor unserem Termin ansprechen und hat nicht den Mut gefunden?«

Meine Erklärung klingt schon lächerlich, als ich sie ausspreche, aber ich mag Frank und will nicht wahrhaben, dass er unlautere Absichten verfolgt.

Neben mir ist Damien erstarrt, und seine Stimme klingt gepresst. Was auch immer Frank vorhat, Damien wird es herausfinden, so viel ist sicher.

»Willst du reingehen und ihn darauf ansprechen?«, fragt Dallas, aber Damien schüttelt den Kopf.

»Nein, ich möchte erst mal nachdenken. Und ein paar Informationen über Frank Dunlop einholen.«

»Sag mir Bescheid, wenn ich dir behilflich sein kann«, bietet Dallas an, was ich irgendwie seltsam finde. Ich meine, dieser Mann ist Vorstand einer Kaufhauskette und mit Hintergrundprüfungen vertraut. Aber wie gründlich können die schon sein?

»Zu schade, dass es von dem Gerät, das du mir heute Morgen vorgestellt hast, noch keinen Prototypen gibt«, sagt Damien.

»Es gibt noch andere Wege, jemanden zu überprüfen.«

»Wie wahr. Ich werde Ryan gleich morgen darauf ansetzen.«

Ich schlinge meine Arme um den Körper und frage mich,

was für ein Gerät sie meinen. Genau wie die beiden will auch ich eine Antwort, aber gleichzeitig habe ich immer noch das Gefühl, dass es sich um ein Missverständnis handeln muss. Ich kann mir einfach nicht vorstellen, dass dieser Mann, der mir so sympathisch ist, irgendetwas im Schilde führt.

»Damien …«

Er würgt mich mit einem Kopfschütteln ab. »Nein.«

»Aber …«

»Ich weiß, was du sagen willst, und ja, vielleicht stellt sich heraus, dass es nichts weiter ist. Aber ich werde nicht riskieren, dass dir jemand schadet. Niemals.«

Ich nicke. Ich weiß, dass es keinen Sinn hätte, in dieser Situation zu widersprechen. Vor allem aber weiß ich, dass er recht hat. Es wäre nicht das erste Mal, dass ich von Menschen, die ich mag, getäuscht werde. Menschen wie Sofia, die mich mit ihrer Masche um den Finger gewickelt und mein Vertrauen schändlich missbraucht haben.

Deshalb werde ich nicht widersprechen. Aber das heißt nicht, dass es mich nicht unendlich traurig stimmt.

»Tut mir leid, Nikki«, sagt Dallas. »Ich weiß, dass so eine Sache sehr unschön ist.«

»Das stimmt. Aber gleichzeitig muss ich mich wohl glücklich schätzen, dass du so aufmerksam warst. Andernfalls hätten wir es vielleicht nie bemerkt.«

»Gern geschehen«, antwortet er und verspricht, sich morgen früh bei Damien zu melden, ehe er aussteigt.

»Das wird schon«, beruhigt mich Damien, als wir losfahren.

Ich nicke und lehne mich zurück. Ich habe keine Lust, weiter über Frank nachzudenken, also konzentriere ich mich auf Damien. »Was ist das für ein Gerät, von dem ihr geredet habt?«

»Das erzähle ich dir, wenn ich den Prototyp gesehen habe.

Aber so viel kann ich schon verraten: Es ist verdammt innovativ. Dallas hat mehr auf dem Kasten, als er sich auf den ersten Blick anmerken lässt.«

»Das glaube ich«, sage ich, als ich darüber nachdenke, wie widersprüchlich dieser Mann ist. »Aber inwiefern? Und wieso?«

Damien schüttelt den Kopf, als er näher an mich heranrückt. »Das habe ich noch nicht herausgefunden.«

»Aber du bist dran.«

»Definitiv.« Zärtlich streicht er mir mein Haar hinters Ohr und streicht dann mit der Hand über den Kragen meines Kleids. »Aber du kennst mich. Ich mag es, Rätsel zu lösen. Genau wie jetzt gerade.«

»Jetzt gerade?«

»Ganz richtig. Denn im Moment überlege ich, was die effektivste Methode ist, um dich auszuziehen …«

6   Damiens Fingerspitze spielt erneut mit dem Saum meines Kleids und zeichnet die Stoffkante auf meiner Haut nach. Ich schließe die Augen, um mich einfach davontreiben zu lassen. Meine Sorgen und Ängste davonfegen zu lassen.

Aber es funktioniert nicht ganz.

Ich *mag* Frank. Wirklich. Und ich verstehe einfach nicht, wieso er mir gefolgt ist. Genauer gesagt, weshalb er mir gefolgt ist und es mir bei unserem Termin nicht gesagt hat.

Vielleicht war er nur schüchtern? Beschämt?

Oder vielleicht hatte ich mich von seiner freundschaftlichen Art täuschen lassen? Schließlich ist es nicht so, als ob man mich nicht manipulieren könnte. Sofia hatte mich manipuliert wie eine Marionette. Aber hatte ich Frank so verkannt?

Ich halte Damiens Hand fest, die immer noch an meinem Saum herumspielt. »Er hat irgendeinen Plan ausgeheckt, oder? Und ich bin wieder mal ahnungslos in die Falle getappt.«

Damiens Gesicht ist voller Mitgefühl. »Oh, Süße, nicht doch. Das weißt du doch noch gar nicht. Und ich übrigens auch nicht.«

Ich ziehe eine Augenbraue hoch. »Was? Denkst du jetzt plötzlich, dass er nur ein netter älterer Herr ist, der mich wegen einer App aufsucht? Der so zurückhaltend ist, dass er mich auf der Insel nicht angesprochen hat?«

»Ich sage nur, wir kennen die Hintergründe noch nicht«, sagt Damien sachlich.

»Du fasst mich mit Samthandschuhen an – aber du kannst mich nicht vor allem beschützen.«

»Das vielleicht nicht, aber ich kann es zumindest verdammt noch mal versuchen.«

Daraufhin muss ich lachen, was meine Laune sofort hebt. Damien, der das bemerkt, nimmt meine Hand. »Wie gesagt, wir werden ihn durchleuchten. In der Zwischenzeit möchte ich vor allem, dass du dir keine Sorgen machst. Zumindest nicht, ehe wir nicht wissen, ob es Grund zur Sorge gibt.«

»Aber den gibt es. Es muss uns doch beunruhigen, weshalb er nichts darüber gesagt hat, dass er mich auf der Insel beobachtet hat.«

Damien sieht mich mit ernster Miene an. »Solange wir nicht wissen, was er will und ob er gefährlich ist, überlässt du das mit dem Sorgen machen bitte mir, okay?«

Ich seufze. »Das ist nicht so einfach, Damien. Ich male mir im Kopf schon alle möglichen Szenarios aus.«

»Das verstehe ich«, sagt er und lockert seinen Krawattenknoten. »Aber wie wär's, wenn ich dich ablenke, bis wir mehr wissen?«

»Ich … ja, klar.« Ich bin etwas verdutzt, als er von seinem Sitz rutscht und sich zwischen meine Beine kniet, dabei sollte es mich keinesfalls überraschen.

»Hände hoch«, befiehlt er, und als ich gehorche, legt er die Halsschlaufe seiner Krawatte um meine Handgelenke und zieht sie wie eine Schlinge zusammen. Dann bindet er das lose Ende an einem der Haltegriffe über uns fest, sodass ich mit gefesselten Händen aufrecht dasitze.

Ich hebe eine Augenbraue. »Zufrieden, Mr. Stark?«

»Fast«, antwortet er und greift um mich herum, sodass er mit dem Arm meine Brust streift, als er etwas aus der Bar nimmt. Erst als er den Arm zurückzieht, erkenne ich, dass er einen Korkenzieher in der Hand hält – und zwar einen von jener Sorte, an dem ein kleines Messer befestigt ist.

Und dieses Messer klappt er jetzt auf.

Meine Augen weiten sich, als er meinen Rock hochschiebt und mir dann mit flinker Hand meinen Slip direkt vom Leib schneidet. Als er meinem Blick begegnet, merke ich, dass ich mir auf die Unterlippe beiße. Nicht vor Anspannung, sondern vor Lust. Und als er seine Hand zwischen meine Beine schiebt, beobachte ich den leidenschaftlichen Ausdruck auf seinem Gesicht.

»Gott, Nikki, du bist klitschnass.«

Das stimmt. Ich bin verdammt feucht und enorm geil. Eigentlich sollte ich mich schämen. Schließlich weiß ich genau, dass es die Kombination aus dem Messer und Damiens Berührung ist, die mich so anheizt. Kenne ich nicht schließlich besser als jeder andere das exquisite Vergnügen, eine scharfe Klinge auf Fleisch zu spüren?

Aber ich schäme mich nicht. Damien weiß das. Er kennt mich.

Und er weiß, dass ich inzwischen so weit geheilt bin, dass es nicht die Klinge ist, nach der es mich verlangt, sondern die Klinge in seiner Hand. Die Andeutung. Die Versuchung.

Die leise Ahnung von Gefahr.

Doch dieser winzige Ausblick reicht mir. Nun will ich nur eins: Damien. Seinen Mund. Seine Berührung.

Nicht die Klinge.

Ich halte seinen Blick und sage nur ein Wort: »Bitte.«

Mehr braucht er nicht. Er wirft das Messer zur Seite, packt meine Oberschenkel und zieht mich näher heran. Dabei schiebt sich mein Rock höher, sodass ich noch entblößter bin. Dann beugt er sich vor und bedeckt meine Muschi mit einem überaus zärtlichen Kuss.

Genüsslich winde ich mich, doch ich will mehr. Ich will es grob. Wild.

Erneut versteht mich Damien ganz ohne Worte und kitzelt meine Klitoris mit der Zunge. Umklammert meine Schenkel so fest, dass ich bestimmt blaue Flecken bekomme. Stößt seine Zunge in mich und kehrt dann mit einer langsamen Bewegung zu meinem Kitzler zurück, die mich so benommen macht, dass ich merke, wie ich mich von meinem Sitz erhebe und meinen Körper gegen sein Gesicht presse, wie um ihn wortlos anzuflehen, genau dort weiterzumachen.

Und, o Gott, als er es tut, spüre ich, wie ein Zittern durch mich hindurchgeht, von meinen Zehen immer höher und höher steigt. Meinen ganzen Körper erfasst, bis ich den Druck nicht mehr aushalte und schreiend unter der Übermacht meiner Empfindungen in tausend Teile zersplittere.

Ich muss schon zugeben, Damien hat seine Aufgabe, mich von meinen Sorgen abzulenken, wirklich sehr gut gemacht.

Dennoch plagen mich in dieser Nacht Albträume. Ein wildes Durcheinander an Bildern, die grell wie Neonreklame in meinem Kopf aufleuchten. Meine Mutter. Damiens Vater. Als ob sie mir irgendetwas mitteilen wollten. Das letzte Bild, das ich vor Augen habe, als ich keuchend und schweißgebadet aufwache, ist das von Ashley, meiner Schwester, die eine Hand nach mir ausstreckt. *Du erinnerst dich nicht mehr*, sagt sie. *Aber ich erinnere mich für dich.*

»Schon okay, Baby.« Damien hält mich fest im Arm. Er steckt bereits im Anzug und sitzt neben mir auf dem Bett. Aber er ist da. An meiner Seite. So, wie er immer für mich da ist. »Du hattest nur einen Albtraum.«

»Der Traum war ganz merkwürdig«, murmle ich und hole tief Luft, als er mich hinunterzieht und meinen Kopf in seinen Schoß bettet. »Meine Mom kam darin vor. Und dein Dad. Und Ashley.« Ich schüttele den Kopf, wie um die letzten Erinnerungsfetzen an den Traum abzuschütteln.

»Das ist dein Unterbewusstsein, das die Sache mit Frank verarbeitet.« Er drückt mir einen Kuss auf den Scheitel. »Möchtest du, dass ich mit dir zu Hause bleibe?«

Sofort schüttele ich energisch den Kopf. »Mir geht's gut.«
Wie um das zu unterstreichen, setze ich mich auf. »Wirklich.
Ich werde erst mal ausgiebig duschen und dann vielleicht ein
bisschen trainieren.«

Damien zieht erstaunt die Augenbrauen hoch, denn ich
benutze unser Fitnessstudio nur äußerst selten.

Ich zucke die Achseln. »Ich habe das Gefühl, dass ich ein
bisschen Dampf ablassen muss, *uuund* ...«, füge ich hinzu, als
ich ihm ansehe, dass er gleich eine Alternative zu Laufband
und Crosstrainer vorschlagen will, »außerdem weiß ich zufällig, dass du heute Vormittag ein Meeting mit den Leuten aus
Korea hast. Also geh schon. Mir geht's gut. Wirklich.«

Unsicher, ob er mir glauben soll, studiert er mein Gesicht,
woraufhin ich versuche, ruhig und gesammelt zu wirken. Er
lacht. »Hör auf, so angestrengt entspannt zu gucken.«

»Und du hör auf zu denken, du müsstest die Arbeit sausen
lassen, um den Babysitter zu spielen.«

»Ich würde meine Arbeit jederzeit sausen lassen, wenn du
mich brauchst.« Aus seiner Stimme spricht eine solche Liebe,
dass ich augenblicklich dahinschmelze.

»Ich weiß.« Ich lehne mich näher an ihn und seufze, während er mich in seine Arme nimmt. »Und dafür liebe ich dich.
Aber du musst dir wirklich keine Sorgen um mich machen,
versprochen. Es war nur ein Traum. Und, ja, die Sache mit
Frank macht mir immer noch zu schaffen. Aber ich werde
einfach abwarten, was Ryan und du über ihn herausfindet.«

Damien sieht noch immer nicht vollends überzeugt aus.

»Geh schon.« Ich gebe ihm einen leichten Schubser. »Geh
schon Geld verdienen. Nicht, dass wir bald arm sind.«

Damit ernte ich einen Lacher. Wie Damien mir schon erklärt hat, ist er mittlerweile an einem Punkt angelangt, an dem
er selbst mit Nichtstun Geld verdient. Offenbar vermehrt sich
sein Geld inzwischen von ganz allein.

»Du hast recht, es würde mir das Herz brechen, wenn ich das Apartment in Manhattan aufgeben müsste«, witzelt er.

»Mir würde es das Herz brechen, wenn du die Schokoladenfabrik in der Schweiz aufgeben müsstest.« Ich deute auf die Tür. »Also los jetzt. Geh schon.«

Er nickt und steht vom Bett auf, nicht jedoch ohne mich vorher so innig geküsst zu haben, dass ich das Kribbeln bis in meine Zehenspitzen spüren kann; ganz zu schweigen von anderen noch sensibleren Regionen meines Körpers.

Ich nehme seine Hand und ziehe ihn zurück.

»Ohhhh, nein«, lacht er. »Du hast gesagt, ich soll gehen.«

»Vielleicht habe ich meine Meinung geändert.«

»Hast du das? Willst du mir damit etwa sagen, ich soll meine Lippen auf deine pressen? Mit der Zunge dein Ohr und deinen Hals kitzeln? Soll ich so hart an deiner Brust saugen und deine Nippel so steif machen, dass deine Muschi sich vor Lust zusammenzieht?«

Ich wimmere. Eigentlich wollte ich ihn nur necken, aber nun klingt die Aussicht darauf, ihn hierzubehalten, sehr, sehr verführerisch.

»Sag es mir, Baby«, fährt er fort, und seine Stimme ist ebenso erotisch wie seine Worte. »Willst du damit sagen, ich soll meine Finger tief in dich hineinstecken, bevor ich sie dir in den Mund schiebe, damit du schmecken kannst, wie feucht du bist? Soll ich dich lecken? Soll meine Zunge deinen Kitzler lecken, während ich dir mit dem Finger am Hintern herumspiele? Sag schon, Nikki: Willst du, dass ich dich zum Orgasmus bringe und dich anschließend an den Hüften packe und dich so hart ficke, dass du immer und immer wieder kommst, bis du ganz wund bist und mich anbettelst, nie mehr damit aufzuhören?«

Er drückt mir einen sanften Kuss auf die Lippen und neckt mich, indem er meine Unterlippe mit den Zähnen einen

Moment lang festhält, ehe er seinen Kopf zurückzieht und mir in die Augen blickt. »Komm schon, Baby, sag mir, ist es das, was du willst?«

»Ja.« Ich kann kaum sprechen, so benommen bin ich. »Gott, ja.«

»Ich auch.« Er lässt meine Hand los und beugt sich vor, um mir einen zärtlichen Kuss auf die Stirn zu drücken. »Vorfreude ist die schönste Freude, Baby. Ich komme um sieben heim.«

»Du Schuft«, sage ich lachend und werfe ihm ein Kissen nach, als er einen Schritt zurückmacht.

Er weicht dem Kissen aus und wirft die Hände in die Luft. »Hey, ich befolge nur deine Anweisungen. Koreanische Geschäftspartner. Geldverdienen und so. Du erinnerst dich?«

»Anweisungen *befolgen*, Mr. Stark? Und ich dachte, Sie sind ein Mann, der nur Anweisungen *erteilt*.«

»Vorsicht. Sonst muss ich dich womöglich bestrafen.«

»Ach, wirklich?« Ich drehe mich um und lasse die Bettdecke fallen, als ich mich aufstütze und ihm einen hübschen Ausblick auf meinen nackten Hintern gewähre.

Dann drehe ich den Kopf zur Seite, um sein Gesicht zu sehen – und die Erektion, die sich unter der Hose seines Dreitausend-Dollar-Anzugs abzeichnet.

»Das wirst du mir büßen, Süße.«

»Das hoffe ich doch«, sage ich und wackle mit dem Hintern.

Ich beobachte, wie seine Hand in seinen Schritt wandert, und einen Moment lang denke ich, ich habe womöglich gewonnen.

Doch dann ziehen sich seine Mundwinkel zu einem schelmischen Lächeln nach oben. »Wir sehen uns heute Abend, Mrs. Stark.« Und mit einem Winken dreht er sich um und geht durch die Tür.

Tja, *Mist*, zu schade aber auch.

7 Nachdem Damien gegangen ist, mache ich es mir am Frühstückstisch gemütlich und schlürfe an jenem Lebenselixier, das auch unter dem Namen Kaffee bekannt ist. Meine innere Unruhe nach dem Albtraum heute Nacht hat sich gelegt. Wie so oft bei Träumen hat er nach und nach an Schrecken eingebüßt, je mehr sich die Erinnerungen daran verflüchtigen. Dennoch schwirrt er mir immer noch im Kopf rum. Vor allem diese letzte Aussage von Ashley, dass sie sich für mich erinnern würde.

Aber an was erinnert sie sich?

Und wieso überhaupt denkt meine Mutter plötzlich an Ashley? Und noch dazu an meinen Vater? Soweit ich weiß, hat meine Mutter nicht mehr an Leonard Fairchild gedacht seit dem Tag, an dem das Gericht die Scheidung anerkannt hat, nachdem er uns an einem Nachmittag im Dezember einfach so verlassen hat.

Nicht, dass ich mich daran erinnern könnte. Ich weiß, was Ashley mir erzählt hat, und das wenige, was mein Großvater mir erzählte, bevor er starb. Ein- oder zweimal habe ich meine Mutter nach meinem Vater gefragt, aber sie hatte nur einsilbig geantwortet, und nach ein paar vergeblichen Versuchen, ihr mehr zu entlocken, hatte ich aufgegeben.

Aber es ist nicht nur mein seltsamer Traum und der mysteriöse Anruf meiner Mutter, die mich umtreiben. Nein, hinzu kommt das Rätsel um Frank. Vielleicht ist er einfach nur ein Kunde, der meine Privatsphäre respektieren wollte und mich deshalb nicht auf der Insel angesprochen hat. Oder aber er ist ein Psychopath, der es entweder auf mich oder auf Damiens Geld abgesehen hat.

Bleibt mir nur, auf Ersteres zu hoffen. Aber nach all dem Mist, mit dem Damien und ich uns bereits herumschlagen mussten, ist Zweiteres vermutlich sehr viel wahrscheinlicher.

Wenn Ashley schon in meinen Träumen auftaucht, wieso muss sie dann solche kryptischen Hinweise streuen? Wieso kann sie mir nicht einfach klipp und klar Antworten liefern auf all die Fragen, die mich plagen. Denn schließlich ist die Ashley in meinem Traum ja nur Ausdruck meines Unterbewusstseins, richtig? Was heißt, dass sie nur weiß, was ich selbst weiß, und …

Erinnern.

Ich springe so schnell vom Tisch auf, dass ich mein Bein anstoße und meine Tasse umwerfe. Eine Kaffeelache breitet sich auf der Tischplatte aus und tropft auf den Boden. Doch das ist mir egal.

Erinnern, hatte sie gesagt.

Und heilige Scheiße, ich glaube, ich erinnere mich.

Aber bestimmt täusche ich mich … oder nicht?

Mit so heftig klopfendem Herzen, dass es mir in der Brust wehtut, taumele ich von der Küche ins Schlafzimmer und in den begehbaren Kleiderschrank. Der Raum ist riesig. So riesig, dass an den Regalen Leitern wie in der Bibliothek befestigt sind, mit denen ich die Kartons in den obersten Fächern erreiche. Darin bewahre ich alte Klamotten und Erinnerungsstücke auf, die ich zwar im Alltag nicht brauche, von denen ich mich aber auch nicht trennen kann.

Nun hole ich eine verblasste rosa Hutschachtel herunter und stelle sie auf der Kommode in der Mitte des Raums ab. Einen Moment lang verharre ich bewegungslos. Ein Teil von mir hat Angst, dass ich recht habe, und der andere Teil hat Angst, dass ich jetzt vollkommen durchgedreht bin.

Eine Sekunde lang erwäge ich, Damien anzurufen, aber das ist lächerlich. Es gibt noch keinen Grund, ihn anzurufen. Im Moment ist es lediglich eine Vermutung, nicht mehr. Und gleich wird sich zeigen, ob sich meine Vermutung bestätigt.

Bevor ich es mir anders überlegen kann, öffne ich die Hutschachtel und wühle mich durch die Fotos. Bilder von Ashley fallen mir ins Auge, doch ich krame weiter. Ich suche nach einem ganz bestimmten Foto, und als ich es gefunden habe, halte ich es mit festem Griff in der Hand und taumle ein Stück zurück. Meine Knie sind so weich, dass ich mich auf den Boden setzen muss.

Das ist er.

Das ist Frank.

Das Foto zeigt Ashley und mich. Ich bin kein Jahr alt, und sie ist ungefähr sechs. Auf dem Bild steht Ashley an einen Mann geschmiegt, der mich in seinem Schoß liegen hat und mit solcher Liebe und Zuneigung zu mir hinabsieht, dass es schwer vorzustellen ist, dass das derselbe Mann sein soll, der kurze Zeit später seine Familie verlassen und auf Nimmerwiedersehen verschwinden würde.

Noch schwerer ist es allerdings sich vorzustellen, dass das derselbe Mann ist, der mich auf der Insel beobachtet hat. Der in mein Büro hereinspaziert ist und mir zu meinem Leben, meinem Talent, meiner Ehe gratuliert hat.

Aber ich bin mir absolut sicher. Er ist gealtert, das schon. Aber das Gesicht ist dasselbe. Mein Vater ist plötzlich wieder da, und diese Erkenntnis ist so überwältigend, dass ich auf dem Boden sitzen bleibe, weil ich befürchte, dass mich meine Beine nicht tragen, sollte ich aufstehen.

Ohne nachzudenken wische ich mir über die Wangen, und erst als meine Hand feucht ist, merke ich, dass ich weine. Bittere Tränen, ja, aber auch Tränen des Glücks.

Mein Vater.

Doch noch während mir dieses Wort durch den Kopf hallt, fährt die Angst wie ein scharfes Schwert durch mich hindurch. Denn der Name meines Vaters war Leonard Fairchild, und als ich das Foto umdrehe, steht auf der Rückseite mit Bleistift in der sauberen Handschrift meiner Mutter *Nichole, Leonard, Ashley* geschrieben.

Aber der Mann, der sich mir im Büro vorgestellt hat, nannte sich Frank Dunlop.

Und Frank Dunlop hat kein Wort darüber verloren, dass wir miteinander verwandt sind. Wieso?

Falls er mein Vater ist – falls er gekommen ist, um mich zu treffen, wie ich annehme –, wieso hat er nichts gesagt?

Furcht packt mich, und eine bittere Übelkeit steigt in mir hoch, die mir noch übler aufstößt, je mehr Puzzleteile ich aneinanderreihe.

Stolpernd komme ich auf die Füße und eile zurück zur Küche, das Foto immer noch fest umklammert. Ich finde mein Handy neben der Kaffeemaschine, und tue dann etwas, von dem ich noch vor fünf Minuten niemals gedacht hätte, dass ich es tun würde.

Ich rufe meine Mutter an.

»Nichole«, ruft sie aus, als sie abnimmt. »Wie kommt … ist irgendetwas passiert?«

»Neulich«, sage ich und komme ohne Umschweife zum Punkt, »als du mich angerufen hast. Wieso hast du mich angerufen? Wieso hast du an meinen Vater gedacht?«

»Oh, Liebes. Behelligt er dich? Was hat er gemacht?«

»Gemacht?« Mir wird ganz elend. »Was meinst du damit?«

»Süße, es tut mir so leid. Ich hätte es dir sagen sollen, als ich dich neulich anrief, aber ich hatte gehofft …«

»Was?«, frage ich.

»Es ist nur, er hat mich plötzlich nach all der Zeit angerufen. Und wollte wissen, wo du wohnst und ob es stimmt, dass du mit Damien Stark verheiratet bist. Und dann hat er mir erzählt, dass er plant, nach L. A. zu ziehen. Und ...«

»Verflucht, Mutter, was?«

»Und zuletzt wollte er wissen, wie vermögend Damien ist.«

8

Wie vermögend Damien ist?

Er wollte wissen, wie vermögend mein Mann ist?

Fuck.

Fuck, fuck, *fuck.*

Mit einer ungestümen Armbewegung fege ich die umge-kippte Kaffeetasse vom Tisch, die auf dem Boden zerschellt. Dann fluche ich laut, denn das Einzige, was ich damit erreicht habe, ist, dass die Schweinerei auf dem Küchenboden noch größer ist.

Ich fluche erneut leise vor mich hin und beginne dann auf dem Fußboden herumzurobben, um die Scherben einzusam-meln, wobei ich mich versehentlich am Daumen schneide, aus dem sofort ein dünnes Rinnsal Blut quillt.

In der Hocke verharre ich und starre auf die kleinen roten Tropfen, die über meine blasse Haut perlen. Mein Atem geht langsam, und ich spüre ein vertrautes Verlangen.

Ich kann diese Angst in mir bezwingen. Ich kann sie mit Schmerz kontrollieren. Ich kann sie mit Blut bändigen.

Wenn ich mich ritze, ein klein wenig nur, kann ich mich wieder ins Lot bringen, damit mich all dieser Mist nicht so dermaßen fertigmacht.

Ich kann damit umgehen. Gar kein Problem.

Ich kann mich ritzen – und dann ganz normal weiter-machen.

Meine Zähne auf die Unterlippe gepresst, halte ich die größte Scherbe in der Hand und stelle mir vor, es sei eine Klinge. Eine perfekt geschliffene Rasierklinge. Ich kann den

Druck an meinen Innenschenkeln beinahe spüren. Die Intensität. *Die Erlösung.*

Nur dieses eine Mal noch, und mir geht's wieder gut.

Nur dieses eine Mal noch; Damien muss es nicht mal erfahren.

O Gott, was denke ich da eigentlich?

Ich blicke hinunter auf die Scherbe in meiner Hand und schleudere sie mit voller Wucht durch den Raum.

Nein. Nein, nein, nein und nochmals nein.

Das bin nicht mehr ich. Das ist nicht, wie ich mich sehe.

Und das ist auch ganz sicher nicht, wie Damien mich sieht.

Immer noch schwer atmend schaue ich mich im Raum um, auf der Suche nach meinem Handy. Mein erster Impuls ist, Damien anzurufen, aber als ich das Handy in der Hand halte, zögere ich. Ich werde ihm das hier nicht verheimlichen – nichts davon. Und ich liebe und brauche ihn.

Aber in diesem Augenblick muss ich mir selbst beweisen, dass ich das hinkriege. *Ich.*

Ich weiß, dass ich mich auf Damien verlassen kann, wenn mich der Drang, mich zu ritzen, überkommt. Nun aber muss ich wissen, dass ich mich auch auf mich selbst verlassen kann.

Und das heißt, dass ich das hier allein durchziehen muss.

Ich muss Frank sprechen.

Ich lasse das Chaos in der Küche einfach liegen, zum einen, weil ich es eilig habe, und zum anderen, weil diese scharfen weißen Scherben mich viel zu sehr in Versuchung führen. Hastig ziehe ich mir eine Jeans und ein T-Shirt über. Wyatt hatte Frank für halb elf eingeladen, und es ist bereits Viertel nach zehn. Wenn ich Frank noch abpassen will, während er dort ist, muss ich mich sputen, nach Santa Monica zu kommen.

Doch das Glück ist auf meiner Seite, und ich lege die Strecke in weniger als einer halben Stunde zurück. Am Fotostudio angelangt, parke ich Coop vor der Tür und stürme in das Gebäude, wo ich die beiden vorfinde, wie sie wie alte Freunde miteinander plaudern.

»Ich muss mit Frank sprechen«, platze ich heraus. »Allein.«

Wyatt runzelt die Stirn, offensichtlich verwirrt durch mein Auftreten und meinen Tonfall, hakt aber nicht nach. »Kein Problem. Ich muss sowieso noch den Untermietvertrag aufsetzen«, sagt er zu Frank. »Du findest mich in meinem Büro, wenn ihr fertig seid.«

Er eilt davon und lässt mich mit Frank – Dad? – zurück, der mich mit Neugier ansieht. Und möglicherweise mit Furcht.

»Stimmt irgendwas nicht?«

»Sie heißen gar nicht Frank Dunlop«, sage ich rundheraus.

Er zieht überrascht die Augenbrauen hoch. »Doch«, sagt er. »Aber so habe ich nicht immer geheißen.«

Ich lecke mir über die Lippen. »Wie hießen Sie früher?«

Er seufzt tief. »Wenn du so fragst, weißt du es bestimmt.«

»Sagen Sie es mir.«

»Leonard«, sagt er. »Leonard Fairchild. Ich bin dein Vater, Nikki. Ich habe lange überlegt, wie ich es dir am besten sage. Bitte glaub mir, dass ich nicht wollte, dass es so kommt.«

Er setzt sich auf das Sofa, das in Wyatts Galeriebereich steht, und klopft neben sich aufs Polster, doch ich schüttele den Kopf. Nach Sitzen ist mir gerade überhaupt nicht zumute.

»Weshalb ›Frank‹?«

»Das ist mein zweiter Vorname. Und wo du schon danach fragst, Dunlop ist der Mädchenname meiner Mutter. Ich habe ihn angenommen, nachdem ich ging. Ich brauchte Abstand.«

»Von uns«, sage ich und hasse es, dass man den Schmerz deutlich aus meiner Stimme heraushört.

»Von deiner Mutter. Nur von deiner Mutter.«

»Du bist nie zurückgekommen.«

Er seufzt und schüttelt dann den Kopf. »Nein, und ich bereue jeden Tag, den ich nicht bei euch war. Zuerst habe ich darauf gewartet, dass die Scheidung durchgeht. Dann habe ich darauf gewartet, dass ich die richtigen Worte finde, wie ich euch meinen Schritt erklären kann. Aber inzwischen war so viel Zeit vergangen, dass ich Angst hatte, dass es Ashley und dich nur durcheinanderbringen würde, wenn ich plötzlich auftauchte. Und dann war alles zu spät.«

»Aber jetzt bist du da.«

Er nickt langsam. »Ja. Ich habe über fünfundzwanzig Jahre gebraucht, aber endlich habe ich den Mut aufgebracht, meine Tochter zu sehen.« Ein Anflug von einem Lächeln streift seine Lippen. »Natürlich habe ich zuerst nicht gewagt, dich anzusprechen. Ich war letztes Wochenende auf der Insel. Ich habe dich gesehen. Dich wahrscheinlich öfter beobachtet, als ich es hätte tun sollen. Ich glaube, ich habe dich neulich abends im Regen erschreckt. Das tut mir leid.«

»Warum hast du mich nicht angesprochen?«

Er schnaubt. »Ich bin zwar jetzt schon sechzig Jahre alt. Aber das heißt nicht, dass ich in allen Situationen immer souverän auftrete. Ganz ehrlich? Ich hab mir in die Hosen gemacht vor Angst.«

»Wovor?« Mein Ton ist sanft, was ich sofort bereue. Ich muss kühl auftreten. Nüchtern. Schließlich will ich seine Absichten ergründen und mich nicht in Sentimentalitäten verlieren.

»Vor dir. Davor, dass du mir sagst, dass es zu spät ist. Dass du mir sagst, ich solle mich zum Teufel scheren, wozu du jeden Grund gehabt hättest. Dass ich gefälligst verschwinden soll, genau wie damals, als du noch ein Baby warst.«

»Wenn du so viel Angst davor hattest, wieso bist du dann überhaupt gekommen?«

»Ich habe in den letzten Jahren oft dein Gesicht gesehen – ich schätze, das lässt sich nur schwer vermeiden, wenn man mit einem Mann wie Stark verheiratet ist. Und nach einer Weile war mir klar, ich musste dich einfach sehen. Selbst wenn du mich wegschicken würdest, ich musste es probieren. Ich wollte … ich wollte herausfinden, ob du mir verzeihen kannst. Und ich wollte dich kennenlernen.«

»Und das ist alles? Du wolltest mich nur kennenlernen?«

»Das wäre zumindest ein Anfang.«

»Und das Ende?«, frage ich kalt.

Er dreht den Kopf zur Seite, und entweder ist er ein sehr guter Schauspieler oder er versteht wirklich nicht, was ich meine.

Ich beschließe, ihn direkt darauf anzusprechen. »Mutter sagt, du hast sie angerufen.«

»Das habe ich. Sie hat mir deine Handynummer gegeben. Ich wollte dich anrufen, falls du meine E-Mail-Anfrage nicht beantwortest. Aber das hast du ja zum Glück.« Ein Lächeln erscheint auf seinem Gesicht, das jedoch schnell schwindet.

»Warum bist du mir auf die Insel gefolgt?«

»Nein, nein, nein.« Er schüttelt den Kopf. »Ich bin dir nicht gefolgt, das schwöre ich. Ich hatte etwas über die Insel gelesen und wollte sie mir anschauen. Aber ich hatte keine Ahnung, dass du da sein würdest.«

Ich zwinge mich, beim Thema zu bleiben. »Wieso hast du Mutter gefragt, wie vermögend Damien ist?«

Mit einem Stirnrunzeln schüttelt er erneut den Kopf, diesmal langsam. »Habe ich nicht.«

»Lüg mich nicht schon wieder an.«

»Nikki, ich schwöre es – wieso sollte ich? Dazu müsste ich

doch bloß im Forbes Magazin nachschlagen oder im Internet nachschauen.«

Darauf erwidere ich nichts; da hat er nicht ganz unrecht.

»Falls ich vorhätte, dich um Geld zu bitten, glaubst du wirklich, ich würde deiner Mutter davon erzählen? Diese Frau ist der letzte Mensch auf Erden, den ich in meine Angelegenheiten einweihen würde.«

»Wenn du nichts willst, wieso bist du dann gekommen?«

Seine Augen nehmen einen sanften Blick an. »Das habe ich doch schon gesagt. Ich ziehe nach Los Angeles. Ich möchte hier ein Atelier eröffnen. Ich möchte mich niederlassen.«

Ich lecke mir über die Lippen. »Aber wieso ausgerechnet hier?«

»Weil … weil ich diese verrückte Vorstellung habe, dass ich vielleicht doch noch meine Tochter kennenlernen kann. Und dass sie vielleicht auch mich kennenlernen will.«

Ein dicker Kloß sitzt mir im Hals, und ich schlucke, um die Tränen zurückzuhalten.

»Kannst du mir das glauben? Bitte sag Ja. Ich habe so vieles falsch gemacht und bin dir so vieles schuldig. Aber ich möchte nicht, dass du schlecht von mir denkst aufgrund von Dingen, die ich nicht getan habe.«

»Ich glaube dir«, sage ich und überrasche mich damit ebenso sehr wie ihn. Doch in dem Moment, da die Worte raus sind, weiß ich, dass es stimmt.

Ich hole tief Luft und merke, dass ich etwas zittrig bin. Er klopft erneut auf das Polster neben sich, und diesmal setze ich mich hin. Direkt neben meinen Vater.

Ich grinse. Denn, zumindest soweit ich mich erinnern kann, ist dies das erste Mal.

Ich will ihm gerade meinen Gedanken mitteilen, als die Studiotür auffliegt.

»Frank Dunlop, Sie gottverdammter …«

Ich höre Damien, noch ehe ich ihn sehe, und in dem Augenblick, als er um die Ecke biegt und wir uns anblicken, klappt er seinen Mund zu.

»Nikki«, sagt er verdutzt, während Ryan und Dallas herbeigeeilt kommen und sich zu beiden Seiten von ihm aufbauen. »Was machst du denn hier?«

Ich bin aufgesprungen und stehe nun etwas unbeholfen neben der Couch. »Es ist mir plötzlich klar geworden. Weshalb er mir so vertraut vorkommt. Und wahrscheinlich auch, weshalb es mir neulich im Regen so vorkam, als hätte ich ein Gespenst gesehen.« Ich stammle ein wenig, weil ich einerseits die guten Neuigkeiten loswerden will, aber andererseits furchtbare Angst habe, dass meine ganze Welt gleich wie ein Kartenhaus zusammenfällt. Aber ich muss es Damien sagen, und so hole ich tief Luft und platze damit heraus: »Frank ist mein Vater.«

Anhand seiner Reaktion ist mir sofort klar, dass er es bereits weiß, ebenso wie Ryan und Dallas.

Ich blicke über meine Schulter zurück zu Frank und wieder zu Damien. »Was ist los?«

»Ich habe Franks Zimmer durchsucht«, erklärt Damien.

»Sie haben was?«, fragt Frank erbost und springt auf. »Was fällt Ihnen …«

»Sie halten Ihre Klappe«, fährt ihn Ryan an, den ich nicht mehr so wütend erlebt habe seit jenem Tag, als er den Typen vermöbelt hat, der Jamie erpresst hatte.

Plötzlich habe ich eine ganz ungute Vorahnung.

»Damien?«, frage ich.

Damien nickt zu Dallas hinüber. »Zeig es ihr.«

Dallas reicht mir einen Umschlag.

Ich will nicht hineinschauen – wirklich nicht. Aber ich tue es natürlich doch.

In dem Umschlag liegen zwei Fotos. Eines ist ein Standbild aus dem Sexvideo von Jamie und unserem ehemaligen Nachbarn Douglas, das ohne Jamies Zustimmung gedreht wurde. Das andere ist ein verpixeltes Foto von Damien und dem Supermodel Carmela D'Armato. Beide sind nackt, und Damien lutscht an ihrer Brust.

Ich habe diese Fotos schon einmal gesehen.

Ich hatte gehofft, sie nie wieder sehen zu müssen.

9 »Nein«, sage ich mit zittriger Stimme und lasse die Fotos fallen. »Nein, damit hat er bestimmt nichts zu tun.«
Natürlich habe ich diese Fotos schon einmal gesehen. Vor knapp über einem Jahr, um genau zu sein, als jemand vergeblich versuchte, uns mit der Veröffentlichung pikanter Fotos zu erpressen. Damien hatte den Erpresser ins offene Messer laufen lassen, indem er sich von der Drohung unbeeindruckt gezeigt hatte, und die Fotos wurden letztlich nie veröffentlicht.

Aber wie bitte schön kommen diese Fotos in das Zimmer meines Vaters?

»Das ist mir unbegreiflich«, sagt Frank, der zu mir gelaufen kommt und sich nach den Fotos bückt. »Die sind nicht von mir. Ich habe diese Bilder noch nie gesehen.«

Die Entrüstung in seiner Stimme klingt aufrichtig, und ich weiß überhaupt nicht mehr, was ich noch glauben soll.

»Die haben wir in Ihrem Hotelzimmer gefunden«, sagt Dallas. »In Ihrem Koffer, genauer gesagt.«

»Sie haben in meinem …«

»Sie elender Wichser«, faucht Ryan. Ich erinnere mich daran, wie Douglas aussah, nachdem Ryan sich ihn zur Brust genommen hatte, und stelle mich schützend vor meinen Vater.

»Er sagt, er war es nicht.« Hinter mir kann ich Franks Erleichterung beinahe spüren. Vor mir kann ich sehen, wie Damien innerlich abwägt. »Bitte.«

»Und du glaubst ihm?«

Ehrlich gesagt, weiß ich es nicht. Aber ich kann meinen Vater weder Ryan noch Damien überlassen, ehe ich nicht ganz sicher bin.

Damien macht einen Schritt auf mich zu, offenbar hat er mein Zögern bemerkt.

»Damien, verdammt, hör auf. Was ist mit dem Grundsatz, dass jemand erst dann schuldig ist, wenn es Beweise gibt?«

»Sind das nicht genügend Beweise, die du da eben auf den Boden geworfen hast?«

»Vielleicht«, gebe ich zu. »Aber möglicherweise gibt es eine andere Erklärung. Bitte. Lass uns nichts überstürzen, ehe du nicht ganz sicher bist.«

Damiens Augen sind voller Traurigkeit, voller Mitgefühl. Ein paar glanzvolle Augenblicke lang hatte ich einen Vater. Einen Vater, der Fehler begangen hat, okay, aber einen, der keine unlauteren Absichten verfolgt. Und ich möchte so verzweifelt an diesem Bild festhalten.

Vielleicht werden diese dämlichen Fotos alles kaputt machen. Aber möglicherweise ist das alles auch nur ein großes Missverständnis.

Und wenn ich darauf beharre, kann ich vielleicht noch ein paar Stunden lang an ein Happy End glauben, an eine Welt, in der Eltern ihren Kindern nicht in den Rücken fallen und in der Menschen manchmal tatsächlich reuig zurückkehren.

»In Ordnung«, sagt Damien langsam und richtet seinen Blick nicht auf Frank, sondern auf Ryan. Ich blicke ebenfalls in seine Richtung und halte den Atem an, bis dieser schließlich kurz, aber entschlossen nickt.

Dann wendet sich Damien wieder an Frank. »Ihnen ist hoffentlich bewusst, über welche Ressourcen ich verfüge?«

»Ich glaube schon, ja.«

Damien nickt zufrieden. »Dann dürfte Ihnen klar sein, dass ich Sie finden werde. Sie können davonlaufen. Sie können versuchen abzutauchen. Aber das wird Ihnen nichts nützen. Haben Sie mich verstanden?«

Frank nickt. Mir dreht sich der Magen um.

»Denken Sie nicht einmal daran, L.A. zu verlassen. Ich werde mich bei Ihnen melden. Falls Sie nichts mit diesen Fotos und dem Erpressungsversuch zu tun haben, schulde ich Ihnen eine angemessene Entschuldigung. Aber falls Sie dahinterstecken – falls Sie vorhatten, es erneut zu probieren –, werde ich Sie fertigmachen, darauf können Sie Gift nehmen. Und zwar nicht nur wegen der Erpressung. Sondern auch dafür, was Sie meiner Frau mit diesem Verrat antun. Verstanden?«

»Verstanden«, antwortet Frank. Und obwohl ich aufmerksam jede Regung seines Gesichts beobachte, könnte ich nicht sagen, ob er ein unschuldiger Mann ist, der ins Netz gegangen ist. Oder ob mein Vater selbst die Spinne ist.

»Möglich, dass er unschuldig ist«, sagt Damien, als wir unser Haus betreten. Es sind die ersten Worte, die wir wechseln, seit wir das Fotostudio verlassen haben. Ich musste einfach eine Weile mit meinen Gedanken allein sein. Und wie immer hat Damien das intuitiv verstanden.

Nun sind wir jedoch wieder zu Hause, in einem geschützten Rahmen. An dem Ort, an dem wir einander alles sagen können.

Warte mal. Was hat er da eben gesagt?

»Hast du gerade gesagt, er ist möglicherweise unschuldig?«

»Das ist möglich, ja«, sagt Damien. Nachdem er den Wagen in der kreisförmigen Zufahrt statt in der Garage abgestellt hat, sind wir durch die Vordertür hereingekommen, was selten der Fall ist. Nun stehen wir in einer Art Empfangsraum, den wir selten benutzen, außer wir laden Gäste ein.

Ich nehme auf dem dick gepolsterten Sofa Platz. »Er ist unschuldig. Da bin ich mir sicher.«

Allerdings stimmt das nicht. Nicht ganz. Aber ich wünschte so sehr, es wäre wahr.

»Ich weiß«, sagt Damien und mir ist bewusst, dass er damit meinen Wunsch, nicht meine eigentliche Aussage meint. »Aber du musst dich darauf gefasst machen, dass sich die Anschuldigungen vielleicht als wahr herausstellen.«

Ich nicke. »Falls herauskommt, dass er dahintersteckt, muss ich damit leben. Aber …«

Er kniet sich vor mir hin. »Was ist los, Baby?«

Doch ich antworte ihm nicht mit Worten, sondern ziehe ihn stattdessen an den Armen zu mir hoch. Ich brauche seine Berührung. Seinen Kuss. Ich muss seine Kraft spüren. Denn falls sich wirklich herausstellt, dass mein Vater ein erpresserischer Lügner ist, dann kann ich diese furchtbare Wahrheit nur in Damiens Armen ertragen.

»Bitte«, murmle ich. »Bitte, Damien. Ich brauche dich.«

»Ich bin bei dir. In diesem Augenblick und für immer.«

»Ich weiß.« Meine Finger nesteln an den Knöpfen seines Hemds herum. »Zieh das aus«, fordere ich und überlasse ihm die doofen Hemdknöpfe. Derweil greife ich nach dem Saum meines T-Shirts, um es mir über den Kopf zu streifen, und gebe meinem wilden, verzweifelten Drang, seine nackte Haut sofort auf meiner spüren zu wollen, den Vorrang gegenüber dem Vergnügen, von ihm ausgezogen zu werden.

Dann reiße ich mir meinen BH praktisch vom Leib und schlüpfe aus meiner Jeans. Ich warte noch mit der Unterwäsche, denn Damien ist noch fast vollständig bekleidet, und das reicht mir bei Weitem nicht. Ungeduldig ziehe ich den Reißverschluss seiner Hose herunter und stecke dann meine Hand hinein, um seine Erektion zu ertasten.

Langsam lege ich den Kopf zurück, um ihm in die Augen zu sehen. Ebenso wie er, atme ich schwer, und in diesem Augenblick will ich mehr als nur ihn. Ich will diejenige sein, die die Kontrolle hat. Ich will diejenige sein, die ihn zum Orgasmus bringt.

Vorsichtig hole ich seinen Schwanz aus seinem Slip und seiner Hose heraus. Wie wir so dastehen, er noch fast vollständig bekleidet, ich fast nackt, muss ich zugeben, dass sich das ziemlich geil anfühlt. Ein bisschen verwegen, ein bisschen unterwürfig. Ich blicke wieder hoch zu ihm. »Sag mir, dass ich deinen Schwanz lutschen soll.«

Ich sehe, wie sich meine Worte in seinem Gesicht spiegeln. Eine wilde, beinahe rohe Leidenschaft. »Lutsch meinen Schwanz«, befiehlt er mir, greift meine Haare und zieht mich nach vorn. »Und hör nicht auf. Ich will in deinem Mund kommen. Ich will, dass du es runterschluckst.«

Seine groben, fordernden Worte schneiden durch mich hindurch, lassen meinen Unterleib vor lauter Verlangen pulsieren, das erst befriedigt sein wird, wenn ich tue, was er mir sagt. Ich nehme seinen Schwanz in den Mund, und auch wenn er mich am Haar gepackt hat, bin ich es, die die Kontrolle hat. Meine Zunge. Meine Lippen. Langsam schiebe ich ihn rein und raus, sauge und lecke an ihm und spüre, wie sich meine eigene Lust steigert, während er sich anspannt.

Dann dreht er den Spieß um, indem er fester an meinen Haaren zieht und mich festhält, während er meinen Mund fickt. So war das zwar nicht beabsichtigt, ich wollte schließlich die Kontrolle übernehmen, aber egal. Er nimmt sich, was er will, und es ist unglaublich antörnend. Selbst die Tatsache, dass er mich hart anpackt. Mich grob anpackt. Dass ich kaum atmen kann. Dass er mich benutzt, sich nimmt, was ich so bereitwillig gegeben habe. Und dann – *o Gott, ja* – krümmt er sich schreiend nach hinten und explodiert in mir, während ich gierig jeden Tropfen von ihm in mich aufnehme.

»Oh, Baby«, sagt er und sinkt vor mir auf die Knie. »Wow. Heilige Scheiße, Nikki.« Er zieht mich dicht zu sich und gibt mir einen so tiefen und innigen Kuss, dass ich das Verlangen bis zwischen meine Schenkel spüren kann.

Als wir uns voneinander lösen, keuche ich und bin voller wilder, verzweifelter Lust. »Jetzt bin ich dran«, fordere ich mit belegter, aber fester Stimme.

Er nickt und greift nach meinem Slip, um ihn auszuziehen.

»Nein, ich will ihn anbehalten.«

Seine Augenbraue zieht sich amüsiert hoch, doch er sagt nichts, und als ich mich zurücklehne und meine Beine spreize, küsst Damien an meinen Innenschenkeln entlang. Die Berührung ist sanft. Sinnlich. Es ist, als ob Elektroschocks durch mich hindurchzuckten, dass es ein Wunder ist, dass ich nicht auf der Stelle verglühe.

Zunächst sind seine Berührungen zärtlich, doch dann werden sie immer wilder, immer fordernder, als seine Lippen und Finger höher und höher wandern. Als er an meinem von einem Spitzenhöschen verhüllten Geschlecht angelangt ist, gleiten seine Finger unter den elastischen Saum, und ich stöhne vor Lust, als seine Finger mich liebkosen – und ringe überrascht nach Atem, als er den Stoff grob beiseiteschiebt und seine Finger tief in mich hineinstößt, während er seinen Mund auf meine Klitoris presst.

Ich winde mich, während er es mir so unerbittlich mit den Fingern besorgt und mich dabei leckt, dass es kaum auszuhalten ist. Doch Damien kennt keine Gnade und packt mich an den Hüften, sodass ich gar keine andere Wahl habe, als mich dem völlig auszusetzen. Es ist unmöglich, mich dieser Empfindung auch nur einen Zentimeter zu entziehen, die so intensiv ist wie Schmerz.

Meine Muskeln beginnen zu zittern und es ist, als wäre mein ganzer Körper elektrisch geladen. Ich fühle es in meinen Innenschenkeln, in meinem Bauch. Eine wilde, wirbelnde Strömung, wie bei einem Gewitter, das heraufzieht und sich immer mehr auflädt – und als ich endlich zum Höhepunkt komme, werfe ich schreiend meinen Kopf zurück. Und in diesem Augenblick denke ich, dass das Gefühl nicht intensiver hätte sein können, wenn ein echtes Gewitter sich in Blitzen direkt in meinem Blut entladen hätte.

Als das Zittern allmählich verebbt, versuche ich, mich keuchend und nach Luft ringend wieder zu sammeln. Ich bin erschöpft, meine Begierde gänzlich gesättigt. Sanft legt mich Damien auf der Couch ab und legt sich zu mir, seinen Körper dicht an meinen gepresst, und hält mich fest.

Mit geschlossenen Augen schmiege ich meinen Kopf an seine Schulter und fühle mich warm und geborgen, aber noch immer wehmütig. »Ich will nicht, dass es wahr ist«, sage ich, als meine Gedanken zu Frank zurückkehren.

»Ich weiß, dass du das nicht willst. Aber so oder so müssen wir uns vergewissern.«

Ich nicke, und als ich mich aufsetze, tut er es mir nach. »Das müssen wir«, stimme ich zu, mit Betonung auf dem *wir*. Denn hier geht es nicht nur um mich. Hier geht es um uns beide. »Kümmert sich Ryan gerade darum?«

»Ja. Dallas wollte auch behilflich sein. Er hatte es von sich aus angeboten, sich in Franks Hotelzimmer zu schleichen. Ich glaube, er fühlt sich verantwortlich.«

»Müsste er gar nicht«, sage ich. »Aber ich kann das gut nachvollziehen. Wie ist er überhaupt reingekommen?«

»Scheinbar hat er eines der Zimmermädchen verführt.«

Ich nicke; das hätte ich mir ja eigentlich denken können.

»Du solltest zu ihnen gehen und ihnen helfen«, sage ich.

»Das werde ich. Das ist keine Angelegenheit, die ich meinen Mitarbeitern überlassen werde. Oder meinen Freunden. Aber ich muss nicht jetzt gleich gehen. Ich kann mich genauso gut auch morgen noch nützlich machen.«

Ich schüttele den Kopf. »Nein. Du bleibst hier, weil du

mich nicht allein lassen willst. Aber was ich brauche, sind Antworten. Geh schon, hilf ihnen«, sage ich nun bestimmter. »Bring mir Antworten, Damien. Und komm dann zurück und bring mich ins Bett. Entweder, damit ich dich freudig empfangen kann, oder um dich bei mir zu haben, wenn ich mit der bitteren Wahrheit fertigwerden muss.«

»Ich bin immer bei dir«, sagt er liebevoll, »selbst, wenn ich noch so weit weg bin.«

10 Nachdem Damien gegangen ist, überlege ich, ins Büro zu gehen, entscheide mich aber stattdessen dafür, ein ausgiebiges, warmes Schaumbad zu nehmen.

Ich bleibe eine Stunde in der Badewanne, aber es ist nicht halb so befriedigend, wie ich mir erhofft hatte. Okay, ich fühle mich jetzt total entspannt, aber gleichzeitig grüble ich noch immer über diese Sache.

Zweimal habe ich das Handy in der Hand und bin drauf und dran, Sylvia anzurufen – sie hat selbst seit Jahren ein angespanntes Verhältnis zu ihrem Vater, und ich hege insgeheim die Hoffnung, dass sie mir einen Ratschlag geben kann –, aber es kommt mir ungerecht vor, sie mit meinen Problemen zu behelligen, wo sie jetzt, zwei Wochen vor dem Geburtstermin, mitten in den letzten Vorbereitungen steckt und vermutlich ohnehin nicht weiß, wo ihr der Kopf steht.

Letztlich ziehe ich mir eine Yogahose und ein ausgewaschenes University-of-Texas-T-Shirt an und gehe dann in die Küche, um mir in der Mikrowelle Popcorn zu machen. Während ich darauf warte, dass der Mais aufpoppt, ertönt der Klingelton meines Handys, der anzeigt, dass jemand von der Toreinfahrt aus anruft. Irritiert runzle ich die Stirn – tagsüber prüft Gregory eintreffende Besucher –, aber dann fällt mir ein, dass heute sein Einkaufstag ist und er sicher gerade auf dem Markt ist.

Ich nehme den Anruf in der Annahme entgegen, dass es bestimmt ein Lieferant von FedEx oder UPS ist, der eine Unterschrift braucht, und erstarre, als ich Franks Stimme höre.

»Kannst du mich bitte reinlassen? Ich glaube, wir müssen reden.«

Mein Instinkt sagt mir, ich sollte ihn reinlassen. Doch ich wehre mich dagegen, denn ich bin mir sicher, wenn ich ihn reinlasse – wenn ich mit ihm rede und zulasse, dass er mir noch mehr ans Herz wächst –, dann werde ich umso mehr am Boden zerstört sein, wenn Damien und die Jungs herausfinden, dass sich meine schlimmsten Befürchtungen bewahrheiten.

»Nikki? Bist du noch dran?«

»Tut mir leid«, sage ich schnell. »Ich kann nicht. Bitte geh.«

Ich lege abrupt auf, schnappe mir mein Popcorn und entscheide mich gegen den riesigen Bildschirm in unserem Heimkino und für gemütliches Filmschauen im Bett.

Nur leider kann ich mich überhaupt nicht auf den Film konzentrieren, und als nach neunzig Minuten der Abspann über den Bildschirm läuft, kann ich mich kaum noch erinnern, was ich mir da gerade angeschaut habe.

Ich weiß nicht, was mich dazu treibt, aber ich greife erneut nach dem Handy und öffne die App, die an unser Überwachungssystem angeschlossen ist. Als ich die Kamera an der Toreinfahrt aufrufe, bestätigt sich meine Vermutung. Obwohl ich ihn vor fast zwei Stunden abgewimmelt hab, steht Franks Wagen noch immer nahe der Auffahrt, nah genug, dass er die Gegensprechanlage hören kann, sollte ich es mir anders überlegen.

Ich fühle einen leichten Stich in der Magengegend. Wieso sollte sich jemand, der schuldig ist, so viel Mühe geben, seine Unschuld zu beweisen?

Vielleicht ist er aber auch nur einfach abgebrüht und versucht, mich mit seiner Unschuldsnummer einzuwickeln.

Vielleicht hätte ich auch einfach nie die App öffnen dürfen, denn nun stelle ich mir wieder tausend Fragen. *Ahhrgh.*

Ich überlege schon ernsthaft, ihn über die Gegensprechanlage anzuflehen, doch bitte wegzufahren, als mein Telefon klingelt. Diesmal ist es kein Anruf, der von der Toreinfahrt auf mein Handy umgeleitet wurde, sondern Jackson.

»Hey«, sage ich und bin froh, mich ablenken zu können. »Was gibt's?«

»Die Wehen haben vorzeitig eingesetzt.« Seine Stimme klingt gehetzt und gepresst vor Angst, und sofort ist mein ganzer Körper angespannt. »Die Nabelschnur hat sich um den Kopf gelegt, aber es ist zu spät für einen Kaiserschnitt.«

»O Gott, Jackson.« Ich setze mich hin. Meine Finger sind eiskalt vor Angst. »Ich bin sofort bei euch.«

»Ich kann Damien nicht erreichen.« Er klingt hilflos, und Jackson klingt sonst nie hilflos. Genau wie Damien ist er ein Mann, der immer alles unter Kontrolle hat. Meine Angst steigert sich noch, als mir klar wird, dass er fürchtet, dass sie das Baby verlieren. Oder, Gott behüte, Sylvia.

»Ich sag ihm Bescheid. Geh du nur zu ihr. Ich bin schon unterwegs.«

Am anderen Ende höre ich, wie eine Krankenschwester auf ihn zukommt und ihm sagt, dass Sylvia nach ihm gerufen hat, und daraufhin das Klicken in der Leitung, als er auflegt, offenbar überfordert von der Situation. Das kann ich gut nachvollziehen. Ich fühle mich selbst überfordert.

Ich beuge mich vornüber und hole tief Luft, um mich zu beruhigen, und drücke dann auf die Kurzwahltaste für Damiens Nummer. Die Mailbox geht ran, was heißt, dass er irgendwo sein muss, wo er keinen Empfang hat, denn ich bin mir hundertprozentig sicher, dass er angesichts der jüngsten Ereignisse meinen Anruf entgegennehmen würde, selbst wenn er gerade mitten in milliardenschweren Verhandlungen wäre.

Ich hinterlasse ihm eine Nachricht und schicke zur Sicherheit noch eine SMS hinterher. Dann rufe ich bei Rachel an, aber sie sagt mir, dass sie schon mit Jackson gesprochen hat und auch vergeblich versucht, Damien zu erreichen.

Mehr kann ich im Moment nicht tun, also schnappe ich mir meine Handtasche und eile hinunter zur Garage. Meinen Coop hatte ich vorhin vor Wyatts Studio stehen gelassen, als ich mit Damien heimgefahren bin, und ich will keine Zeit verlieren, extra Edward anzurufen. Ich muss so schnell wie möglich ins Krankenhaus und brauche einen schnellen Wagen, deshalb entscheide ich mich für den Bugatti aus Damiens Fuhrpark.

In weniger als drei Minuten sitze ich im Wagen und gebe Gas. Schon bald fahre ich Richtung Pacific Coast Highway, während ich in Gedanken mantraartig *schneller, schneller, schneller* murmle.

Als das Auto plötzlich vibriert und holpert und zur rechten Seite zieht, bin ich so darauf fokussiert, schnellstmöglich zum Krankenhaus zu gelangen, dass es einen Moment dauert, ehe mir klar wird, dass ein Reifen geplatzt ist und mir nichts anderes übrig bleibt, als rechts ranzufahren.

Verdammt, verfluchte Scheiße noch mal.

Ich steige aus, starre auf den Reifen und trete aus Frust dagegen. In der Theorie weiß ich, wie man ein Rad wechselt. In der Praxis jedoch würde ich den ganzen Tag damit zubringen.

Nach kurzer Überlegung ziehe ich mein Handy heraus und öffne meine Uber-App, um ein Taxi zu rufen, dann Gregory wegen des Wagens Bescheid zu geben, und es danach noch mal bei Damien zu probieren.

Doch als ich gerade meine Anfrage eintippen will, kommt von hinten ein vertrauter blauer Buick angerollt. Vertraut deshalb, weil ich ihn erst vorhin auf den Überwachungsbildern gesehen habe. Die Fahrertür öffnet sich, und Frank steigt aus.

»Brauchst du Hilfe beim Reifenwechsel?«

Ich schüttele den Kopf und wage den Schritt. »Nein. Aber ich bräuchte jemanden, der mich ins Krankenhaus fährt.«

Frank stellt keine Fragen und fährt schnell. Was mich betrifft, so hat er sich soeben weitere Pluspunkte dazuverdient.

»Es geht um meine Schwägerin. Und gute Freundin«, sage ich, als ich merke, dass ihm die Dringlichkeit bewusst ist und er dementsprechend fährt. Als ich ihm erzähle, was ich von Jackson weiß, nickt er grimmig.

»Versuch dir nicht allzu große Sorgen zu machen. Sie ist im Krankenhaus in guten Händen.« Aber ich sehe, wie sich sein Griff um das Lenkrad verstärkt, als er einen Zahn zulegt.

Als wir an einer roten Ampel halten, trommelt er ungeduldig mit den Fingern auf dem Lenkrad, und ich bin so gerührt von seinen Bemühungen, mich so schnell wie möglich hinzufahren, dass ich mich selbst höre, wie ich mich entschuldige.

»Das tut mir alles so leid. Ich weiß, du würdest gerne mit mir reden – mich überzeugen, dass du es nicht warst. Aber ich hoffe, du verstehst, dass ich etwas Abstand brauche.«

»Das verstehe ich«, sagt er schließlich, als wir wieder anfahren. »Aber ehrlich gesagt, hatte ich gar nicht vor, dich zu überzeugen. Damien und Dallas und die anderen jungen Männer werden das für mich übernehmen.« Er wendet seinen Blick einen Moment von der Straße ab, um mich anzusehen. »Die Fotos sind nicht von mir, und wenn dein Mann und die Leute, die für ihn arbeiten so gründlich sind, wie es heißt, dann wird er das schnell herausfinden.«

Ich beiße mir auf die Unterlippe. »Worüber wolltest du dann reden?«

»Ich wollte dir sagen, dass ich dich verstehe. Ich weiß, du musst vorsichtig sein. Ich weiß, du bist jetzt in einer Position, in der es viele Leute nur auf dein Geld abgesehen haben. Und ich weiß, dass du auch ganz unabhängig von deiner Ehe mit Damien Grund hast, daran zu zweifeln, wie ehrlich die Absichten deiner Eltern sind. Weder deine Mutter noch ich haben uns in der Hinsicht mit Ruhm bekleckert, fürchte ich. Insofern kann ich das gut nachvollziehen. Wenn du die Wahrheit erfährst und mit mir reden willst, steht meine Tür jederzeit offen.«

»Okay.« Seine Worte berühren mich. Ich kann nicht leugnen, dass ich ihm glaube.

»Danke«, sage ich, als er auf den Krankenhausparkplatz fährt.

Er stellt den Motor aus und lächelt mich an. »Gern geschehen«, sagt er, und ich glaube, er weiß, dass ich mich nicht nur dafür bedanke, dass er mich hergefahren hat.

Als ich die Beifahrertür öffne, zögere ich kurz, aber nur eine Sekunde, dann frage ich: »Würdest du mich begleiten?«

Ich sehe Hoffnung in seinen blauen Augen aufflackern, die meinen so sehr ähneln. »Natürlich, gern.«

Gemeinsam gehen wir hinein, und allein das Krankenhaus zu betreten zerrt erneut an meinen Nerven. Umso dankbarer bin ich, als Frank die Sache in die Hand nimmt, uns zur Entbindungsstation führt und dann eine Krankenschwester findet, die uns etwas zum aktuellen Stand der Dinge sagen kann.

Noch bevor sie jedoch Syls Patientenakte aufklappt, sehe ich Jackson mit großen Schritten den Gang heruntereilen. Er strahlt vor Erleichterung und Freude. Als ich ihm entgegenhaste, nimmt er mich fest in den Arm. »Es geht ihr gut«, sagt er. »Eine kurze Zeit lang sah es nicht gut aus, aber beide sind wohlauf. Sylvia und unser Sohn«, fügt er stolz an.

Ich lache erleichtert auf und greife automatisch nach Franks Hand, um sie zu drücken.

»Wo ist Ronnie?«, frage ich, da ich mir denken kann, dass sie bestimmt überglücklich ist. Syl und Jackson hatten entschieden, sich vom Geschlecht des Babys überraschen zu lassen, aber ich weiß, dass Ronnie sich einen kleinen Bruder gewünscht hat.

»Cass und Siobhan haben sie in die Cafeteria mitgenommen. Sylvia hat Beruhigungsmittel bekommen und wird vermutlich erst mal ein paar Stunden ausgeknockt sein. Das Baby wird gerade untersucht und kommt danach auf die Neugeborenenstation. Ihm geht es prächtig. Ein paar Minuten lang war es kritisch, aber jetzt ist alles okay.«

»Ich bin so froh«, sage ich, und als ich Damien den Korridor entlangrennen sehe, lasse ich Franks Hand los und spurte auf ihn zu. »Es geht ihr gut. Und deinem Neffen auch.«

Damien wirbelt mich herum und küsst mich und gibt Jackson dann eine feste Umarmung. »Glückwunsch! Nachdem ich all die Nachrichten gesehen habe, habe ich schon das Schlimmste befürchtet. Sorry, dass ich nicht rechtzeitig da war.«

»Ach was, du kommst gerade rechtzeitig«, sagt Jackson. »Komm mit. Ich stelle dir meinen Sohn vor.«

Frank klopft mir auf die Schulter. »Ich sollte dann mal gehen. Wir sprechen uns später, ja?«

»Kannst du noch warten? Nicht lange, versprochen. Aber ich würde gerne das Baby sehen und mit Damien reden, und danach könnten wir uns noch ein wenig unterhalten?«

Ich spüre Damiens Augen auf mir und wünschte, ich wüsste, was er denkt. Aber mir ist das wichtig – ich möchte die Chance nutzen, meinen Vater besser kennenzulernen.

Er zögert und nickt dann. »In Ordnung, ich warte.«

Halb erwarte ich schon, dass Frank vorschlägt, er könnte uns zur Neugeborenenstation begleiten, doch das tut er nicht, und ich bin froh, dass er versteht, dass ich Damien unter vier Augen sprechen muss.

Wir begleiten Jackson, der strahlt, als er auf den knapp dreitausend Gramm schweren Jungen deutet, der friedlich in seinem Bettchen schläft. »Er hatte einen anstrengenden Tag«, bemerke ich.

»Was für ein hübscher Junge«, sagt Damien.

»Das ist er wirklich«, stimmt Jackson zu, »ganz die Mama.«

Jackson stellt sich in unsere Mitte, um uns beiden einen Arm um die Schultern zu legen. »Schön, dass ihr zwei da seid. Wenn ihr mögt, bleibt doch noch und erfreut euch an diesem Wunder, das ich mein Kind nenne. Ich gehe derweil zu Syl. Ich will nicht, dass sie allein ist, wenn sie aufwacht.«

»Wir bleiben auf jeden Fall«, verspricht Damien, und als Jackson weggeht, dreht er sich zu mir, sagt aber nichts.

Ich weiß jedoch, was er denkt.

»Ich muss ihm glauben, Damien«, sage ich. »Ich muss glauben, dass er nicht hergekommen ist, um mir zu schaden, sondern um mich kennenzulernen. Ich muss, denn eines Tages – nicht sofort, aber irgendwann – möchte ich das.« Ich nicke zu dem winzigen Wonneproppen in seinem Körbchen. »Und ich glaube, dazu bin ich erst bereit, wenn ich daran glauben kann, dass Eltern ihre Fehler wiedergutmachen können. Dass nicht alle Mütter und Väter aus Eigennutz ihre Kinder skrupellos ausliefern.«

»Er hat euch im Stich gelassen«, erinnert mich Damien. »Er ist einfach auf und davon.«

»Ich weiß. Und damit muss ich mich auseinandersetzen. Aber er ist zurückgekommen – und, Damien, ich glaube ihm, dass er keine bösen Hintergedanken hatte.«

Ich gehe davon aus, dass er mir widersprechen wird. Oder mich zumindest ermahnen wird, mir nicht allzu große Hoffnungen zu machen. Deshalb bin ich überrascht, als er nickt. »Vielleicht hast du recht.«

»Wirklich?«

»Ryan hat sich die Überwachungsvideos des Hotels angesehen. Jemand hat sich in Franks Zimmer geschlichen, ist zirka drei Minuten geblieben, und hat sich davongestohlen.«

»Wer?«

»Das gilt es herauszufinden. Aber es sieht so aus, als ob ihm jemand die Fotos untergeschoben hat. Wahrscheinlich im Auftrag von jemandem. Die Frage ist also, wer dahintersteckt.«

»Irgendeine Idee?«

»Verschiedene«, sagt er, und ich nicke, als ich nur an meine Mutter denke. Hatte sie bloß versucht, Frank bei mir in Misskredit zu bringen, als sie mir erzählte, er habe nach Damiens Vermögen gefragt? Oder hatte sie absichtlich Zweifel bei mir gesät, die sich mit der Entdeckung der Fotos zu bestätigen schienen?

Ich schüttele den Kopf, denn damit möchte ich mich jetzt nicht befassen. Für den Moment reicht es mir zu wissen, dass Ryan und Damien an der Sache dran sind. Stattdessen möchte ich mich auf die guten Nachrichten konzentrieren. »Das beweist, dass Frank die Wahrheit sagt.«

»*Vermutlich* die Wahrheit sagt«, räumt Damien ein. »Aber vielleicht ist er auch nur clever. Oder arbeitet mit jemandem zusammen, der clever ist.«

Ich weiß, woran er denkt. Sofia wäre durchtrieben genug, um belastende Beweise gegen sie von jemand anderem platzieren zu lassen, anstatt sie selbst hinzubringen. Und am Ende könnte sie behaupten, sie sei Opfer einer Intrige.

Ich glaube nicht, dass Frank mit Sofia unter einer Decke steckt, und ich denke, Damien glaubt das ebenfalls nicht. Aber sein Einwand ist berechtigt. Denn Betrüger sind clever. Und geben sich auffällig unschuldig.

Aber ich will nicht so denken. Nicht mehr.

»Vielleicht bin ich naiv, möglicherweise werde ich eines Besseren belehrt, aber ich glaube ihm. Mehr noch, ich muss ihm glauben. Kannst du das verstehen?«

Damien nickt bedächtig. »Ja.«

Mehr sagt er nicht, aber das muss er auch nicht. Den Rest kann ich mir denken. Er ist noch immer nicht überzeugt, aber das ist okay. Denn ich weiß, dass er mir trotz seiner Zweifel nicht im Weg stehen wird, wenn ich meinen Vater besser kennenlernen will. Und letztlich wird er seine Meinung über Frank ändern.

Oder, falls ich mich täusche ... tja, falls das der Fall sein sollte, wird mich Damien auffangen. Aber bis dahin hält er einfach ein großes Sicherheitsnetz aufgespannt, während ich den Sprung wage und meinem Vater vertraue.

Dafür liebe ich ihn; dafür, und für so vieles mehr.

11 Das Abendessen in der Krankenhaus-Cafeteria wurde zu einem regelrechten Fest, bei dem Damien und ich, Cass und Siobhan, Ryan und Jamie und Frank uns gegenseitig mit Eistee und Limonade zuprosteten und einen Toast nach dem anderen auf die frischgebackenen Eltern ausbrachten.

Danach verabschiedeten Damien und ich uns von allen und versprachen, uns am Morgen bei Frank zu melden. Im Moment reicht es, dass er weiß, dass wir ihm glauben. Wir beide, Damien und ich.

Und, wie Frank nochmals betonte, als wir zum Wagen liefen, gibt es gar keinen Grund zur Eile. »Ich bleibe in L. A. Diesmal haue ich nicht so einfach ab, versprochen.«

Nun liege ich eng an Damien gekuschelt in unserem Bett. Es ist erst acht, aber ich bin erschöpft und seufze glücklich, als ich mit den Fingern in seinem Brusthaar kraule.

»Schöner Tag?«

»Anstrengend, aber einer der besten meines Lebens.« Ich stütze mich auf den Ellenbogen auf. »Gleich zwei neue Familienmitglieder. Ich würde sagen, das ist ein Rekord.«

Als ich das sage, fällt mir auf, dass ich in Frank mehr sehe als nur meinen leiblichen Vater – er gehört zur Familie. Kurz befällt mich Angst, denn es besteht immer noch die Möglichkeit, dass er genauso falsch ist wie Damiens Vater.

Doch im Moment möchte ich glauben, dass das nicht stimmt.

Neben mir verfinstert sich Damiens Blick. »Damien? Was ist?«

»Ich musste an Jackson denken. Was er heute durchgemacht hat.« Er zieht mich dicht zu sich heran, sodass ich die Vibration seiner Stimme am ganzen Körper spüre. »Ich würde es nicht überleben, dich zu verlieren«, sagt er mit verzweifelter Dringlichkeit.

»Das wirst du auch nicht. Und schau, Sylvia geht es gut. Und dem Baby auch.« Ich setze mich ein Stück auf, sodass ich sein Gesicht sehen kann. Die Furcht darin schwindet und weicht einem Ausdruck von Wärme und einem winzigen Lächeln.

»Dein Gesichtsausdruck«, sagt er. »Als du diesen kleinen Menschen angeschaut hast.«

Ich entgegne nichts, denn ich kann nicht leugnen, dass ich völlig fasziniert von dem kleinen Kerl war.

»Eines Tages möchtest du auch eins.« Es ist keine Frage, sondern eine simple Feststellung.

»Wir haben doch schon darüber geredet. Ich wollte immer Kinder. Aber denk an unsere Vergangenheit. Unsere Familien. Unsere Probleme. *Meine* Probleme.« Ich schüttele den Kopf, als ich mit einem Schaudern daran denke, wie groß heute Morgen der Drang gewesen war, mich zu ritzen. »Es wird immer ein Teil von mir sein. Dieser Drang. Selbst, wenn du mir hilfst, ihn zu bekämpfen.«

»Glaubst du, dass du deshalb eine schlechte Mutter wärst?«

Ich denke über seine Frage nach. »Nein … nein. Glaube ich nicht. Aber …« Ich verstumme kopfschüttelnd.

»Was?«

Ich hole Luft, als ich versuche, mein Gedankenwirrwarr in Worte zu fassen. »Es ist nur, ich hätte nie gedacht, dass ich irgendwann bereit wäre. Ich meine, ich wollte immer Kinder, das war aber eher so eine abstrakte Vorstellung. Irgendwann einmal, in ferner Zukunft. Aber jetzt … ich weiß auch nicht. Es ist anders, weil ich jetzt eine Familie habe.«

»Und vorher hattest du keine«, stellt er fest.

»Genau. Ich hatte eine Mutter, aber keine Familie. Und jetzt habe ich dich. Und Syl und Jackson und Ronnie und das Baby. Jamie und Ollie und Evelyn und Blaine und Cass und Siobhan und Lisa und Preston. Und nun auch Frank.« Ich begegne Damiens Blick. »Ich glaube, für mich gehört er wirklich dazu.«

Er lächelt, nur ein wenig, aber genug, dass ich Hoffnung in seinen Augen sehe. Und einen Anflug von Angst, dass ich enttäuscht werden könnte.

Doch darum möchte ich mir momentan keine Sorgen machen. Denn egal, was passiert, fest steht, dass unsere kleine Familie beständig wächst. Und vielleicht, denke ich, als mich Damien festhält und ich sein Herz im Einklang mit meinem schlagen höre, vielleicht wird sie eines Tages weiter wachsen, wenn Damien und ich den nächsten Schritt wagen und uns auf ein neues Abenteuer einlassen.

Endlich – der vierte Roman
mit Nikki und Damien!

J. Kenner, *Dich lieben*
Roman · Stark 4
978-3-453-35966-6 · Auch als E-Book
Ab Dezember 2017 im Handel

Nikki und Damien Stark führen eine erfüllte Ehe voller Hingabe und unbändiger Leidenschaft. Doch schmerzhaft erfahren sie, dass die Vergangenheit noch nicht besiegt ist. Gerade als Nikkis größter Wunsch in Erfüllung zu gehen scheint, reißen alte Wunden wieder auf. Nikki und Damien müssen um ihre Liebe kämpfen wie nie zuvor.

Leseprobe unter diana-verlag.de
Besuchen Sie uns auch auf herzenszeilen.de

Verboten heiß, verboten gut –
Dallas und Jane

»Ein hochexplosiver Auftakt!« *Publishers Weekly*

J. Kenner
Dirty Secrets
Roman. Band 1

Leseprobe

Wenn ich es ändern könnte, würde ich es tun. Dieses Ihn-Wollen. Dieses Ihn-Begehren.

Ich schließe nachts meine Augen, berühre mich selbst und stelle mir vor, das sei er. Seine Hände, die mich streicheln. Seine Finger, die in mich eindringen.

Ich tue es und hasse mich selbst dafür. Denn mein Verlangen ist nicht warm und sanft, sondern verquer und wild und falsch.

Wir haben einander zerstört, er und ich. Selbst heute, nach so vielen Jahren, sind wir noch immer innerlich gebrochen und gespalten.

Und werden diesen Zustand nie überwinden, da wir ohne den anderen nie vollständig sein werden. Und dennoch können wir nie zusammen sein. Nie wieder. Nicht auf diese Weise.

Denn unser Verlangen hat scharfe Zähne. Wir haben es einmal überlebt, um Haaresbreite nur.

Aber sollten wir unser Glück erneut auf die Probe stellen, könnte es uns diesmal mit Haut und Haaren verschlingen ...

KAPITEL 1

Der King of Fuck

Selbst für Southamptoner Verhältnisse strotzte die Party auf dem über achthundert Quadratmeter großen Anwesen an der Meadow Lane nur so vor Extravaganz.

Mit Grammy-Awards ausgezeichnete Bands spielten auf der Open-Air-Bühne, die extra auf dem saftig grünen Rasen aufgebaut worden war, der sich vom Hauptgebäude bis zu den Tennisplätzen erstreckte. Stars plauderten angeregt mit Models, die mit Wall-Street-Tycoonen flirteten, die mit Hightechgurus und Akademikern des alten Geldadels über Aktienkurse diskutierten, während sie an feinstem Scotch und dem angesagtesten Gin der Saison nippten. Bunte Lichter erhellten den lagunenartigen Pool, auf dem nackte Models träge auf Luftmatratzen dahintrieben, deren Körper Sushi-Spitzenköchen als Servierplatten für exquisite Kreationen dienten.

Jede geladene Dame erhielt bei ihrer Ankunft eine Hermès-Birkin-Tasche, während die Herren eine limitierte Hublot-Armbanduhr bekamen, und die freudigen Ausrufe der Gäste wetteiferten mit dem Knall des Feuerwerks, das Punkt zweiundzwanzig Uhr über der Bucht explodierte, perfekt getimed, um die Gäste von dem herumwuselnden Personal abzulenken, das das Dinner-Büfett abräumte und Desserts, Kaffee und Liköre bereitstellte. Es wurden keine Kosten und Mühen gespart, kein Wunsch blieb offen. Nichts wurde dem Zufall überlassen, und alle Anwesenden waren sich einig, dass diese Party DAS gesellschaftliche Ereignis der Saison war, wenn nicht des Jahres. Ach was, des Jahrzehnts.

Jeder, der etwas auf sich hielt, war an diesem Abend zugegen, hier unter den Sternen, auf dem anderthalb Hektar großen Grundstück an der Milliardärsmeile.

Jeder, mit Ausnahme jenes Milliardärs, der der Gastgeber des Abends war. Und Spekulationen darüber, wo er war, was er machte und mit wem er es machte, verbreiteten sich wie ein Lauffeuer in der angeheiterten und gossip-hungrigen Menge.

»Keine Ahnung, wohin er verschwunden sein könnte, aber ich wette, er verzehrt sich nicht vor Einsamkeit«, mutmaßte ein bohnenstangendürrer Mann mit grau meliertem Haar und einem abschätzigen Gesichtsausdruck, der aber wohl vielmehr von Neid zeugte.

»Ich schwör's dir, ich bin fünfmal gekommen«, raunte eine forsche Blondine ihrer Freundin in der Art von Bühnenflüstern zu, die Aufmerksamkeit erregen soll. »Der Mann ist im Bett ein wahrer Gott.«

»Er hat wahrlich einen sechsten Sinn fürs Geschäft«, sagte ein Wall-Street-Broker, »aber keinen Sinn für Anstand, was seinen Schwanz anbelangt.«

»Oh, Süße, nein. Er ist definitiv nichts für eine feste Beziehung.« Eine Brünette, die ihren kürzlich unterzeichneten Modelvertrag feierte, erzitterte bei der Erinnerung wie in Ekstase. »Er ist wie feine Schokolade, die man nur in geringen Mengen genießen sollte. Aber unfassbar köstlich, wenn man sie erst einmal vernascht.«

»Von mir aus, soll er doch all die Pussys abschleppen.« Ein Hipster mit Dreitagebart und Man Bun-Dutt wischte seine Nickelbrille an seinem Hemdzipfel sauber. »Aber wieso muss er das so raushängen lassen?«

»Alle meine Freundinnen hatten schon mal was mit ihm.«
Die zierliche Rothaarige, die am Ende jedes Jahres von ihrem
Mann einen sechsstelligen *wife bonus* kassierte, lächelte lang-
sam, und das Blitzen ihrer grünen Augen besagte, dass sie die
Katze und er köstliche Schlagsahne war. »Aber ich bin die
Einzige von uns, die in den Genuss eines Nachschlags gekom-
men ist.«

»Alle deine Freundinnen?«

»Wie viele Pussys?«

»Mindestens die Hälfte aller heute Abend anwesenden
Frauen. Wenn nicht mehr.«

»Alter, die Frage ist total überflüssig. Glaub mir. Dallas Sykes
ist der *King of Fuck*. Normalsterbliche wie du und ich spielen
nicht mal annähernd in seiner Liga.«

Drei Stockwerke über dem Partygeschehen war Dallas Sykes in
einem Zimmer mit Blick über dem Atlantik gerade dabei, eifrig
an der Klit einer gertenschlanken Blondine zu saugen, die auf
seinem Gesicht saß und sich kurz vor dem Orgasmus vor Lust
wand. Ihre »Ja! Ja!«-Schreie vermengten sich mit dem lustvollen kehligen Stöhnen der kurvenreichen Rothaarigen, die über
seine Hüfte gegrätscht saß, während er sie hart und tief mit
dem Finger fickte.

Sie hatten sich ihm unterworfen, diese beiden Frauen, und
das Wissen, dass sie ihm heute Nacht mit Haut und Haaren
gehörten, durchfuhr ihn wie ein Messer. Ein sündiges Aphrodisiakum mit einer Klinge so scharf wie Stahl und mindestens
ebenso unberechenbar.

Er war trunken – vor Sex, Scotch und Submission. Und
alles, was er in diesem Moment wollte, war, sich in der Lust
zu verlieren. All den anderen Scheiß einfach auszublenden.

»Bitte.« Die Muskeln der Rothaarigen krampften sich um
seine Finger, und ein Beben durchfuhr seinen Körper, als

sein Bedürfnis abzuspritzen so übermächtig wurde, dass es die Grenze zum Schmerz überschritt. »Ich bin so nah dran, Dallas. Ich will dich in mir. Jetzt. O Gott, bitte. Jetzt.«

Er konnte ihre Worte kaum vernehmen unter dem feuchten Schmatzen seines Mundes an der süßlichen Muschi der Blondine. Aber er hatte genug gehört, und mit einer wilden, groben Bewegung rollte er das Mädchen über ihm zur Seite, sodass sie sich auf dem Bett ausstreckte und zitterte, ihre Nippel hart und ihre Möse glitschig und offen und einladend.

Dallas spürte, wie sich sein Körper vor Lust anspannte. Vor Verlangen. Aber nur vor Verlangen nach einem Orgasmus. Er wollte keine der beiden Frauen. Nicht wirklich. Ihre Gesellschaft, ja. Die Ablenkung, die sie boten, ja. Aber sie selbst?

Keine von beiden war die Frau, nach der er sich verzehrte. Keine war jenes Mädchen, das ihn zugleich gerettet und zerstört hatte. Die Frau, die er wollte.

Die Frau, die er niemals haben konnte.

Also suchte er stattdessen Lust und Leidenschaft im stürmischen Rausch von hartem, hemmungslosem Sex.

»Setz dich nach hinten«, sagte er zu der Blondine, während er seine düsteren Gedanken und sein Bedauern beiseitewischte. Er griff nach dem Highball-Glas, kippte den Rest des Glenmorangie herunter und genoss, wie der Whiskey ihm im Hals brannte und im Kopf brummte. »Gegen das Kopfteil vom Bett. Beine weit gespreizt.«

Sie nickte und kam eifrig seinem Befehl nach, während er die Rothaarige von seiner Hüfte schob. »Fick mich«, bettelte sie. Ihre grünen Augen funkelten, ihr Gesicht ein einziges Flehen. Sie roch nach Sex, und dieser Geruch – so vertraut, so gefährlich und so überaus verführerisch – machte ihn noch härter. »Ich will, dass du mich fickst«, bettelte sie mit einem Schmollmund, und er musste beinahe lächeln.

Beinahe, aber nicht ganz.

Stattdessen hob er eine Augenbraue. »Du willst? Baby, hier geht es nicht darum, was du willst, sondern was du brauchst.«

»Dann gib mir, was ich brauche, und fick mich.«

Seine Lippen zuckten. Er mochte es, wenn eine Frau ihren eigenen Kopf hatte, so viel war sicher. Und mit der Rothaarigen amüsierte er sich prächtig. Er hatte sie sich unten aus der Menge herausgepickt, weil ihm gefallen hatte, wie sie ihr sexy kleines Schwarzes ausfüllte, das nun zerknüllt auf dem Schlafzimmerboden lag. Das, und die Tatsache, dass sie, wie er zufällig wusste, einen Cousin hat, der für einen Regierungsbeamten in Bogotá arbeitet; eine Verbindung, die sich eines Tages als überaus nützlich erweisen könnte.

Was die Blondine betraf, so hatte er keine speziellen Pläne mit ihr. Aber er mochte ihren gelenkigen, gazellengleichen Körper und ihren stillen Gehorsam. Jetzt saß sie genau wie von ihm befohlen da, die Beine weit geöffnet und so wundervoll verletzlich. Sie war äußerlich völlig ruhig, aber der Pulsschlag in ihrem Hals verriet ihre Erregung mindestens ebenso sehr wie ihre harten Nippel und ihre heiße, feuchte Muschi.

Sein Blick begegnete den funkelnden grünen Augen der Rothaarigen, dann nickte er in Richtung der Blondine. »Du willst gefickt werden. Ich will zusehen. Und ich verspreche dir, dass sie alles tun wird, was ich ihr sage. Klingt das nicht nach einem perfekten Deal?«

Die Fuchsige zog ihre strahlenden weißen Zähne über ihre Unterlippe. »Ich hab noch nie …«

»Dann wird das dein erstes Mal. Heute Abend.« Er begegnete ihrem Blick. »Für mich.«

Sie leckte ihre Lippen, als er vom Bett herunterglitt und aufstand. Sie saß immer noch da, die Knie in die Matratze gepresst, und setzte sich jetzt auf die Fersen. Er beugte sich nach vorn und gab ihr einen langen, trägen Kuss. Sie schmeckte nach Erdbeere und Unschuld. Ersteres wollte er auskosten,

Letzteres auslöschen. »Verschränke deine Beine um ihre Taille und gib ihr einen tiefen Kuss. Lutsch an ihren Titten. Fasse sie überall an, wo du willst. Aber sie wird dich währenddessen mit dem Finger ficken, während wir beide uns vorstellen, das wäre mein Schwanz. Und, Baby? Du wirst für mich heftiger kommen, als du je für irgendjemanden sonst gekommen bist.«

»Und du?«

Er konnte das erregte Zittern in ihrer Stimme hören und wusste, dass er sie da hatte, wo er sie haben wollte. »Ich bleibe hier«, sagte er, während er sie an der Hand zu der Blondine führte, die vor Vorfreude ganz rosige Wangen hatte. Er stellte sich hinter die Rothaarige und umfasste ihre Brüste, während sie mit ihren Beinen die Blondine umklammerte, und kniff ihr von hinten fest in die Nippel, während die Blondine mit ihren Fingern in sie glitt.

Dicht an ihren Rücken gepresst konnte er jedes erregte Zittern, jedes Schnellerwerden ihres Pulses spüren. Und als sie von kleinen Stößen durchzuckt wurde, glitt er von hinten mit der Hand zwischen ihre Beine und tauchte seine Fingerspitzen in ihre feuchte Möse. Dabei streifte er die Hand der Blondine, deren sinnliches Stöhnen ihm direkt bis in den Schwanz fuhr.

Als Nächstes glitt er mit seinem nun glitschigen Finger nach oben, um den After der Rothaarigen zu streicheln, die sich gegen ihn gelehnt aufbäumte, offensichtlich befeuert durch die erotische Offensive von zwei Seiten. »Dallas«, stöhnte sie, während sich ihr Körper unter dem Orgasmus schüttelte. »O Gott, Dallas, das ist so dermaßen abgefuckt.«

»Genau so mag ich es, Baby«, sagte er. »Nur so läuft es bei mir.«

Es stimmte. Er mochte Sex schmutzig. Wild. Er wollte daran erinnert werden, wer er war. Zu wem er geworden war.

Der *King of Fuck*. Es war ihm zu Ohren gekommen, dass

alle ihn heimlich so nannten, und er musste anerkennen, wie überaus treffend – und ironisch – sein Spitzname war. Denn Gott weiß, er war völlig abgefuckt. Sein ganzes Leben war ein einziges Theater. Eine Fassade.

Er war ein Wrack. So kaputt, wie ein Mann es nur sein kann. Aber er hatte die ganze Scheiße umgekehrt. Sie unter seine Kontrolle gebracht. Sie sich zu eigen gemacht.

Vielleicht würde er nie wieder die Frau, nach der er sich sehnte, in seinen Armen halten, aber wenn das seine Realität war, dann würde er verdammt noch mal das Beste daraus machen.

Mit der freien Hand griff er nach unten, um seinen Schwanz zu streicheln. Das Gefühl seiner muschifeuchten Handfläche, die sich rhythmisch über seine stählerne Erektion bewegte, vermischte sich mit den wilden, beinahe animalischen Lauten der beiden Frauen. Er schloss die Augen und stellte sich einen anderen Ort vor. Eine andere Frau.

Er dachte an sie. Er dachte an Jane.

Aber nicht so. Nicht wie das hier. Nicht so abgefuckt. Nicht als bloße Abendunterhaltung, so austauschbar wie ein Kinoabend und mindestens genauso bedeutungslos.

Allerdings war nun mal alles abgefuckt. Allen voran er.

Verflucht. Er musste das endlich ausblenden. Diese Gedanken. Diese Wünsche.

All das, was er bereute.

Der durchdringende Ton seines Handys ließ ihn aus seinen Gedanken hochschrecken, und er ließ von der Rothaarigen ab, die laut schreiend protestierte.

»Sorry, Baby.« Seine Stimme war angespannt, seine Brust zugeschnürt. »Das ist der Klingelton, bei dem ich immer rangehe.« Er nahm sein Handy vom Nachttisch und streifte leicht mit der Hand über die Haut beider Frauen, ehe er ihnen den Rücken zuwandte und den Anruf entgegennahm.

»Erzähl schon«, forderte er und war auf das Schlimmste gefasst. Sein bester Freund, Liam Foster, sollte ihm eigentlich erst am nächsten Morgen Bericht erstatten. Wenn er nun anrief, musste etwas vorgefallen sein.

»Alles in bester Ordnung, Mann«, verkündete Liam mit einer Stimme, die gerade so viel Aufregung verriet, wie seine militärische Ausbildung es zuließ.

»Das Kind?« Dallas hatte sein Team nach Shanghai geschickt, um den achtjährigen Sohn eines chinesischen Diplomaten zu retten, der zehn Tage zuvor entführt worden war.

»Es geht ihm gut«, versicherte ihm Liam. »Dehydriert. Ausgehungert. Verängstigt. Aber er ist wieder bei seiner Familie und sollte, zumindest physisch, schon bald wieder fit sein.«

Physisch, dachte Dallas, für den das Wort wie purer Hohn klang. Denn das war schließlich nicht alles, nicht wahr? Nicht einmal annähernd.

Er schob die Gedanken beiseite und zwang sich, sich zu konzentrieren. »Wieso bist du dann …?«

»Weil dieser deutsche Drecksack, der ihn entführt hat, ihn nur gegen Informationen freilassen wollte. Er weiß Bescheid, Dallas. Dieser Wichser Müller weiß, wer der sechste Kidnapper war.«

Ein Satz, scheinbar so schlicht und einfach. Nicht so jedoch seine Wirkung auf Dallas. Sein Blut begann zu kochen, und ihm war auf einmal brütend heiß. Er wollte diesen sechsten Typen windelweich prügeln. Er wollte sich zusammenkauern und losheulen.

Er wollte endlich die Wahrheit erfahren.

Es waren zwei gewesen, die die sechs Wichser beauftragt hatten – und ganz sicher konnte dieser sechste Mann seine Auftraggeber identifizieren. Zunächst war da der Anführer, der sich auf dem Stuhl zurückgelehnt und sich nicht die Hände schmutzig gemacht hatte, in Wirklichkeit aber mieser als alle anderen war. Dieser Mann existierte in Dallas' Erinnerung nur in Form von Andeutungen und Momentaufnahmen. Er war clever gewesen. Er hatte Abstand gehalten. Dabei war er der Strippenzieher, der die sechs angeheuert hatte und wie in einem Marionettentheater im Hintergrund die Fäden zog.

Der Mann, den Dallas und Jane heimlich »den Wärter« getauft hatten, hatte nur zweimal direkt mit Dallas gesprochen und ihm gesagt, dass er all das verdient habe – jeden Moment der Qual, der Angst, der Demütigung.

Und dann gab es da »die Frau«. Sie sollte sich eigentlich um Dallas und Jane kümmern und sie füttern, doch stattdessen hatte sie ihnen bloß Schmerz und Angst gebracht sowie eine abscheuliche Dunkelheit und eine tief sitzende Scham, die selbst dann nicht verblasst war, nachdem Dallas aus der Gefangenschaft der verschimmelten Wände befreit worden war.

Aber er war keine fünfzehn mehr. Er war nicht mehr in der Dunkelheit eingesperrt, unter Folter, hungrig und hilflos.

Er war vielleicht ein Wrack, aber er besaß Geld und Macht, und er wusste beides wie eine Waffe gezielt einzusetzen.

»Wir stehen kurz davor, die Sache zu Ende zu bringen«, sagte Liam. »Mit den Informationen von diesem Arschloch schnappen wir uns den sechsten Mann. Wir verhören ihn. Bringen ihn dazu, uns zu verraten, wer ihn angeheuert hat. Das ist das letzte Puzzleteil, Dallas. Wenn wir das haben, kannst du dir endlich sagen, es ist ein für alle Mal vorbei.«

Dallas schloss die Augen und atmete ein, sog die Worte in sich auf. Liam täuschte sich in einem Punkt. Es würde nie wirklich vorbei sein. Und dennoch konnte er die Vorfreude, die in ihm wuchs, nicht leugnen. Die Vorstellung, dass er tatsächlich einen Schlussstrich ziehen können würde.

Für sich selbst.

Für seine geistige Gesundheit.

Aber vor allem für Jane.